Ellin Carsta
Schritt ins Licht

Das Buch

Hamburg 1924: Amala Hansen, die Tochter von Luise und Hamza, will endlich ihre Familie in Deutschland kennenlernen. Georg Hansen ist dankbar für den frischen Wind, den die ehrgeizige junge Frau aus den USA in die alte Villa bringt. Amala möchte Schauspielerin werden, doch sie trifft auf eine Welt voller Vorurteile. Genau wie ihre Mutter denkt sie jedoch nicht daran, aufzugeben, und arbeitet stattdessen nur umso härter an ihrer Karriere. Kann sie alle Widerstände überwinden?

Franz Hansen hat das Kaffeehaus seiner Mutter in Wien übernommen, kann seine Aufgaben aber kaum ausführen. Der einst so frohe junge Mann hat mit seinen Erfahrungen aus dem Ersten Weltkrieg zu kämpfen. Gelingt es ihm, sein Trauma aufzuarbeiten und in sein normales Leben zurückzukehren?

Die Autorin

Ellin Carsta ist das Pseudonym der deutschen Autorin Petra Mattfeldt, die zusammen mit ihrem Mann und ihren drei Kindern in der Nähe von Bremen lebt. Alle Fans ihrer »Hansen-Saga« können sich freuen, dass die Geschichte mit der nächsten Generation nun fortgeschrieben wird.

Weitere Informationen zur Autorin finden Sie unter www.petra-mattfeldt.de.

ELLIN
CARSTA

Schritt ins Licht

DIE KINDER DER HANSENS

ROMAN

Deutsche Erstveröffentlichung bei
Tinte & Feder, Amazon Media EU S.à r.l.
38, avenue John F. Kennedy, L-1855 Luxembourg
Juli 2022

Umschlaggestaltung: bürosüd° München, www.buerosued.de
Umschlagmotiv: © Pixel-Shot/Shutterstock; © Lukasz Szwaj/Shutterstock;
© janniwet/Shutterstock; © Krakenimages.com/Shutterstock;
© Chyrko Olena/Shutterstock; © Jim Lopes/Shutterstock;
© Elisabeth Ansley/Arc Angel
1. Lektorat: Silvia Kuttny-Walser
2. Lektorat: Diana Schaumlöffel
Korrektorat: Gisela Wunderskirchner / Angelika Wiedmaier
Gedruckt durch:
Amazon Distribution GmbH, Amazonstraße 1, 04347 Leipzig /
Canon Deutschland Business Services GmbH, Ferdinand-Jühlke-Straße 7,
99095 Erfurt /
CPI books GmbH, Birkstraße 10, 25917 Leck

ISBN: 978-2-49671-119-6

www.tinte-feder.de

Ich widme dieses Buch
Ulrich, Ciara, Alin und Uli.
Ein neuer Aufbruch beginnt!

DER FAMILIENSTAMMBAUM

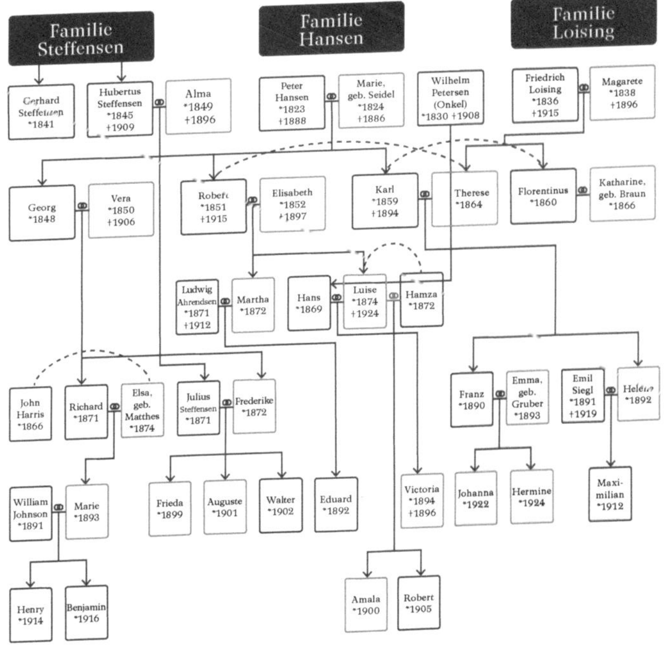

Prolog

Als das erste Licht des Tages durch die Wolken brach, spürte, nein, wusste sie, dass es der letzte Sonnenaufgang sein würde, den sie je erleben durfte. Ihre Zeit war abgelaufen, und es gab nichts, was sie daran noch hätte ändern können. Luise fiel es schwer, ihren Frieden damit zu schließen, denn sie hatte das Gefühl, um einen Teil ihrer Lebensjahre betrogen zu werden. Sie hatte nicht all das in die Tat umsetzen können, was sie sich im Leben vorgenommen hatte, irgendwie waren ihr die vergangenen Jahre wie Sand durch die Finger geronnen. Es war zu viel zu tun gewesen, um sich den Wunsch, den sie immer in sich getragen hatte, zu erfüllen. Sie hatte irgendwann einmal nach Deutschland zurückkehren wollen, und sei es auch nur zu Besuch. Doch Hawaii lag so weit entfernt von ihrer früheren Heimat, dass sie mindestens ein Vierteljahr hätte investieren müssen, um hin- und wieder zurückzukommen und dazwischen wenigstens ein paar Wochen in Hamburg zu verweilen. Wie schön wäre es gewesen, die alte Heimat noch einmal zu sehen, bevor sie für immer die Augen schloss. Doch dafür war es nun zu spät.

Dies war jedoch nicht einmal der Gedanke, der sie am meisten schmerzte. Vielmehr konnte sie es kaum ertragen,

Abschied zu nehmen und die Menschen, die sie so sehr liebte, zurücklassen zu müssen. Sie hätte sich mehr Zeit mit ihnen gewünscht, wäre gern älter geworden als nicht einmal fünfzig Jahre. Und doch war da auch dieses andere Gefühl in ihr – das Gefühl tiefster Dankbarkeit. Sie war dankbar für ihr Leben, dankbar, ihre große Liebe gefunden zu haben, dankbar dafür, ihren Weg gegangen zu sein, ungeachtet all der Stolpersteine, auf die sie gestoßen war. Ja, sie war zutiefst dankbar für alles, was sie hatte erleben dürfen, selbst für das, was ihr fast unerträgliche Schmerzen bereitet hatte. Mehr noch als sonst hatte sie in den vergangenen Tagen an Viktoria, ihre erstgeborene Tochter gedacht, die damals nur wenige Tage nach ihrem zweiten Geburtstag aus dem Leben gerissen worden war. Würde Luise sie dort, wo sie nun hinging, wiedersehen? Wäre Viktoria noch immer das kleine Mädchen von damals? Würde sie die Hand ihrer Mutter nehmen und sie in die Welt führen, die dort drüben auf sie wartete? Und würde Viktoria sie überhaupt erkennen nach so vielen Jahren? Schließlich war sie selbst, damals als ihre Kleine so grausam getötet wurde, noch eine junge Frau gewesen, im selben Alter wie ihre Tochter Amala jetzt. Oder gab es auf der anderen Seite gar nichts, kein Jenseits, kein Reich Gottes, in das sie gehen konnte? Würde noch heute nicht nur ihr Körper sterben, sondern auch ihre Seele, die Luise Hansen durch das Leben getragen hatte? Wäre es einfach ein tiefer Fall in die Dunkelheit, und würde ihr dabei schließlich bewusst werden, dass keine Seele unsterblich war und auch ihre Gedanken gleich ein Ende fänden? Diese Vorstellung machte sie traurig. Zeit ihres Lebens war da dieser Glaube gewesen, dass ein Gott existierte, der ihr Schicksal lenkte und der seinen Plan hatte, wie alles kommen sollte. Und war es ihr dieser Gott nicht schuldig, dass sie Viktoria im Jenseits wieder in die Arme schließen durfte, wo ihr doch schon das Leben mit der Tochter verwehrt geblieben war? Sie hoffte es. Sie hoffte es ebenso sehr, wie eines

Tages, wenn seine Zeit gekommen war, in der Ewigkeit auch mit Hamza vereint zu sein. Denn keinen Mann hatte sie je so geliebt wie ihn. Es war ein schönes Leben gewesen an seiner Seite, frei von Konventionen, voller Abenteuer und intensiv gelebter Augenblicke, die sie wie einen Schatz in ihrem Herzen bewahrte. Über zwölf Jahre waren sie um die Welt gereist, hatten fremde Länder und Kulturen kennengelernt und Menschen, die ihr Leben bereichert hatten. Je fremder die Kultur, desto mehr hatten die Menschen in ihr und Hamza nur eine Frau und einen Mann gesehen, die einander liebten, nicht die Weiße und den Schwarzen. Doch sie hatten auch Ablehnung gespürt in Bezug auf das Leben, das sie führten. Und doch waren es wundervolle Jahre gewesen. Ihre Amala war in einem Hospital in Boston geboren worden und damit weder Deutsche noch Duala, sondern Amerikanerin. Robert war zu früh auf die Welt gekommen, sodass sie keinen Hafen mehr hatten anlaufen können. Aus diesem Grund lag sein Geburtsort irgendwo in den Gewässern zwischen Borneo und Java, wo genau, konnten weder Hamza noch Luise sagen. Luise wusste, dass Robert dies immer irgendwie gestört und er es wie einen Makel empfunden hatte. Schließlich kannte doch jeder Mensch auf der Welt seinen Geburtsort. Vielleicht war er deshalb derjenige, der ein festes Heim so sehr liebte, während Amala ein Freigeist war, der überall auf der Welt zu Hause sein konnte.

Amala und Robert, ihre beiden wunderbaren Kinder. Sie waren so schnell groß geworden, dass Luise es kaum glauben konnte. Amala war vor drei Tagen aus New York heimgekehrt, um die letzten Tage mit ihrer Mutter verbringen zu können. Der Anblick, den sie bot, zerriss Luise fast das Herz. In den Augen der Tochter stand so viel Schmerz über den bevorstehenden Abschied, dass Luise das Gefühl hatte, es wäre womöglich besser gewesen, sie wäre nicht gekommen. Denn ihre Lieben sahen nun dem Tod der Mutter, der Ehefrau entgegen, auch wenn es niemand aussprach, und Amala, Robert und Hamza litten darunter so sehr, dass Luise sich schon vor zwei Tagen gewünscht hatte, es möge schnell vorbei sein.

Nun, am heutigen Morgen, wusste sie, dass es so weit war, und lag in dieser Gewissheit nicht auch die Botschaft Gottes, dass alles gut werden würde? Wie sonst, wenn nicht durch eine höhere Macht bestimmt, sollte sie so genau wissen, dass es nicht mehr lange dauern würde?

Sie saß aufrecht auf der kleinen Bank und hatte die Beine hochgelegt. Hier war Hamzas und ihr Lieblingsplatz, von hier hatten sie einen unglaublichen Ausblick auf die Bucht von Makaha. Hier oben hatten sie ihr Zuhause gefunden, den Ort, wo die Hautfarbe keine Rolle zu spielen schien. Claus Spreckels, der *Sugar King,* war es seinerzeit gewesen, der Hamza und ihr das Angebot gemacht hatte, hier auf Hawaii zu leben, da Hamza ihm bei dem Ausbau der Wasserversorgung hatte helfen sollen. Spreckels hatte sich großzügig gezeigt und ihnen bei dem Aufbau einer Zuckerrübenfarm geholfen, die sie nun bewirtschafteten. Natürlich zog er auch einen guten Gewinn aus ihrer Arbeit, doch daran störten Luise und Hamza sich nicht. Schließlich verdankten sie Spreckels dieses paradiesische Zuhause. Doch das war es nicht allein, wofür sie Spreckels immer dankbar sein würde. Nur dank seiner Kontakte hatte die lange Suche nach Elsa, die vor vielen Jahren mit ihrer kleinen Tochter Marie nach Amerika ausgewandert war, ein Ende gefunden. Mit den vagen Informationen allein, über die Luise damals verfügt hatte, war es ihr unmöglich gewesen, Elsa und Marie ausfindig zu machen. Erst als Luise Claus Spreckels einmal von ihrer verzweifelten Suche nach den Verwandten berichtet hatte, war Bewegung in die Angelegenheit gekommen, und knapp drei Jahre nachdem Luise mit ihrer Familie auf der Zuckerrübenfarm sesshaft geworden war, hatten Elsa und ihre Tochter plötzlich vor ihr gestanden. Claus Spreckels hatte sie und Marie schließlich aufgespürt und die beiden einfach mitgebracht, als wäre es das Selbstverständlichste auf der Welt. Neben ihrer Familie war Elsa Luises engste Vertraute, und in diesem Augenblick bedauerte sie, dieser in ihrem letzten Telefonat nicht die ganze Wahrheit über ihren Gesundheitszustand verraten zu haben. Sie hätte Elsa und auch Marie, die inzwischen selbst Mutter von zwei Söhnen war, so gern noch einmal gesehen. Andererseits – sie zuckte die Schultern – war es womöglich besser so. Was sollte es nützen, die Menschen, die sie liebte, ein letztes Mal zu sehen und so deren Abschiedsschmerz zu vergrößern? Nein, Elsa wusste schon, wie wichtig sie Luise war. Und andersherum. Alles war gut, so wie es war. Es gab nichts zu bereuen.

Sie fröstelte und zog die Decke noch etwas fester um ihre Schultern. Die Bank, auf der sie saß, hatte Hamza für sie beide gebaut, um morgens den Sonnenaufgang hier zusammen erleben zu können, so wie einst auf dem Baumstamm in Kamerun. Wie jung sie damals doch gewesen war!

Hamza hatte sie noch vor dem Sonnenaufgang – wie jeden Tag in letzter Zeit – hierhergetragen, da sie zu schwach war, auf eigenen Beinen zu stehen. Sie hatte es genossen, ihre Arme um seinen Hals zu schlingen und sich an ihn zu schmiegen, während er mit ruhigen Schritten die Strecke vom Haus hier herüber zurücklegte. Sie wusste, dass Hamza sich zusammenriss, um sie seine Verzweiflung über ihren bevorstehenden Tod nicht spüren zu lassen. Stets lächelte er sie an, auch wenn dieses Lächeln seine Augen nicht erreichte. Seine wunderbaren, tiefschwarzen Augen, in die sie sich vor fast fünfunddreißig Jahren verliebt hatte. Sie würde diesen Anblick mit in die Ewigkeit nehmen, das wusste sie genau.

Die Sonne stieg höher, und das Orange des Himmels wechselte in ein kräftiges Rosa. Da spürte sie es. Es war der richtige Zeitpunkt gewesen, um Hamza zum Haus zurückzuschicken, damit er ihr eine Tasse Kaffee holte. Ja, es war richtig gewesen, denn nun war es so weit. Der Moment war gekommen. Und sie wollte nicht, dass er bei ihr war, wenn sie für immer die Augen schloss. Sie wollte allein gehen, denn sie wusste, er würde es nicht ertragen, wenn sie in seinen Armen den letzten Atemzug tat. Hamza, die Liebe ihres Lebens, würde gleich zurückkommen, mit dem Versuch eines Lächelns auf den Lippen und einer dampfenden Tasse Kaffee für sie. Ja, es war der richtige Augenblick, Abschied von dieser Welt zu nehmen, damit ihr geliebter Mann nicht noch mehr leiden musste, wenn sie in seiner Gegenwart das Zeitliche segnete. Sie ließ den Blick noch einmal über die Bucht gleiten, spürte dann einen kurzen Schmerz in ihren Körper fahren. Doch der Schmerz war irgendwie angenehm, er war in diesem Moment ihr Freund. Das Orange des Himmels war verschwunden, das Rosa so satt und kräftig, als wollte der Anblick sie noch ein letztes Mal erfreuen. Sie spürte, wie ihr Herz langsamer und langsamer schlug, ihre Lider flatterten. Es war so weit. Noch ein letztes Mal atmete sie tief ein und öffnete die Augen. Sie blinzelte. War das Viktoria dort in der Ferne, die nun die Hand hob und ihr zuwinkte? Wieder blinzelte Luise, um sie besser erkennen zu können. Ja, jetzt war sie sicher, dass es ihre kleine Tochter war, die ihr die Arme entgegenstreckte, ganz so, als wollte sie Luise begrüßen. Dankbarkeit, Liebe und ein Gefühl tiefen Friedens durchströmten sie, als die Sonnenstrahlen das Rosa des Himmels durchbrachen.

Luise Hansen atmete aus und schloss die Augen. Dann sank sie in die Ewigkeit.

1. Kapitel

Hamburg, Mittwoch, 3. September 1924

Ich weiß nicht, was mich erwartet. Doch ich bin mutig genug, mich dem zu stellen, was die Zukunft für mich bereithält.

Amala Hansen

Amala sah an der Fassade des Rotklinkergebäudes hinauf, an der oben in verwitterten goldenen Lettern der Schriftzug *Peter Hansen & Söhne – Kaffeekontor seit 1850* prangte. Hatte sie sich das Handelshaus, in dem ihre Mutter viele Jahre gearbeitet hatte, so vorgestellt? Im Innern war alles dunkel, die Fensterscheiben waren teilweise zerbrochen. Es war ein trauriger Anblick. Das also war aus der Firma, die ihre Mutter Luise einst zu so großem Erfolg geführt hatte, am Ende geworden. In diesem Moment war Amala froh, dass ihre Mutter in all den Jahren nie wieder nach Deutschland und in ihre alte Heimat Hamburg zurückgekehrt war.

»Soll ich noch warten, oder wollen Sie zu Fuß weiter?«, rief der Taxifahrer ihr aus dem Fahrzeug zu.

Amala wandte sich ab und stieg wieder ins Taxi.

»Bitte bringen Sie mich zur Villa Hansen, die Adresse lautet …« Amala zog den Zettel hervor, auf dem sie sich die Anschrift notiert hatte.

»Ich weiß, wo die Villa Hansen ist«, unterbrach sie der Taxifahrer, legte den Rückwärtsgang ein, wendete und fuhr wieder los. »Das weiß jeder in Hamburg«, erklärte er. »Darf ich fragen, wieso Sie sich so für die Familie interessieren? Erst das alte Kontor und nun die Villa?« Er musterte sie im Rückspiegel.

Amala hielt seinem Blick, der ein gewisses Misstrauen verriet, stand.

»Ich bin Amala Hansen«, stellte sie mit fester Stimme klar. »Luise Hansen, der das Kontor früher einmal gehörte, war meine Mutter.«

Die Kinnlade des Taxifahrers sank herab. »Die Tochter?« Ihm stand das Staunen ins Gesicht geschrieben, und natürlich wusste Amala, was er dachte. Sie, mit ihrer braunen Haut und den dunklen Haaren, die Tochter von Luise Hansen, die hellhäutig und blond gewesen war? Natürlich brachte niemand sie in Verbindung. Einzig die zarte Figur und die Augen hatte sie von ihrer Mutter, die mit ihrem strahlenden Blau die Exotik des Anblicks noch unterstrichen.

»Ganz recht, die Tochter. Ich wäre Ihnen also verbunden, wenn Sie mich baldmöglichst zur Villa meiner Familie bringen.«

»Schon unterwegs!«, sagte er und beschleunigte. »Sie haben einen Akzent, wenn ich es richtig höre. England?«

»Amerika«, erklärte Amala. »Meine Mutter und mein Vater haben mir Deutsch beigebracht, doch die meiste Zeit meines Lebens habe ich in Amerika verbracht.«

»Verstehe.« Den Rest der Fahrt legten sie schweigend zurück, bis der Taxifahrer von der Straße ab- und in einen gekiesten Weg einbog, der zu einem stattlichen Anwesen führte. Amala sah aus dem Fenster, bis der Wagen zum Halten kam. Dann bezahlte sie den Fahrer und stieg aus. Er ließ den Motor laufen, stieg ebenfalls aus, ging nach hinten und nahm ihre zwei Koffer von der Halterung.

»Soll ich Ihnen das Gepäck noch die Stufen hochtragen?«, bot er an.

»Nein. Danke schön. Ich erledige das selbst.«

»Na dann, Fräulein Hansen, einen schönen Aufenthalt in der Heimat.«

»Danke«, sagte sie, während er bereits wieder einstieg und davonfuhr.

Amala sah an der Fassade hinauf, wie sie es vorhin schon beim Kontor getan hatte. Die Villa sah wirklich genauso aus, wie ihre Mutter sie ihr beschrieben hatte. Die Fassade in einem kräftigen Gelb und die Fenster weiß umrandet, umgeben von dem satten Grün der Rasenflächen, Büsche, Bäume und Blumen. Ja, genau so hatte sie es sich vorgestellt. Wenn man den Weg linker Hand ging, gelangte man am Haus vorbei zu einem Teich mit Seerosen. Wenn man den anderen Weg auf der rechten Seite am Haus vorbei nahm, kam man zu den früheren Ställen der Kaninchen, die der Großvater ihrer Mutter, also ihr eigener Urgroßvater, einst seinen Enkeln geschenkt hatte. Das Kaninchen ihrer Mutter hatte Cäsar geheißen, selbst das hatte sie Amala erzählt. Es war schon eigenartig. Obwohl sie noch nie hier gewesen war, hatte sie durch die Erzählungen ihrer Mutter das Gefühl, alles so gut zu kennen, als hätte sie selbst früher hier gelebt und würde nun nach langer Zeit heimkommen.

Die Sonne schien von hinten das Gebäude an, sodass eine Aureole aus hellem Licht es zu umgeben schien. Von ihrer Mutter wusste Amala, dass man auf der rückwärts gelegenen Terrasse ab mittags Sonne hatte, die dann über das nahe gelegene Wäldchen wanderte und dort schließlich unterging.

Amala wollte sich gerade nach ihren Koffern bücken, als sie sah, dass die schwere Holztür geöffnet wurde. Ein groß gewachsener, betagter Mann, sie schätzte ihn auf mindestens

Mitte siebzig, trat aus dem Haus, verharrte kurz am Eingang und musterte sie. Dann setzte er sich in Bewegung und eilte in erstaunlich geschmeidigen Schritten die Stufen herab, ohne den Blick von ihr zu wenden. Amala ließ ihre Koffer stehen und trat auf ihn zu, etwas unsicher, wie sie wohl begrüßt würde.

»Ich weiß genau, wer du bist«, sagte er und lächelte. »Du hast die Augen deiner Mutter, Amala.« Er trat noch näher an sie heran und breitete die Arme aus. »Ich bin dein Großonkel Georg. Herzlich willkommen!«

Amala erwiderte das Lächeln und ließ sich von ihm zur Begrüßung umarmen. Ja, genau so hatte sie sich den Onkel ihrer Mutter vorgestellt, von dem diese ihr so viel erzählt hatte. Nur dass sie ihn für jünger gehalten hätte. Doch natürlich hatten die Erzählungen ihrer Mutter sich auf deren eigene Erinnerungen bezogen. Und sie hatte ihren Onkel nun einmal vor über fünfundzwanzig Jahren zuletzt gesehen.

»Ich freue mich sehr, dich endlich kennenzulernen«, sagte Amala, als sie sich aus der Umarmung lösten.

»Ich kann dir gar nicht sagen, wie glücklich ich bin, dass du gekommen bist.« Ganz selbstverständlich nahm Georg ihre Koffer, obwohl es Amala ein wenig unangenehm war, einen alten Herrn ihr Gepäck tragen zu lassen. Doch sie erhob keine Einwände, da er körperlich offenbar trotz seiner Jahre sehr gesund war, was sie schon bemerkt hatte, als er die Treppe heruntergekommen war.

»Komm herein, mein Kind. Wir haben uns so viel zu erzählen.«

Sie gingen zusammen zur Villa, wo Amala erst jetzt auf die Frau aufmerksam wurde, die im Türrahmen stand und sie erwartete.

»Bertha«, sagte Georg zu der Frau mit der gestreiften Schürze, »das ist meine Großnichte Amala Hansen. Sie wird für eine Weile hier wohnen. Mach ihr bitte eines der Zimmer oben zurecht.«

»Sehr wohl, Herr Hansen.« Die Haushälterin knickste.

»Ach, und Bertha: Bitte gib Amala das frühere Zimmer ihrer Mutter Luise. Ich denke, das wäre schön.« Georg sah Amala an. »Nicht wahr?«

»Das würde mich wirklich sehr freuen. Doch ich möchte keine Umstände machen«, antwortete Amala.

»Ein frisch bezogenes Bett bedeutet ganz sicher keine Umstände«, erklärte Georg in gütigem Ton. »Es ist mir eine solche Freude, dass du gekommen bist«, betonte er nochmals.

»Darf ich Ihnen auftragen, bevor ich das Zimmer herrichte?«, fragte Bertha nun Georg.

Täuschte Amala sich, oder vermied es die Haushälterin, sie anzusehen?

»Hast du Hunger? Oder Durst? Ja, natürlich hast du das«, beantwortete sich Georg die Frage sogleich selbst. »Bertha, trag im Esszimmer auf. Ich zeige Amala in der Zwischenzeit, wo ihre Mutter aufgewachsen ist, und wir kommen dann gleich.«

»Jawohl, Herr Hansen.« Wieder knickste die Haushälterin, und jetzt war Amala sicher, dass diese sich scheute, sie direkt anzusehen. Ob das an ihrer Hautfarbe lag? Sie wusste es nicht. Doch schon bei ihrer Ankunft im Hamburger Hafen hatte sie die Blicke der Menschen bemerkt, die sie unverhohlen musterten. Niemand war ihr mit offener Feindseligkeit begegnet, und doch hatte Amala ein ungutes Gefühl gehabt, so intensiv betrachtet zu werden. Bei der Haushälterin Bertha empfand sie nun genauso. Amala hoffte sehr, dass sich dies im Lauf der Zeit legen würde.

»Komm«, sagte Georg, der die Koffer abgestellt hatte und nun ihren Arm berührte. »Ich führe dich ein bisschen herum. Oder möchtest du dich erst einmal setzen?«

»Ich würde gern alles sehen«, antwortete Amala und ging mit ihm zusammen in Richtung Wohnzimmer. »Als ich eben vor der Villa stand, war mir fast, als würde ich nach Hause kommen, weil mir meine Mutter alles genau so beschrieben hat.« Sie musste schlucken, weil es einer dieser Augenblicke war, die sie seit dem Tod ihrer Mutter vor zwei Monaten so oft erlebt hatte. Wenn die Erinnerung an die gemeinsame schöne Zeit in ihr aufstieg, fühlte sie sich so verletzlich, dass sie sich am liebsten verkrochen hätte. Doch sie atmete tief durch und kämpfte die Tränen nieder.

Georg blieb stehen. »Ich kann noch immer nicht glauben, dass Luise tot ist. Es gibt wohl kaum einen Menschen, den ich so sehr respektiert, geschätzt und auch geliebt habe wie deine Mutter. Sie war mir wie meine eigene Tochter.«

Amala nickte. »Sie war ein wunderbarer Mensch. Und sie hat mir so viel von dir, Vera, Frederike und allen hier erzählt. Es muss eine wunderbare Zeit gewesen sein, die ihr miteinander hattet.«

Georg legte in einer väterlichen Geste den Arm um Amalas Schulter. »Ja, das war es. Na komm, sehen wir uns alles an und erinnern uns an sie.«

Gemeinsam betraten sie das Wohnzimmer. »Hier kam früher oft die ganze Familie zusammen«, erklärte Georg, und bei der Erinnerung erhellte sich sein Gesicht. »Wenn ich jetzt hier so stehe, sehe ich noch alle in diesem Raum versammelt vor mir. Deine Mutter hat gern dort drüben in dem Sessel gesessen. Als mein eigener Vater, dein Urgroßvater, noch lebte, hat er immer dort Platz genommen und den Kindern Geschichten vorgelesen«, fuhr Georg in seiner Erinnerung fort. »Es ist schon eigenartig, dass es mir zwar nicht gerade wie gestern vorkommt, aber eben doch so, als seien nur ein paar Monate und nicht Jahrzehnte vergangen.«

»Meine Mutter hat mir viel vom Leben damals hier in der Villa erzählt. Von ihrer Schwester Martha, von Frederike und Richard.« Amala blickte kurz zu Boden.

»Keine Sorge«, beruhigte Georg sie sogleich, »ich weiß, dass Luise bestimmt kein gutes Wort für Richard gefunden hat. Die beiden waren schon immer wie Hund und Katze. Und auch wenn Richard mein Sohn ist, so muss ich dir doch ganz aufrichtig sagen, dass Luise mit ihrer Meinung über ihn stets recht hatte.« Georg deutete auf die Terrassentür. »Komm, gehen wir nach draußen. Da hat sich deine Mutter, als sie noch ein Kind war, am liebsten aufgehalten.«

»Ja, gern.«

Georg lief voraus und öffnete die Tür so weit, dass Amala hinaustreten konnte. Sofort leuchteten ihre Augen. Ihre Mutter hatte keinesfalls übertrieben. Der Garten war einfach wunderschön.

»Genau so habe ich es mir vorgestellt«, sagte sie glücklich. Es war nicht nur, weil sie das Gefühl hatte, alles hier zu kennen. Vor allem, dass sie ihren Großonkel, von dem ihre Mutter eine sehr hohe Meinung gehabt hatte, als einen so warmherzigen und freundlichen Menschen kennenlernen durfte, erfüllte sie mit tiefer Freude.

»Du hättest erleben müssen, wie es früher hier zuging«, sagte Georg nachdenklich. »Als noch Leben in der Villa war. Ich selbst habe hier mit meinen Brüdern Robert und Karl meine Kindheit verbracht, und später dann haben wir unsere eigenen Kinder hier aufgezogen. Es war ein einziger Trubel, und tatsächlich war ich manchmal froh, ins Kontor gehen zu können, um dort allein an meinem Schreibtisch ein wenig Ruhe zu haben.« Er seufzte. »Besonders schön war es dann auch in der Zeit, als Frederike und Julius noch hier gelebt haben mit Frieda, Auguste und Walter«, fuhr er fort. »Es war einfach köstlich, wie die drei durch die Gänge tobten und manchmal das Personal zur Verzweiflung brachten, weil sie ständig etwas anstellten.« Er lachte kurz auf, doch dann wurde sein Blick ernst. »Ich glaube, für meine Vera war es die glücklichste Zeit ihres Lebens.«

»Frederike und Julius sind in seine alte Heimat zurückgegangen, nicht wahr? Meine Mutter und Frederike haben sich viele Briefe geschrieben.«

»Ja, Luise und Frederike haben sich schon immer gut verstanden. Für Frederike war deine Mutter die Schwester, die sie nie hatte.«

»Lebt sie weit weg von hier?«, fragte Amala.

»Ja, im Schwarzwald. Ihr Ehemann Julius hat dort die Werkzeugfabrik seines Vaters und seines Onkels übernommen und wurde deshalb glücklicherweise während des Krieges nicht eingezogen. Ich sehe sie leider nur selten. Und ihre Kinder sind inzwischen auch schon erwachsen. Frieda ist jetzt fünfundzwanzig, also ein Jahr älter als du. Auguste ist dreiundzwanzig und Walter zweiundzwanzig. Es ist unglaublich, wie schnell die Zeit vergeht.«

»Es tut mir leid, dass du sie so selten siehst«, sagte Amala, der Georg in diesem Moment leidtat.

»Für Vera war es damals hart, als Frederike und Julius in den Schwarzwald zogen. Julius hatte eine Anstellung bei uns im Kaffeekontor gehabt, doch dann wurde sein Vater schwer krank. Er hat alles vergessen, und Julius fühlte sich verpflichtet, ihn zu unterstützen. Walter, Frederikes und Julius' Jüngster, war damals noch keine zwei Jahre alt. Meiner Vera hat es fast das Herz gebrochen, als sie ausgezogen sind.«

Amala konnte den Schmerz, den ihr Großonkel gerade durchlebte, fast körperlich spüren.

»Doch genug der trüben Gedanken. Du bist gerade erst angekommen, und ich überschütte dich mit den alten Geschichten unserer Familie. Dabei sollten wir uns doch freuen, dass du nun endlich hier bist, nicht wahr?«

Amala nickte und sah in den Garten. »Das stimmt. Doch ich würde tatsächlich sehr gern etwas mehr über meine Familie erfahren. Ihr führt hier ein vollkommen anderes Leben, als ich es aus Amerika kenne.«

»Und ich werde dir bereitwillig alles erzählen.« Er sah sie an. »Wie lange kannst du bleiben?«

Kurz spürte sie Ärger in sich aufsteigen bei der Erinnerung an den Disput, den sie mit ihrem Arbeitgeber in New York gehabt hatte. Doch sie wollte dieses Gefühl jetzt nicht zulassen. »Mein Engagement am *Imperial Theatre* ist aufgehoben«, erklärte sie bitter. »Mein Chef hatte kein Verständnis dafür, dass ich nach Deutschland wollte, um den letzten Wunsch meiner Mutter zu erfüllen.« Sie drehte sich um. »Da fällt mir etwas ein. Einen Moment, ich hole es.« Sie machte kehrt und ging in die Villa. Dort eilte sie zu ihren Koffern, öffnete den kleineren, holte etwas daraus hervor und schloss ihn wieder. Dann ging sie zurück auf die Terrasse, wo Georg stand und auf sie wartete.

»Hier, bitte«, sagte Amala und reichte ihm eine Art gebundenes Buch. »Meine Mutter wollte gern, dass du das bekommst. Es sind die Briefe und Reiseberichte, die sie im Lauf der Zeit, seit sie und mein Vater damals aufgebrochen sind, geschrieben hat.«

Georg nahm es und schlug sogleich den Buchdeckel auf.

»Ein Freund von mir ist Drehbuchautor, er hat es für mich binden lassen. Meine Mutter hatte die Briefe all die Jahre aufbewahrt und wollte sie euch mitbringen, wenn sie nach Deutschland zurückkehren würde. Doch dazu ist es leider nicht mehr gekommen.«

Georg traten Tränen in die Augen. Amala sah ihm an, dass er etwas sagen wollte, doch seine Gefühle ließen es nicht zu, dass er auch nur einen einzigen Satz herausbrachte. Also redete sie weiter, um keine peinliche Stille aufkommen zu lassen.

»Meine Mutter wollte die Familie an dem teilhaben lassen, was sie und mein Vater erlebt haben. Sie hat alles aufgeschrieben, wohin auch immer sie gereist sind.«

»Aber das kann ich doch nicht annehmen«, erwiderte Georg gerührt. »Es müsste doch in Hamzas Händen bleiben oder in deinen oder denen deines Bruders.«

»Ich habe die Briefe so oft gelesen, dass ich sie fast auswendig kenne«, sagte Amala. »Vor allem aber waren sie immer für dich und die Familie hier bestimmt.«

»Dann danke ich dir von Herzen, Amala.« Er umarmte sie kurz. »Vera und ich haben damals, nachdem deine Mutter und dein Vater aufgebrochen sind, oft darüber gesprochen, wo die beiden wohl gerade sein könnten und was sie wohl erlebten auf ihrer Reise. Es passt zu deiner Mutter, dass sie uns teilhaben lassen wollte. Und auch wenn Vera es nun nicht mehr erleben kann, freue ich mich darauf, mir in stillen Stunden die Zeit zu nehmen, die Briefe deiner Mutter zu lesen und mir vorzustellen, was deine Eltern alles gesehen haben.«

»Es sind wunderschöne Briefe, und alles ist so genau beschrieben, dass ich, als ich es las, den Eindruck hatte, selbst dabei gewesen zu sein. Dabei war ich damals ja noch gar nicht auf der Welt und später dann noch zu klein, um alles zu begreifen. Doch aus jedem einzelnen Brief ist zu lesen, wie glücklich meine Eltern waren.«

»Sie und Hamza haben sich aufrichtig geliebt«, stellte Georg nachdenklich fest. »Und sosehr uns ihr Aufbruch damals auch schmerzte, wussten wir doch, dass es richtig war.«

»Meine Mutter hat das auch oft gesagt: dass es richtig war und sie es immer wieder so gemacht hätte. Doch ihre Familie hier hat ihr gefehlt. Das weiß ich.«

»Und sie uns. Wie geht es deinem Vater? Wie kommt er mit ihrem Tod zurecht?«

Amala schluckte schwer und schüttelte den Kopf. »Nicht gut. Er will es vor Robert und mir nicht zugeben, doch als meine Mutter starb, ist auch ein Teil von ihm gestorben.«

»Die Zeit wird ihm helfen«, meinte Georg, »doch der Schmerz wird allenfalls nachlassen, niemals ganz verschwinden. Die beiden kannten sich, seit sie jung waren, noch nicht einmal richtig erwachsen.« Er schmunzelte. »Genau genommen haben wir alle hier lange Zeit überhaupt nichts davon geahnt, dass sie sich ineinander verliebt hatten.«

Amala fühlte sich mit einem Mal angespannt. Es fiel ihr nicht leicht, die nächste Frage zu stellen, denn sie befürchtete, dass ihr die Antwort nicht gefallen könnte.

»Habt ihr euch daran gestört, dass mein Vater schwarz ist?«

Georg sah sie an, dann deutete er zu den Stühlen hinüber. »Wollen wir uns nicht setzen? Oder noch besser, gehen wir ins Haus und reden beim Essen. Bertha hat gewiss längst aufgetragen, und schwierige Gespräche führt man besser mit etwas Gutem im Magen.«

Amala nickte, wenngleich ihr ein wenig beklommen zumute war. Sie folgte Georg ins Haus, dann zeigte er ihr den Weg ins Esszimmer. Dort standen zwei Gedecke für sie bereit, außerdem eine Platte mit vielerlei Aufschnitt, ein Brotkorb und Butter. Direkt hinter ihnen trat Bertha ein.

»Was darf ich zu trinken bringen?«

»Ich hätte gern einen Kaffee«, antwortete Amala, und Georg schloss sich ihr an.

»Genau wie deine Mutter«, sagte er. »Luise hat auch stets Kaffee bestellt.«

Georg rückte ihr den Stuhl zurecht. Dann ging er zu dem halbhohen Schränkchen, legte die gebundenen Briefe ihrer Mutter darauf ab und setzte sich ebenfalls.

»Bitte greif zu«, forderte Georg sie auf und deutete auf den Brotkorb.

Amala spürte erst jetzt, als sie den Duft der Speisen wahrnahm, dass sie tatsächlich Hunger hatte – kein Wunder, hatte sie doch am Morgen zuletzt etwas gegessen, und auch das war nur ein Stück Brot gewesen. Zwar hatte sie auf der *Columbus,* dem Schiff, das sie von New York nach Bremerhaven gebracht hatte, eine Fahrkarte für die erste Klasse besessen und Anspruch darauf gehabt, in dem vornehmen Speisesaal mit den anderen Gästen zu essen. Doch das hatte sie tatsächlich nur am ersten Abend getan. Schnell hatte sie die abschätzigen Blicke der Mitreisenden registriert. Für die Passagiere schien sie mit ihrer dunklen Hautfarbe nicht zum Bild eines Menschen zu passen, der in der ersten Klasse reiste. Das Geld dafür hatte sie, dafür hatten ihre Eltern gesorgt. Denn mit der Zuckerrübenfarm, die sie auf Hawaii bewirtschafteten, und der zusätzlichen Tätigkeit ihres Vaters für Claus Spreckels, den alle nur den *Sugar King* nannten und für den ihr Vater diverse Bewässerungsanlagen entworfen und gebaut hatte, waren sie durchaus als vermögend zu bezeichnen. Ganz abgesehen davon hatte ihre Mutter auch erhebliche Summen aus dem früheren Kontor erhalten, die sie angelegt hatte und auf die die Familie jederzeit hätte zurückgreifen können. Doch das war offenbar all die Jahre nicht notwendig gewesen. Amala ahnte, dass dieses Vermögen womöglich auch deshalb nie angerührt worden war, weil es ihrem Vater nicht gefiel, Nutznießer des Geldes zu sein, das seine Frau früher verdient hatte. Er war ein stolzer Mann und hatte immer die Einstellung vertreten, durchaus in der Lage zu sein, seine Familie selbst zu ernähren. So hatten die beiden auf nicht allzu großem Fuß gelebt, obwohl sie eigentlich reich waren. Und mit den Jahren war durch den Zuckerrübenanbau noch einiges hinzugekommen. Doch weder Luise noch Hamza hatten etwas davon ausgegeben. Als jedoch die Entscheidung Amalas feststand, die Briefe ihrer Mutter binden zu lassen und damit nach Deutschland zu reisen, war es für ihren Vater eine

Selbstverständlichkeit, dass seine Tochter nur erster Klasse reisen würde, ganz gleich, wie viel die Überfahrt kostete.

Amala war ihm dankbar gewesen, doch gebraucht hätte sie diesen Luxus nicht. Ganz abgesehen davon war sie eben wegen der reservierten Haltung der anderen Passagiere und eines unschönen Ereignisses am ersten Abend im Speisesaal fast ausschließlich in ihrer Kabine geblieben. Kurz nachdem ein Kellner sie an einen Tisch geführt hatte, an dem noch fünf andere Passagiere saßen, war der Steward an sie herangetreten, hatte sich entschuldigt und sie um die Vorlage ihrer Erste-Klasse-Fahrkarte gebeten. Amala hatte erklärt, dass sie diese in ihrer Kabine gelassen habe, weil sie nicht gewusst hätte, dass sie diese bei sich führen musste. Auf seine Bitte hin war sie dann mit ihm zur Kabine gegangen und hatte ihm die Fahrkarte gezeigt. Daraufhin entschuldigte er sich bei ihr und geleitete sie dann an den Tisch zurück. Dort entschuldigte er sich nochmals, laut vernehmlich, bei ihr und sicherte ihr zu, die Richtigkeit geprüft zu haben. Dann entfernte er sich. In diesem Moment war Amala klar geworden, dass es nicht ihr eigenes Versäumnis gewesen war und man generell eine solche Fahrkarte bei sich zu führen hatte. Nein. Sie allein hatte diese vorzeigen müssen, weil sie im Gegensatz zu allen anderen Reisenden der ersten Klasse eine dunkle Hautfarbe hatte und offenbar allgemein angenommen wurde, dass sie sich den Platz auf irgendeine unrechtmäßige Art ergaunert hatte.

Sie hatte dann noch das Dinner hinter sich gebracht, weil sie sich nicht die Blöße hatte geben wollen, nach diesem Vorfall aufzustehen und den Speisesaal zu verlassen. Doch sie hatte sich am nächsten Tag nicht getraut, den Raum erneut zu betreten. So hatte sie während der gesamten Überfahrt immer nur für kurze Zeit ihre Kabine verlassen, um an Deck zu gehen und ein wenig frische Luft zu schnappen. Außer mit den Stewards, die ihr die bestellten Speisen in die Kabine brachten, hatte sie mit niemandem gesprochen und ganz bewusst den Kontakt zu anderen Passagieren vermieden. Die Zeit hatte sie sich mit ihren Büchern vertrieben und mit den gebundenen Briefen ihrer Mutter, die sie noch einmal lesen wollte, bevor sie sie an die Familie in Hamburg übergeben würde – auch wenn sie den Inhalt in- und auswendig kannte.

Nachdem das Schiff dann in Bremerhaven angelegt hatte, war sie von Bord gegangen und hatte auch ihre Koffer selbst getragen, ganz im Gegensatz zu den anderen Reisenden, die das Personal in Anspruch nahmen. Dann hatte sie einen Taxifahrer gebeten, sie zum nächstgelegenen Bahnhof zu fahren, um von dort den Zug nach Hamburg zu nehmen. Das Geld dafür hatte er im Voraus verlangt. Schließlich hatte sie sich eine einfache Zugfahrkarte gekauft und war froh gewesen, als sie Hamburg erreichte. Doch gegessen hatte sie nur das Stück Brot, das sie noch auf der *Columbus* eingepackt hatte.

Schweigend saß sie nun am Esstisch und wartete ab, was ihr Großonkel ihr gleich erzählen würde.

Nach einem kurzen Klopfen betrat die Haushälterin das Esszimmer, füllte Amalas und Georgs Tassen und verschwand wieder.

Georg nahm einen Schluck, dann sah er Amala an. »Was hat dir denn deine Mutter über damals erzählt?«

»Du meinst, als sie sich in meinen Vater verliebt hat?«

Georg nickte.

Amala überlegte kurz. »Sie sagte, dass sie sich schon in meinen Vater verliebt hätte, als sie zusammen mit ihrem eigenen Vater, deinem Bruder Robert, das erste Mal in Kamerun war.«

Georg lächelte. »Das dachte ich mir. Nur bist du damit meinem Wissensschatz weit voraus. Denn tatsächlich haben Luise und ich nie darüber gesprochen. Dein Vater kam damals, nach Luises letztem Aufenthalt in Kamerun, zusammen mit ihr und meinem Bruder Robert wieder nach Hamburg. Hamza hatte früher schon einmal hier gelebt, wusstest du das?«

Amala nickte. »Ja, das hat man mir erzählt. Er hat seine Lehre im Kontor gemacht, nicht wahr?«

»Ganz recht. Doch er ging dann vorzeitig zurück nach Kamerun. Die Gründe dafür sind mir nicht bekannt. Damals hatte zumindest ich noch keine Ahnung davon, welche Gefühle deine Mutter für ihn hegte.« Georg fiel ein, dass Luise damals gerade erst Hans geheiratet hatte. Aber dieses Thema wollte er mit seiner Großnichte nicht besprechen. Er wusste nicht, was Luise ihr darüber erzählt hatte und ob ihr überhaupt bekannt war, dass ihre Mutter zuvor schon einmal verheiratet gewesen war. Und er fand, dass es nicht an ihm war, ihr davon zu berichten. Wenn Luise es ihr nicht gesagt hatte, dann wollte sie es wohl für sich behalten. Und dies wusste Georg zu respektieren.

»Und als du es dann erfahren hast, ich meine, dass meine Mutter einen Schwarzen liebt«, sprach Amala ihren Gedanken aus, »wie hast du darüber gedacht?«

Georg musterte sie. »Wahrscheinlich sollte ich dir jetzt sagen, dass es mir einerlei war und ich keinerlei Bedenken hatte, doch so war es nicht«, gab er ehrlich Auskunft. »Aber nicht seinetwegen. Ich habe Hamza kennenlernen dürfen und hielt ihn für einen außergewöhnlich klugen, wissbegierigen und vor allem ehrlichen Menschen. Doch ich wusste auch, dass diese Liebe viele Widerstände und auch Anfeindungen würde aushalten müssen. Aber ich habe deine Eltern dafür bewundert, ihren eigenen Weg zu gehen, ungeachtet dessen, was andere über sie dachten.« Er blickte auf seine Tasse und drehte sie nachdenklich in seinen Händen. Dann sah er Amala wieder an. »Deine Mutter hat die Arbeit im Kontor geliebt, und ich habe nie jemand Klügeres im Handel erlebt, egal ob Mann oder Frau. Doch das alles hatte keine Bedeutung für sie, hätte sie deshalb ohne deinen Vater leben müssen.« Er lächelte. »Du kannst dich glücklich schätzen, Amala. Deine Eltern haben sich geliebt und allem getrotzt, und das, wenn ich es richtig sehe, bis zu ihrem letzten gemeinsamen Tag. Was kann ein Kind sich mehr für seine Eltern wünschen?«

»Das stimmt.« Amala erwiderte sein Lächeln. »Robert und ich hatten nie einen Zweifel daran, wie sehr die beiden einander liebten.«

»Wie geht es denn deinem Bruder?«

»Robert ist genau wie mein Vater«, sagte Amala. »Zusammen kümmern sie sich um die Zuckerrüben und betreiben die Farm. Ich glaube, weil wir in den ersten Jahren unseres Lebens immer auf Reisen waren, genießt Robert es umso mehr, dort ein richtiges Zuhause zu haben.«

»Ich kann deinen Bruder verstehen. Ich würde diese Villa hier auch nicht aufgeben wollen.«

Amala wiegte den Kopf. »Nun, ich empfinde das nicht so. Aber Robert und ich sind eben auch vollkommen verschieden.«

»Das waren meine Brüder und ich auch. Wichtig ist, dass man den anderen so akzeptiert, wie er ist.« Er schmunzelte. »Meist kann man ihn ohnehin nicht ändern. Ich denke da an deine Mutter und deren Schwester. Ein Unterschied wie Tag und Nacht. Oder auch meine eigenen Kinder Frederike und Richard.« Er zuckte die Schultern.

»Da fällt mir ein, dass ich herzlich von Marie und Elsa grüßen soll«, sagte Amala bei der Erwähnung von Richard.

»Habt ihr häufig Kontakt?«

»Es geht so. Es könnte mehr sein. Marie ist zwar nur sieben Jahre älter als ich, doch sie führt ein vollkommen anderes Leben mit ihren zwei Söhnen. Meine Mutter und Tante Elsa hatten allerdings bis kurz vor dem Tod meiner Mutter viel Kontakt. Meine Mutter nannte Tante Elsa immer ihre engste Freundin.«

»Die beiden hatten damals so ihre Anfangsschwierigkeiten miteinander«, erinnerte sich Georg. »Doch als die überwunden waren, waren sie unzertrennlich. Ich habe mich damals über alle Maßen gefreut, als wir einen Brief von Elsa erhielten. Sie wollte uns jedoch ihren Aufenthaltsort nicht nennen.« Er seufzte. »Die Trennung von Richard war nicht gerade schön verlaufen«, erklärte er kurz.

»Ich weiß. Meine Mutter hat es mir erzählt.«

»Dann bist du ja im Bilde, dass Elsa nicht preisgeben wollte, wo sie lebte. Irgendwann haben sie und Richard ihre Streitigkeiten wohl beigelegt, und nachdem hier in Deutschland die Scheidung ausgesprochen war, hat Elsa uns schließlich auch ihre Anschrift mitgeteilt, sodass Vera und ich ihr schreiben konnten. Es wäre so schön gewesen, sie noch mal wiederzusehen. Doch ich fürchte, dieser Wunsch wird unerfüllt bleiben.«

»Sie ist sehr glücklich mit ihrem Mann und kümmert sich auch viel um Henry und Benjamin, Maries Söhne.«

Georg schmunzelte. »Es ist schon eigenartig. Ich kann mir Elsa beim besten Willen nicht als Großmutter vorstellen. Als sie fortging, war sie noch jünger als du jetzt.« Wehmut lag in seinem Blick und einen Moment schwiegen sie.

Amala musterte ihn. Seit vorhin die Sprache auf ihren Vater und die ungleiche Beziehung ihrer Eltern gekommen war, lag ihr eine Frage auf den Lippen, doch sie hatte auch eine gewisse Furcht, sie zu stellen. »Ich möchte dich etwas fragen, Onkel Georg«, begann sie, zögerte dann aber. »Darf ich dich überhaupt Onkel Georg nennen?«, kam ihr nun der Gedanke.

»Aber ja, natürlich. Auch wenn ich dein Großonkel bin, aber das würde mich nur noch älter erscheinen lassen.« Er lächelte. »Nenn mich gern Onkel Georg, ich freue mich darüber.«

»Gut, also Onkel Georg.« Sie setzte sich gerade hin und legte das Besteck ab. »Stört es dich, dass ich schwarz bin?«

Er sah sie verblüfft an. »Um Himmels willen, Amala, aber nein. Wie kommst du darauf? Habe ich dir etwa dieses Gefühl vermittelt? Dann entschuldige ich mich aufrichtig.« Er wirkte geradezu erschüttert.

»Nein, wirklich nicht«, versicherte sie. »Aber ich habe es mich gefragt und wollte es ansprechen. Denn anders als in Amerika, wo es viele Farbige gibt, habe ich schon auf der Überfahrt hierher und dann erst recht auf deutschem Boden die Blicke der Menschen registriert.«

»Ich will nichts schönreden«, antwortete Georg. »Ich kann mir gut vorstellen, dass du in vielen Fällen mit deiner Einschätzung recht hast.« Er legte den Kopf schräg. »Aber kann es nicht sein, dass viele dich auch bewundernd ansehen, weil du eine so wunderschöne junge Frau bist? Ich meine, ja, deine Haut ist dunkler als die der meisten Menschen hier, jedoch nicht so, dass ich sie als schwarz bezeichnen würde, es sei denn, du möchtest es. Doch ich sehe vor allem eine auffallend schöne, weil auch andersartig aussehende junge Frau, und deine strahlend blauen Augen verleihen dir dann auch noch etwas ganz Besonderes. Womöglich würde dir der Gedanke helfen, dass sich die Blicke der Menschen nicht zwangsläufig auf deine Hautfarbe beziehen, sondern auf deinen Liebreiz.«

Amala glaubte das zwar nicht. Doch es tat ihr gut, dass ihr Großonkel ihr offenbar helfen wollte, besser mit ihrer Unsicherheit umgehen zu können.

»Ich danke dir, Onkel Georg.«

»Und wenn du doch einmal bemerken solltest, dass dich jemand während deiner Zeit hier in Hamburg schief von der Seite ansieht, dann kannst du entweder gern mir Bescheid geben, damit ich das kläre, oder andererseits reicht es womöglich auch schon, deinen Namen zu nennen. Denn der Name Hansen bedeutet etwas in dieser Stadt, wenngleich nicht mehr das Gleiche wie zu jener Zeit, während der deine Mutter noch hier gelebt hat.«

»Danke. Ich werde daran denken«, antwortete Amala. Kurz überlegte sie. »Dann will ich auch das Folgende noch direkt ansprechen: Ich hatte bei Bertha, deiner Haushälterin, das Gefühl, dass sie mich kaum ansehen konnte.«

»Ach ja?« Georg schien überrascht. »Nun, das habe ich nicht bemerkt, werde aber jetzt darauf achten. Und wenn ich feststellen sollte, dass dem wirklich so ist, werde ich ein ernstes Wort mit ihr reden.«

»Danke.«

»Sag, Amala, wie lange wirst du bleiben? Ich hoffe, du musst nicht allzu schnell zurück?«

Amala zuckte die Schultern. »Eigentlich hatte ich tatsächlich vor, nur dich hier in Hamburg und auch die anderen Familienmitglieder in Wien kennenzulernen und dann zurückzufahren. Doch da ich meine Anstellung als Tänzerin am *Imperial Theatre* verloren habe, habe ich keine Eile mehr.« Sie zuckte die Schultern.

»Amerikas Verlust ist unser Gewinn«, urteilte Georg. »Ich bin wirklich froh, dass du hier bist, und noch mehr, dass du bleibst. So können wir uns richtig kennenlernen, und ich bin sicher, dass Frederike, wenn sie von deinem Besuch hier erfährt, ebenfalls versuchen wird, es einzurichten und mal wieder nach Hamburg zu kommen.«

»Ich möchte wirklich keine Umstände machen«, betonte Amala nochmals.

»Ich kenne meine Frederike. Es wird ihr sehr gefallen, Luises Tochter kennenzulernen.« Er wiegte kurz den Kopf. »Ich werde wohl auch Martha, Luises Schwester, von deinem Besuch unterrichten müssen. Sie wohnt nicht allzu weit von hier entfernt.«

»Ich weiß, dass meine Mutter und sie sich nicht besonders verstanden haben«, sagte Amala, die ihrem Großonkel ansehen konnte, dass er offenbar keine große Lust verspürte, Kontakt zu seiner Nichte aufzunehmen.

»Martha hat sich zu einem sehr komplizierten Menschen entwickelt«, erklärte Georg. »Was hat deine Mutter dir denn über sie erzählt?«

»Nun, vor allem, dass meine Tante wohl recht egoistisch ist.«

»Das ist noch nett ausgedrückt«, schnaubte Georg. »Und ich will ganz offen sein, ich kann dir nicht sagen, wie Martha auf dich reagieren wird. Und ja, eben wegen deiner Hautfarbe.«

»Ich verstehe.«

»In Marthas Welt dreht sich alles um Martha.« Er seufzte. »Sie lebt, wie ich schon sagte, nicht weit von hier entfernt. Und doch sehen wir uns so gut wie nie. Und meiner Meinung nach kann das gern so bleiben.« Er sah Amala an. »Ich hoffe, dich mit meinen offenen Worten nicht zu schockieren.«

»Durchaus nicht«, antwortete sie, wusste jedoch tatsächlich nicht genau, wie sie mit seiner Aussage umgehen sollte. Immerhin lebte er mit Ausnahme der Haushälterin ganz allein in dieser großen Villa. Und offenbar war ihm das lieber, als zu seiner Nichte, die als Einzige noch in der Nähe war, den Kontakt zu halten. Amala war sich nicht sicher, ob sie diese Frau überhaupt kennenlernen wollte.

»Marthas Sohn Eduard hat seinerzeit den Spirituosenhandel seines Vaters übernommen. Genau genommen, seines Vaters und seines Onkels«, fuhr Georg fort.

»Woran ist Eduards Vater gestorben? Er kann doch noch nicht alt gewesen sein?«

»Nein, Ludwig war gerade einmal einundvierzig Jahre alt und viel zu jung zum Sterben. Das war vor zwölf Jahren. Er hatte einen Tumor in seinem Kopf. Damals war sein Sohn Eduard erst zwanzig und damit noch nicht mal volljährig. So hat zunächst sein Onkel die Geschäfte allein weitergeführt. Und nicht einmal ein Jahr später, zwei Tage nach Eduards einundzwanzigstem Geburtstag, ist dann auch Maximilian Ahrendsen, Eduards

Onkel gestorben.« Georg schüttelte den Kopf. »Maximilian hatte selbst keine Kinder, und Eduard war wie ein Sohn für ihn. Er hatte Krebs, genau wie sein Bruder Ludwig. Mir kam es damals fast so vor, als hätte Maximilian nur noch genau so lange ausgehalten, bis Eduard volljährig war und damit in der Lage, die Geschäfte zu übernehmen.«

»Das ist wirklich traurig.«

»Ja«, stimmte Georg seiner Großnichte zu. »Überhaupt sind viele aus der Familie viel zu früh verstorben.«

»Wie schrecklich.« Amala sah ihren Großonkel traurig an.

Sie wusste von ihrer Mutter, dass Vera, Georgs Frau, ebenfalls schon viele Jahre tot war. Doch konnte sie sich nicht erinnern, woran diese verstorben war. Überhaupt hatte Amala Schwierigkeiten, die Geschichten ihrer Mutter den jeweiligen Namen zuzuordnen, weil sie keine Gesichter dazu hatte.

»Ja, das ist es. Und nun ist auch deine Mutter mitten aus ihrem Leben gerissen worden«, brachte Georg seinen Gedanken zu Ende. »Manchmal habe ich das Gefühl, dass eine Art Fluch auf dieser Familie liegt. Damals meine Mutter, kurz darauf mein Vater, dann mein Bruder Karl, deine Großmutter Elisabeth, Vera, mein Bruder Robert und Luise. Alle sind sie früh gegangen.« Er hatte ganz bewusst den Namen von Luises erster Tochter Viktoria ausgelassen, weil er auch in diesem Fall nicht wusste, ob Luise Amala davon erzählt hatte.

»Als wir damals die Nachricht von Opa Roberts Tod erhielten, hat das meine Mutter schwer getroffen. Sie wollte ihn immer irgendwann wieder besuchen, und konnte dann nicht einmal mehr rechtzeitig zu seiner Beerdigung anreisen.«

»Ja, während des Krieges wäre es auch ein zu großes Wagnis gewesen, nach Wien zu reisen.«

Amala nickte. »Wir waren immer von allem so weit weg. Jetzt habe ich das Gefühl, viel nachholen zu müssen, was die Familie angeht.«

Georg hob den Blick, in dem noch immer etwas Trauer lag. »Lass uns nicht mehr von all denen sprechen, die gestorben sind«, bat er. »Erzähl mir von dir, von deinem Bruder und deinem Vater.« Er hob die Tasse Kaffee, als wollte er ihr damit zuprosten. »Sprechen wir lieber von den Lebenden. Das ist weniger bedrückend.«

»Ja, du hast recht«, sagte Amala, wenngleich sie viele Fragen zu den einzelnen Schicksalen der Familienmitglieder hatte. Doch dafür wäre später immer noch genug Zeit. Jetzt galt es erst einmal, richtig in Hamburg anzukommen.

2. Kapitel

Hamburg, Mittwoch, 3. September 1924

Es ist Schmerz und Glück zugleich, mich zu erinnern und all derjenigen zu gedenken, die längst gegangen sind.

Georg Hansen

Georg lag im Bett und hatte seine Lesebrille auf der Nase. Es war ein schöner Nachmittag und Abend mit seiner Großnichte gewesen, und er fühlte sich zwar erschöpft, aber dennoch auf eine seltsame Weise belebt. Es war, als wäre mit ihr ein wenig Leben in die Villa zurückgekehrt, und tatsächlich freute er sich schon jetzt, morgen sein Versprechen in die Tat umzusetzen und Amala Hamburg zu zeigen.

Nun griff er die gebundenen Briefe, schlug den darumgebundenen Pappdeckel auf und begann zu lesen:

's-Gravenhage, den 28. April 1897
Liebe Familie!
Gestern sind wir nach einer fünftägigen Fahrt in 's-Gravenhage im Königreich der Niederlande angekommen, und ich habe endlich einmal Zeit

und Muße, Euch von unserer bisherigen Reise zu berichten.

Von Hamburg aus sind Hamza und ich mit unserem schönen Segelboot elbabwärts an Blankenese, Glückstadt und Brunsbüttel vorbei nach Cuxhaven gefahren. Bei einer Geschwindigkeit von etwa fünf Knoten erreichten wir nach gut elf Stunden die Alte Liebe und haben dort im sicheren Hafen die Nacht verbracht. Am nächsten Morgen segelten wir über die doch recht raue Nordsee hinein in die Helgoländer Bucht. Zwar hatte ich bei meinen Fahrten nach Kamerun nie mit Seekrankheit zu kämpfen, doch nun musste ich doch feststellen, dass eine Fahrt auf dem offenen Meer mit einem großen Schiff wie denen der Woermann-Linie und einem Segelboot wie unserem doch sehr unterschiedlich ist. Unser erstes Erlebnis auf dem offenen Meer war enorm aufregend, sogar ein wenig beängstigend, doch tatsächlich haben wir uns daran gewöhnt. Ganz besonders haben wir dabei die vielen, in den letzten Wochen mit Käpt'n Rönnau geführten Gespräche und seine Lektionen in Segelkunde und Navigation zu schätzen gelernt und waren glücklich und froh, dass der alte Seebär uns so viel beigebracht hat. So kamen wir schließlich am Abend wohlbehalten in Norderney an.

Von dort aus ging es weiter über Ameland und Den Helder nach Scheveningen, wo sich der Hafen von 's-Gravenhage befindet.

Nachdem wir uns erst einmal von den doch ungewohnten und anstrengenden Arbeiten an

Bord gut ausgeruht hatten, machten wir uns auf den Weg in die Stadt. Dort wurden wir zwar zunächst von den Einheimischen als Fremde etwas zurückhaltend beäugt, jedoch durchaus freundlich empfangen. Da die Niederlande einst über ein großes Kolonialreich herrschten und auch heute noch über einige Kolonien verfügen, trafen wir auch auf sehr viele Menschen fremdländischer Herkunft, sodass Hamza und ich nicht weiter auffielen. Das war neu, aber zugleich auch sehr angenehm für uns, so völlig anders als in Hamburg, wo Hamza immer angestarrt wurde und sich wie ein Außenseiter vorkam. Nein, die Niederländer waren uns gegenüber aufgeschlossen, sodass wir uns dort gut aufgehoben fühlten.

So konnten wir auch schon einen ersten kleinen Spaziergang durch die alte Stadt unternehmen und haben einige schöne historische Gebäude besichtigt. Dabei haben wir zum Beispiel das im 17. Jahrhundert von Johann Moritz Fürst von Nassau-Siegen erbaute Mauritshuis angesehen, den berühmten Binnenhof mit seinem beeindruckenden Eingangstor und die vor etwa zwölf Jahren von dankbaren Bürgern der Gemeinde 's-Gravenhage errichteten Binnenhoffontein, einen wunderschönen Springbrunnen mit einer Skulptur von Graaf Wilhelm II. van Holland. Nach einem Gang um den Hofvijver, den neben dem Binnenhof liegenden Schlossweiher, um den herum die Stadt entstanden ist, haben wir uns erschöpft, aber glücklich wieder zu unserem Boot begeben, wo ich Euch jetzt zum ersten Mal von unseren Abenteuern berichten kann.

Wir werden wohl noch ein paar Tage hierbleiben, die Stadt noch ausgiebiger erkunden und auch Spaziergänge am schönen langen Sandstrand von Scheveningen unternehmen. Dann werden wir weiterreisen, zunächst nach Calais und Le Havre in Frankreich. Unseren Plan, vielleicht auch nach Schottland zu segeln, werden wir nicht weiterverfolgen, da wir die raue, offene Nordsee scheuen und lieber an der französischen Küste entlang durch den Ärmelkanal und den Golf von Biscaya nach Spanien und Portugal segeln wollen. Und wenn wir dabei genügend Erfahrungen gesammelt haben, möchten wir von den Kanarischen Inseln aus über den Atlantischen Ozean nach Bermuda und weiter nach New York.

Wie Ihr seht, haben wir sehr viel vor. Deshalb werde ich Euch immer wieder Briefe schreiben, damit Ihr auch wisst, wie es uns ergangen ist, und damit wir Euch so auch ein wenig an unseren Erlebnissen teilhaben lassen.

An dieser Stelle schließe ich für heute und übermittle Euch unsere Grüße und guten Wünsche, verbunden mit der Hoffnung, dass Ihr alle wohlauf seid.

In Liebe
Eure Luise

Georg legte das Buch auf seinem Schoß ab und schloss für einen kurzen Moment die Augen. Als seine Nichte diese Zeilen geschrieben hatte, war sie gerade mal so alt gewesen wie jetzt ihre Tochter Amala, die ihm die gebundenen Briefe übergeben hatte. Georg sah Luise noch genau vor sich, wie sie damals im April 1897 zusammen mit Hamza aufgebrochen war. Konnte es wirklich sein, dass das nun bereits über siebenundzwanzig Jahre her war? Das war doch eigentlich gar nicht möglich. Er erinnerte sich noch genau, dass er früher, als er noch ein junger Mann gewesen war, die Worte seines Vaters nicht hatte nachvollziehen können, wenn dieser sich immer einmal wieder verwundert gezeigt hatte, wie rasch die Zeit verging. Damals hatte Georg in ihm, seinem Vater Peter Hansen, einen Mann fortgeschrittenen Alters gesehen. Dabei war er, als er starb, gerade einmal fünfundsechzig Jahre alt gewesen. Georg selbst war inzwischen sechsundsiebzig, und irgendwie hatte er den Eindruck, gar nicht richtig realisiert zu haben, wie schnell die Jahre vergangen waren.

Wenn er am Morgen in den Spiegel sah, blickte ihn ein Mann mit grauen, aber noch immer vollen Haaren an. Seine Augen waren nicht mehr so strahlend wie früher, und vor allem die Tatsache, ohne eine richtige Aufgabe sein Leben zu führen, betrübte ihn. Er war einsam, und das war nicht wegzudiskutieren. Doch für sein Alter hatte er auffallend wenig körperliche Beschwerden. Er ging immer noch aufrecht und hatte auch sonst kaum das Gefühl, altersbedingte Einschränkungen hinnehmen zu müssen. Konnte und musste er also nicht trotz allem, was das Schicksal für ihn bereitgehalten hatte, dankbar sein?

Er öffnete die Augen wieder, griff nach dem Buch und blätterte zum nächsten Brief um.

Le Havre, den 15. Mai 1897
Geliebte Familie …

las er, dann klappte er den Deckel des Buches zu. Zu gern hätte er weitergelesen, was Luise und Hamza erlebt hatten. Doch da war auch dieser Gedanke, dass er, wenn er seine Lektüre rationierte und nicht gleich alles auf einmal las, Luise für eine längere Zeit wieder in sein Leben holen könnte, und wenn es auch nur die Erinnerung war, die durch die Briefe auflebte. Also nahm er sich vor, stets nicht mehr als einen Brief zu lesen, auch wenn das Buch recht dick war und er geraume Zeit etwas davon haben würde. Für ihn waren die persönlichen Zeilen seiner Nichte ein großer Schatz, den er mit Sorgfalt behandeln und bewahren würde. Also nahm er das Buch, setzte seine Brille ab und legte beides zusammen auf den Nachttisch. Er schaltete die kleine Lampe aus und rutschte etwas tiefer in sein Kissen. In Gedanken ging er den Tag noch einmal durch. Es war so schön, dass Amala gekommen war. Die Ankündigung dazu hatte Georg kurz nach Luises Tod von Hamza selbst erhalten, der ihn am Telefon über das Ableben seiner Frau informiert hatte, nachdem Luise bereits vor Monaten einen Brief geschickt hatte, in dem sie Georg von ihrer Krankheit berichtet hatte. Hamza hatte nur in wenigen Worten berichtet, dass Luise an ihrem Lieblingsplatz oben auf dem Hügel über der Bucht friedlich eingeschlafen sei und sie nun ihre letzte Ruhestätte dort ganz in der Nähe gefunden hätte.

Seit diesem Anruf hatte sich eine Trauer auf Georgs Seele gelegt, die er nicht einmal in Worte fassen konnte. Luise war ein so fröhlicher Mensch gewesen, so voller Stärke und Zuversicht. Es hatte keine Herausforderung gegeben, die ihr zu groß gewesen wäre, kein Problem, dem sie sich nicht gestellt hätte. Auch wenn es andersherum hätte sein sollen, so war doch Luise für Georg zum Vorbild geworden, wie man ein gutes Leben zu führen hatte. Mit ihrem Tod war auch etwas in ihm zerbrochen, obwohl sie sich vor Jahrzehnten zuletzt gesehen hatten.

Heute jedoch, als er Amala kennengelernt hatte, war da dieses Funkeln in ihren Augen, das er so gut von ihrer Mutter kannte. Zwar war Amala ihm gegenüber noch recht zurückhaltend gewesen. Doch er war sicher, dass sie ihre Scheu ablegen würde, wenn sie erst einmal ein wenig in Hamburg angekommen war. Wie lange auch immer sie bleiben würde, bis sie schließlich in ihre Heimat Amerika zurückkehrte – in dieser Zeit, so nahm sich Georg fest vor, wollte er Luises Tochter alles zeigen und ihr das Gefühl geben, dass Hamburg auch für sie ein Stück Heimat war. Über den Gedanken, was sie alles gemeinsam unternehmen könnten, schlief er ein und erwachte nicht, wie sonst so oft, mitten in der Nacht, um dann stundenlang keinen Schlaf mehr zu finden, sondern erst am nächsten Morgen zu seiner üblichen Aufstehzeit.

Georg fühlte sich ausgeruht und auf gewisse Weise beschwingt, er freute sich aufrichtig auf den Tag. Er ging ins Bad, erledigte seine Morgentoilette und zog sich an. Wie immer trug er Hemd, Anzughose und Weste. Doch die sonst übliche Strickjacke ließ er weg. Irgendwie schien sie ihm heute unpassend, ja schlichtweg altmodisch. Und genau danach war ihm nicht zumute.

Er ging die Stufen hinunter, sah kurz ins Esszimmer, wo zwar eingedeckt war, jedoch niemand saß, und wandte sich dann zur Küche.

»Guten Morgen, Bertha«, grüßte er laut beim Eintreten, und die Haushälterin fuhr zusammen.

»Herrgott, Herr Hansen, haben Sie mich erschreckt.« Sie legte die Hand auf die Brust.

»Ach, Bertha, was soll ich denn machen? Ich habe mich nicht angeschlichen, und es würde ja auch nichts nützen, wenn ich gegen den Türrahmen klopfte.« Er hob in einer hilflosen Geste die Hände.

»Es geht schon wieder«, japste sie, doch der Schreck war ihr noch immer deutlich anzusehen.

»Ist meine Großnichte schon auf?«, fragte Georg freundlich.

Bertha räusperte sich. »Ich habe unseren Gast noch nicht gesehen.«

Georg musterte sie. Nahm er so etwas wie Abneigung wahr? Er trat direkt vor sie, sodass sie ihn ansehen musste. »Stimmt etwas nicht, Bertha?«

Die Haushälterin sah zu Boden. »Nein, alles in Ordnung«, gab sie zur Antwort.

»Bertha, wärst du so gut, mir ins Gesicht zu sehen?«

Sie hob den Blick. »Aber natürlich, Herr Hansen.«

»Wir haben uns doch immer gut verstanden, nicht wahr?«

»Ja, natürlich, Herr Hansen.«

»Dann, finde ich, sollten wir ganz offen zueinander sein. Also: Stimmt etwas nicht?«

Die Haushälterin schien zu überlegen. »Nun ja. Es ist nur so, dass es mir ein wenig schwerfällt, den Gast als Ihre Großnichte zu sehen. Sie hat schließlich so gar keine Ähnlichkeit mit Ihnen.«

Georg verstand in diesem Moment, was Amala gestern gemeint hatte. Zwar war es ihm auch vorher klar gewesen, doch solch eine abschätzige Haltung in seinem eigenen Haushalt befremdete ihn.

»Ach so, ich verstehe«, erwiderte er und sah sie an. »Findest du denn, dass Martha Ahrendsen, meine Nichte, so viel Ähnlichkeit mit mir hat? Ich meine, bei ihr hast du ja auch nicht den Eindruck, dass sie fremd sei, oder?« Er lächelte sie an, doch es lag etwas Warnendes in seinem Blick.

»Nein, so viel Ähnlichkeit ist da auch nicht vorhanden«, gestand Bertha nun ein.

»Das beruhigt mich. Denn auch wenn ich meine Großnichte gestern das erste Mal gesehen habe, ist da doch dieses Gefühl, dass sie mir viel näher steht als meine Nichte Martha. Aus diesem Grund möchte ich auch, dass Amala hier in der Villa ein liebevolles und behagliches Zuhause findet, Bertha. Und ich erwarte von dir, dass du dafür Sorge trägst.«

»Jawohl, Herr Hansen.«

»Ich erwarte sogar, dass du es als deine ganz persönliche Aufgabe ansiehst, selbst wenn dafür andere Erledigungen von dir liegen bleiben müssen, hast du verstanden?«

»Ja, Herr Hansen, ich habe verstanden«, sicherte sie mit gesenktem Kopf zu.

»Wunderbar«, sagte Georg und wandte sich zum Gehen. »Denn ich finde, wir können uns glücklich schätzen, dass meine Großnichte die Reise zu uns auf sich genommen hat, und ich möchte, dass sie uns später in bester Erinnerung behält.«

»Ich werde mir größte Mühe geben, Herr Hansen.«

»Danke, Bertha. Und nun möchte ich gern einen Kaffee trinken, und bereite doch bitte eine Eierspeise zu. Mach ruhig ein wenig mehr. Wir wollen doch, dass meine Großnichte von jeder Köstlichkeit, die die Heimat ihrer Mutter zu bieten hat, probieren kann, nicht wahr?«

»Jawohl, Herr Hansen.«

»Gut. Danke schön, Bertha.« Georg verließ die Küche. Er ärgerte sich über das Verhalten seiner Haushälterin, wollte die Sache aber andererseits auch nicht zu hoch hängen. Bertha hatte damals Anna abgelöst, als diese in den Ruhestand gegangen war, um ihre letzten Lebensjahre mit Hugo, dem früheren Kutscher der Familie zu verbringen. Dass die beiden Gefühle füreinander hegten, war Georg immer klar gewesen. Doch waren sie viel zu diskret, um sich dies während ihrer Dienstjahre anmerken zu lassen. Bertha, die Nachfolgerin von Anna, stand nun auch schon seit fast achtzehn Jahren im Dienst der Hansens. Sie war stets zuverlässig und gründlich gewesen, hatte immer dafür gesorgt, dass alles im Haus in Ordnung war, und wusste auch Handwerker zu beauftragen, wenn etwas an der Villa repariert werden musste. Georg konnte sich nicht vorstellen, auf Bertha zu verzichten. Doch er würde es ihr keinesfalls durchgehen lassen, seine Großnichte, die Gast im Hause und darüber hinaus eine Hansen war, wegen irgendwelcher Vorbehalte nicht mit dem nötigen Respekt zu behandeln.

Er wollte gerade ins Esszimmer gehen, als er oben auf dem Flur Schritte hörte. So blieb er stehen und sah die Treppe hinauf, auf der nun am oberen Absatz Amala erschien.

»Guten Morgen«, grüßte er hinauf, und ein warmes Gefühl durchflutete ihn, als sie ihn herzlich anlächelte.

»Guten Morgen, Onkel Georg.« Sie kam die Stufen herab.

»Hast du gut geschlafen, Amala?«

Sie nickte und nahm nun die letzte Stufe. »Ja, ganz wunderbar. Ich war wirklich erschöpft. Und es hat mir auch gefallen, mir vorzustellen, dass vor vielen Jahren meine Mutter dort oben im Bett gelegen und vor dem Einschlafen das Gleiche gesehen hat wie ich.«

»Das freut mich wirklich sehr. Komm.« Er legte den Arm um ihre Schultern. »Ich war gerade in der Küche. Bertha bereitet uns gerade das Frühstück zu. Setzen wir uns. Sie wird bestimmt gleich auftragen.«

»Danke.«

Sie betraten zusammen das Esszimmer und nahmen auf denselben Stühlen Platz wie schon am Tage zuvor. Tatsächlich trat nur einen Augenblick später Bertha ein.

»Guten Morgen, Fräulein Hansen«, sagte die Haushälterin fröhlich. »Ich hoffe, Sie haben gut geschlafen! War alles zu Ihrer Zufriedenheit?«

Amala schien ein wenig überrascht. »Ja, danke, Bertha«, antwortete sie etwas zögerlich. »Es war wirklich alles ganz wunderbar vorbereitet. Ich habe mich sehr wohl gefühlt.«

»Ach, das freut mich aber ganz besonders«, gab Bertha zurück und warf einen kurzen Blick zu Georg.

»Unsere Bertha ist eben die Perle dieses Hauses«, lobte Georg nun. »Sie sorgt nun schon so viele Jahre für uns Hansens.«

»Vielen Dank, Herr Hansen.« Die Haushälterin deutete auf die Kanne. »Möchten Sie beide Kaffee oder lieber einen Tee oder etwas anderes?«

»Ich würde gern wieder Kaffee trinken«, sagte Amala.

»Ich ebenfalls«, stimmte Georg zu.

»Gut, dann bringe ich ihn gleich. Und ich habe einige Eierspeisen vorbereitet. Ich hoffe, dass Sie so etwas mögen, Fräulein Hansen?«

»Ja, sehr gern sogar. Vielen Dank, Bertha.«

Die Haushälterin nickte, schenkte den Kaffee ein und verschwand dann eilig wieder.

Amala lächelte Georg an. »Ich fühle mich wirklich von Augenblick zu Augenblick wohler in diesem Haus«, sagte sie und trank einen Schluck Kaffee. »Als ich vorhin oben die Fenster aufstieß, wusste ich, was meine Mutter damit gemeint hatte, als sie mir erzählte, dass rund um die Villa ein ganz besonderer Duft liegt, den man besonders am Morgen wahrnimmt.«

»Ach ja, ist das so? Ich lebe ja schon mein ganzes Leben hier, sodass mir das wohl gar nicht mehr auffällt.«

»Doch, es stimmt. Es ist diese besondere Frische in der Luft, und es duftet so herrlich grün und aromatisch aus dem Garten«, fuhr Amala fort. Dann sah sie Georg an. »Ich bin wirklich unglaublich froh, hierhergekommen zu sein.«

»Und ich bin froh, dich hierzuhaben. Und Bertha ebenfalls. Sie sagte mir vorhin, wie schön sie es findet, nicht mehr nur für mich allein zu sorgen«, log Georg.

»Gestern hatte ich noch das Gefühl, dass es ihr gar nicht so recht war, dass ich gekommen bin«, gestand Amala.

»Unsinn. Unsere Bertha ist eben immer erst ein wenig zurückhaltend. Doch sie ist ein herzlicher Mensch. Und dass sie dich sehr mag, ist offensichtlich.«

»Ja, das glaube ich jetzt auch«, gab Amala glücklich zurück.

»Und? Was möchtest du heute unternehmen?«

»Ich weiß nicht. Vielleicht könnten wir uns die Stadt ein wenig ansehen«, schlug Amala vor. »Offen gesagt, bin ich gestern schon beim alten Kontor vorbeigefahren, weil ich es mir mal ansehen wollte.«

»Du warst beim Kontor?« Georg spürte ein kleines Unwohlsein in sich aufsteigen. Er hatte es damals nicht übers Herz gebracht, das Gebäude zu verkaufen, als die Geschäfte mit Kamerun durch den Beginn des Krieges zum Erliegen kamen. Inzwischen gab es im früheren Anbau nur noch einen kleinen Kaffeehandel, der von einem Geschäftsführer betrieben wurde. Das Hauptgebäude stand jedoch seit vielen Jahren leer und bot einen jämmerlichen Anblick.

Amala nickte. »Ja. Ich wollte gern sehen, wo meine Mutter früher gearbeitet hat.«

»Es war wahrscheinlich ganz anders, als du es dir vorgestellt hast, nicht wahr?«

»Ehrlich gesagt schon.«

Bertha betrat den Raum und tischte den beiden allerlei Leckerbissen auf. Dann wünschte sie einen guten Appetit und verließ das Zimmer wieder.

»Das sieht wirklich alles köstlich aus«, freute sich Amala.

»Greif ordentlich zu und lass es dir schmecken«, sagte Georg. »Meine Mutter hätte bestimmt über dich gesagt, dass du viel zu dünn bist.«

»Ich bin Tänzerin. Wir müssen so aussehen«, erklärte Amala und nahm sich etwas von dem Rührei.

»Luise hatte in ihren Briefen geschrieben, dass du nicht nur Tänzerin, sondern auch Schauspielerin bist«, sagte Georg.

»Ja, das stimmt. Meine Eltern haben mir an der *Juilliard School* die Ausbildung zur darstellenden Künstlerin finanziert. Doch ganz ehrlich, der große Durchbruch war mir bisher nicht vergönnt. Deshalb habe ich verschiedene Rollen am Broadway angenommen, um mein eigenes Geld zu verdienen. Ich tanze, schauspielere, nun ja, was sich eben gerade so ergibt.«

»Für mich klingt das sehr aufregend. Du lebst in einer ganz anderen Welt als wir hier in Hamburg.«

»Ja, es ist anders, doch deshalb nicht unbedingt besser.«

»Das klingt, als wärst du nicht ganz zufrieden?«, stellte Georg fest und steckte sich ein Stück Brot in den Mund.

Amala ließ ihr Besteck sinken. »Ich bin jetzt vierundzwanzig Jahre alt, Onkel Georg. Und ich habe eine Ausbildung an einer der besten Schauspielschulen überhaupt gemacht. Meine Eltern haben ein kleines Vermögen für mich ausgegeben. Doch ich komme nicht wirklich voran.«

»Was genau würdest du denn gern erreichen?«, fragte Georg nach.

»Das ist es ja, so genau weiß ich es nicht. Früher war es mein Traum, am Broadway aufzutreten, doch darüber bin ich inzwischen hinaus. Weißt du, ich liebe Filmvorführungen.«

»Du möchtest zum Film?«

»Ja, ich möchte zum Film. So gern wäre ich wie Virginia Fox, Erna Morena, Lillian Gish oder Marion Davies«, brachte sie schwärmerisch hervor.

Georg lachte auf. »Also das klingt für mich aber überhaupt nicht so, dass du nicht weißt, was du willst. Vielmehr traust du dich offenbar nicht, nach den Sternen zu greifen.«

Amala sah ihn überrascht an. »Du hast recht«, sagte sie dann so, als sei ihr diese Erkenntnis gerade selbst erst gekommen. »Du hast vollkommen recht«, wiederholte sie. »Da musste ich also erst aus Amerika hierherkommen, damit du mir mit einem einzigen Satz klarmachst, was mit mir los ist.«

Beide lachten.

»Manchmal hilft eben die Sicht aus einem anderen Blickwinkel«, meinte Georg.

Amala sah ihn an. »Ja, doch im Grunde nützt mir dieses Wissen überhaupt nichts.«

»Und weshalb nicht, wenn ich fragen darf?«

»Weil das einfach unerreichbar ist.«

»Aber warum denn? Ich meine, du hast doch eben selbst gesagt, dass du mit der Ausbildung an dieser Schule …«

»Der *Juilliard School*«, ergänzte Amala.

»Also, der *Juilliard School*«, wiederholte Georg, der Schwierigkeiten hatte, den Namen richtig auszusprechen, »eine gute Ausbildung genossen hast«, fuhr er dann fort.

»Ja, das stimmt. Die *Juilliard* hat etliche bekannte Schauspieler, Musiker und Tänzer hervorgebracht«, erklärte Amala.

»Na also. Dann hast du doch eine gute Grundlage«, stellte Georg fest.

»Ja, das schon. Doch weißt du, jede junge Frau, die ich kenne, möchte Schauspielerin werden. Es ist einfach unmöglich, sich gegen so viele andere durchzusetzen.«

»Nichts ist unmöglich«, widersprach Georg. »Mich würde wirklich interessieren, was deine Mutter dazu gesagt hat, wenn du meintest, dein Ziel nicht erreichen zu können.«

»Nun ja, sie wusste es nicht.«

»Wie soll ich das verstehen?«

»Ich habe es ihr nicht gesagt. Sie und mein Vater haben mir alles ermöglicht, und ich habe meine Abschlüsse auch sehr gut geschafft. Beide waren da, als mir die Urkunde übergeben wurde. Doch ich habe weiterhin in New York gelebt und die beiden auf Hawaii. Und wenn ich zu Besuch kam, habe ich ihnen stets nur erzählt, wie glücklich ich sei, und dass alles genau so wäre, wie ich es mir wünsche.«

»Du hast deine Eltern also angeschwindelt?«

Amala nickte und senkte den Blick.

»Ich wollte nicht, dass sie denken …«, sie suchte nach den richtigen Worten, »dass sie denken, ich hätte versagt.«

Georg schüttelte den Kopf. »Ich habe deine Eltern zwar viele Jahre nicht gesehen. Doch ich kann mir wirklich nicht vorstellen, dass die beiden je so von dir gedacht hätten.«

»Ach, weißt du, Robert ist eben so ganz anders als ich. Er hilft meinem Vater nicht nur bei der Arbeit, er scheint die ganze Zuckerrübenfarm geradezu spielend im Griff zu haben. Er kümmert sich um alles, hat immer den Überblick, weiß, was wann abzuernten ist und wie man den Gewinn noch erhöht. Und ich habe mich mehr schlecht als recht mit kleineren Engagements über Wasser gehalten und im Grunde nichts aus dem machen können, was meine Eltern in mich investiert haben.«

»Und deshalb glaubst du, versagt zu haben?«, fragte Georg mitfühlend.

»Ja. Anders kann man es ja auch kaum sehen.«

»Da täuschst du dich, liebe Amala. Das kann man sogar ganz anders sehen. Es ist nur eine Frage der Einstellung, wie du damit umgehst.«

»Wie meinst du das?« Sie ließ ihr Besteck sinken.

»Ohne zu oberlehrerhaft klingen zu wollen, solltest du dir ein Beispiel an deiner Mutter nehmen. Denk nur, als Luise damals in die Kontorarbeit einstieg, hatten wir noch einen Kaiser, und die Stellung der Frau hier in Deutschland war noch eine ganz andere als heute. Sie hat eigentlich nur ihren Vater unterstützen wollen. Doch schnell war offensichtlich, dass sie in dem, was sie tat, so gut war, dass keiner von uns auf sie hätte verzichten wollen. Sie hat sich durchgesetzt und obwohl ihr vollkommen klar war, dass sie als Frau nicht die gleichen Rechte hatte wie die Männer, hat sie einfach weitergemacht und wurde schon bald unentbehrlich für uns und für das Kontor. Sie hat, wenn man es so sagen will, die bestehenden Gesetze einfach ignoriert und getan, was sie für richtig hielt, ohne sich auch nur einen Moment zu sagen, dass das, was sie vorhatte, im Grunde unmöglich sei. Ich glaube, sie hatte im Vergleich zu dir einen ganz entscheidenden Vorteil.«

»Weil eurer Familie das Kontor gehörte?«

»Sicher, das auch. Und das ist das Naheliegende. Doch glaub mir, Luise hätte sich auch sonst überall durchgesetzt. Weißt du, weshalb?«

»Nein.«

»Weil sie nichts zu erzwingen versucht, sondern einfach klug und besonnen das getan hat, von dem sie glaubte, dass es das Beste für das Kontor sei. Ihr ging es um das Geschäft an sich, nicht darum, was andere über sie dachten oder sagten. Sie war nicht auf das Lob und die Anerkennung aus, sondern auf lukrative Geschäftsabschlüsse und darum, das Kontor voranzubringen, nicht sich persönlich.«

»Du denkst, ich bin zu egoistisch?«

»Nein, das nicht. Ich denke, du solltest dich auf die Schauspielerei konzentrieren und nicht darauf, dich selbst auf der Leinwand sehen zu wollen.« Er lächelte sie an. »Verzeih meine Offenheit, Amala. Ich möchte dich mit meinen Worten keinesfalls kränken.«

Sie sah ihn eine Weile lang an, dachte über das Gehörte nach. »Ich glaube, du hast recht«, antwortete sie dann. »Ich war so sehr damit beschäftigt, mir auszumalen, wie man mich auf der Leinwand bewundert, dass ich ganz und gar vergessen habe, um was es bei der Schauspielerei wirklich geht.« Sie legte den Kopf schräg. »Ist das nicht eigenartig? Wir kennen uns noch nicht einmal einen Tag lang. Und doch scheinst du mich genau zu durchschauen.«

»Ach, weißt du, den Denkfehler, den du bei deinen Überlegungen gemacht hast, kenne ich nur allzu gut. Genau genommen, habe ich dir einfach mein Verhalten beschrieben, als ich in deinem Alter war. Damals konnte ich gar nicht anders, als mir vorzustellen, wie es wäre, wenn ich das Kontor leiten würde. Damals gehörte noch alles meinem Vater. Und obwohl ich bereits in der Firma gearbeitet habe, muss ich doch gestehen, im Grunde nicht die geringste Ahnung gehabt zu haben. Ich habe getan, was von mir verlangt wurde, doch das war auch schon alles. Ich war der Älteste von uns Brüdern und konnte den Tag kaum erwarten, an dem ich die Führung übernehmen sollte. Doch das Geschäft an sich hatte ich bis dahin noch gar nicht verstanden.«

»Und wodurch hat sich das verändert?«

»Durch den Tod meines Vaters, deines Urgroßvaters. Er war fünfundsechzig Jahre, als er starb.« Georg vermied es, Amala zu sagen, dass Peter Hansen selbst seinem Leben ein Ende gesetzt hatte. »Mein Vater war vor seinem Tod auf einen windigen Kerl hereingefallen, und die Firma stand damals, als er starb und Robert, Karl und ich übernahmen, kurz vor dem Konkurs. Erst da habe ich begriffen, was es wirklich heißt, anpacken zu müssen. Wir drei haben damals zusammengehalten, wobei es tatsächlich dein Großvater Robert war, der das größte Wagnis eingegangen ist und die Farm in Kamerun gekauft und das Land dort bestellt hat. So ging es wieder bergauf. Zunächst aber standen wir mit dem Rücken zur Wand. Das hat mich aufgerüttelt.« Er blickte sie fast liebevoll an. »Ich glaube dir, dass du eine erfolgreiche Schauspielerin werden möchtest. Doch hinterfrag für dich selbst und niemanden sonst den Grund dafür. Geht es dir um den Beruf oder die Bewunderung?«

»Um beides, denke ich.«

»Nun, dann muss ich dir sagen, dass du auf dem falschen Weg bist. Wenn du dich vollkommen in deinen Beruf hineinkniest und darin aufgehst, wird dir die Bewunderung dafür ganz von selbst sicher sein. Jedoch bist du in einer Bringschuld. Du musst erst zeigen, was du kannst, um die Anerkennung dafür zu bekommen, nicht andersherum.«

»Ich denke, ich verstehe, was du meinst.«

Georg musterte seine Großnichte. Langsam wurde ihm klar, dass Amala nicht nur gekommen war, um ihre Familie hier in Deutschland kennenzulernen und die gebundenen Briefe ihrer verstorbenen Mutter zu überbringen. Vermutlich wusste sie es selbst nicht, doch ihr Aufbruch hierher war auch damit verbunden, dem, was ihr bisher kein Glück gebracht hatte, zu entfliehen.

»Weißt du, was ich gerade überlege?«

»Nein, was?«, fragte Amala.

»Wenn du derzeit gar kein Engagement in Amerika hast, könnte es ja möglich sein, dass du hier in Deutschland etwas findest, das dich auf deinem Weg weiterbringt.«

»Darüber habe ich noch nicht nachgedacht«, antwortete sie und kräuselte die Stirn.

»Wir haben hier viele Schauspielhäuser. Und soweit ich weiß, wird auch die Filmkunst hier immer beliebter, wenngleich ich gestehen muss, dass ich selbst noch kein Lichtspielhaus besucht habe.«

»Du warst noch nie im Kino?«, fragte Amala verwundert.

»Nein, bisher nicht. Mir fehlte wohl die Begleitung.« Er lächelte sie an.

»Also dann müssen wir unbedingt zusammen ins Kino gehen«, entschied Amala, und ihre Augen leuchteten.

»Also gut. Ich betrachte das als feste Verabredung«, erwiderte Georg schmunzelnd, und das Gefühl, seiner Großnichte womöglich ein wenig helfen und sie unterstützen zu können, schenkte ihm tiefe Zufriedenheit. Womöglich wurde er in diesem Leben ja doch noch gebraucht. Er freute sich darauf, es herauszufinden.

3. Kapitel

Wien, Mittwoch, 3. September 1924

In meinem Alter sollte ich längst angekommen sein. Doch ich habe das Gefühl, dass ich nicht einmal weiß, welcher eigentlich mein Weg ist.

Franz Hansen

Franz stand in der geöffneten Küchentür und beugte sich ein wenig vor, um das Kaffeehaus besser überblicken zu können. Es war Mittwoch, und jetzt um die Mittagszeit hätte es eigentlich voll sein sollen. Doch das war es nicht. Und er hatte die Befürchtung, es lag einzig an ihm, dass immer weniger Gäste für ein rasches Mittagessen oder ein genussvolles Stück Torte und eine Tasse Kaffee kamen. Wie er sich eben für so vieles, was geschah und schon geschehen war, verantwortlich fühlte. Besonders schlimm war es, wenn er an die kommenden Tage dachte. Morgen feierte seine Mutter ihren sechzigsten Geburtstag. Eigentlich ein Anlass zur Freude, doch wie immer an ihrem Geburtstag würde Therese damit zu kämpfen haben, dass Robert, ihr Ehemann und Franz' und Helenes Vater, nicht mehr am Leben war.

Zwar wusste Franz, dass Robert nicht sein leiblicher Vater gewesen war. Doch an seinen Erzeuger Karl hatte er so gut wie keine Erinnerung, während Robert seine gesamte Kindheit über für ihn da gewesen war und sich wie ein richtiger Vater um ihn und seine Schwester Helene gekümmert hatte. Vor allem aber hatte er es geschafft, die schwarzen Wolken zu vertreiben, die seit dem Tod ihres ersten Mannes über Franz' Mutter Therese geschwebt waren. Nur dunkel erinnerte er sich an die Zeit kurz nach dem Tod seines leiblichen Vaters. Er war noch klein gewesen, gerade einmal vier Jahre alt, als Karl durch einen Sturz von einer Brücke ums Leben gekommen war. Und auch wenn er damals noch nicht alles hatte begreifen können, hatte er doch gespürt, wie unglücklich seine Mutter war, obwohl sie stets alles dafür getan hatte, vor ihm und Helene die Trauer zu verbergen. Erst als Robert in ihrer aller Leben getreten war, hatte sich das geändert. Robert war auch derjenige gewesen, der ihm so vieles beigebracht hatte, und vor allem die Zeit, die sie in Kamerun gelebt hatten, war für Franz die glücklichste seines ganzen Lebens gewesen. Als sie von dort zurück nach Wien mussten, weil seine Großmutter gestorben war und seine Mutter sich um ihren betagten Vater kümmern wollte, war Franz ebenfalls noch zu klein gewesen, um die Notwendigkeit zu begreifen. Er hatte damals eine richtige Wut auf seine Mutter gehabt, weil sie dem wunderbaren Leben in Kamerun den Rücken kehren mussten. Doch im Laufe der folgenden Jahre war Robert immer mal wieder nach Afrika gereist, auch wenn der dort von ihm eingesetzte Verwalter seine Sache so gut machte, dass es eigentlich nicht notwendig gewesen wäre. Franz hatte seinen Vater jedes Mal begleiten dürfen, auch wenn dies im Vorfeld zu Hause immer wieder für lange Diskussionen gesorgt hatte. Doch Robert hatte sich stets bei Therese durchgesetzt, sodass Franz schließlich mitfahren durfte. Für Franz war es einfach herrlich gewesen, während dieser Reisen seinen Vater ganz für sich allein zu haben. Ja, es war wirklich die schönste Zeit seines Lebens gewesen, und selbst als er schon ein junger Mann war, waren sein Vater und er gemeinsam nach Kamerun gereist, bis Robert die Plantage samt Farm wegen der politischen Lage und der immer stärker zunehmenden Unruhen schließlich hatte aufgeben müssen. Franz erinnerte sich noch gut daran, als sie im Jahr 1911 das letzte Mal zusammen dort gewesen waren, um alles an den neuen Eigentümer, einen Engländer, zu übergeben. Ihren letzten Abend hatten sie im Dorf der Duala verbracht und sich mit einem Fest von den Menschen verabschiedet, die über die Jahre so etwas wie ihre große Familie geworden waren. Franz sah seinen Vater noch immer vor sich, wie er dort am Lagerfeuer gesessen und den Duala beim Tanz zugesehen hatte. Im flackernden Licht hatte Franz die Tränen in den Augen seines Vaters erkennen können, und sein Herz hatte sich bei diesem Anblick zusammengezogen. Als sie sich dann am nächsten Tag von den Duala, vor allem aber von Malambuku verabschiedet hatten, hatte Franz gespürt, dass etwas unwiederbringlich verloren ging. Es war eine Lücke entstanden, die klaffte und die niemand jemals wieder würde schließen können. Und dieses Gefühl des Abschieds für immer spürte er noch heute.

Doch der damalige Verlust war einzig auf Kamerun und das Leben dort zurückzuführen. Schlimmer, viel schlimmer jedoch war die Tatsache, dass sein Vater nun schon seit fast neun Jahren nicht mehr am Leben war. Und das war ganz allein seine Schuld.

Franz war so in Gedanken, dass er erschrak, als das Glöckchen über der Eingangstür des Kaffeehauses schellte und diese stürmisch aufgestoßen wurde.

»Franz! Grüß dich!« Helene kam mit Schwung herein und eilte auf ihn zu. Franz löste sich vom Türrahmen, trat seiner Schwester entgegen und umarmte sie.

»Helene, wie schön, dass ihr da seid.« Er blickte an ihr vorbei zu seinem Neffen Maximilian, der mit seinen zwölf Jahren seine Mutter bereits überragte.

»Grüß dich, Max!«, sagte er zu ihm und reichte ihm die Hand, die dieser nahm und ihm zunickte. Er sagte jedoch nichts.

»Maximilian, wärst du wohl so freundlich, wenigstens guten Tag zu sagen?« Helene verdrehte die Augen.

»Guten Tag«, gab ihr Sohn darauf knapp von sich.

Helene sah Franz an und seufzte. »Eines sage ich dir, mein lieber Bruder, wenn Johanna und Hermine so zehn oder zwölf Jahre älter sind als jetzt, wirst du verstehen, welch unkompliziertes Leben du heute noch führen darfst.«

»Dann sollte ich die Zeit mit den beiden wohl besser genießen, was?«, gab Franz augenzwinkernd zurück.

»Allerdings. Wie geht es euch denn? Was macht Emma? Und schläft Hermine inzwischen durch?«

»Kommt doch erst einmal richtig herein und setzt euch. Ich sage in der Küche Bescheid und stoße dann gleich wieder zu euch.«

»Gut. Bis gleich also.« Helene bedeutete ihrem Sohn, in den Gastraum des Kaffeehauses zu gehen, hängte dann ihren Sommermantel an die Garderobe und folgte ihm, während Franz seinem Koch Bescheid gab und Lisbeth, eine seiner zwei Serviererinnen, bat, gleich an den Tisch zu kommen, um die Bestellung aufzunehmen.

Franz ging zu seiner Schwester und seinem Neffen, die einen Fensterplatz gewählt hatten, und gesellte sich zu ihnen.

»Und? Wann seid ihr angekommen?«

»Gerade eben erst«, antwortete Helene.

»Dann wart ihr noch gar nicht zu Hause?«

»Nein, noch nicht. Ich wollte erst mit dir reden. Wie geht es Mama? Sie sagt am Telefon immer, dass alles in Ordnung ist und es ihr gut geht. Aber irgendwie ist da so ein Unterton. Stimmt irgendetwas nicht?«

»Gesundheitlich geht es ihr tatsächlich gut«, begann Franz. »Doch ihr fehlt eine Aufgabe. Wenn es nach ihr ginge, würde sie selbst wieder die Arbeit im Kaffeehaus übernehmen und am besten jedes Gedeck höchstpersönlich an die Tische bringen.«

»Und warum lässt du sie nicht ein wenig machen? Du weißt doch, dass sie kein Mensch ist, der gut stillsitzen kann.«

»Weil es mit uns beiden hier einfach nicht funktioniert. Sobald sie wieder da ist, reißt sie alles an sich, auch wenn ich ihr wirklich glaube, dass sie es nicht so meint. Doch sie kann dann offenbar nicht anders, als sich ständig einzumischen.«

»Ach, Franz. Sie hat nun einmal das Kaffeehaus aufgebaut. Es ist ihr drittes Kind.« Helene lachte hellauf. »Du kannst ihr entweder Hermine und Johanna geben und sie damit beschäftigen, oder du lässt sie wenigstens wieder ein bisschen hier mitwerkeln. Kinder oder Kaffeehaus. Irgendwas müsst ihr teilen.« Wieder lachte sie fröhlich.

Franz sah sich um. »Im Moment würde meine Wahl auf Letzteres fallen«, gab er bedrückt von sich. »Du siehst es ja. Es kommen nicht mehr so viele Gäste wie früher. Ein Kaffeehaus dieser Art ist einfach aus der Mode gekommen.«

»Wir sind hier in Wien, Franz. Ich glaube, dieses Gediegene wird hier immer gefragt sein.«

»Aber nicht mehr so wie früher. Ich bin ganz ehrlich, Helene. Ich bereue manchmal, das Angebot von Onkel Florentinus abgelehnt zu haben, in seine Eisenwarenfabrik einzusteigen und sie sogar später einmal zu übernehmen.«

»Weiß Mutter davon, wie du denkst?«

Lisbeth trat an den Tisch und fragte, was sie bringen könne, sodass Franz nicht sofort auf die Frage seiner Schwester antwortete.

»Ich hätte gern eine Tasse Kaffee«, bestellte Helene.

»Für mich auch, Lisbeth«, orderte Franz. »Und du, Max?«

»Habt ihr hier auch was Richtiges? Ich habe nämlich Hunger.«

»Ein Schnitzel mit Bratkartoffeln?«, bot nun Franz seinem Neffen an.

Max nickte.

»Und dazu ein Getränk?«, fragte Lisbeth.

Max schüttelte den Kopf. »Nein, danke. Nur das Essen.«

»Sehr wohl.« Lisbeth nickte und verließ den Tisch wieder.

»Also«, nahm Helene das Gespräch wieder auf. »Hast du mit Mutter darüber gesprochen?«

»Nein, zumindest nicht richtig. Ich habe ihr gesagt, dass das Kaffeehaus nicht mehr so viel abwirft wie früher. Doch sie meinte nur, ich solle mir keine Sorgen machen, weil es im Geschäft immer wieder mal auf und ab geht. Das sei eben so.«

Helene musterte den Bruder. »Es sind doch nicht nur die fehlenden Gäste, oder?« Sie suchte Franz' Blick. »Du willst das Kaffeehaus gar nicht weiterführen, habe ich recht?«

»Was soll ich denn machen? Es hat ihr damals das Herz gebrochen, als wir das Kontor verkaufen mussten. Wenn ich jetzt auch noch das Kaffeehaus aufgeben will, würde sie das vermutlich so tief treffen, dass sie sich davon nicht mehr erholt.«

»Ach bitte, Franz. Du übertreibst. Das klingt ja, als wäre Mutter kurz davor, jeden Augenblick einen Herzinfarkt zu erleiden, wenn sie eine schlechte Nachricht erhält.« Helene presste die Lippen zusammen. »Bitte verzeih. Ich habe nicht darüber nachgedacht, was ich da eben sagte.«

»Schon gut.« Franz senkte den Blick.

»Wie ist das denn gemeint?«, fragte nun Maximilian, worauf seine Mutter ihm mit dem Ellbogen in die Rippen stupste.

»Aua«, beschwerte er sich.

»Lass nur«, sagte Franz zu Helene und wandte sich dann an seinen Neffen: »Unser Vater, also dein Großvater, ist an einem Herzinfarkt gestorben, wusstest du das nicht?«

»Doch, ich erinnere mich, dass du mal so was gesagt hast«, antwortete Maximilian und sah seine Mutter dabei an.

»Das war meinetwegen«, fuhr Franz fort.

»So ein Unsinn!«, widersprach Helene sogleich energisch. »Es war nicht deinetwegen.«

»Ach nein? Er hat den Herzinfarkt bekommen, als man ihm und Mutter irrtümlich die Nachricht überbrachte, dass ich im Krieg gefallen sei. Diese Idioten von der Meldestelle der Einheit haben einen Fehler gemacht. Es war ein Versehen. Zwar wurde ich verwundet, doch Eberhard Giesler, mein Freund, war derjenige, der erschossen worden war. Wir anderen gerieten in Gefangenschaft.«

»Ach du Schande«, entfuhr es Maximilian.

»Ja, ach du Schande«, wiederholte Franz. »Deinen Großvater hat die Nachricht so aufgeregt, dass sein Herz nicht mehr mitmachte und er noch am selben Tag verstarb. Als ich dann aus der Gefangenschaft nach Hause schrieb, dachte meine Mutter, also deine Großmutter, zunächst, dass der Brief vor meinem Tod abgeschickt worden war. Doch dann habe ich mich wieder gemeldet und ihr wurde klar, dass die Nachricht meines Todes lediglich eine Fehlmeldung gewesen war. Ein Irrtum, der meinen Vater das Leben gekostet hat. Und das alles nur, weil irgendwo jemand nicht aufgepasst und die Daten vertauscht hat.«

»Das wusste ich nicht«, sagte Maximilian nun sichtlich betroffen.

»Aber es ist absoluter Unsinn, dass du dir deshalb Vorwürfe machst«, wandte Helene erneut ein. »Es war furchtbar, ja. Doch deine Schuld war es ganz sicher nicht.«

»Ich wünschte, ich könnte das genauso sehen«, sagte Franz niedergeschlagen.

»Ich will mich ja nicht einmischen«, meldete sich Maximilian wieder zu Wort. »Aber wenn es so war, ist es echt Blödsinn, dass du dich schuldig fühlst, Onkel Franz. Wenn überhaupt jemand schuld ist, dann derjenige, der den Brief an Oma und Opa geschrieben hat.«

»Vielen Dank, mein Sohn«, sagte Helene. »Genau so sehe ich das auch.«

Franz winkte ab. »Ach, lassen wir das Thema. Aber wenn es mit dem Kaffeehaus so weitergeht, wird ohnehin über kurz oder lang eine Entscheidung fallen müssen.«

»Ich finde, du solltest ganz offen mit Mutter sprechen. Sie hat das Kaffeehaus lange genug geführt, um zu wissen, wie schwierig so etwas ist. Und schließlich musst du auch Emma und die Kinder ernähren. Sie wird das verstehen.«

»Glaubst du?« Franz runzelte die Stirn. »Ehrlich gesagt, bin ich mir da nicht so sicher.«

»Ist denn das Angebot von Onkel Florentinus vom Tisch? Ich weiß, dass das Thema schon vor Jahren zwischen euch besprochen wurde. Doch ich meine mich zu erinnern, dass er jemanden eingestellt und so eingearbeitet hat, dass er die Nachfolge antreten kann«, nahm Helene nun diesen Faden wieder auf.

»Ehrlich gesagt, weiß ich das gar nicht. Ich habe ihn schon einige Wochen«, er überlegte kurz, »nein, sogar Monate nicht gesehen, wenn ich es recht bedenke.«

»Er wird ja morgen auch zu Mamas Geburtstag da sein. Vielleicht kannst du ihn ja dann noch mal darauf ansprechen«, schlug Helene vor.

Franz sah erst seine Schwester an und dann Maximilian. Er wollte nicht vor seinem Neffen darüber reden, dass er sich mit seinen vierunddreißig Jahren allmählich albern vorkam, wieder ganz von vorn beginnen zu müssen.

»Ja, wir werden sehen«, antwortete er deshalb nur ausweichend.

Lisbeth kam mit dem Kaffee und stellte die Kännchen und Tassen vor Helene und Franz ab. »Das Schnitzel kommt gleich«, sagte sie zu Maximilian. Dann ging sie wieder.

»Ich hoffe, dass Mutter sich über unser Geschenk freuen wird«, wechselte Helene nun das Thema.

»Da bin ich sicher. Sie hat sich schon lange einen neuen Diwan gewünscht.« Franz grinste. »Die wird vielleicht Augen machen, wenn der morgen hereingetragen wird.«

»Ich freue mich auch schon darauf«, meinte Helene.

Lisbeth brachte das Schnitzel, worauf Maximilian sofort zu essen begann.

Sie unterhielten sich noch ein wenig, dann brachen Helene und Maximilian auf, um direkt zu Therese zu fahren. Sie würden für einige Tage dort zu Besuch bleiben. Franz begleitete die beiden noch hinaus und winkte ihnen nach, als sie in Helenes schnittigen Rochet-Schneider, der noch ein Geschenk ihres Mannes gewesen war, einstiegen und davonbrausten. Helene war die einzige Frau, die Franz kannte, die so selbstverständlich überallhin mit ihrem Automobil reiste. Womöglich lag es auch daran, dass ihr Ehemann Emil ihr den Wagen nur wenige Monate vor seinem Tod geschenkt hatte und er das Letzte war, das sie von ihrem Mann hatte. Franz erinnerte sich noch gut, welche Bedenken die Mutter damals gegen die Heirat der Schwester mit Emil Siegl gehabt hatte. Ja, es war sogar zum Streit gekommen, als Helene ihren Zukünftigen seinerzeit, es musste wohl 1910 gewesen sein, mit nach Hause brachte und diesen Therese und Robert vorstellte. Dabei hatte es gar nichts mit Emil selbst zu tun, sondern mit seinem Vater Karl-Otto Siegl. Dem Bankier wurde nachgesagt, dass er angeblich viele

Leute um ihr Vermögen gebracht hatte, während er selbst immer reicher geworden war und nur so im Geld schwamm. Sein Sohn Emil hatte schwer darunter zu leiden gehabt, doch für Helene spielte das, was dessen Vater getan oder auch nicht getan hatte, keine Rolle. Für sie war Emil nichts weniger als die Liebe ihres Lebens. So heirateten die beiden und vermutlich lehnte die Mutter sich auch deshalb nicht weiter dagegen auf, weil Helene bereits fünf Monate nach der Eheschließung dem gemeinsamen Sohn Maximilian das Leben schenkte. Franz hatte damals nicht gewusst, dass die Schwester bereits in anderen Umständen gewesen war, und er hatte es ihr auch nicht angesehen. Doch er vermutete, dass Helene es der Mutter gesagt und sie so zum Einlenken bewogen hatte.

Jedoch waren Helene und Emil nur acht gemeinsame Jahre vergönnt, bis er an der Spanischen Grippe erkrankte und kurze Zeit darauf verstarb. Franz wusste es nur aus Erzählungen, da er selbst während dieser Zeit im Krieg gewesen war. Irgendwie hatte es Karl-Otto Siegl geschafft, dass sein eigener Sohn nicht eingezogen worden war, nur um dann im vermeintlich sicheren Zuhause schwer zu erkranken und schließlich zu versterben. Franz konnte nur den Kopf darüber schütteln, welch eigenartige Wendungen das Schicksal manchmal nahm.

So war für ihn selbst nichts mehr wie zuvor, als er damals heimkehrte und sowohl sein Vater als auch sein Schwager verstorben waren. Und irgendwie hatte er das Gefühl, sich seither stets nur in eine Rolle begeben zu haben, ohne wirklich zu wissen, ob es überhaupt das Leben war, das er hatte führen wollen. So war es bis heute, wenngleich er selbst mit Emma vor vier Jahren eine wunderbare Frau gefunden hatte, die vor zwei Jahren der gemeinsamen Tochter Johanna und in diesem Jahr der kleinen Hermine das Leben geschenkt hatte. Er müsste also um so vieles glücklicher sein als beispielsweise Helene, die offenbar gar nicht daran dachte, je wieder einem Mann ihr Herz zu schenken, weil dort noch immer nur Platz für ihren Emil war. Doch im Gegensatz zu seiner Schwester, die in München eine kleine Pension betrieb und alles dafür tat, damit sie und Maximilian ein gutes Auskommen hatten, war Franz selbst nicht im Geringsten zufrieden, was ihm das Gefühl gab, einfach undankbar zu sein. Und schlimmer noch: Er empfand sich als Versager, da er nicht einmal in der Lage war, das Kaffeehaus, das zu Zeiten seiner Mutter eine echte Goldgrube gewesen war, erfolgreich zu leiten. Manchmal hatte er den Eindruck, einfach nichts richtig zu machen, und dass Emma besser dran gewesen wäre, wenn sie einem anderen ihr Herz geschenkt hätte.

Franz konnte sich heute kaum noch an die Zeit erinnern, als er ein glücklicher Mensch gewesen war. In jungen Jahren, ja, doch später dann, als er seinen Marschbefehl erhalten hatte und an die Front musste, war aus ihm ein anderer geworden. Anfangs ging es sogar noch. Doch als er das erste Mal einen seiner Kameraden hatte sterben sehen, war auch etwas in ihm gestorben. Natürlich war jedem von ihnen zuvor zumindest theoretisch die Gefahr des Krieges klar gewesen, in der sie sich befanden. Aber sie war Franz weit weg und irgendwie nicht real vorgekommen. Womöglich war er einfach zu naiv gewesen. Erst als er Otto Sauer, der damals noch vier Jahre jünger gewesen war als Franz selbst, direkt neben sich hatte sterben sehen, hatte sich etwas für Franz verändert. Es war, als hätte er von diesem Moment an gar nicht mehr selbst agiert, sondern nur noch wie weit entfernt die Stimmen wahrgenommen und die gerufenen Befehle befolgt. Er hatte im Nachhinein sogar das Gefühl, ganze Tage nicht mehr erinnern zu können. Als er selbst erst verwundet und dann in der Gefangenschaft wieder gesund gepflegt worden war, hatte er tief drinnen gespürt, dass er nicht mehr er selbst war. Die ständige Angst, die er zuvor empfunden hatte, war von ihm abgefallen und einer stumpfen Gleichgültigkeit gewichen. Ja, ihm war irgendwie nicht mehr wichtig gewesen, was geschah und ob er lebte oder starb. Zwar war er wie alle anderen auch erleichtert gewesen, als die Nachricht zu ihnen durchgedrungen war, dass der Krieg beendet sei und sie in Kürze nach Hause zurückkehren könnten. Doch auch diese Erleichterung hatte nur kurze Zeit gehalten. Und als er dann zu Hause von den schrecklichen Geschehnissen erfuhr, die sich in seiner Abwesenheit ereignet hatten, war er in ein tiefes Loch gefallen, aus dem er seither nicht mehr wirklich herausgekommen war. Eine Zeit lang war es besser geworden, als er Emma begegnet war. Sie war für ihn wie ein Hoffnungsschimmer gewesen, eine Aussicht auf ein neues, gutes Leben. Und wer sie zusammen erlebte, mochte auch glauben, dass sie glücklich waren. Vermutlich war Emma es auch, bemühte er sich doch, sie so freundlich und zuvorkommend wie nur irgend möglich zu behandeln und auch seinen Kindern der Vater zu sein, den diese brauchten. Doch das konnte ihn selbst nicht über die Tatsache hinwegtäuschen, dass damals im Krieg etwas in ihm zerbrochen war und er manche Nacht, wenn er wieder keinen Schlaf fand, noch immer Otto Sauer mit den weit aufgerissenen Augen vor sich sah, wie dieser verzweifelt nach Luft schnappte, während er durch den Schuss in den Bauch an seinem eigenen Blut ertrank. Oft stand Franz dann schweißgebadet auf, schlich sich leise aus dem Schlafzimmer, um Emma nicht zu wecken, und ging für eine Weile ins Freie, um seine flatternden Nerven zu beruhigen. Nur ein einziges Mal war seine Frau ihm gefolgt, doch er hatte nur gesagt, er hätte schlecht geträumt, ohne genauer darauf einzugehen. Emma war eine kluge Frau, und sie hatte nicht weiter nachgebohrt. Doch vermutlich spürte auch sie, dass etwas mit ihm nicht stimmte. Die Angst, dass sie dahinterkäme und dann womöglich die Kinder nehmen und ihn verlassen würde, war mit der Zeit immer schlimmer geworden. Wäre doch nur sein Vater noch am Leben, damit er mit ihm darüber sprechen könnte! Zu ihm, Robert, hatte Franz immer mit allem kommen können und stets Hilfe, Zuspruch und Unterstützung erfahren. Nun jedoch hatte er niemanden, bei dem er sich seinen Kummer von der Seele hätte reden können. Die Verzweiflung darüber, nichts richtig zu machen, und die Befürchtung, dass irgendwann bestimmt jeder in seinem Umfeld erkennen würde, dass er nichts als eine Belastung war, wuchsen mit jedem Tag.

Franz seufzte und biss die Zähne zusammen. Dann hob er den Kopf und ging ins Kaffeehaus zurück. Niemand sollte merken, wie es in ihm aussah, und er würde allen weiter etwas vormachen, solange es nur ging. Am besten sogar sich selbst.

4. Kapitel

Berlin, Donnerstag, 4. September 1924

Die Menschen machen sich das Leben einfach viel zu schwer. Dabei ist doch alles wunderbar, wenn man die Dinge nicht so wichtig nimmt.

Eduard Ahrendsen

»Eduard!«, rief Walter Landmann laut und hielt den Telefonhörer des Wandapparats hoch. »Es ist für dich. Deine Mutter.«

Eduard verdrehte die Augen. Hätte Walter nicht einfach sagen können, dass er nicht da war? Er ging hinüber und warf Walter einen Blick zu, der diesem bedeuten sollte, dass er seinem Chef besser nicht Bescheid gegeben hätte, worauf Landmann nur die Schultern zuckte und wieder in Richtung Lager ging.

»Eduard hier. Guten Tag, Mutter.«

»Eduard, na endlich erreiche ich dich. Ich habe es schon zweimal versucht. Es wäre wünschenswert, wenn du dich von dir aus einmal melden würdest und ich dir nicht hinterherlaufen müsste. Das habe ich nun wirklich nicht verdient.«

Eduard lehnte sich an die Wand und schloss kurz die Augen. Wenn seine Mutter nur halb so unerträglich wäre, würde er gewiss öfter anrufen. Doch er bekam schon schlechte Laune, wenn er nur an sie dachte, weshalb er den Gedanken nur allzu gern verdrängte, sich bei ihr melden zu müssen.

»Und, wie geht es dir, Mutter?«

»Ich kann deiner Stimme durchaus anhören, dass du die Frage nur der Höflichkeit halber stellst. Trotzdem danke, dass du fragst. Es geht mir nicht gut, wenn du es genau wissen willst.«

»Aha. Und weshalb nicht?« Eduard sah gelangweilt auf seine Fingernägel und pulte ein wenig Haut vom Nagelrand ab.

»Du musst dir mal vorstellen, was geschehen ist. Lotte, meine Haushälterin …«

»Ich weiß, wer Lotte ist, Mutter«, unterbrach Eduard ihren Redeschwall. »Sie ist bereits seit Jahren bei dir.«

»Nun, da du so selten zu Hause bist, ist es ja möglich, dass du ihren Namen vergessen hast«, gab Martha zickig zurück. »Also auf jeden Fall war Lotte zum Einkaufen und hat Bertha getroffen, die Haushälterin der Hansens.«

Eduard ersparte sich den Hinweis, gleichermaßen zu wissen, wer Bertha war, und pulte weiter an seinen Nägeln.

»Und nun musst du dir das mal vorstellen«, fuhr seine Mutter fort. »Die Tochter meiner Schwester, also meine eigene Nichte, ist seit gestern in Hamburg in der Hansen-Villa. Und glaubst du, Georg hätte es auch nur für nötig befunden, mir Bescheid zu geben und mich einzuladen, damit ich sie kennenlernen kann oder dass sie sich hier vorgestellt hätte? Nein, natürlich nicht. Sie ist die Tochter meiner Schwester und hat nicht genug Anstand, ihre eigene Tante zu besuchen. Ich habe mir ja schon viele Demütigungen in meinem Leben gefallen lassen müssen, doch das ist ja wohl der Gipfel.«

»Bestimmt wird sie dieser Tage noch vorbeischauen. Du sagst doch selbst, dass sie eben erst eingetroffen ist, und Amerika ist ja nicht gerade um die Ecke«, wandte Eduard ein.

»Ach, du findest, dass das eine Entschuldigung sein kann? Immerhin hat meine Haushälterin noch vor mir davon Kenntnis erhalten, dass sie im Land ist. Das ist doch die Höhe!«

»Wenn du meinst. Ich muss jetzt weitermachen, Mutter«, erwiderte Eduard und unterdrückte ein Seufzen.

»Was ist jetzt mit dem Wochenende? Du hattest mir bereits für letzte Woche dein Kommen zugesagt. Hier ist dringend einiges zu erledigen, und du hast mir versprochen, dich um die Handwerker zu kümmern«, erinnerte sie ihn.

»Ich habe wirklich viel zu tun, Mutter. Kannst du die Handwerker nicht einfach bestellen und mir die Rechnungen zukommen lassen?« Diesmal seufzte er laut vernehmlich.

»Wirklich, Eduard, eine solche Behandlung habe ich nicht verdient. Ich habe es als Witwe wahrlich schon schwer genug, und du als mein Sohn hast die Pflicht, mich zu versorgen. Schließlich hast du damals alles bekommen, wofür dein Vater und ich so viele Jahre gearbeitet haben.«

Eduard spürte, wie sein Puls sich beschleunigte. Immer wenn seine Mutter solche Reden schwang, hatte er Schwierigkeiten, sich so weit zurückzunehmen, dass er ihr nicht deutlich sagte, was er von ihr hielt. Schließlich hatte sein Vater bis zu seinem letzten Atemzug alles für die Familie getan und es wahrlich nicht leicht gehabt mit dieser Frau an seiner Seite, die ihr Lebtag noch keinen Handschlag geleistet hatte. Hinzu kam, dass sie ihren Mann mit ihrem übermäßigen Alkoholgenuss immer wieder in Verlegenheit gebracht hatte und er manche Wogen hatte glätten müssen, wenn sie in ihrem Suff wieder einmal ausfallend geworden war und während einiger Empfänge sogar noch die anderen Gäste angepöbelt hatte. Dass sie nun wieder einmal so tat, als hätte sie irgendeinen Anteil an den Erfolgen seines Vaters gehabt, machte ihn wütend. Andererseits wusste er, dass es vollkommen zwecklos war, der Mutter den

Spiegel vorzuhalten, sah diese darin doch etwas ganz anderes als das, was jedermann sonst erkannte.

»Du wirst blendend versorgt, Mutter. Das sollten wir kurz festhalten. Du hast genug Personal und wahrlich nichts auszustehen«, bemerkte er so ruhig wie möglich.

»Als ob das alles wäre, was ein Mensch braucht«, beklagte sie sich weiter. »Meine Schwester ist gerade erst gestorben, die Letzte, die außer mir von unserer Familie noch übrig war. Was denkst du, wie ich mich dabei fühle?«

»So wie die letzten zwanzig Jahre, vermute ich mal. Immerhin hattest du vorher zu ihr oder deinem Vater doch auch so gut wie keinen Kontakt mehr«, gab Eduard ungerührt von sich.

»Ich verbitte mir diese herablassende Art, Eduard. Ein bisschen Mitgefühl würde dir durchaus gut zu Gesicht stehen.«

»Mag sein.« Er stieß sich von der Wand ab. »Ich muss jetzt Schluss machen. Die Arbeit wartet nicht auf mich.«

»Also kommst du nun am Wochenende?«

Eduard seufzte. »Ja, meine Güte noch mal, ich komme. Aber dann will ich für die nächsten Monate nichts mehr hören.«

»Wie redest du denn mit mir? Ich bin immerhin deine Mutter.«

»Mach's gut. Wir sehen uns morgen oder übermorgen.« Damit hängte er einfach ein, obwohl er mitbekam, dass sie noch etwas erwidert hatte. Noch einen Augenblick länger, und er hätte ihr gesagt, dass sie sich einfach ein oder zwei Flaschen Wein einverleiben sollte und dann mit Sicherheit wieder entspannter wäre. Doch er ersparte sich diese Bemerkung. Auch wenn er es noch so sehr gewollt hätte, er konnte dieser Frau einfach keinen Respekt entgegenbringen. Dafür war zu viel geschehen. Wie oft hatte er sie gesehen, wenn sie vollkommen betrunken und geradezu besinnungslos auf dem Sofa gelegen hatte, oft nur leicht bekleidet und derart weggetreten, dass sie nicht einmal gemerkt hätte, wenn man sie einfach nach draußen in den Garten geschoben hätte. Tatsächlich hatte Eduard, als er etwa zwölf oder dreizehn Jahre alt gewesen war, einmal mit diesem Gedanken gespielt und sich ausgemalt, wie sie wohl zetern und schreien würde, wenn sie nach Stunden in der Kälte aufwachen und sich fragen würde, wie sie dorthin gekommen war. Doch er hatte die Idee schließlich wieder verworfen. Nicht ihretwegen, sondern wegen seines Vaters, dem er zu der vielen Arbeit und dem Ärger nicht noch zusätzliche Scherereien machen wollte. Doch die Vorstellung belustigte Eduard noch heute, und seine Mutter täte gut daran, ihm nicht weiterhin auf die Nerven zu fallen. Wer wusste schon, was er sich so einfallen ließe, auch wenn er für derartige Scherze im Grunde natürlich viel zu alt war.

Er entfernte sich vom Telefonapparat und ging zum Lager, um dort die Kisten für die Lieferung ans *Astor,* Berlins größtes Varieté und besten Abnehmer des Spirituosenhandels Ahrendsen, fertig aufzuladen. Walter Landmann hatte seine Arbeit während des Telefonats übernommen und soeben die letzte Kiste auf die Pritsche des Daimler-Lastwagens gehievt.

»Fertig«, sagte er zu Eduard, als dieser an den Wagen herantrat.

»Danke, Walter. Fährst du mit? Dann geht das Abladen schneller.«

»Ich muss noch die Lieferung für Haselbach fertigmachen«, kündigte Landmann an. »Und von Plesow hat doch genug Männer in seinem Varieté, die dir beim Abladen helfen können.«

»Na gut, dann fahre ich allein«, meinte Eduard. »Ach, und Walter – ich muss am Wochenende mal wieder nach Hamburg. Das Beste wird sein, wenn ich gleich morgen fahre. Vergiss also am Sonnabend deinen Schlüssel nicht. Sonst kommt keiner in den Laden.«

»Geht klar, Chef«, antwortete Landmann. »Dann bis später.« Damit ging er und ließ Eduard stehen. Eigentlich nicht gerade die Art, wie man seinen Vorgesetzten behandelte, doch Walter Landmann stand ja auch nicht in Eduards Diensten, weil dieser einen besonders höflichen Mitarbeiter gesucht hatte, als er ihn vor fünf Jahren eingestellt hatte. Vielmehr hatte Eduard, nachdem er die Filiale in Berlin eröffnet hatte, einen Kerl zum Zupacken gebraucht, und Walter Landmann war der Erste gewesen, der auf einen der Zettel hin, die Eduard an den Litfaßsäulen angebracht hatte, vorstellig geworden war. Seither hatten sie noch vier weitere Männer eingestellt, die den ganzen Tag nichts anderes machten, als die Bestellungen auszufahren und Berlin mit Spirituosen aus dem Handel der Familie Ahrendsen zu versorgen. Es war damals für Eduard ein Wagnis gewesen, neben dem Hauptgeschäft in Hamburg das Handelshaus hier in Berlin zu eröffnen. Doch tatsächlich hatte es sich für ihn als Glücksfall erwiesen. Denn während in Hamburg zwar auch gute Umsätze mit Spirituosen erzielt werden konnten, hatte Eduard das Gefühl, dass in Berlin von morgens bis abends ein reines Besäufnis herrschte. Die Menschen hier waren anders, lebensgieriger, vor allem aber auch ausgelassener und weit weniger spießig. Hier in Berlin galt es, das Leben in vollen Zügen zu genießen, auch mal über die Stränge zu schlagen, wenn es Freude machte, während die Menschen in Hamburg zwar auch zu feiern verstanden, doch dies auf eine weit distinguiertere Art. Eduard hatte erkannt, dass ihm persönlich Berlin mehr lag als die Stadt, in der er geboren und aufgewachsen war. Vor allem aber war Berlin ein gutes Stück von Hamburg und damit von seiner Mutter entfernt, wenn auch nicht weit genug, wie er immer wieder zu seinem Leidwesen feststellen musste. Ihr Verhältnis zueinander war noch nie gut gewesen, doch früher hatte sein Vater meistens Eduard von ihren Launen und Forderungen abgeschirmt. Seit sein Vater jedoch an diesem elenden Gehirntumor verstorben war, hatte Eduard nicht nur mit der Trauer um diesen und den hieraus für ihn erwachsenden Verpflichtungen, sondern auch mit seiner Wut auf die Mutter mehr denn je zu kämpfen. Natürlich wusste er, dass der Gedanke nicht richtig war und er sich, wenn es denn so etwas wie einen Gott wirklich gab, ganz sicher versündigte. Doch er hatte sich schon oft gefragt, warum die Krankheit seinen Vater und nicht seine Mutter getroffen hatte, wenn nun schon einer von ihnen hatte gehen müssen. Eduard wusste nicht, wann genau seine Mutter angefangen hatte, sich dem Alkohol im Übermaß hinzugeben. Doch solange er denken konnte, hatte er sie immer wieder einmal in einem Zustand erlebt, in dem kein Kind seine Mutter je sehen sollte. Er hatte seinen Vater einige Male darauf angesprochen und ihn auch gefragt, warum er ihr nicht einfach Geld geben und sie fortschicken könnte, damit Eduard und der Vater allein und in Frieden in der Villa leben könnten. Doch sein Vater Ludwig hatte sich wohl zu sehr seinem Eheversprechen verpflichtet gefühlt, sodass er den Vorschlag seines Sohnes rundweg abgelehnt hatte. Nie jedoch, soweit Eduard sich erinnern konnte, hatte sein Vater auch nur mit einem Wort erwähnt, seine Mutter zu lieben. Dennoch konnte Eduard an der Art, wie sein Vater seinen Vorschlag abgetan hatte, spüren, dass dieser nicht einmal im Traum daran dachte, die Mutter mit Geld zu versorgen und fortzuschicken. Als dann sein Vater schwer erkrankte und Eduard klar wurde, dass er nicht mehr lange zu leben hatte, wenn nicht ein Wunder geschah, hatte Eduard das erste Mal seit Jahren wieder gebetet. Er hatte Gott angefleht, dass er seine Mutter und nicht seinen Vater zu sich nehmen sollte. Immerhin hatte Martha ihrem Körper über die Jahre so viel Schaden zugefügt, dass es nur logisch gewesen wäre, wenn sie dafür die Quittung bekäme. Doch Gott erhörte ihn nicht. Als Eduard dann in der Kapelle gesessen und dem Trauergottesdienst beigewohnt hatte, war es das letzte Mal, dass er gebetet hatte. Und auch das nicht mehr mit dem Herzen. Er hatte einfach nur die Worte des *Vaterunser* aufgesagt, die ihm wie jedem anderen so vertraut waren. Doch in Gedanken hatte er sich da bereits von Gott abgewandt. Denn dass dieser keine Gerechtigkeit kannte, hatte Eduard auf die für ihn schmerzlichste Weise erfahren. Und der einzige Grund, warum er die Mutter noch immer aus dem Erbe versorgte und sich um sie, wenn auch widerstrebend, kümmerte, war der, dass er glaubte, sein Vater würde es so wollen. Denn der Frau, die ihn geboren hatte, fühlte er sich weder verbunden noch verpflichtet. Er empfand nichts als Verachtung für sie.

Er fuhr die Rathenower Straße und am Kriminalgericht Moabit vorbei, vor dem sich eine Menschenschlange gebildet hatte. Offenbar gab es wieder einmal irgendeinen vermeintlich spektakulären Prozess, auf den die Berliner neugierig waren und für den sie sich die Zeit nahmen, statt ihren Pflichten nachzugehen.

Er bog ab und fuhr in Richtung Mitte, bis er die Querstraße erreichte, von wo aus ein kleiner Abzweig zur Rückseite des Varietés in den Innenhof führte.

Er stellte seinen Daimler ab und ging zur Tür, an die er kräftig klopfte. Aus dem Innern drang bis hierher laute Dixieland-Musik. Offenbar übte die Kapelle, da das Varieté um diese Zeit noch geschlossen war.

Eduard klopfte abermals, diesmal noch kräftiger, und kurz darauf öffnete Gerd Nolte, einer der Männer, die für das Varieté arbeiteten, die Tür einen Spaltbreit. Die Musik drang nun laut nach draußen.

»Tag, Eduard«, grüßte Nolte, drückte die Tür zur Gänze auf und schob den bereitliegenden Keil darunter, damit sie nicht wieder zufiel.

»Tag, Gerd«, erwiderte Eduard. »Kannst du ein paar von euren Leuten holen? Die ganze Pritsche ist voll.«

»Na klar.« Nolte drehte sich um und verschwand kurz im Innern des Varietés. »Ludger, Klaus, Hans, kommt mal her! Der Schnaps ist da!«, hörte Eduard ihn rufen.

Er ging zu seinem Daimler zurück, öffnete die hintere Klappe und hob sogleich die ersten Kisten herunter.

Die Männer des Varietés eilten herbei und machten sich sofort an die Arbeit. Es dauerte nicht lange, bis alles abgeladen und in den Keller des Gebäudes gebracht worden war.

Eduard reichte Gerd Nolte den Lieferschein, auf dem etwa ein Drittel der soeben hineingetragenen Kisten vermerkt war.

»Ich hole das Geld«, sagte Nolte nur und wandte sich ab, während sich die anderen Männer ebenfalls von Eduard verabschiedeten und wieder an ihre Arbeit gingen.

Eduard zündete sich eine Zigarette an und nahm einen tiefen Zug. Noch immer schwirrte ihm das Telefonat mit seiner Mutter im Kopf herum. Und schlimmer noch: Der Besuch, den er nun nicht mehr umgehen konnte, stand ihm wie ein Gang zum Schafott bevor. Da konnte er ansonsten ein noch so frohes Gemüt haben. Allein der Gedanke, für mindestens einen Tag in Hamburg bleiben zu müssen, um sowohl die Sache mit den Handwerkern und im gleichen Aufwasch alles, was im Kontor in Hamburg zu klären war, zu erledigen, ließ bittere Galle in ihm aufsteigen.

»So, hier hast du das Geld«, sagte Gerd Nolte, als er wieder in den Innenhof trat. »Das ist für deinen Lieferschein und das für den Rest. Stimmt so.«

Eduard brauchte nur einen kurzen Blick auf die Scheine zu werfen, um zu bemerken, dass Nolte ihm etwas zu viel gegeben hatte. Doch das war kein Versehen, sondern bei Nolte immer so. Auch aus diesem Grund machte Eduard so gern Geschäfte mit dem Varieté und nahm die Auslieferung stets selbst vor. Sie bestellten dort Mengen, in denen man ganz Berlin hätte ersäufen können, und ließen nur den kleinsten Teil der Bestellungen durch die Bücher laufen. So hatte Eduard einen weit höheren Gewinn als bei jedem anderen, den er belieferte. Und er bekam sein Geld immer sofort, was auch alles andere als selbstverständlich geworden war. Mindestens vier andere Kneipen in Berlin schuldeten Eduard inzwischen recht hohe Summen und so langsam, aber sicher reichte es dem Spirituosenhändler, sich noch weiter deren Ausreden anzuhören.

»Danke, Gerd«, sagte Eduard und steckte das Geld ein. »Ich wollte dich mal was fragen«, setzte er hinzu.

»Ja?«

»Wenn ihr mit Leuten Geschäfte macht und euer Geld nicht bekommt, wie geht ihr dann vor? Ich meine, hier wird doch auch mal der eine oder andere gerade nicht genug dabeihaben, oder?«

Nolte verzog den Mund zu einem Grinsen. »Damit haben wir so gut wie keine Probleme. Mein Chef hat nicht unbedingt den Ruf, der Geduldigste zu sein, und das ist allgemein bekannt.« Er deutete mit dem Kopf nach drinnen. »Du hast ja unsere Leute gesehen. Mit denen ist nicht gut Kirschen essen, wenn man dem Chef was schuldig ist.«

Eduard runzelte die Stirn. »Verstehe. Na ja, da werde ich wohl wenig ausrichten können. Ich glaube kaum, jemand würde erschrecken, wenn ich ihm deutlich machen will, dass ich auf mein Geld bestehe.«

»Wenn du da Hilfe brauchst, musst du's nur sagen. Dann klappern wir die Leute mal ab und teilen ihnen freundlich mit, dass du nicht länger warten willst.«

Eduard wurde hellhörig. Ein solches Angebot klang tatsächlich so, als sollte er darüber nachdenken.

»Und was würde mich das kosten?«

Nolte grinste. »Sehen wir aus, als wenn wir Geld bräuchten? Wir machen gute Geschäfte miteinander, und mein Chef mag es, wenn er sich auf Leute verlassen kann. Du brauchst mir nur eine Liste mit den Namen und den ausstehenden Beträgen zu geben, dann klären wir das für dich. Es darf nur keine Gewohnheit werden. Wir haben schließlich noch anderes zu tun.«

»Das wäre wirklich nett von dir. Danke, Gerd. Ich werde es mir überlegen und die Liste vielleicht beim nächsten Mal mitbringen.«

»In Ordnung. Wäre ich an deiner Stelle, würde ich die Leutchen anrufen und ihnen sagen, wen du vorbeischickst, wenn das Geld jetzt nicht schleunigst auf den Tisch kommt. Wenn sie schlau sind, reicht das wahrscheinlich schon aus.«

Eduard streckte ihm die Hand entgegen. »Danke. Ich werd's mir merken.«

»Wozu hat man Freunde?«

Sie verabschiedeten sich voneinander, und während Eduard wieder in seinen Lastwagen stieg, entfernte Nolte den Keil unter der Tür und zog diese zu. Während der gesamten Rückfahrt dachte Eduard über das Besprochene nach. Vielleicht sollte er das Angebot wirklich annehmen und mal ein bisschen Dampf dahinter machen, sein Geld sehen zu wollen. Schließlich verdienten diese Kneipiers daran, dass Eduard sie belieferte. Dann sollten sie gefälligst auch ihre Rechnungen bezahlen.

Noch bevor er die Einfahrt zu seinem Spirituosenlager erreichte, hatte er den Plan gefasst, zumindest die vier Kneipen, von denen er wusste, dass sich die Summen, die sie Eduard schuldeten, langsam auftürmten, noch heute zu besuchen und mit den Wirten zu sprechen. Er war gespannt darauf, zu sehen, ob es wirklich reichte, den Namen Constantin von Plesow zu nennen und durch die Blume, oder eben auch ganz unverblümt mitzuteilen, dass dessen Leute sich ihre Läden vornehmen würden, wenn sie nicht bezahlten. Bei dem Gedanken grinste Eduard breit. Ihm gefiel das Gefühl von Macht, die diese neue Möglichkeit mit sich brachte. Einen kurzen Moment hörte er in sich hinein, ob er nicht womöglich zu weit ging, indem er Leute bedrohte oder eben bedrohen ließ. Doch er kam schnell zu dem Ergebnis, dass Gewissensbisse fehl am Platz waren. Schließlich waren ihm diese Kneipiers das Geld schuldig. Und wenn sie betrügen wollten und ihn nicht bezahlten, hatten sie einen Denkzettel verdient. Jedoch fragte sich Eduard, wie genau der Denkzettel aussehen würde, sollte er auf Noltes Angebot zurückkommen. Schon aus diesem Grunde wollte er noch einmal selbst mit den Wirten reden. Und wenn sie dann nicht hören wollten, mussten sie eben fühlen.

5. Kapitel

Hamburg, Donnerstag, 4. September 1924

All diejenigen, die meinen, mich wie Dreck behandeln zu können, werden sich noch umgucken.

Richard Hansen

»Wenn du das machst, dann war es das letzte Mal, dass ich bei dir Geld gelassen habe, Kalle!«

»Pah!« Karl Schmied spuckte Richard vor die Füße. »Und das ausgerechnet von dir! Wie oft hab ich dich noch in den Laden gelassen, obwohl deine paar Kröten gerade mal für ein Bier gereicht haben? Das hier ist ein Puff und keine Kneipe. Hier kommt man nicht zum Saufen her. Also mach, dass du wegkommst!«

»Wie du willst, Kalle. Aber ich warne dich, ich werde dafür sorgen, dass man dir den Laden dichtmacht.«

Schmied straffte seinen massigen Körper und machte noch einen Schritt auf Richard zu, sodass dieser kurz zurückwich.

»Jetzt pass mal gut auf, Richard. Ich habe einige Geduld mit dir gehabt. Doch damit ist jetzt Schluss. Du machst am besten ganz schnell, dass du wegkommst.«

»Ich hab die Syphilis«, spie Richard mit hochrotem Kopf aus. »Und die hab ich mir in deinem Scheißpuff eingefangen, weil deine Weiber dreckig und nicht gesund sind.«

Schmieds Arm schnellte vor, und er packte Richard am Hemdkragen. »Behaupte das noch mal, und die Syphilis ist dein kleinstes Problem. Wenn eins meiner Mädchen was haben sollte, dann nur, weil du diesen Dreck hier hereingetragen hast.« Er stieß Richard zurück. »Deshalb siehst du also so beschissen aus«, stellte er dann voller Verachtung fest und wischte die Hand, mit der er Richard gepackt hatte, an seiner Hose ab. »Mach, dass du wegkommst. Ich sage es dir nicht noch mal.«

Richard bebte vor Wut. »Das wird dir noch leidtun, Kalle. Denk an meine Worte.« Er sah Schmied noch einen Moment lang an, ganz so, als überlege er, ob er noch etwas hinzufügen sollte. Dann drehte er sich um und ging davon. An der Ecke blieb er stehen und blickte noch einmal zurück. Schmied war nicht mehr auf der Straße, sondern war offenbar ins Lokal zurückgegangen, wo er stets bei der Eingangstür stand, um die Gäste in Empfang zu nehmen oder eben, wie in Richards Fall, diejenigen abzuweisen, die nicht hineinsollten.

Drei Männer liefen an Richard vorbei, die miteinander scherzten und auf das Bordell zusteuerten. Richard wartete ab, und als die drei das Etablissement betreten wollten und einer von ihnen die Tür bereits geöffnet hatte, rief er laut: »Da würde ich nicht reingehen an eurer Stelle. Da holt ihr euch die Syphilis!«

Die drei Männer blieben abrupt stehen und sahen zu ihm herüber. Schmied trat heraus und machte eine Handbewegung, als wollte er die drei zum Eintreten auffordern. Einer von ihnen hob abwehrend die Hände und machte einen Schritt rückwärts. Dann sagte er etwas, das Richard auf die Entfernung nicht verstehen konnte. Schmieds massiger Körper fuhr herum, und Richards und sein Blick trafen sich. Richard grinste breit.

Als Schmied sich daraufhin in Bewegung setzte, beeilte sich Richard, das Weite zu suchen. Er hatte im Laufe seines Lebens schon des Öfteren Prügel kassiert. Doch bei einem wie Schmied würde es dauern, bis er sich davon wieder erholte. Also machte er sich im Laufschritt davon und blieb erst stehen, als er sicher war, nicht mehr verfolgt zu werden. Atemlos beugte er sich vornüber und stützte seine Hände auf die Knie. Es dauerte, bis sich seine Atmung so weit beruhigt hatte, dass er sich wieder aufrichten konnte. Kurz taumelte er, weil ihm schwindelig wurde. Er machte ein paar Schritte und lehnte sich an eine Hauswand. Am liebsten hätte er sich einfach gesetzt, so schwach fühlte er sich in diesem Augenblick. Doch sich hier im Dreck niederzulassen, war nun wirklich keine angenehme Vorstellung. Insbesondere, weil er nicht mehr allzu viele saubere Sachen zu Hause hatte.

Was waren das doch für Zeiten gewesen, als er noch Personal beschäftigt hatte, das seine Wäsche wusch, das Haus in Ordnung hielt und für ihn kochte und seinen Kram wegräumte. Damals, als er noch im Kontor Hansen gearbeitet hatte, war er mehr als gut betucht gewesen. Das war ja wohl auch das Mindeste, was ihm zustand, immerhin war er selbst ein Hansen, und wäre seine elende Cousine Luise ihm nicht auf die Schliche gekommen, hätte er sich gut vorstellen können, auch weiter dort im Kontor zu arbeiten. Ja, er hatte Geld unterschlagen und außerdem Waren auf eigene Rechnung verkauft und die Einnahmen dafür direkt in seine Tasche wandern lassen. Na und? Wen scherte es schon? Schließlich warf das Kontor genug ab, und sein Geldbedarf war bei Weitem höher als der seiner langweiligen Cousine oder des spießigen Rests der Familie. Die verstanden ja nicht wirklich zu leben, er jedoch schon. Wie herrlich war es gewesen, wenn er die Huren hatte tanzen lassen können und die anderen Kerle sich um ihn scharten, hatte er doch den Ruf, immer genug in der Tasche zu haben, um ordentliche Lokalrunden zu schmeißen. Ja, die guten alten Zeiten waren das gewesen, auch nach seinem Rauswurf und dem folgenden Wechsel ins Kontor Frederiksen. Seine Tante Elisabeth, die den alten Frederiksen geheiratet und schließlich beerbt hatte, hatte wirklich einige Hebel in Bewegung setzen müssen, um ihn damals aus dem Gefängnis zu holen, und wahrscheinlich hätte er ihr dankbar sein sollen, dass sie ihn aufgenommen und ihm Arbeit gegeben hatte. Aber letztendlich wusste er, dass sie ihn nur deshalb so großzügig behandelt hatte, weil sie beide von den Hansens verstoßen worden waren und es ihr genauso wichtig wie ihm selbst gewesen war, es ihnen heimzuzahlen. Dass sie dann kurz vor ihrem Tod weich wurde und am Ende ihren Töchtern den Großteil des Vermögens aus dem Verkauf der Firma Frederiksen vermacht hatte, war für ihn wie ein Schlag ins Gesicht gewesen. Zwar hatte er auch eine gewisse Summe erhalten, genau wie seine Schwester Frederike. Genau genommen, war es nicht einmal wenig gewesen. Aber es hätte eben auch mehr oder sogar alles für ihn herausspringen können, dann wäre er ein gemachter Mann gewesen. So hatte das Geld gerade einmal einige Jahre gereicht. Doch in dieser Zeit hatte er es krachen lassen. Und wie!

Durch einen glücklichen Umstand war er seiner Frau Elsa auf die Schliche gekommen, dass diese sich mit der gemeinsamen Tochter Marie nach Amerika abgesetzt hatte. Denn er hatte kurz nach Elisabeths Tod wegen des Geldes, das er geerbt hatte und wofür einige Unterschriften zu leisten gewesen waren, die Bankangestellte Erika Lachner kennengelernt. Ein hübsches Ding, wirklich. Und so was von naiv. Die dämliche Kuh hatte doch wirklich geglaubt, dass er ernste Absichten bei ihr hatte. So ein Unsinn. Doch sie hatte ihn auf die Spur Elsas gebracht, weil sie ihm davon erzählt hatte, dass seine Cousine Luise kurz vor ihrem Weggang aus Hamburg noch in der Bank gewesen war und eine Zahlungsanweisung über die Western

Union Telegraph Company auf den Namen Elsa Hansen nach Amerika verfügt hatte. Eine Weile war Richard danach noch in Deutschland geblieben, stand doch für ihn die Überlegung an, mit dem Erbe eine eigene Firma zu gründen, wie seine Tante Elisabeth es ihm in einem Abschiedsbrief angeraten hatte. Doch wenn er ehrlich war, hatte er im Grunde nicht allzu lange gebraucht, um den Gedanken zu verwerfen. Sich selbst etwas aufzubauen, danach stand ihm nicht der Sinn. Und irgendwie hatte er auch geglaubt, dass es doch einen leichteren Weg geben musste, um sein Vermögen nicht nur zu erhalten, sondern auch zu vermehren. Also hatte er, nachdem er eine Weile nichts getan hatte, außer das Geld für Frauen, Glücksspiel und Schnaps auszugeben, eine Fahrkarte für einen der Ozeandampfer gekauft und war nach Amerika gereist, um dort Elsa und Marie ausfindig zu machen. Und hieß es nicht, dass Amerika das Land der unbegrenzten Möglichkeiten war? Nun, Richard hatte dies nur allzu gern geglaubt. Ohnehin stand für ihn fest, dass er eine Veränderung brauchte. Außerdem sollte Elsa dafür büßen, dass sie sich einfach aus dem Staub gemacht und die gemeinsame Tochter mitgenommen hatte. Nicht dass ihn Marie wirklich interessierte. Sie war sein Kind, ja. Doch so etwas wie Liebe empfand er nicht für sie, auch wenn er das nicht zugegeben hätte. Er gehörte nun einmal nicht zu den Menschen, die großartige Gefühle für andere entwickelten. Das war einfach so und störte ihn auch nicht weiter. Aber das gab Elsa noch lange nicht das Recht, ihm die Entscheidung abzunehmen, wohin sie zog und ob er Marie noch zu Gesicht bekam oder nicht.

Doch letztendlich musste er sich nicht lange, nachdem er bei der Bank in Philadelphia vorgesprochen hatte, bei der das Geld für Elsa eingegangen war, eingestehen, dass die Reise womöglich ein Fehler gewesen war. Zwar gelang es ihm, durch die Bankverbindung, die Erika Lachner ihm gegeben hatte, schneller als erwartet, Elsa aufzuspüren. Schließlich war er noch immer ihr Ehemann und bekam so recht bereitwillig Auskunft. Doch er hatte die Rechnung ohne seine damalige Noch-Ehefrau gemacht, die einen neuen Mann an ihrer Seite hatte, der nicht lange diskutierte. Elsa musste ihm wohl schon so einiges über ihn erzählt haben, da dieser John Harris, kaum dass Richard bei ihnen zu Hause aufgetaucht war, ihm sofort Prügel androhte, wenn er es noch einmal wagen sollte, in der Nähe von Elsa aufzutauchen. Richard war wieder gegangen, hatte die Drohung jedoch nicht wirklich ernst genommen und Elsa prompt am nächsten Tag aufgelauert. Die hatte ihm, als er vor ihr stand, sogleich mitgeteilt, dass sie sich von ihm scheiden lassen und dann John Harris heiraten wollte, und dass dieser auch bereit war, Marie als sein eigenes Kind anzunehmen. Elsa hatte ihn verblüfft, wirkte sie doch vollkommen anders auf ihn als zu der Zeit, als sie zusammen in Hamburg in der Villa Hansen gelebt hatten. Sie war auf einmal so selbstbewusst, so furchtlos. Bestimmt lag es an ihrem Umgang mit seiner leidigen Cousine Luise, die Elsas Flucht nach Amerika offenbar mit ausgeheckt und auch noch finanziell unterstützt hatte. Er hatte Elsa nur ausgelacht und sie einzuschüchtern versucht. Doch das war ihm zu seiner eigenen Überraschung nicht gelungen. Sie war kein Stück zurückgewichen, als er drohend an sie herangetreten war, und hatte nur ganz ruhig zu ihm gesagt, dass er gefälligst wieder nach Deutschland verschwinden und sie nie wieder belästigen solle. Darauf hatte Richard gelacht, doch das Lachen war ihm dann tatsächlich vergangen, als John Harris ihn am selben Abend in dem Hotel aufsuchte, in dem er untergekommen war. Anfangs sagte Harris ihm freundlich, aber bestimmt, dass er es nicht zulassen würde, dass Richard Elsa noch einmal zu Gesicht bekäme. Richard hatte nur herablassend erwidert, dass die Entscheidung darüber ganz sicher nicht bei Harris lag. Doch diese Worte hatte er tatsächlich schnell bereut. John Harris hatte nicht lange gefackelt und Richard an diesem Abend windelweich geprügelt. Und mehr noch: Dieser Kerl schien über ausgesprochen gute Kontakte zu verfügen, denn Richard wurde, kaum dass Harris gegangen war, prompt von der Hotelleitung auf die Straße gesetzt. In aller Eile packte das Hotelpersonal Richards Sachen und verfrachtete ihn unsanft nach draußen, wo Harris bereits mit zwei Autos und vier Männern wartete. Richard wurde gepackt und zum Hafen gefahren. Dort kaufte man für ihn in Harris' Auftrag eine Fahrkarte nach Deutschland, und zwei der Männer blieben bis zum nächsten Morgen bei ihm, um ihn auf den Dampfer zu geleiten und sicherzustellen, dass Richard nicht wieder an Land zurückkehrte. Doch darüber dachte er tatsächlich keinen Augenblick nach. Denn dass dieser Harris mit ihm kurzen Prozess machen würde, sollte er noch einmal versuchen, sich Elsa zu nähern, stand für Richard fest.

Seine Wunden waren noch nicht ganz verheilt, als er wieder deutschen Boden betrat. Und als einige Wochen später die Zustellung der Scheidungspapiere zusammen mit einer Nachricht von Harris erfolgte, in der ihm überdies eine stattliche Summe versprochen wurde, wenn die Papiere innerhalb von sechs Wochen wieder zurückgesandt würden, hatte Richard nicht lange gezögert. Und tatsächlich hatte er nur wenige Wochen danach die vereinbarte Summe auf seinem Konto. Damit war das Geschäft für Richard abgeschlossen. Sollte dieser Harris Elsa doch behalten und Marie gleich dazu, wenn er sie denn unbedingt wollte. Ein Ärgernis weniger, das Richard an den Hacken hatte. Noch dazu würde das Geld, das er von Harris erhalten hatte, ihm für eine ganze Weile ein gutes Leben ermöglichen und die Kasse wieder etwas auffüllen. Denn von Elisabeths Erbe hatte er bereits den größten Teil durchgebracht.

Heute wusste er, dass auch diese *Abfindung* nicht lange vorgehalten hatte. Einige Male hatte er danach noch Geld von seinen Eltern bekommen, um seine Miete zahlen zu können. Sogar seine Schwester Frederike hatte ihm ausgeholfen. Doch irgendwann waren auch diese Geldquellen versiegt, weil seine Familie von ihm verlangte, selbst für sich zu sorgen. Dafür hasste er jeden Einzelnen von ihnen. Wenn sein Vater doch endlich das Zeitliche segnete, sodass Richard dadurch an das Erbe käme, das ihm zustand. Schließlich saß der Alte auf einem stattlichen Vermögen, und auch die Villa ließe sich gut zu Geld machen, wenn erst mal keiner mehr drin lebte. Er wusste zwar nicht, wie viel von dem Vermögen der Hansens noch da war. Doch dass es beträchtlich war, davon war auszugehen. Kurz kam Richard der Gedanke, dass er zu seinem Vater gehen und ihm vorschlagen könnte, ihn bereits jetzt auszuzahlen, damit er nicht auf sein Erbe warten musste. Andererseits hatte sein Vater ihm bei ihrem letzten Treffen deutlich gemacht, dass von seiner Seite aus keinerlei Gelder mehr fließen würden. Und Richard kannte seinen Vater gut genug, um zu wissen, dass er ihn abblitzen lassen würde. Der Alte war doch nur neidisch auf das ausschweifende Leben, das Richard sich zu führen getraut hatte, während sein Vater nach dem Seitensprung mit Elisabeth, der Richard tatsächlich Respekt für seinen alten Herrn abgefordert hatte, reumütig in die Arme seiner zeternden Ehefrau zurückgekehrt war. Was für ein Schwächling!

Richard stieß sich von der Hauswand ab und schlug den Rückweg zu dem spärlich eingerichteten Zimmer ein, in dem er hauste. Um diese Zeit würde seine Vermieterin nicht mehr wach sein, was ihm entgegenkam. Nach diesem Abend würde es ihm gerade noch fehlen, dass sie ihn abfing und auf die Zahlung der noch offenen Miete bestand. Nein, dafür war er jetzt ganz bestimmt nicht in der Stimmung.

Als er an einer Straßenlaterne vorbeikam, fiel sein Blick auf seine rechte Hand. Die Flecken dort und auch die am Arm waren mehr geworden. Der Arzt, der vor etwa zwei Jahren die Syphilis bei ihm festgestellt hatte, hatte damals gesagt, dass solche Symptome auftreten könnten. Doch irgendwie hatte

Richard es nicht geglaubt. Aber in diesem Moment machte ihm das Fortschreiten der Krankheit nicht nur Sorge, sondern Angst. Er hatte sich vor allem aus finanziellen Gründen bisher nicht um die Behandlung gekümmert. Irgendwie dachte er, so schlimm würde es schon nicht werden und dieser Dreck würde wohl von selbst wieder verschwinden. Nun fragte er sich jedoch, ob es ein Fehler gewesen war. Ja, der Arzt hatte ihn gewarnt, dass mit einer Syphilis nicht zu spaßen sei und sie behandelt werden müsse. Doch das Geld, das eine solche Therapie Richard gekostet hätte, war er schlicht nicht bereit gewesen auszugeben. Er würde diesem Mist schon hochprozentig beikommen, hatte er damals gedacht. Doch irgendwie war er sich jetzt nicht mehr so sicher. Er hatte körperlich abgebaut, das war deutlich spürbar, und zwar mehr, als es mit seinen dreiundfünfzig Jahren zu erwarten war. Ob womöglich an der Warnung des Arztes doch etwas dran war und er die Behandlung nun endlich angehen müsste? Zumindest dafür würde er sich irgendwo Geld besorgen müssen. Der Gedanke gefiel ihm überhaupt nicht. Doch noch weniger gefiel es ihm, womöglich ernsthaft zu erkranken. Wieder kam ihm sein Vater in den Sinn. Wenn der Alte endlich das Zeitliche segnete, würde Richard sich die besten Ärzte besorgen und im Handumdrehen wieder gesund sein. Und dann natürlich auch reich. Dann bekäme sein Leben endlich wieder Schwung. Er konnte es kaum erwarten.

6. Kapitel

Philadelphia, Freitag, 5. September 1924

Ich bin dankbar für jeden einzelnen Tag meines Lebens.
Elsa Harris

Elsa atmete tief die frische Luft des neuen Tages ein, als sie die Fenster weit aufstieß. Wie fast immer in letzter Zeit galten ihre erste Gedanken Luise. Zwei Monate war es bereits her, dass sie gestorben war, doch für Elsa fühlte sich der Schmerz an wie eine Wunde, die ihr gerade erst zugefügt worden war. Sie waren im gleichen Alter gewesen. Doch während Elsa früh Mutter geworden war, hatte sich Luise vor allem auf die Arbeit im Kontor konzentriert. Sie hatten vollkommen unterschiedliche Leben gelebt, doch Elsa schien es, als sei Luise derjenige Mensch auf der Welt gewesen, dem sie sich am meisten verbunden gefühlt hatte.

Was war sie seinerzeit glücklich gewesen, als Claus Spreckels, für den Hamza und Luise die Zuckerrübenfarm führten, vor ihrer Tür gestanden und ihr berichtet hatte, dass Luise in ganz Amerika Anzeigen in verschiedenen Zeitungen aufgegeben hatte, um sie zu finden. Und auch ihm wäre es, hätte er nicht so gute Kontakte ins Bankwesen gehabt, kaum möglich gewesen, Elsa Harris, wie sie heute hieß, ausfindig zu machen. Luise hatte es offenbar vor ihm auch schon auf diese Weise versucht, jedoch keinerlei Auskunft erhalten. Richard, ihr ungeliebter früherer Ehemann, hingegen schon. Kein Wunder, waren sie doch damals noch offiziell verheiratet und die Bank auskunftspflichtig gewesen. Luise war dann, wie sie später berichtete, davon ausgegangen, dass Elsa vermutlich längst nicht mehr in den Staaten weilte. Dabei war sie die ganze Zeit hier gewesen, mitten in Philadelphia und nur wenige Straßen von dem Bankgebäude entfernt, in dem Luise nichts über ihren Aufenthaltsort in Erfahrung bringen konnte.

Elsa seufzte bei dem Gedanken. Die beiden Frauen hätten sich schon drei Jahre früher wiedertreffen können, wäre es anders gelaufen. Doch was nützte es schon, jetzt noch damit zu hadern? Luise war tot und damit für immer aus Elsas Leben gerissen. Der Gedanke daran trieb ihr auch jetzt wieder Tränen in die Augen. Wie sehr ihr Luise doch fehlte! Jeden zweiten und jeden vierten Sonnabend im Monat war Luise den Hügel, auf dem die Zuckerrübenfarm lag, hinuntergestiegen und zu dem Lebensmittelladen im Ort gegangen, der am Fuß der Anhöhe lag. Hinauf wie hinunter waren es stets über vier Kilometer, die Luise zu bewältigen hatte. Doch das war es ihr wert gewesen, weil der Laden über den einzigen Telefonapparat weit und breit verfügte und Luise es sich nicht nehmen ließ, Elsa von dort aus anzurufen und eine Weile mit ihr zu plaudern. Darüber hinaus schrieben die beiden sich Briefe und waren dadurch stets über das Leben der anderen auf dem Laufenden. All das vermisste Elsa nun, sodass sie, wenn auch ansonsten glücklich, Momente tiefster Verzweiflung erlebte, weil Luise nicht mehr Teil ihres Lebens war.

Vor einem Monat hatte sie begonnen, eine Art Tagebuch zu führen, um so die Briefe zu ersetzen, die sie sonst über alles, was in ihrem Leben geschah, an Luise geschrieben hatte. Anfangs hatte sie gehofft, auf diese Weise die Lücke, die Luise hinterlassen hatte, schließen zu können. Doch in den letzten Tagen zweifelte sie daran, ob sie das Tagebuch noch weiterführen sollte, denn ihr wurde dadurch nur noch deutlicher, dass ihr die Antworten auf die Fragen, die sie bewegten, und der Austausch mit Luise fehlten. Sie hatte erkennen müssen, dass das Vakuum, das Luises Tod in ihrem Leben verursacht hatte, nicht ausgefüllt werden konnte. Weder von ihrem Mann John, den sie zwar von Herzen liebte und mit dem sie theoretisch über alles sprechen konnte, noch von ihrer Tochter Marie, die ihr ansonsten die engste Vertraute war. Wie sie und Luise einander verstanden hatten – das war einzigartig gewesen. Und Elsa war bewusst, es akzeptieren zu müssen, dass es nie wieder so sein würde wie zuvor, ganz gleich, wie wunderbar die Menschen waren, die sie umgaben. Sie zuckte zusammen, als sie direkt vor sich unter dem Fenster jemanden wahrnahm.

»Guten Morgen, Elsa!«, grüßte sie der Nachbar mit dem gebückten Rücken und den schneeweißen Haaren freundlich auf Englisch und riss sie so aus ihren Gedanken.

»Guten Morgen, Orson«, erwiderte sie freundlich und hob die Hand. »Wie geht es dir denn heute?« Die englische Sprache war ihr nach all den Jahren in Fleisch und Blut übergegangen, während sie ihre Tagebucheinträge hingegen auf Deutsch verfasste und auch mit ihrer Tochter Marie fast ausschließlich in der Muttersprache redete. Darauf legte besonders die Tochter großen Wert, weil sie wollte, dass ihre Söhne Benjamin und Henry ebenfalls Deutsch lernten.

Der alte Mann winkte ab. »Bete besser, dass du niemals so alt wirst wie ich, Kindchen. Mein Rücken bringt mich noch um.«

Elsa hob tadelnd den Zeigefinger. »O doch«, gab sie zurück. »Ich möchte genauso alt werden wie du. Sogar älter. Aber ich glaube, du überlebst uns alle.«

»Ja ja, das fürchte ich auch«, lachte er. »Ist John noch da?«

»Nein, er ist schon in seiner Fabrik.«

»Schade. Sag ihm, dass ich ihn einladen will. Bald spielen die Frankford Yellow Jackets im Frankford Stadium. Dann kann ein Engländer mal erleben, wie echter Sport aussieht.«

Elsa lachte auf. »Ich werde es ihm ausrichten.«

»Mach das. Diese Engländer!“ Er schüttelte den Kopf. „Sie nennen es Football und meinen damit Soccer. Und alle sind sie verrückt danach. Dabei ist das doch gar kein richtiger Sport.«

»Ich glaube, da wird John dir widersprechen. Doch ich bin sicher, dass er gern mit dir zum Spiel geht.« Elsa war immer wieder überrascht, wie agil ihr Nachbar noch war, schließlich hatte er die siebzig bereits überschritten. Doch was Sportveranstaltungen anging, so wusste sie, dass es kaum etwas gab, was er auslassen würde.

Er hob den Kopf und sah sich um. »Es ist ein herrlicher Tag, nicht wahr? Ich überlege, ein wenig spazieren zu gehen. Willst du mir nicht Gesellschaft leisten?«

Er lächelte und entblößte dabei seine zahlreichen Zahnlücken.

»Ich würde wirklich gern, Orson, doch Marie kommt gleich mit ihren Söhnen. Wenn du von deinem Spaziergang zurück bist, komm doch gern rüber. Henry und Benjamin freuen sich immer so, dich zu sehen.«

Die Augen des alten Mannes leuchteten auf. »Das würde ich tatsächlich liebend gern.«

»Gut. Dann bis nachher.« Sie hob noch einmal die Hand.

»Bis nachher«, erwiderte er und lief dann los.

Elsa trat vom Fenster zurück und ging in die Küche, wo sie sich einen Kaffee aufbrühte. Sie war froh, dass Orson vor ein paar Jahren in das Nachbarhaus gezogen war, als Elsa ihn darum gebeten hatte, damit sie sich besser um ihn kümmern konnte, wenn ihm die Jahre mehr und mehr zu schaffen machten. Schließlich hatte sie Orson so viel zu verdanken, denn er war damals der Einzige gewesen, der ihr geholfen hatte, als sie nicht wusste, wohin sie sollte. Sie erinnerte sich noch genau daran, obwohl es bereits über siebenundzwanzig Jahre her war. Damals hatten sie und Marie die erste Zeit nach ihrer Ankunft in Amerika auf der Farm, die ihre Cousine und deren Ehemann betrieben, gelebt. In den ersten paar Wochen war alles gut gegangen, und Elsa hatte ihr Möglichstes getan, um tatkräftig anzupacken und ihren Teil beizutragen. Doch dann war etwas geschehen, was Elsa bis heute nicht vergessen konnte. Marie war damals gerade mal vier Jahre alt gewesen, und Elsa hatte angenommen, dass sie wie üblich mit den Jungen auf der Weide nebenan spielte. Elsa war gerade im Stall damit beschäftigt, das alte Stroh wegzuschaffen, als sie ein eigenartiges Gefühl beschlich. Sie trat aus dem Stall und war wie erstarrt, als sie den Mann ihrer Cousine sah, der sich im Hof vor Maries Augen entblößt hatte und ihre Tochter dazu aufforderte, ihn an Stellen zu berühren, an denen ihre kleinen Kinderhände nichts zu suchen hatten. Sie fragte sich bis heute, was er dem kleinen Mädchen angetan hätte, wenn sie nicht dazwischengegangen wäre. Nach einem kurzen, aber heftigen Disput mit dem Mann ihrer Cousine hatte sie Marie auf den Arm genommen, war mit ihr ins Haus gerannt, hatte ihre Sachen gepackt und war zu Fuß mit ihr bis zur Landstraße gelaufen. Es waren drei Stunden oder mehr vergangen, bis das nächste Auto vorbeifuhr, das sie schließlich mitnahm. So waren sie zunächst in einer Sammelunterkunft für deutsche Auswanderer in New Jersey untergekommen. Von dort hatte sie einen Brief nach Deutschland geschickt und Luise alles geschildert, was geschehen war. Dass die jedoch zu dem Zeitpunkt gar nicht mehr in Hamburg war, hatte Elsa erst viele

Jahre später erfahren. Ebenso wie alles andere, was sich während der Wochen zuvor in Luises Leben ereignet hatte.

Nachdem sie wochenlang nichts von Luise gehört hatte, war Elsa mit Marie nach Philadelphia in ein einfaches Hotel umgezogen, da dort angeblich die Chancen, eine Arbeit zu finden, besser standen. Elsa hatte ein Konto bei einer Bank in Philadelphia eingerichtet und dort Orson Brown kennengelernt, den gutmütigen alten Herrn, der heute direkt nebenan wohnte. Er hatte Elsa und Marie bei sich aufgenommen, als deren Ersparnisse zur Neige gingen, obwohl er selbst als einfacher Bankangestellter in einer recht beengten Wohnung lebte. Was allerdings daran lag, dass er den Großteil seines Gehalts an die Witwe seines Bruders Mason und dessen zwei Söhne weitergab. Mason war bei einem Unfall ums Leben gekommen, sodass Orson sich nun verantwortlich fühlte, dessen Familie zu versorgen. Für sich selbst behielt er nur wenig. Als er Elsa und Marie aufnahm, trat er ihnen sein Schlafzimmer ab, während er selbst auf der Couch schlief. Anfangs hatte Elsa sich manches Mal gefragt, ob er irgendwann eine Gegenleistung von ihr fordern würde. Doch das war nie eingetreten. Und eines Abends, als er nach Hause kam, brachte er die Nachricht mit, dass endlich Geld aus Deutschland auf Elsas Konto eingegangen war. Sie hatte ihr Glück kaum fassen können.

Orson und sie waren enge Freunde geworden, und das hatte sich auch nicht geändert, als sie etwa ein Jahr später John, ihren jetzigen Ehemann, kennenlernte. Die Freundschaft zu Orson blieb und wurde über die Jahre sogar noch enger. Und als das Haus neben Elsa und John frei wurde, hatte Orson nicht lange gezögert und war ihr Nachbar geworden. So gehörte er irgendwie zur Familie, und Elsa war froh, ihm nun etwas davon zurückgeben zu können, was er für sie getan hatte. Bedauerlicherweise war Orson damals, als Richard bei der Bank vorstellig geworden war, für einige Tage im Urlaub gewesen. Denn gewiss hätte er sonst verhindert, dass Richard die Auskunft gewährt wurde, wo Elsa und Marie zu finden waren. Orson und Elsa hatten einige Male darüber gesprochen, weil es Orson zu schaffen gemacht hatte. Doch letztendlich musste man sagen, dass es das Beste war, was Elsa hatte passieren können, wurde sie doch in der Folge von Richards Besuch endlich von diesem geschieden und war so in der Lage, John zu heiraten und endlich eine Familie mit ihm zu gründen. Ja, es war schon eigenartig, wie das Leben spielte. Doch Menschen wie Orson, John oder eben auch Luise hatten Elsa gezeigt, dass das Gute in der Welt überwog. Auch wenn es manchmal anders zu sein schien.

Elsa stellte gerade Kaffee und Wasser bereit, als es an der Tür klopfte. Sie öffnete und hörte sofort das begeisterte Rufen von Benjamin.

»Gran! Gran!«

»Hallo, meine Großen!« Elsa öffnete die Arme, und Benjamin ließ sich stürmisch hineinfallen. Sie drückte ihn und gab ihm einen Kuss auf die Stirn. »Wie geht es euch denn?«, fragte sie mit einem Lächeln.

Marie trat ebenfalls ein und umarmte die Mutter, während Henry mit hängenden Schultern folgte.

»Guten Tag, Gran«, sagte er und ließ sich kurz drücken.

»Henry, ist alles in Ordnung?«

Der Junge zuckte mit den Schultern und seufzte. Elsa sah Marie fragend an und schloss dann hinter ihnen die Tür.

»Er ist schon seit Tagen so«, flüsterte Marie.

»Weshalb? Was ist denn geschehen?«

»Es ist wegen Luise«, erklärte Marie.

Elsa kräuselte die Stirn. Zwar wusste sie, dass Benjamin und Henry die Großtante ebenfalls sehr gemocht hatten, doch hätte sie nicht damit gerechnet, dass der erst zehnjährige Henry sich deren Tod auch nach zwei Monaten noch so zu Herzen nahm.«

»Wir alle sind traurig«, sagte Elsa leise. »Aber ich hätte nicht gedacht, dass es Henry so mitnehmen würde.«

»Es ist nicht die Trauer«, flüsterte Marie. »Arthur, ein Junge aus der Schule, hat ihm gesagt, dass der Körper nach dem Tod von Würmern zerfressen wird, bis nichts mehr übrig ist. Seitdem hat er jede Nacht Albträume.«

Elsa schlug die Hand vor den Mund.

»Will und ich wissen nicht mehr weiter.« Marie seufzte.

Elsa legte den Arm um die Schultern ihrer Tochter und ging mit ihr zusammen in die Küche, wo sie den Kaffee und das Wasser holten und dann den Jungs ins Wohnzimmer folgten. »Mach dir keine Sorgen, Marie. Das wird schon wieder. Trotzdem würde ich dir empfehlen, mal ein ernstes Wörtchen mit den Eltern von Arthur zu reden.«

»Danke, Mutter, das haben wir schon getan.« Sie zuckte die Schultern. »Doch der Schaden ist erst mal angerichtet.«

»Setzen wir uns doch«, schlug Elsa vor.

»Gern, aber lange kann ich nicht bleiben.« Sie sah auf die Uhr. »Ich muss in spätestens einer halben Stunde in der Bank sein. Es ist gerade ziemlich viel zu tun.« Marie zog ihren Mantel aus und setzte sich.

»Stimmt denn etwas nicht?«, fragte Elsa, während sie Kaffee für sie beide einschenkte.

»Nein, wir können uns nicht beklagen. Die Wirtschaft erholt sich immer noch vom Krieg, aber es geht aufwärts. Doch seit ich die Firmenkunden von Greg übernommen habe, komme ich kaum noch mit meiner Arbeit nach. Heute habe ich einen Termin nach dem anderen. Ich bin froh, dass du dich um die Jungs kümmerst.«

»Du weißt, wie gern ich das mache.« Sie sah hinüber zu Benjamin, der begeistert das kleine Modellflugzeug, das Elsa als Spielzeug neben anderen Sachen bereitgelegt hatte, mit der

Hand durch die Luft steuerte und dabei Motorengeräusche imitierte, während Henry schweigend danebensaß.

»Und wie geht es dir?«, fragte Marie.

»Gut. Wirklich.« Elsa nickte, doch sie wusste, dass ihre Tochter ihr die Trauer anmerkte, die ein so schmerzliches Loch in ihrem Herzen klaffen ließ.

Marie nahm kurz die Hand ihrer Mutter und drückte sie. »Und Vater?«

Elsa zuckte die Schultern. »Du kennst ihn ja. Er arbeitet und arbeitet. Die Textilfabrik hat so viele Aufträge wie nie zuvor. Es war eine gute Entscheidung, die neuen Maschinen anzuschaffen und so noch mehr Stoffe liefern zu können.« Elsa lächelte. »Aber wahrscheinlich hast du da mit deinem Job in der Bank noch weit mehr Einblick als ich.«

Marie erwiderte ihr Lächeln. »Du weißt ja, ich darf nicht darüber sprechen. Aber sagen wir mal so: Dass mein Vater inzwischen einer der größten Textilhersteller ist, schadet mir nicht gerade.«

»Recht so. Er hat so hart dafür gearbeitet, dort hinzukommen, wo er heute ist.«

»Kaum zu glauben, dass ihr noch immer hier in diesem Haus lebt, obwohl ihr euch auch etwas weit Luxuriöseres leisten könntet.«

»Was hast du gegen dieses Haus einzuwenden?«, fragte Elsa fast ein wenig erbost.

»Nichts. Gar nichts«, beeilte Marie sich zu versichern. »Doch es spiegelt nicht euren Wohlstand wider, da musst du mir recht geben.«

»Womöglich nicht. Doch wir sind glücklich hier. Du hast viele Jahre hier mit uns gelebt, und wir würden das Haus um nichts auf der Welt verkaufen. Als dein Vater aus England emigrierte, hatte er keinen Penny. Er hat sich alles hier selbst aufgebaut, Stück für Stück. Wir hatten wahrlich auch harte Zeiten.

Umso dankbarer sind wir heute für alles, was wir haben. Der wahre Luxus ist für uns, alles bezahlen zu können, was wir brauchen. Doch das heißt nicht, dass wir das Geld zum Fenster hinauswerfen.«

»Ich wünschte, mehr Kunden meiner Bank würden so denken. Doch meist ist es andersherum. Ihr habt immer hart gearbeitet für alles, was ihr habt, und seid recht genügsam. Andere wollen nur wenig arbeiten und sich dennoch alles leisten können. Und ehrlich gesagt, die sind in der Überzahl.«

»Das sind deren Sorgen«, meinte Elsa und lächelte.

Wieder blickte Marie auf die Uhr und stand sogleich auf. »Ich muss jetzt los«, sagte sie, ging zu Henry, der auf der Couch saß, ein Spielauto in Händen hielt und nur darauf starrte, und gab ihm einen Kuss. Dann fing sie Benjamin ein, um auch den Achtjährigen kurz zu drücken und sich von ihm zu verabschieden. »Bis später. Und seid lieb.«

»Sie sind immer lieb«, stellte Elsa fest, die sich ebenfalls erhoben hatte, um die Tochter noch zur Tür zu begleiten. Dort verabschiedeten sich die beiden voneinander.

»Ich hoffe, dass ich es bis um sechs schaffe.«

»Mach dir keine Gedanken«, beruhigte Elsa ihre Tochter. »Wenn du bis sechs nicht hier bist, mache ich das Essen fertig, und die beiden bleiben einfach noch ein wenig. In Ordnung?«

»Danke.« Marie beugte sich vor, um ihrer Mutter einen Kuss auf die Wange zu drücken. »Du bist die Beste, weißt du das?«

»Weil ich die Besten um mich habe«, gab Elsa dankbar zurück. Dann ließ sie die Tochter hinaustreten und schloss die Tür hinter ihr. Ja, sie war dankbar für das Leben, das sie führte. Und sie hoffte, dass ihr noch viele glückliche Jahre beschieden waren.

7. Kapitel

Hamburg, Freitag, 5. September 1924

Alles ist fremd und irgendwie doch vertraut. Und es gefällt mir mit jedem Augenblick ein wenig besser.

Amala Hansen

Amala war so aufgeregt, dass sie feuchte Hände bekam, die sie immer wieder fahrig mit ihrem Stofftaschentuch trocken wischte. Sie hatte den gesamten gestrigen Tag mit Georg verbracht, und zusammen hatten sie sich Hamburgs Sehenswürdigkeiten, vor allem aber auch das alte Kontor von innen angesehen, und trotz des offensichtlichen Verfalls war Amala wie gefesselt von dem Gebäude gewesen. Der Gedanke, dass ein so schöner Bau, bis auf einige Räume im Seitentrakt, leer stand und nach und nach weiter verfiel, hatte sie bis in den Schlaf verfolgt. Immer wieder hatte sie sich gefragt, was wohl ihre Mutter in dieser Situation täte und ob ihr nicht eine Lösung eingefallen wäre, wie man das schöne alte Rotklinkergebäude wieder zum Leben erwecken könnte.

Zwar wusste Amala, dass der Handel mit Afrika seit der Auflösung der Kolonien zumindest in der Art, wie man ihn in

Hamburg früher gekannt hatte, nicht mehr möglich war. Und sie selbst hatte nicht die geringste Ahnung von Kaffee- und Kakaobohnen oder Tee, sodass sie hier nicht mitreden konnte. Doch sie überlegte, ob es nicht eine andere Verwendung für das ehemalige Kontor geben könnte, und irgendetwas in ihrem Hinterkopf schien sich auch nicht damit zufriedengeben zu wollen, dass ihr so gar nichts dazu einfallen wollte. Aber selbst wenn sie eine Idee gehabt hätte, so wusste Amala doch, dass es nicht an ihr war, dem alten Gebäude wieder Leben einzuhauchen. Sie würde in absehbarer Zeit nach Amerika zurückkehren, sobald sie noch einen Abstecher nach Wien gemacht hatte, um auch den dortigen Teil der Familie kennenzulernen. Am Vorabend hatte Georg dort angerufen, da Therese, Georgs Schwägerin, gestern ihren sechzigsten Geburtstag gefeiert hatte. Amala hatte mitbekommen, dass die beiden eine ganze Weile telefonierten. Zwar wusste sie nicht, was gesprochen worden war, und das ging sie ja auch überhaupt nichts an. Doch hatte Georg ihr später erzählt, dass er Therese berichtet hatte, dass Amala zu Besuch sei und sie, bevor sie wieder zurück nach Amerika reiste, auf jeden Fall auch noch nach Wien käme. Therese hatte sich, wie Georg Amala im Anschluss an das Telefonat erzählte, über die Maßen darüber gefreut. Viel mehr hatte er nicht erzählt, nur dass Thereses Kinder Franz und Helene die Mutter zum Geburtstag mit einem neuen Diwan überrascht hatten. Ein ungewöhnliches Geschenk, das Therese viel Freude bereitete. Nach dem Telefonat war Georg ihr verändert, ja ein wenig nachdenklicher vorgekommen. Ob es an dem lag, was er mit seiner Schwägerin besprochen hatte, wusste Amala nicht. Noch konnte sie auch die Beziehungen innerhalb der Familie nicht wirklich einschätzen. Sie wusste nur von ihrer Mutter, dass Therese zuvor mit Karl, dem recht jung verstorbenen Bruder Georgs und Roberts verheiratet gewesen war und sich nach dessen Tod in Robert verliebt hatte. Amala fand es irgendwie eigenartig, dass Therese erst mit dem einen, dann mit dem anderen Bruder gelebt hatte. Aber sie maßte sich dazu kein Urteil an. Schließlich war sie nicht dabei gewesen und kannte die Hintergründe nicht. Und wenn sie in ihrem Leben eines gelernt hatte, dann, dass es falsch war, irgendwelche Schlüsse zu ziehen, ohne die genauen Hintergründe zu kennen.

Nun jedoch stand ein für sie wichtiger Termin an, den Georg mit wenigen Telefonaten am gestrigen Tage für sie möglich gemacht hatte. Sie durfte sich bei Anna Simon, der Intendantin des *Ernst-Drucker-Theaters* vorstellen und dabei versuchen, sie von sich zu überzeugen. Denn wenn sie, so ihre Hoffnung, hier in Deutschland eine Anstellung bei einem Theater fände, könnte sie womöglich ein wenig länger bleiben und vor allem auch Erfahrungen sammeln, die ihr vielleicht später in der Heimat nützen könnten. Zugegeben: Georg hatte sie ein wenig drängen müssen, das Heft in die Hand zu nehmen, und tatsächlich war er es letztendlich gewesen, der sich bei einigen Bekannten bis zu Anna Simon durchgefragt hatte. Amala wusste die Unterstützung, die sie von ihrem Großonkel erhielt, sehr zu schätzen. Und dieser schien selbst daran interessiert, dass Amala ein Engagement bekam und so ihren Aufenthalt in Hamburg verlängern konnte. Amala ahnte, dass es ihrem Großonkel gefiel, nach so langer Zeit endlich einmal nicht mehr allein zu sein. Und sie selbst genoss es, ihre Zeit mit ihm zu verbringen. Zu gern würde sie ihren anfänglichen Plan, nur für einige wenige Tage in Hamburg zu verweilen, aufgeben und länger bleiben. Noch wusste sie nicht, was ihr Vater davon halten würde. Doch tatsächlich bekam er sie, wenn sie in New York war, auch nicht wirklich oft zu Gesicht. Und allein der Gedanke, nach Hause zu kommen und genau zu wissen, dass ihre Mutter nicht da war – nie wieder da sein würde –, ließ ihr die Tränen in die Augen steigen. Sie spürte, dass für sie eine neue Zeit gekommen war, eine der Veränderungen und des Loslassens, so schwer es ihr auch fallen mochte. Doch sie sah darin auch eine Chance für sich, ihren eigenen Weg zu finden und damit einem Rat ihrer Eltern zu folgen. Schon als sie noch klein gewesen war, hatte ihre Mutter ihr erklärt, dass der Herrgott für jeden Menschen einen Lebensweg vorgezeichnet hatte. Manche Strecken würde dieser Weg ganz geradlinig und ohne Hindernisse verlaufen, dann wieder wegen einer Steigung oder so manchen Steinen und Löchern im Boden mühevoll sein. Doch es war wichtig, so hatte ihre Mutter immer wieder betont, diesen Weg zu gehen, denn er war für niemanden außer einem selbst bestimmt. Und ihr Weg, so glaubte Amala, hatte sie aus einem ganz bestimmten Grund nach Deutschland und zu ihrer dortigen Familie geführt. Der Gedanke, dass es diese Art der Vorsehung gab, verlieh ihr ein Gefühl von Sicherheit. Womöglich entschied sich ihr Schicksal genau hinter dieser Tür des *Ernst-Drucker-Theaters,* wenn sie gleich bei Anna Simon vorsprechen durfte.

»Bereit?«, fragte Georg und hatte bereits den Türgriff in der Hand.

Amala wischte noch einmal mit dem Tuch über ihre Hände, dann nickte sie. »Bereit.«

Georg zog die Tür mit einem Ruck auf und ließ Amala vor sich eintreten. Der Zuschauerraum war in schummriges Licht gehüllt. Die Bühne selbst war jedoch hell erleuchtet und zwei Leute, ein Mann und eine Frau, die beide Textbücher in den Händen hielten, probten offenbar eine Szene. In der dritten Reihe saß eine einzelne Frau, die das Geschehen auf der Bühne verfolgte.

Georg bedeutete Amala abermals vorzugehen.

»Frau Simon?«, sprach Amala die Frau an, als sie diese erreichten. Sie blickte zu Amala auf. »Mein Name ist Amala Hansen. Ich wollte mich vorstellen kommen. Das ist mein Onkel, Georg Hansen.«

Die Frau erhob sich und reichte erst Amala, dann Georg die Hand.

»Anna Simon. Sehr erfreut. Bitte, setzen Sie sich und leisten Sie mir Gesellschaft. Die beiden sind gleich fertig.«

Alle drei nahmen Platz.

»Noch einmal ab der Szene, wo Sophia erste Zweifel kommen!«, rief Anna Simon den Schauspielern zu, die daraufhin nickten und an der gewünschten Stelle ihren Text wieder aufnahmen.

Amala verfolgte aufmerksam das Geschehen auf der Bühne und stellte fest, dass es ein Stück war, das sie nicht kannte. Offenbar ging es darum, dass zunächst der Mann, dann aber die Frau übermäßig eifersüchtig war, jedoch nicht auf eine ernste, sondern komödiantische Art und Weise. Amala gefielen die Dialoge, obwohl sie augenscheinlich darauf ausgelegt waren, das Publikum zum Lachen zu bringen, statt eine gewisse Dramatik, die sie selbst an der Schauspielerei so liebte, zu erzeugen. Sie sahen etwa zehn Minuten zu, dann klatschte die Intendantin zweimal in die Hände.

»In Ordnung, das genügt. Lernt das Stück auswendig. Wir werden es spielen.«

Die beiden Schauspieler verabschiedeten sich, und Anna Simon wandte sich an Amala.

»Sie sind also Schauspielerin, ja?«

»Ja, das bin ich. Ich habe meine Ausbildung an der *Juilliard School* in New York gemacht und würde jetzt gern hier in Deutschland arbeiten.«

»An der *Juilliard School?* Das ist eine ausgezeichnete Adresse«, bemerkte die Intendantin. »Allerdings werden Sie dann vermutlich schon eben bemerkt haben, dass wir hier nicht die Art von Schauspiel bieten, die Sie vermutlich anstreben.«

»Ich kann alles spielen«, beteuerte Amala eilig. »Und auch tanzen und singen. Ich könnte Ihnen etwas vortragen, wenn Sie möchten.«

»Das glaube ich Ihnen. Doch wir führen hier Stücke auf, die unterhalten sollen. Volkstheater. Und ich fürchte, da passen Sie nicht hinein.«

»Und weshalb nicht?«, fragte nun Georg, dem die Zurückweisung seiner Nichte so gar nicht gefallen wollte.

Anna Simon sah erst Georg, dann Amala an. »Ist das nicht offensichtlich?«, fragte sie. »Ich habe nicht ein Stück im Repertoire, in dem eine schwarze junge Frau eine Rolle spielt.«

»Ich verstehe«, sagte Amala traurig.

»Ich denke, das hier ist ein Theater. Steht da nicht die Kunst im Vordergrund?«, hakte Georg sichtlich verärgert nach.

»Ich verstehe Ihren Unmut, Herr Hansen«, erwiderte Anna Simon freundlich. »Glauben Sie mir, wenn es nach mir ginge, wäre das kein Problem.«

»Sie sind doch die Intendantin, oder nicht? Also geht es nach Ihnen«, hielt Georg dagegen, worauf Amala ihm einen dankbaren Blick zuwarf. Auch wenn es nichts nützte, so fand sie es doch rührend, wie er sich für sie einsetzte.

»Darum geht es leider nicht. Wie ich eben schon sagte, ich habe kein Stück zur Verfügung. In unserem Volkstheater geht es um klassische Verwechslungsgeschichten, mit turbulenten Irrtümern, Missverständnissen und am Ende dann natürlich einer Auflösung, bei der alle glücklich und zufrieden nach Hause gehen. Typische zwischenmenschliche Dinge, die in jeder, na ja, vielleicht nicht in jeder, aber in vielen Familien vorkommen könnten. Und bei den wenigsten Hamburgern gibt es ein farbiges Familienmitglied. Verstehen Sie, was ich meine?«

»Ja, das verstehen wir«, sagte Amala und stand auf. »Komm, Onkel Georg, gehen wir. Und vielen Dank, dass Sie uns Ihre Zeit geschenkt haben, Frau Simon.«

Die Intendantin und Georg erhoben sich ebenfalls.

»Ich wünschte wirklich, ich könnte Ihnen helfen. Wenn Sie mir einen Autor bringen, der ein Stück hat, in dem eine junge farbige Frau eine Rolle spielt, bin ich gern bereit, Sie vorsprechen zu lassen.«

Amala, die schon die Hand vorgestreckt hatte, zog sie wieder zurück. »Meinen Sie das ernst, oder ist das nur so dahingesagt?«

Anna Simon sah sie überrascht an. »Ich meine stets, was ich sage«, stellte sie klar.

»Ich schreibe auch Theaterstücke, wissen Sie. Bisher nur kleinere, doch zumindest eine Handlung mit Tanzeinlagen, die ich konzipiert hatte, wurde auch schon aufgeführt.«

»Ach ja?«, wunderte sich nun Georg. »Das wusste ich gar nicht.«

»Ich dachte nicht, dass es wichtig sei«, sagte Amala.

Anna Simon sah sie interessiert an. »Wenn das wirklich so ist und Sie mir ein Stück bringen, das zu uns passt und hier aufgeführt werden kann, dann stehe ich zu meinem Wort und gebe Ihnen eine Chance.« Die Intendantin hob den Zeigefinger. »Aber nur eine Chance zum Vorsprechen, wohlgemerkt. Und wenn es mir nicht gefällt, haben Sie sich die Arbeit umsonst gemacht.«

Amala nickte begeistert. »Mehr will ich gar nicht als eine Chance.«

»Gut.« Anna Simon reichte ihr die Hand. »Dann bin ich gespannt, was Sie mir anzubieten haben, Fräulein Hansen.«

»Danke. Haben Sie vielen Dank.« Amala schüttelte ihr kräftig die Hand, dann verabschiedeten sich auch Georg und Anna Simon voneinander, und die Besucher verließen das Theater. Draußen fiel Amala Georg um den Hals und stieß einen kurzen Freudenschrei aus.

»Ich bekomme eine Chance, hast du gehört?«

»Aber ja. Und das nur, weil du so beharrlich warst«, stellte Georg mit Stolz in der Stimme fest.

Amala nickte. »Danke, dass du dich für mich eingesetzt hast.«

»Das habe ich gern gemacht«, gab Georg zurück. »Wollen wir auch noch zum *Hansa-Theater* hinüber, damit du dich auch bei einer Varietébühne vorstellen kannst?«

»Ehrlich gesagt, würde ich am liebsten einen Block und Stifte kaufen und mich sofort an die Arbeit machen.«

»Und wieder habe ich das Gefühl, dass deine Mutter aus dir spricht«, bemerkte Georg und legte dann väterlich den Arm um Amalas Schultern. »Keine Sorge, wir haben mehr als genug Papier im Haus. Und Schreibzeug finden wir bestimmt auch noch.«

»Ach, Onkel Georg, ich kann mein Glück kaum fassen. Und wenn ich Frau Simon mit meinem Stück überzeugen kann, müsste ich nicht einmal weiß geschminkt werden. Wäre das nicht wunderbar?«

Georg sah sie überrascht an. »Wie meinst du das: weiß geschminkt werden?«

Sie gingen nebeneinanderher. »Nun ja«, begann Amala, »ich dachte, das wüsstest du. Um überhaupt eine Anstellung zu bekommen, wurde ich weiß geschminkt. Zumindest im richtigen Theater. Im Varieté, wenn ich zusammen mit anderen Mädchen tanzte, konnte ich meine echte Hautfarbe zeigen. Doch sobald ich eine Textrolle hatte, musste ich weiß sein, weil das Publikum mich sonst nicht ernst genommen und die Aufführung verlassen hätte. Bei mir ging es ja sogar noch, weil meine Haut nur leicht getönt ist«, fuhr Amala fort. »Doch ich kenne einige junge dunkelhäutige Frauen, die sich in Theatern gar nicht vorzustellen brauchen, weil man die weiße Schminke immer sehen würde. Sie können ausschließlich in den Varietés unterkommen, weil dort ein anderes Publikum verkehrt.«

Georg schüttelte den Kopf. »Ich hatte wirklich keine Ahnung davon.«

Amala zuckte die Schultern. »Beim Film ist das noch viel ausgeprägter. Deshalb glaube ich auch nicht, dass ich je eine Chance bekommen werde, dort vorzusprechen.«

»Du bist noch so jung, Amala. Keinesfalls darfst du die Hoffnung so rasch aufgeben.«

Amala sah von der Seite zu ihm auf. »Ich habe viele Male mit meiner Mutter darüber gesprochen. Sie sah das ein wenig anders.«

»Ach ja?«, fragte Georg überrascht. »Gerade Luise war doch stets diejenige, die sich keinen Regeln fügen wollte.«

»Das war auch bis zuletzt so. Doch sie hat mir geraten, nicht verbissen an dem Wunsch festzuhalten, eines Tages mein Gesicht auf einer großen Leinwand zu sehen, sondern mich Stück für Stück weiter vorzuarbeiten, statt starr nur an dem einen Traum festzuhalten. Sie meinte, dass es immer Widerstände geben würde, nicht nur wegen meiner Hautfarbe, sondern auch weil ich eine Frau bin. Ich müsste eben besser sein, klüger und die bestehenden Regeln außer Kraft setzen, statt zu versuchen, mich im Rahmen der Konventionen zu bewegen.«

»Ja, das klingt nun wirklich ganz nach Luise«, stellte Georg schmunzelnd fest.

»Aber weißt du«, fuhr Amala fort, »das ist ja mein Problem. Meine Mutter hat stets solche Sachen gesagt, und im Grunde verstehe ich natürlich, was sie damit meint. Doch ich weiß einfach nicht, wie das funktionieren soll.«

»Weißt du«, begann Georg, »ich glaube, dass deine Mutter anfangs ihren Weg auch nicht gekannt hat. Erst nach und nach ist sie in ihre Stellung hineingewachsen. Sie war sehr klug, das stimmt. Vor allem aber war sie eine gute und scharfsinnige Beobachterin. Sie war in der Lage, die vorhandenen Strukturen zu erkennen und zu durchschauen. Ich glaube, man kann das sogar als besondere Begabung bezeichnen.«

»Tja«, seufzte Amala. »Doch eine solche Begabung habe ich wohl nicht.«

»Ich denke eher, du hast deine besondere Begabung womöglich noch nicht entdeckt oder bist dir ihrer nicht bewusst. Doch gerade eben hast du es doch schon erlebt«, erwiderte Georg.

»Was habe ich denn erlebt?«, fragte Amala verwundert.

»Na, wir waren doch schon im Begriff, wieder zu gehen. Doch als Frau Simon dann sagte, dass sie einfach kein Stück hätte, in dem eine schwarze junge Frau eine Rolle spielte, hast du sofort angeboten, etwas zu schreiben. Genau das meine ich, Amala. Das war es, was deine Mutter auch stets getan hat. Sie hat zugehört und auf das reagiert, was an sie herangetragen wurde. Und ich bin fest überzeugt, dass sie dadurch die alten, platt getretenen Pfade verlassen und neue entdecken konnte. Damit war sie uns anderen oft einen Schritt voraus.«

Amala sah erneut zu ihm hoch und lächelte dann. »Der Gedanke gefällt mir«, antwortete sie, während sie weitergingen.

»Weißt du denn schon, was du schreiben willst?«, fragte Georg nun.

»Noch nicht. Doch ich bin sicher, dass mir etwas einfällt. Ich hatte schon immer ganz gute Ideen.«

»Davon bin ich überzeugt«, stimmte Georg zu.

»Sag, Onkel Georg, darf ich dich etwas fragen?«

»Aber natürlich. Immer raus damit.«

»Wir waren doch gestern im alten Kontor. Und seitdem habe ich mich gefragt, warum du es nicht verkauft hast.«

»Das ist aber nun ein plötzlicher Themenwechsel«, bemerkte Georg und dachte kurz nach. »Nun ja, ich denke, ich habe aus sentimentalen Gründen an dem Gebäude festgehalten.«

»Aber du könntest doch einen guten Gewinn damit erzielen, oder nicht?«

»Sicher, das schon. Und ich hatte auch schon diverse Angebote. Ganz ehrlich, ich habe das Geld nicht nötig und bin auch nicht an einem Verkauf interessiert. Man könnte auch sagen, dass ich mich bisher vor der endgültigen Entscheidung gedrückt habe«, gab er nachdenklich zu, während sie weiter die Straße entlanggingen. »Warum fragst du?«

»Ich weiß auch nicht. Irgendwie wirkte das Gebäude so …«, sie zögerte, »irgendwie traurig«, rückte sie dann mit der Sprache heraus. »Ich weiß, das muss unsinnig klingen, aber irgendwie war das mein Gefühl.«

»Ich finde den Gedanken gar nicht so unsinnig«, befand Georg. »Wenn ich bedenke, wie viel Leben früher dort herrschte, ist es schon ein Jammer, es heute leer stehen zu sehen. Doch ich konnte mich bisher einfach nicht durchringen, die notwendigen Schritte zu unternehmen. Ich bin jetzt sechsundsiebzig, Amala, und ich habe niemanden, dem ich das Gebäude übergeben könnte. Meine Frederike lebt, wie du ja weißt, im Schwarzwald. Meinem Sohn Richard hätte ich nach allem, was geschehen ist, die Firma gewiss nicht vermacht. Und nun ja, ich denke, ich sitze es wohl aus, bis ich selbst eines Tages nicht mehr bin und dann Frederike die Entscheidung treffen muss, was sie mit ihrem Erbe anstellen will.«

»Ich verstehe«, sagte Amala und versuchte sich zu erinnern, was genau ihre Mutter über Richard erzählt hatte. Amala wusste, dass er in Ungnade gefallen war. Und auch mit Marie, seiner leiblichen Tochter, hatte Amala nie über ihn gesprochen. Für Marie gab es keinen anderen Vater als John Harris, den Mann, den ihre Mutter Elsa nicht lange nach ihrer Ankunft in Amerika kennengelernt hatte. Von Richard hatte nie jemand gesprochen, ganz so, als hätte er nie existiert. Und so, wie sein eigener Vater sich nun verhielt, musste es triftige Gründe dafür geben. Denn dass dieser ausschließlich von seiner Tochter als möglicher Erbin sprach, verriet doch eine ganze Menge. Wieder sah sie zu ihrem Großonkel auf. Er war ein so gutmütiger alter

Herr. Keinesfalls wollte sie mit einem weiteren Nachbohren eine Wunde wieder aufreißen. Also ließ sie es dabei bewenden.

»Wenn ich so darüber nachdenke«, sagte Georg nun, »sollte ich wohl wirklich noch mal in mich gehen, ob es nicht klüger wäre, das Gebäude zu verkaufen.« Er sah sie an und bemühte sich um ein Lächeln. »Aber nicht jetzt. Jetzt fahren wir zur Villa zurück, und du beginnst mit dem Verfassen deines Theaterstücks. In Ordnung?«

»Ja, das machen wir«, stimmte Amala zu.

»Ich bin übrigens sehr froh, dass du dir eine Stellung suchen willst, um hierbleiben zu können«, sagte Georg.

»Nicht für immer, aber zumindest für länger«, schränkte Amala sogleich ein.

»Ja, ich weiß. Doch wenn man mein Alter erreicht hat, freut man sich über den Moment und denkt nicht an die ferne Zukunft«, erwiderte Georg.

Amala lächelte ihn an. »*Für den Moment* bleibe ich erst einmal«, versprach sie. »Und wenn es nach mir geht, gern auch eine Weile länger.« Sie lächelten einander zu. Dann gingen sie zum Taxistand und ließen sich zurück zur Villa fahren. Sie kannten sich erst kurz – doch sie waren sehr froh, einander zu haben.

8. Kapitel

Wien, Sonnabend, 6. September 1924

Früher wunderte ich mich, wenn jemand sagte, dass die Jahre so schnell vergangen seien. Heute begreife ich es.

Therese Hansen

Therese legte erst eine Rose auf das linke Grab, ging dann ein paar Schritte nach rechts und legte hier eine weitere Rose ab. Der Grabstein aus Marmor stand in der Mitte, dort wo eines Tages ihr Platz sein würde, zwischen den beiden Männern, die sie geliebt und geheiratet hatte. Oben stand in geschwungenen Buchstaben: *Karl Hansen 1859–1894* und darunter: *Robert Hansen 1851–1914*. Therese seufzte. Vor zwei Tagen hatte sie ihren sechzigsten Geburtstag gefeiert. Und sie fühlte sich keineswegs alt. Ganz im Gegenteil. Einzig die Tatsache, dass auch Robert nun schon fast zehn Jahre tot und sie so schrecklich allein war, ließ sie das Gewicht der Jahre spüren.

Zu besonderen Anlässen, wie jetzt dem Geburtstag oder auch dem bald wieder bevorstehenden Weihnachtsfest, war es für Therese besonders schlimm, dass Robert nicht mehr da war. Manchmal, wenn sie in Gedanken war, kam es auch heute noch vor, dass sie ihm etwas zeigen oder sagen wollte, nur um dann rasch zu verstummen, wenn ihr bewusst wurde, dass er ja schon so lange nicht mehr lebte. Dabei waren es meist die glücklichen Momente, in denen er ihr besonders fehlte, weil sie so gern ihre Freude mit ihm teilen wollte.

Nun jedoch wünschte sie ihn sich als ihren Berater zurück, als den Mann, mit dem sie immer alles hatte besprechen können, genau wie früher mit Karl. Beide waren sie Geschäftsleute gewesen, beide hatten sie verstanden, worum es im Handel oder eben auch in ihrem Kaffeehaus ging.

Therese war regelrecht schockiert gewesen, als ihr Sohn Franz sie gestern, also einen Tag nach ihrem Geburtstag, besucht und ihr eröffnet hatte, er glaube, es sei das Beste, das Kaffeehaus zu schließen, weil es nicht mehr genug Profit abwarf. Erst hatte sie an eine Art Scherz geglaubt, dann gemeint, dass er die Lage überdramatisierte. Doch er hatte schnell zu erkennen gegeben, dass es sein Ernst war, und ihr gesagt, auch schon ihren Bruder Florentinus angesprochen zu haben, um in Erfahrung zu bringen, inwieweit dessen Angebot, in die Eisenwarenfabrik einzusteigen, noch bestand.

Therese hatte die ganze Nacht lang geweint, war doch das Kaffeehaus so etwas wie ihr drittes Kind und der Gedanke, es zu schließen, einfach nur furchtbar für sie. Nun fühlte sie sich von den vielen Tränen müde und erschöpft und kaum in der Lage, einen klaren Gedanken zu fassen.

So viele Jahre hatte sie all ihre Energie in das Kaffeehaus gesteckt. Sie erinnerte sich noch genau, wie sie damals mit Freunden die Wände tapeziert hatte, weil nicht genug Geld da gewesen war, jemanden damit zu beauftragen. Zwar hätte sie ihre Eltern um Unterstützung bitten können, immerhin waren die Loisings schon seit Generationen eine überaus wohlhabende Familie. Doch das hatte Therese nicht gewollt. Ihre Mutter Margarete war ohnehin strikt gegen die Eröffnung des Kaffeehauses gewesen. Sie hätte es weit lieber gesehen, Therese beizeiten angemessen zu verheiraten. Ganz abgesehen davon, hatte eine Frau in ihren Augen nicht zu arbeiten, sondern eine Familie zu gründen und diese nach außen hin bei Gesellschaften und feierlichen Anlässen zu repräsentieren. Doch das war nun wirklich alles andere als in Thereses Sinn gewesen. Sie hatte schon immer ihr eigenes Geld verdienen wollen, vor allem aber liebte sie es, Umgang mit Menschen zu haben und mit ihnen ins Gespräch zu kommen. So hatte sie damals die Einrichtung mehr oder weniger wild zusammengewürfelt und einfach Tische und Stühle genommen, die anderswo nicht mehr gebraucht wurden und die sie restaurieren konnte. Tag und Nacht hatte sie geschuftet und oft nur wenig Schlaf bekommen. Und auch nach der Eröffnung war sie oft noch Stunden nach Feierabend dortgeblieben, um alles zu erledigen, wozu es sonst mehrerer Angestellter bedurft hätte. Zwar war sie deshalb morgens manchmal wie gerädert gewesen, doch allein der Gedanke, wieder in ihr eigenes Kaffeehaus gehen zu können, hatte sie stets so fröhlich, ja richtiggehend glücklich gestimmt, dass ihre Müdigkeit geradezu verflog.

Und den Menschen hatte sie offenbar gefallen, diese neue, unkonventionelle Art, sowohl die Einrichtung als auch die Inhaberin betreffend, denn nach nur kurzer Zeit kamen mehr und immer mehr Gäste, und nicht einmal einen Monat nach der Eröffnung hatte Therese ihre erste richtige Servierkraft eingestellt, der weitere folgten. Es war so schön gewesen, die Torten herzurichten, den Gästen aufzutragen und mit ihnen zu plaudern. Wie gern erinnerte sich Therese an so viele der Menschen, die damals Stammgäste geworden waren und die auf die eine oder andere Art ihr Leben bereichert hatten. Es war eine erschöpfende, aber auch glückliche Zeit gewesen, und auch ihren Karl hatte sie dort kennengelernt. So viele Erinnerungen kamen in diesem Augenblick in ihr hoch, und nun wollte Franz das Kaffeehaus einfach schließen, nur weil nicht mehr genug Geld hereinkam. Es war, als träte er ihr Lebenswerk mit Füßen.

Eine Träne löste sich und rollte ihre Wange hinunter, als sie so dastand und auf die Gräber blickte. Was sollte sie denn jetzt nur tun? Helene würde ganz gewiss nicht aus München hierherziehen, um das Kaffeehaus weiterzuführen. Sie hatte sich mit den Fremdenzimmern, die sie vermietete, eine hübsche eigene Existenz aufgebaut und schien sich sehr wohl damit zu fühlen. Ganz abgesehen davon, dass Maximilian in München zur Schule ging und dort, wo er aufgewachsen war, auch seine ganzen Freunde hatte. Bestimmt würde es Helene gar nicht in den Sinn kommen, mit ihrem Sohn von dort fortzuziehen.

Therese dachte an ihren Sohn und fragte sich das erste Mal, ob sie ihm die Stellung im Kaffeehaus womöglich aufgezwängt hatte. Es war damals so klar gewesen, dass er es eines Tages übernehmen würde, dass es im Grunde nie ein echtes Gespräch zu dem Thema gegeben hatte. Doch damals waren auch die Einnahmen aus dem Kaffeehaus wirklich noch beachtlich gewesen.

Sie konnte Franz ja verstehen. In der *Loising Eisenwarenfabrik,* die sich ja auch schon seit Generationen im Besitz ihrer Familie befand und von ihrem Vater auf ihren Bruder übertragen worden war, ließ sich ein Vielfaches des Geldes verdienen, was über das Kaffeehaus hereinkam. Und nicht nur das. Franz würde seine Aufgabe gewiss gut erledigen und vermutlich Freude daran haben. Und da ihr Bruder Florentinus keine eigenen Nachkommen hatte, war es wohl tatsächlich das Beste, was passieren konnte, blieb die Eisenwarenfabrik damit doch in Familienbesitz. Aber was war mit ihrem Kaffeehaus? War das denn nichts, das es wert war, erhalten zu werden? Wenn sie sich doch nur mit Karl oder Robert hätte beraten können. Die beiden hätten bestimmt gewusst, was zu tun war.

Ein Gedanke bahnte sich seinen Weg in ihr Bewusstsein. Es gab immerhin noch einen der Gebrüder Hansen, mit dem sie sich besprechen konnte: ihren Schwager Georg. Sie hatten sich immer gut verstanden, besonders als Georg nach Karls Tod nach Wien gekommen war und das Kontor weitergeführt hatte. Er hatte sie damals mit allen Kräften unterstützt, und sie wusste, dass sie sich auf ihn verlassen konnte. Sie hatten zuletzt vor zwei Tagen miteinander telefoniert, als er sie angerufen und zu ihrem Geburtstag gratuliert hatte. Außerdem hatte er ihr schon am Morgen einen Blumenstrauß zustellen lassen, der frisch bei dem Floristen in der Adalbert-Stifter-Straße gebunden worden war. Bestimmt hatte er Georg ein kleines Vermögen gekostet, doch ihr Schwager war schon immer ein großzügiger Mann gewesen und konnte es sich auch leisten. Und seine Geste war von Herzen gekommen, das wusste Therese. Sie bedauerte, dass Hamburg so weit weg war von Wien. Sonst hätten die beiden sich sicher öfter einmal besucht und miteinander geplaudert. Georgs Ehefrau Vera war auch vor vielen Jahren verstorben, bereits acht Jahre vor Robert. Seitdem war Georg allein, und gewiss wären sie einander eine gute Stütze, doch die Entfernung machte dies unmöglich. Therese hatte ihr Leben in Wien und Georg das seine in Hamburg. So blieben eben nur die gelegentlichen Telefonate, wenngleich Therese sich vorstellen konnte, irgendwann auch wieder einmal nach Hamburg zu reisen, um den Schwager zu besuchen. Andersherum würde dies vermutlich nicht der Fall sein, war Georg doch inzwischen sechsundsiebzig und die Reise für ihn gewiss zu anstrengend. Es war schon eigenartig, wie rasch die Zeit verflogen war. Therese wusste noch genau, wie Georg ausgesehen hatte, als er nach Karls Tod für eine Weile das Kontor in Wien weitergeführt hatte. Er war ein stattlicher Mann gewesen, doch das war nun auch schon dreißig Jahre her. Aber sie sah ihn noch genau vor sich, mit der Schürze, die er immer vorgebunden hatte, damit er seine dunklen Anzüge mit den Westen nicht beschmutzte.

Die Erinnerung brachte sie zum Lächeln, und sie fasste den Entschluss, Georg anzurufen, um sich seinen Rat zu Franz' Vorhaben einzuholen. Sie warf noch einen letzten Blick auf die Gräber und machte dann kehrt.

Zu Hause angekommen, zog sie nur rasch ihren leichten Mantel aus und eilte zum Telefon, in der Hoffnung, Georg gleich zu erreichen.

»Sie sind mit der Villa Hansen verbunden, Bertha am Apparat«, meldete sich die Haushälterin.

»Guten Tag, Bertha, hier spricht Therese Hansen. Ist mein Schwager wohl zu sprechen?«

»Bitte einen Augenblick, gnädige Frau. Ich hole ihn.«

Therese hörte eilige Schritte, die sich entfernten. Dann vernahm sie Georgs Stimme, der »Danke, Bertha« sagte und dann ins Telefon sprach: »Therese, das ist ja eine freudige Überraschung, dich so rasch wieder zu hören.«

»Guten Tag, Georg. Ich hoffe, ich störe dich gerade nicht?«

»Aber nein, ganz bestimmt nicht. Ich will zwar gleich noch mit Amala zu Martha rüber. Sie hat angerufen und sich beschwert«, antwortete Georg, und Therese konnte seiner Stimme einen gewissen Spott anhören. Sie wusste, dass er Martha nicht besonders mochte. Ihr selbst ging es nicht anders, weil sie Roberts älteste Tochter immer als zu egoistisch empfunden hatte, sodass sie Georgs Reaktion nur allzu gut verstehen konnte.

»Grüß sie gern von mir«, sagte Therese dennoch. »Sag, Georg, dürfte ich dich um deinen Rat bitten?«

»Aber selbstverständlich. Wie kann ich dir helfen?«

»Es geht um meinen Franz. Wie du weißt, führt er das Kaffeehaus.«

»Ja?«

»Nun, er will das Kaffeehaus aufgeben. Die Erträge sind nicht mehr so wie früher. Bis dahin verstehe ich ihn. Doch du weißt, was mir das Kaffeehaus bedeutet. Du kannst es ja nachempfinden. Ich weiß noch, wie es damals für dich war, als du das Kontor schließen musstest.«

»Ein furchtbarer Moment«, gab Georg sofort zu.

»Eben. Und wenn ich mir nun vorstelle, dass Franz das Gleiche hier macht und mein schönes Kaffeehaus …« Sie sprach nicht weiter, weil sie ein Schluchzen unterdrücken musste.

»Ich verstehe dich sehr gut, Therese.«

»Und Helene ist ja in München. Sie hat ihre Fremdenzimmer und die Mietwohnungen und obendrein ja auch Maximilian, der dort zur Schule geht. Sie wird bestimmt nicht zurückkommen.«

»Was hat Franz denn stattdessen vor?«, fragte nun Georg.

»Er möchte in die Eisenwarenfabrik meines Bruders einsteigen und sie, wenn alles gut läuft, eines Tages übernehmen. Florentinus hat ihm schon vor Jahren das Angebot gemacht, und eigentlich dachte ich, dass die Sache vom Tisch sei. Aber er hat wohl noch keinen geeigneten Nachfolger gefunden. Zumindest hat Franz gesagt, dass er Florentinus angesprochen hat, der ihm bestätigte, dass das Angebot noch immer gilt.«

»Es ist ihm nicht zu verdenken«, befand Georg. »Nicht nur, weil die Eisenwarenfabrik um einiges mehr abwerfen dürfte und Franz auch an Emma und die Kinder denken muss. Schließlich ist die Fabrik genauso Familienbesitz wie das Kaffeehaus.«

»Ja, ich weiß. Doch mir hat es damals schon das Herz zerrissen, als wir das Kontor schließen mussten. Ich weiß nicht, wie ich es überstehen soll, nun auch noch das Kaffeehaus zu verlieren.«

»Weshalb musst du es denn gleich verlieren, wenn Franz nicht mehr weitermachen will?«

»Wie meinst du das?«

»Nun, als Franz in den Krieg gezogen ist, hast du ja auch übernommen und das Kaffeehaus weitergeführt.«

»Aber das ist zehn Jahre her, Georg. Inzwischen bin ich sechzig, wie du weißt.«

»Nun ja, ich sehe es so, dass du *erst*«, er betonte das letzte Wort, »sechzig bist, nicht wahr? Das mag ja für manche Menschen schon recht alt sein, doch die Therese, die ich kenne, ist damit gewiss keinen Tag älter als andere mit vierzig.«

»Du bist ein alter Charmeur, Georg Hansen.«

»Nein, einer, der die Wahrheit spricht. Warum übernimmst du das Kaffeehaus nicht wieder selbst? Sieh mal, dir kommt es nicht auf das Geld an. Und du sollst ja nicht die ganze Arbeit machen. Dafür hast du Angestellte. Doch du könntest wieder mitwirken, das eine oder andere Gedeck servieren, dich mit den Menschen unterhalten. Alles das, was du immer geliebt hast.«

»Aber meinst du nicht, dass die Gäste es eigenartig finden könnten, wenn jemand in meinem Alter ihnen aufträgt?«

»Ach, ich bitte dich. Du bist eine Frau in den besten Jahren, wunderschön und hast ein herzliches Gemüt. Und es ist ja wohl noch immer etwas Besonderes, wenn die Chefin selbst serviert, nicht wahr?«

Thereses Herz schlug ein wenig schneller. »Denkst du wirklich?«

»Und wie ich das denke. Es wird dir guttun, Therese, und ich sage dir ganz offen, wenn ich die gleiche Möglichkeit hätte, würde ich sofort zurück ins Kontor gehen. Menschen wie du und ich sind nicht zum Rumsitzen gemacht. Und ohne den Druck, das Geld verdienen zu müssen, hast du doch alle Freiheiten.«

Therese überlegte kurz. »Aber irgendwann, vielleicht schon bald, werde ich nicht mehr so rüstig sein, und dann bin ich mit dem Kaffeehaus überfordert.«

»Das ist Zukunftsmusik, Therese. Du musst jetzt die Entscheidung treffen, was mit dem Kaffeehaus werden soll. Und da kann es meiner Meinung nach nur eine einzige geben, nämlich dass du selbst dich wieder darum kümmerst. Und wenn es dir irgendwann schwerfallen sollte und du spürst, dass es dir keine Freude mehr bereitet, kannst du es immer noch schließen. Oder vielleicht geht dann dein Enkel Maximilian schon seinen eigenen Weg, und Helene würde sich freuen, nach Wien zurückzukehren und dir im Kaffeehaus zu helfen. Oder vielleicht auch nichts von alledem, und du wirst hundert Jahre alt und trägst noch am letzten Tag deines Lebens Gedecke auf.«

»Du bist albern«, lachte Therese. »Doch ich verstehe, was du meinst.«

»Mir ist im Laufe der Jahre klar geworden, dass wir nichts, aber auch rein gar nichts im Voraus wissen oder planen können. Wir müssen die Dinge einfach nehmen, wie sie kommen, und das Beste daraus machen. Alles andere liegt allein in Gottes Hand.«

»Ich danke dir, Georg. Weißt du, wie schön es ist, dich stets als meinen Berater zu wissen?«

»Ist das so? Das freut mich, Therese.«

»Ja, es stimmt. Ich habe wegen dieser Sache die ganze Nacht kein Auge zugemacht und mich nur immer von einer Seite auf die andere gewälzt. Nun aber habe ich das Gefühl, dass sich alles wie von selbst klärt und das nur, weil du mir mit deinen Worten so viel Sicherheit gegeben hast. Ich danke dir wirklich, Georg. Vielen Dank.«

»Das habe ich sehr gern gemacht«, antwortete Georg, dem anzuhören war, dass er sich über Thereses Worte freute. »Also wirst du wieder selbst übernehmen?«

»Ja«, antwortete Therese, ohne auch nur einen Moment zu zögern. »Ja, ich werde wieder übernehmen und Franz seinen eigenen Weg gehen lassen. Er hat es sich verdient.«

»Eine kluge Entscheidung. Ach, ich beneide dich richtiggehend. Was müsste es für ein Spaß sein, nur noch einen Tag lang das Kontor wieder so zum Leben zu erwecken, wie es einmal war.«

»Ich hoffe, durch dieses Gespräch keine Wunden bei dir aufgerissen zu haben?«, fragte Therese etwas besorgt.

»Die Wunden, die du ansprichst, werden ohnehin niemals heilen«, erwiderte Georg mit etwas Resignation in der Stimme. »Und vermutlich ist es auch ganz gut und richtig, dass es so ist.«

»Ach, Georg. Ist es nicht ein Jammer, dass wir älter werden müssen?«

»Ich denke nicht, dass es das Alter ist, Therese. Wir haben den Fehler gemacht, das Denken anderer zu übernehmen, dass mit den Jahren auch die Zeit kommt, zu der wir uns zurückzuziehen und anderen, Jüngeren, das Feld zu überlassen haben.«

»Aber ist es denn nicht die Aufgabe der Älteren, Platz zu machen für die, die nach ihnen kommen?«, wandte Therese ein.

»Doch – aber nur, wenn diese es auch wollen. Mir ist durch Amala klar geworden, dass ich damals viel zu kampflos aufgegeben habe, als es um die Entscheidung ging, das Kontor weiterzuführen oder eben nicht.«

»Ach ja? Weshalb? Was hat Amala denn getan?«

»Sie hat sich beim Theater hier in Hamburg vorgestellt. Als die Intendantin sie abweisen wollte, weil sie kein Stück im Repertoire hat, in dem eine schwarze junge Frau eine Rolle spielen kann, hat Amala angeboten, einfach ein eigenes Stück zu schreiben, das für sie passt.«

Therese lachte auf. »Sie ist ganz und gar die Tochter ihrer Mutter.«

»Ja, das ist sie. Und ich glaube, es täte auch uns gut, ein wenig mehr Luises Denken zu verinnerlichen, nämlich dass nichts unmöglich ist und ein Hindernis nicht bedeutet, dass der Weg zu Ende ist. Vielmehr besteht die Herausforderung darin, über das Hindernis hinweg- oder daran vorbeizugehen, oder es einfach aus dem Weg zu räumen.«

»Georg Hansen, an dir ist ein Philosoph verloren gegangen. Und glaub mir, das meine ich wirklich ernst.«

»Ich denke viel nach in der letzten Zeit. Genau genommen, seit Amala hier ist. Ich bedauere wirklich, dass ich mich einfach so in die Tatenlosigkeit begeben habe, statt mich aufzulehnen und alles daran zu setzen, das Kontor zu erhalten.«

»Du klingst ja wieder richtig angriffslustig«, stellte Therese fest.

»Ich sage dir, ich werde ab jetzt jeden Tag jünger statt älter. Und deshalb mein eindringlicher Rat an dich: Überlege nicht mehr, wie viele Jahre du schon auf dieser Welt bist und was du in den Augen anderer tun oder lassen solltest. Denk lieber darüber nach, was du kannst und willst. Und dann setz es in die Tat um!«

Therese lächelte. Sie hatte ihren Schwager lange nicht so kämpferisch erlebt. Er war in den vergangenen Jahren, vor allem nach der Schließung des Kontors, ruhiger geworden und hatte sich mehr und mehr zurückgezogen. Therese wusste, dass Georg mit der Einsamkeit zu kämpfen hatte, die sich in den vergangenen Jahren in seinem Leben breitgemacht hatte. Nun jedoch schien er wie verwandelt, und sie freute sich aufrichtig für ihn.

»Nun gut, mein junger Schwager«, sagte sie lächelnd. »Dann danke ich dir für deinen Rat und werde mich gleich auf den Weg zum Kaffeehaus machen, um mit Franz zu sprechen. Und dann werde ich mir neue Schürzen anfertigen lassen. Ich will ja schließlich adrett aussehen, wenn ich wieder Gedecke auftrage.«

»Und hol dir wieder solche Bänder, wie du sie früher im Haar getragen hast«, gab Georg übermütig von sich. »Das gefällt den Leuten.«

Therese lachte glockenhell auf. »Georg Hansen, du bist ein guter Ratgeber und ein unmöglich alberner Kerl zugleich. Und ich danke dir von Herzen, dass du mir stets so wunderbar zur Seite stehst.«

»Stets zu Diensten! Ich habe immer ein Ohr für dich. Und nun muss ich mich beeilen, damit ich auch rechtzeitig mit Amala zur Villa Ahrendsen komme, um mir das unendliche Leid und die Zumutungen anzuhören, denen Martha sich wieder einmal ausgesetzt sieht.« Seine Worte trieften geradezu vor Hohn.

»Sei ja nett, hörst du?« Wieder lachte Therese. »Bis bald, Georg. Es war schön, mit dir zu sprechen.«

»Auf Wiederhören, Therese! Viel Spaß beim Servieren – und vergiss die Haarbänder nicht.« Damit legte er auf.

Therese lachte noch, als sie das Klicken hörte. Ein warmes Gefühl machte sich in ihrem Körper breit. Es gab Menschen auf dieser Welt, die taten einem einfach gut. Ihr Schwager Georg war so ein Mensch für sie. Und dafür war sie aufrichtig dankbar.

9. Kapitel

Hamburg, Sonnabend, 6. September 1924

Ich bin mir meiner Pflicht bewusst. Doch ich werde keinen Moment länger in Hamburg bleiben als unbedingt nötig.

Eduard Ahrendsen

»Sie werden schon kommen, Mutter.« Eduard verdrehte die Augen, weil Martha bereits seit einer Viertelstunde nur noch am Schimpfen war, dass Georg und Amala sich ja wohl hoffentlich nicht erdreisten würden, zu spät zu kommen.

»Wir haben fünfzehn Uhr verabredet, nun ist es bereits fast fünf nach drei. Das hätten wir als Kinder mal wagen sollen – eine solche Unpünktlichkeit! Da wäre es genau mein Onkel Georg gewesen, der uns zurechtgewiesen hätte.«

Ein Taxi fuhr vor, und Eduard schob kurz die Gardine beiseite. »Siehst du, da sind sie schon.«

»*Schon* ist gut. Sie sind zu spät. Wenn das der Einstand sein soll, den meine Nichte hier hinzulegen gedenkt, dann kann ich dir jetzt schon sagen, dass unsere Beziehung von Anfang an unter keinem guten Stern steht.«

Eduard verkniff sich die Bemerkung, dass vermutlich keine Beziehung, die seine Mutter führte, unter einem guten Stern, wie sie es ausdrückte, stehen konnte, ganz einfach, weil sie ein zu großes Biest war. Er konnte sich nicht einmal daran erinnern, wann sie zuletzt zu irgendjemandem einfach nur nett gewesen war.

Eduard öffnete die Tür und ging sogleich seinem Großonkel und seiner Cousine entgegen, die gerade aus dem Taxi ausstiegen.

Kurz verharrte er, als er Amala das erste Mal sah. Donnerwetter! Für eine Frau war sie beachtlich groß, ungefähr einen Meter siebzig, wie er schätzte. Ihre Haut war dunkler als die der Menschen hierzulande, und ihre dunklen gelockten Haare, die sie mit einem Band nach hinten gebunden hatte, reichten ihr ein gutes Stück über die Schultern. Wenn er eine solche Frau in einer Bar oder einem Club in Berlin gesehen hätte, wäre er unweigerlich auf sie aufmerksam geworden und hätte versucht, mit ihr ins Gespräch zu kommen. So jedoch war sie seine Cousine, was der Sache einen gehörigen Dämpfer versetzte und sie in ein anderes Verhältnis zu ihm stellte. Doch sie war so anders als alle anderen Menschen in der Familie, dass sie ihm schon auf den ersten Blick gefiel. Wenn sie jetzt noch einen angenehmen Charakter hatte, freute er sich darauf, sie kennenzulernen.

»Tag, Onkel Georg«, sagte er und schüttelte ihm die Hand.

»Guten Tag, Eduard. Schön, dich mal wiederzusehen.«

Eduard streckte nun Amala die Rechte entgegen. »Guten Tag, Amala, nicht wahr? Ich bin Eduard, dein Cousin.«

Amala lächelte und erwiderte seinen Händedruck. »Wie schön, dich kennenzulernen.«

»Kommt herein.« Er deutete zum Eingang, in dessen Türrahmen seine Mutter stand, die schon wieder ein Gesicht wie sieben Tage Regenwetter machte. Fast war er in Versuchung, seiner Cousine vorab zu sagen, dass sie die Launen seiner Mutter am besten ignorieren sollte. Doch er wollte nicht schon bei der ersten Begegnung seine Verachtung der eigenen Mutter gegenüber allzu sehr zur Schau tragen.

»Guten Tag, Martha«, grüßte Georg, als sie zu dritt die Stufen hochgegangen waren und er die Nichte erreichte.

»Guten Tag, Georg. Wie schön, dass ihr es doch noch einrichten konntet«, gab Martha mit gespitzten Lippen zurück und umarmte ihren Onkel kurz.

»Du bist dann also Amala«, stellte Martha fest und schüttelte den Kopf. »Auch wenn ich es mir hätte denken können, hatte ich doch bis zuletzt die Hoffnung, dass du ganz normal aussehen würdest. Nun ja, wir können es nicht ändern.«

Amala öffnete den Mund und schloss ihn wieder. Ohne ein Wort hervorzubringen, sah sie zu Georg.

»Bist du schon wieder betrunken, oder weißt du einfach ganz allgemein nicht mehr, wie man sich anständig benimmt?«, entfuhr es Eduard, der Amalas Blick suchte. »Ich bitte für meine Mutter um Entschuldigung, auch wenn es für ein solches Verhalten keine gibt.«

Amala wusste offenbar noch immer nicht, was sie sagen sollte. Sie sah ihn nur vollkommen verdattert an.

»Ich muss doch sehr bitten«, empörte sich Martha nun über ihren Sohn.

»Ja, so freundlich geht es hier immer zu, Amala«, sagte Eduard, an seine Cousine gewandt, ohne auf das Gezeter seiner Mutter einzugehen. »Das Beste wird sein, du ignorierst alles das, was du als unverschämt erachtest. Ich mache das auch schon seit Jahren so.«

»Eduard!«, rief Martha aus. »Was erlaubst du dir?«

»Siehst du«, entgegnete Eduard, ohne seine Mutter zu beachten. »Das meine ich. Einfach nicht zur Kenntnis nehmen. Dann geht's.«

Amala war die Überforderung mit dieser Situation deutlich anzumerken. Kurz blickte sie Eduard noch an und bemühte sich um ein Lächeln, dann sah sie zu Georg. »Sollen wir besser wieder gehen?«, fragte sie unsicher. »Oder nur ich?«

Georg stand das Bedauern darüber, wie sich Martha wieder einmal verhalten hatte, ins Gesicht geschrieben.

Eduard trat vor Amala. »Ich bitte dich, bleib. Womöglich wird ja auch meine Mutter noch zu einem vernünftigen Benehmen zurückfinden. Ich würde dich sehr gern näher kennenlernen.«

Amala blickte an Eduard vorbei. Ihre Tante Martha war vorgegangen und erwartete offenbar, dass die Besucher ihr folgten.

»Wenn es uns zu bunt wird, können wir immer noch aufstehen und gehen«, entschied Georg.

»Gut, wie ihr meint«, sagte Amala unsicher, ließ sich dann aber von Eduard ins Esszimmer begleiten, wo Martha bereits an der Stirnseite des Tisches Platz genommen hatte.

»Setz dich, Amala.« Er klang wie eine Anordnung Marthas. »Und dann erzähl ein bisschen was von dir. Du sprichst doch unsere Sprache, oder?«

»Es ist schon erstaunlich, was für ein schlechtes Benehmen trotz der guten Erziehung meines Bruders herausgekommen ist«, stellte Georg warnend in Marthas Richtung fest. »Da du die Konfrontation offenbar nicht scheust, Martha, sage ich es dir jetzt einmal ganz deutlich: Wenn du ein wie auch immer geartetes Problem mit Amala selbst oder der Entscheidung deiner Schwester haben solltest, dass sie Kinder mit einem dunkelhäutigen Mann bekommen hat, dann lass es uns einfach jetzt wissen, damit wir sofort wieder gehen und in den Frieden unserer eigenen Villa zurückkehren können. Ich als dein Onkel muss mich für dich schämen.«

»Wie soll ich das nun bitte verstehen?«, gab Martha gereizt zurück.

»Jetzt habe ich aber genug.« Georg haute mit der flachen Hand auf den Tisch, an den er sich gerade hatte setzen wollen.

Martha fuhr zusammen. »Ich muss doch sehr bitten. Du bist hier nicht der Hausherr, Georg.«

»Nein, das bin ich, Mutter.« Eduard warf ihr einen wütenden Blick zu. »Und ich stimme Onkel Georg zu. Entweder du reißt dich jetzt zusammen und schluckst deine Bösartigkeit zumindest für eine Weile hinunter, oder aber du ziehst dich in deine privaten Räumlichkeiten zurück, damit wenigstens ich mich mit meiner Cousine in Ruhe unterhalten kann.«

Martha wollte gerade etwas erwidern, da hob Eduard den Zeigefinger. »Ich scherze nicht und werde es nicht noch einmal wiederholen.«

Martha war rot angelaufen. »Bitte, wenn es nicht erwünscht ist, werde ich eben nichts mehr sagen.«

»Eine gute Entscheidung«, befand Eduard abfällig und wandte sich dann an Amala. »Was möchtest du trinken? Lotte hat eine Torte gebacken, und darin ist sie wirklich eine Meisterin. Sie wird sie gleich auftragen.«

»Dann gern einen Kaffee«, stammelte Amala eingeschüchtert, der anzusehen war, dass sie mit der Feindseligkeit in diesem Hause überhaupt nicht umzugehen wusste.

Es klopfte, und Lotte trat mit einer Torte in Händen ein.

»Guten Tag, die Herrschaften. Was darf ich Ihnen zu trinken bringen?« Sie stellte die Torte auf dem Tisch ab.

»Meine Cousine Amala nimmt einen Kaffee, ich ebenfalls. Und du vermutlich auch, Onkel Georg?«

»Ganz recht.«

»Mutter?« Eduard sah sie an.

»Ich nehme das Gleiche«, gab Martha mürrisch zur Antwort.

»Danke, Lotte. Und die Torte sieht köstlich aus«, lobte Eduard nun, worauf die Haushälterin knickste und das Zimmer wieder verließ.

Einen Moment herrschte Schweigen, dann ergriff Eduard das Wort.

»Also, Amala, erzähl mal. Wie ist dein Eindruck vom langweiligen *good old Germany*?«, fragte er und benutzte die Redewendung der Amerikaner, die er in Berlin öfter mal gehört hatte und die von den Auswanderern stammte, die Deutschland verlassen hatten, um sich in Übersee ein neues Leben aufzubauen.

»Das Leben hier bei euch ist tatsächlich anders«, begann Amala etwas zögerlich. »Ruhiger, würde ich sagen. In Amerika ist alles sehr viel lauter und schneller. Hier scheint es, als würden sich die Menschen mehr Zeit nehmen.«

»Und gefällt dir das Ruhigere hier oder eher nicht?«

»Ja, tatsächlich gefällt es mir gut. Wobei ich finde, dass beides seinen Reiz hat.«

»Es ist auch nicht überall in Deutschland so«, sagte Eduard. »Ich lebe die meiste Zeit in Berlin, und da geht es auch eher hektisch zu. Die Menschen hetzen von einem Ort zum anderen.«

»Du lebst in Berlin?«

»Wir haben dort eine Filiale, ja. Ich bin im Spirituosenhandel tätig.«

»Der Hauptsitz ist immer noch in Hamburg«, brachte sich Martha ein. »Aber Eduard zieht es vor, die meiste Zeit in Berlin zu verbringen, obwohl er hier dringend gebraucht würde.«

Eduard sah Martha kurz an, ging aber nicht auf ihre Worte ein. »Und was machst du so in Amerika? Ich meine, beruflich?«

»Ich bin Schauspielerin.«

»Ist das denn ein richtiger Beruf?«, fragte Martha.

Amala sah sie kurz an. Georg wollte soeben etwas erwidern, doch Amala legte ihm die Hand auf den Unterarm, um ihm zu bedeuten, dass sie selbst antworten wollte.

»Ja, Tante Martha, das ist ein richtiger Beruf. Ich habe dafür eine Ausbildung gemacht. Ich kann tanzen, singen und schauspielern und habe dafür einen Abschluss.«

»Ist das so, ja?«, fragte Martha spitz.

»Ja«, antwortete Amala. »Meine Eltern haben mich in diesem Vorhaben stets unterstützt. Meine Mutter sagte immer, dass es wichtig ist, seinen eigenen Weg zu gehen.«

»Da hast du Glück«, stellte Eduard fest. »Mein Weg war mir schon immer vorgezeichnet, obwohl ich mich nicht beschweren will. Mein Vater und mein Onkel haben sehr erfolgreich gearbeitet, und der Spirituosenhandel, den ich von ihnen übernommen habe, floriert. Doch ich hatte im Grunde keine Wahl, ob ich wirklich in dieser Branche tätig sein wollte.«

Martha hob an, etwas zu entgegnen, doch Georg kam ihr zuvor.

»Das war bei mir ganz genauso«, sagte der Onkel nun. »Als ich damals meinen Abschluss in der Tasche hatte, war vollkommen klar, dass ich ins Kontor meiner Familie einsteigen würde, um es eines Tages zu übernehmen.«

»Ich glaube, meine Eltern wollten einfach, dass Robert und ich glücklich werden«, sagte Amala. »Mein Bruder hätte durchaus einen anderen Beruf wählen dürfen, das haben meine Eltern ihm auch immer wieder versichert. Doch Robert kann sich nichts Schöneres vorstellen, als die Zuckerrübenfarm zusammen mit meinem Vater zu bewirtschaften. So wird er also in die Fußstapfen meines Vaters treten und dabei genau das machen, was er sich wünscht.«

»Das ist natürlich der Idealfall«, urteilte Georg. »Amala hat sich übrigens hier in Hamburg beim *Ernst-Drucker-Theater* vorgestellt«, schob er nach.

»Ach ja? Du willst also länger in Deutschland bleiben?« Eduard war überrascht. »Das finde ich klasse.«

»Ja, ich könnte es mir vorstellen. Es hängt vor allem davon ab, ob ich eine Anstellung bekomme oder nicht.«

»Um in der Villa zu leben, brauchst du kein Einkommen, wie ich dir ja auch schon gesagt habe«, stellte Georg klar. »Doch du bist viel zu sehr wie deine Mutter und möchtest vermutlich dein eigenes Geld verdienen.«

»Ja, das stimmt wohl. Auf Kosten anderer zu leben, käme auf Dauer für mich nicht infrage«, pflichtete Amala ihm bei.

»Mag ja sein, dass Luise das stets so gesehen hat«, brachte sich nun Martha wieder ein. »Aber mein Onkel hat recht: Du gehörst ja schließlich zur Familie und hast es insoweit nicht nötig, selbst für dein Auskommen zu sorgen. Das Kontor mag nicht mehr viel abwerfen, aber die Hansens sind noch immer vermögende Leute.«

Amala sah die Tante überrascht an. Es war das erste nette Wort, das diese an sie richtete.

»Danke schön«, sagte Amala und nickte der Tante zu. »Es geht aber tatsächlich nicht nur um ein Honorar, sondern um eine Aufgabe. Ich habe von meinem Vater genug Geld mitbekommen, um eine ganze Weile über die Runden zu kommen. Doch ich brauche eine Herausforderung, um das Gefühl zu haben, am richtigen Ort zu sein.«

»Das kann ich gut verstehen«, befand nun Eduard. »Wann erfährst du denn, ob das *Ernst-Drucker-Theater* dich nimmt?«

»Ich muss erst noch ein passendes Stück schreiben. Die Intendantin sagte mir, dass sie kein Stück im Repertoire hat, in dem eine schwarze junge Frau eine Rolle spielen kann. Deshalb habe ich angeboten, selbst eines zu schreiben. Ich habe auch schon angefangen.«

»Du spielst nicht nur, sondern schreibst also auch Stücke selbst? Donnerwetter, das nenne ich mal begabt. Ich kann dir nur sagen, welcher Schnaps den höchsten Alkoholgehalt hat«, meinte Eduard.

»Stell dein Licht nicht unter den Scheffel«, wandte Georg ein. »Du bist ein wirklich kluger Geschäftsmann geworden, Eduard. Dein Vater wäre sehr stolz auf dich.«

»Danke, Onkel Georg. Das ist nett von dir.«

»Ich hatte leider schon länger nichts mehr von deiner Mutter gehört«, wechselte Martha abrupt das Thema. »Sie war wohl wie immer sehr beschäftigt?«

»Meine Mutter hat tatsächlich viel gearbeitet«, stimmte Amala zu, die nicht ganz sicher war, ob die Bemerkung ihrer Tante als Vorwurf gemeint gewesen war. »Die Zuckerrübenfarm hat viel Arbeit gemacht. Und meine Mutter hat sich darüber hinaus auf Hawaii um bedürftige Kinder gekümmert.«

»Bedürftige Kinder?«, echote Martha überrascht.

»Ja, Kinder, die keine Eltern mehr haben und oft auch keine weiteren Verwandten. Es hat auf Hawaii früher einen Mann gegeben, einen gewissen Vater Damien, der sich um Ausgestoßene gekümmert hat und ein Kinderheim für Jungen sowie das *Bishop Home* für Mädchen gegründet hat. Nach seinem Tod hat Marianne Cope, eine Ordensschwester, die Heime weitergeführt. Meine Mutter hat sie dabei unterstützt. Und als Mutter Marianne, wie sie von vielen genannt wurde, dann vor sechs Jahren ebenfalls verstarb, hat meine Mutter sich noch mehr für die Jungen und Mädchen eingesetzt.«

»Das passt sehr zu Luise«, fand Georg. »Doch ich hatte keine Ahnung, dass sie sich auf diese Weise engagiert hat.«

»Sie hat nicht viel darüber geredet, sondern es einfach gemacht«, erklärte Amala. »Es gibt dort noch andere Frauen, die sich kümmern und helfen. Ich hoffe, dass alles auch nach ihrem Tod weitergehen kann«, fügte Amala nachdenklich hinzu.

»Bestimmt wird man dich noch ansprechen, ob deine Familie die Arbeit, die deine Mutter geleistet hat, nicht durch eine Geldzahlung kompensieren will«, mutmaßte Martha, und ihr Tonfall wurde bereits wieder bissig. »Auf so etwas darf man sich gar nicht erst einlassen, sonst fressen sie einem am Ende die Haare vom Kopf.«

»Mich hat niemand angesprochen«, wandte Amala ein und sah die Tante prüfend an, ob von ihr noch eine weitere bösartige Bemerkung zu erwarten wäre. Eduard folgte dem Blick der Cousine. Ihr war anzusehen, dass sie mit der Art seiner Mutter nicht umzugehen wusste, was er ihr nun wirklich nicht verdenken konnte.

»Ich finde es gut, wenn sich Menschen für andere einsetzen«, urteilte Georg. »Nicht jeder hat wie wir das Glück, in solchem Wohlstand zu leben.«

Martha wollte gerade etwas erwidern, als Lotte mit einem Tablett in den Händen eintrat. Sie verteilte die Kaffeetassen und schnitt dann jedem ein Stück Torte ab, das sie auf die Teller stellte und ebenfalls verteilte. Gerade als sie fertig war, klopfte es laut an der Eingangstür, sodass Lotte sich entschuldigte und eilig den Raum verließ. Stimmen waren zu hören, und im nächsten Moment trat Frederike in das Esszimmer.

»Guten Tag, alle zusammen.«

Georg sprang trotz seiner sechsundsiebzig Jahre sofort auf. »Frederike? Das gibt es doch nicht. Meine Güte, ich hatte ja keine Ahnung!«

»Dann wäre es aber auch keine Überraschung gewesen«, lachte sie und umarmte ihren Vater stürmisch. Sie löste sich von ihm und ging auf Amala zu, die sich gerade zum Gruß erhob.

»Guten Tag. Du musst Amala sein. Ich bin deine Tante Frederike, die Cousine deiner Mutter.«

Amala streckte ihr die Hand entgegen. »Guten Tag. Ich freue mich.«

Frederike lächelte, dann breitete sie die Arme aus und zog Amala einfach an sich. »Es ist so schön, Luises Tochter endlich bei uns zu haben!« Sie drückte die Jüngere einen Moment lang und schob sie dann eine Armlänge von sich, um ihren Blick zu suchen. »Wirklich, ich kann dir gar nicht sagen, wie sehr ich mich freue. Deshalb gab es für mich auch kein Halten, als mein Vater mir am Telefon erzählte, dass du zu Besuch in Deutschland bist.« Noch einmal umarmte sie Amala inniglich.

»Danke schön«, gab diese glücklich zurück.

Frederike erwiderte das Lächeln, dann löste sie sich und ging die anderen begrüßen, während Amala wieder Platz nahm.

»Guten Tag, Martha.« Sie ging zu ihrer Cousine und gab ihr einen Kuss auf die Wange.

»Guten Tag, Frederike. Das ist wirklich eine Überraschung. Man bekommt dich ja kaum noch zu Gesicht.«

Eduard war ebenfalls aufgestanden, nahm Frederike herzlich in die Arme und drückte sie. »Schön, dich zu sehen, Tante.«

»Ich freue mich auch.« Frederike berührte kurz seine Wange. »Du siehst müde aus, Edu. Vielleicht solltest du neben der Feierei in Berlin auch mal ein wenig schlafen.«

»Sobald ich die Zeit dafür finde. Versprochen.«

Frederike schüttelte lachend den Kopf, dann setzte sie sich mit an den Tisch und bat Lotte, ihr ebenfalls ein Gedeck zu bringen, worauf diese, die der Besucherin gefolgt war, augenblicklich kehrtmachte und schon gleich darauf mit einer Tasse Kaffee in Händen und einem Teller zurückkam, auf den sie ein Tortenstück stellte.

»Danke schön, Lotte«, sagte Frederike.

»Seit wann bist du denn in Hamburg?«, fragte nun Georg an seine Tochter gewandt.

»Ich würde mal sagen, seit einer halben Stunde. Ich bin direkt zur Villa gefahren, weil ich dich und Amala überraschen wollte, und dann sagte mir Bertha, dass ihr hier bei Martha seid. Also habe ich meine Koffer einfach dort stehen lassen und bin sofort hierhergefahren.«

»Du bist allein mit dem Auto hier und hast dich nicht chauffieren lassen?«, fragte Martha.

»Ach, um Himmels willen, Martha. Selbstverständlich bin ich allein gefahren. Ich liebe das Autofahren. Das fehlte mir gerade noch, dass mich jemand durch die Gegend kutschiert. Ich bin heute Morgen von zu Hause los, und nun bin ich hier«, sagte Frederike und zuckte die Schultern.

»Also ich ziehe es vor, mich fahren zu lassen«, stellte Martha fest.

Frederike schmunzelte. »Ich finde, sich fahren zu lassen, ist aus der Mode gekommen. Aber jeder, wie er mag.«

Amala und Eduard tauschten einen Blick. Eduard konnte seiner Cousine ansehen, dass auch ihr die Tante sofort sympathisch war. Kein Wunder. Solange er seine Tante Frederike kannte, war sie stets gut gelaunt gewesen. Sie hatte so eine ungezwungene, lockere Art, ganz anders als seine Mutter. Dabei waren sie beide gleich alt und auch zusammen aufgewachsen. Doch Eduard schien es, als gäbe es so gar nichts, was die Frauen verband. Er erinnerte noch, dass er sich früher, als er noch klein gewesen war, immer gewünscht hatte, dass doch Tante Frederike seine Mutter sein möge und nicht Martha. Damals, als seine Mutter zu trinken begonnen und er gespürt hatte, dass sie sich nicht so für ihn interessierte, wie es eigentlich hätte sein sollen. Denn Frederike und auch Tante Luise hatten des Öfteren auf ihn aufgepasst und sich stets liebevoll um ihn gekümmert. Er hatte es genossen, wenn sie mit ihm spielten, ihm vorlasen oder ihn einfach in den Armen wiegten, bis er in den Schlaf fand. Seine Mutter hatte ihn nie derartig liebevoll behandelt, und seine Verachtung für sie war mit jedem Mal, wenn sie betrunken gewesen war und dann auch oft seinen Vater beschimpft hatte, nur noch gewachsen. Heute hatte er nicht mehr den geringsten Respekt vor ihr und versorgte sie nur deshalb, weil er es für seine Pflicht hielt und auch weil er glaubte, es seinem Vater schuldig zu sein. Doch dass durch Marthas Alkoholsucht in seiner Kindheit etwas Unwiederbringliches zerstört worden war, daran bestand für ihn kein Zweifel. Und in Momenten wie jetzt, wenn seine Tante Frederike voller Schwung und mit so unglaublich guter Laune hinzukam und ihre Fröhlichkeit geradezu ansteckend wirkte, fragte er sich, was aus ihm wohl geworden wäre, hätte sich sein Kindheitswunsch erfüllt und er hätte sie zur Mutter gehabt und nicht Martha.

»Also, Amala, bestimmt bist du das schon mehrmals gefragt worden, aber ich muss es trotzdem einmal hören: Wie gefällt es dir denn hier?«, erkundigte sich nun Frederike und trank dann einen Schluck Kaffee.

»Es gefällt mir gut, wirklich.« Amala gab das Lächeln zurück.

»Sie ist Schauspielerin und sucht jetzt hier ein Engagement«, erklärte Eduard.

»Ach, du willst also länger bleiben?«, fragte Frederike. »Das ist ja fabelhaft.«

»Wenn ich ein Engagement bekomme, ja. Ich habe es eben schon erzählt. Die Intendantin des *Ernst-Drucker-Theaters* möchte, dass ich ein Stück schreibe, in dem ich eine Rolle spiele. Also etwas für eine schwarze Frau. Dann wird sie mich vorsprechen lassen.«

Frederike sah etwas irritiert zu ihrem Vater. »Es gibt Stücke für Schwarze und für Weiße?«

»Na ja, das, was Frau Simon, die Intendantin gesagt hat, kann ich schon nachvollziehen. Sie spielen auf ihrer Bühne ausschließlich Stücke, mit denen sich die Hamburger identifizieren können. Also bräuchte es tatsächlich ein Stück, in dem Amala überhaupt eine Rolle spielen kann.«

»Dann wärst du die Hauptfigur«, stellte Frederike fest. »Sehr gut. Wie weit bist du?«

»Ich habe gestern erst angefangen. Also noch nicht sehr weit.«

»Ich habe zwar keine Ahnung davon, wie man Stücke schreibt, aber immer schon viel Fantasie und gute Ideen gehabt. Wenn ich dir helfen kann, sag es nur. Ich würde mich freuen«, bot Frederike an.

»Wie lange wirst du denn bleiben?«, fragte Georg überrascht.

Frederikes Gesichtsausdruck veränderte sich ein wenig. »Ich weiß es noch nicht. Aber mit Sicherheit eine Woche oder auch länger.«

»Das ist ja wunderbar«, freute sich Georg. »Die Villa wird voller Leben sein. Herrlich!«

»Deine Villa vielleicht«, sagte Martha. »Sobald Eduard wieder fort ist, werde ich hier wieder ganz allein sein.«

Kurz sahen alle Martha an, doch keiner der Anwesenden ging auf ihre Bemerkung ein.

»Also, Amala«, nahm Frederike den Faden wieder auf, »wenn du Lust hast, bin ich gern mit an Bord. Obwohl tatsächlich eigentlich deine Mutter diejenige war, die geschrieben hat. Aber wenn du mich trotzdem willst, hier bin ich.«

»Ich kann mich nicht daran erinnern, dass Luise je ein Theaterstück oder ein Buch verfasst hätte«, mischte sich Martha ein.

»Nein, aber sie hat früher Tagebuch geschrieben und immer all ihre Eindrücke festgehalten«, erinnerte sich Frederike. »Das weiß ich noch genau.«

»Amala hat die Briefe mitgebracht, die Luise in der Zeit geschrieben hat, nachdem sie und Hamza damals aufgebrochen und um die Welt gesegelt sind«, sagte Georg. »Amala hat sie zu einem Buch binden lassen und mir gegeben, damit die Familie nachlesen kann, was Luise und Hamza damals erlebt haben.«

Frederike legte sich die Hand auf die Brust. »Mein Gott, wie schön! Darf ich es lesen, während ich hier bin?«

»Aber natürlich. Ich habe den ersten Brief bereits gelesen, mir aber vorgenommen, mir immer nur einen pro Tag zu gönnen, damit ich länger etwas davon habe.«

Eduard sah, dass seiner Tante die Tränen in die Augen stiegen, und fasste kurz ihre Hand.

»Bestimmt werde ich furchtbar weinen, wenn ich es lese«, sagte Frederike gerührt. »Deine Mutter war wirklich wie eine Schwester für mich, Amala.«

»Nun, tatsächlich war sie aber meine Schwester, und nicht deine, Frederike«, stellte Martha missmutig klar.

»Selbstverständlich kannst auch du die Briefe gern lesen, Martha«, bot Georg an. »Ich möchte sie nur erst noch bei mir behalten, bis ich die Gelegenheit hatte …« Weiter kam er nicht.

»Ich lese nicht gern, wie du weißt. Du kannst sie ruhig behalten. Ich kann mich ja immer noch melden, wenn ich meine Meinung ändere«, tat Martha sein Angebot ab.

Eduard warf Amala einen Blick zu, der Bedauern verriet. Seine Mutter war einfach eine furchtbare Person. Und sosehr er es verabscheute, mit ihr Umgang haben zu müssen, tat ihm in diesem Moment noch weit mehr leid, dass Amala durch Marthas Art verletzt wurde.

Frederike schüttelte den Kopf. »Ich möchte dir jedenfalls danken, dass du uns die Briefe deiner Mutter gebracht hast, und es wird mir eine Freude sein, sie zu lesen.« Sie warf Martha einen strafenden Blick zu, die jedoch nicht darauf reagierte.

Gemeinsam plauderten sie noch ein wenig, und als Georg, Amala und Frederike sich verabschiedeten, war Eduard aufrichtig bedrückt, weil er die Gesellschaft der drei so sehr genossen hatte. Georg ging voraus, dann folgten Amala und Frederike, wobei Letztere den Arm um die Schultern ihrer Nichte gelegt hatte. Martha war sitzen geblieben, während Eduard die Verwandten noch zur Tür brachte.

»Weißt du, was wir nachher machen?«, sagte Frederike zu Amala. »Wir feuern den Kamin an, und dann kannst du Vater und mir alles erzählen, was wir in den letzten vierundzwanzig Jahren von dir verpasst haben.«

»Den Kamin – im Hochsommer? Na gut, dann nehme ich einen Rotwein dazu«, sagte Georg über die Schulter hinweg und lachte auf.

»Gute Idee. Magst du Wein?«, fragte Frederike Amala.

»Ja, aber lieber weißen.«

»Gut. Zweimal weiß, einmal rot«, stellte Frederike fest.

»Ich beneide euch«, hörte Eduard sich sagen, obwohl er den Gedanken eigentlich gar nicht hatte aussprechen wollen.

Sofort blieb Frederike stehen und drehte sich zu ihm um. »Dann komm doch auch. Das wird lustig.« Sie deutete zum Esszimmer hinüber. »Aber lass den Feuer speienden Drachen zu Hause.«

»Es würde euch nicht stören?«

»Also, ich würde mich freuen«, traute sich nun Amala zu sagen, der anzusehen war, dass sie durch Frederikes herzliche Art regelrecht aufgetaut war.

Eduard grinste über das ganze Gesicht. »Abgemacht. Und ich bringe den Wein mit.«

Frederike strahlte ihn an, legte kurz ihre Hand an seine Wange und sagte: »Dann lieber ruhig eine Flasche mehr. Um sich vierundzwanzig Jahre zu erzählen, braucht man ein bisschen.« Sie lachte hellauf. »Ich freue mich riesig«, sagte sie und umfasste wieder Amalas Schultern. Dann verließen die drei das Haus und stiegen in Frederikes grauen Duesenberg Model A. Eduard winkte ihnen noch nach, als Frederike den Wagen anließ und mit Georg und Amala davonbrauste. Seine Laune hätte besser nicht sein können. Er hatte das Gefühl, dass mit Amalas Besuch wieder Leben in das zuvor für ihn doch recht trist gewordene Hamburg Einzug gehalten hatte. Und wenn seine Tante Frederike nun auch noch hier war, konnte er sich sehr gut vorstellen, seinen Aufenthalt ebenfalls zu verlängern. Er lächelte, als er zurück ins Haus ging, und bog sogleich zum Keller ab, wo der Wein gelagert wurde. Er wollte den besten Tropfen mitnehmen, den die Ahrendsens zu bieten hatten. Das würde ein Spaß!

10. Kapitel

München, Sonntag, 7. September 1924

Ich habe mein Leben angepasst. Doch ich weiß noch immer, wer ich bin. Und das macht mich glücklich.

Florentinus Loising

»Du willst *was*?« Florentinus glaubte sich verhört zu haben. Er hatte kurz bei seiner Schwester vorbeischauen wollen, weil seine Haushälterin ihm ausgerichtet hatte, dass sie gestern Abend, als er ausgegangen war, noch angerufen hatte und ihn zu sprechen wünschte. Therese hatte zwar gesagt, dass es nichts Dringendes sei und er sie einfach irgendwann im Lauf des Sonntags zurückrufen sollte, doch Florentinus hatte ohnehin vorgehabt, dieser Tage Therese einen Besuch abzustatten. Also hatte er sich an diesem Sonntag sofort nach dem Frühstück auf den Weg zu ihr gemacht und sogleich erfahren, weshalb sie ihn am gestrigen Abend angerufen hatte.

»Ich will das Kaffeehaus wieder selbst führen. Das ist doch naheliegend, findest du nicht?« Therese sah ihren Bruder herausfordernd an.

»Denkst du nicht, dass du … nun ja, etwas zu alt dafür bist?«

»Zunächst einmal, lieber Bruder, bin ich erst sechzig. Du bist vier Jahre älter als ich und leitest ein Unternehmen, das Material für Bahnstrecken in ganz Österreich, der Schweiz und Deutschland produziert. Und zum anderen nimmst du mir ja wohl – egal, wie elegant man es ausdrücken möchte – meinen Sohn, um einen Nachfolger für dein eigenes Geschäft zu haben, nicht wahr? Also liegt es doch auf der Hand, dass ich mich selbst wieder um das Kaffeehaus kümmere. Aber jetzt komm doch erst einmal richtig herein, und wir setzen uns zusammen.«

»Du bist einfach unglaublich, weißt du das?«, fragte Florentinus.

Therese lächelte. »Selbstverständlich.«

»Also bist du mir nicht böse?«

»Wie könnte ich denn? Franz möchte genau das machen. Und ich glaube, dass Karl mir zürnen würde, wenn ich Franz zu etwas drängen würde, das sein Herz nicht erfüllt. Karl war ein solcher Freigeist. Es würde ihm als Franz' Vater gar nicht gefallen, käme ich auf den Gedanken, seinen Sohn in eine Rolle hineinzuzwingen, die nicht seine eigene ist.«

Florentinus machte einen Schritt auf seine Schwester zu, zog sie an sich und verharrte einen Moment in der Umarmung. »Du bist einfach wunderbar.«

Therese lächelte und hob den Kopf. »Ist es nicht eigenartig, wie alles gekommen ist, Tino? Ich meine, irgendwie sind die Jahre nur so verflogen, mein Karl ist nicht mehr, ebenso wie Robert. Und ich kehre zu den Anfängen zurück, werde mich wieder um das Kaffeehaus kümmern, meinen Gästen Gedecke auftragen und dann am Abend in ein großes Haus zurückkehren, in dem niemand auf mich wartet.«

»Fühlst du dich einsam?«, erkundigte sich Florentinus mit sanfter Stimme, während er der Schwester eine Strähne aus dem Gesicht strich.

Sie sah zu ihm auf, lächelte ihn an und spürte, wie ihr die Tränen in die Augen stiegen. Doch das wollte sie keinesfalls zulassen. »Manchmal ja. Doch weißt du, es ist nicht die Form von Einsamkeit, die man gemeinhin kennt. Ich möchte nicht einfach mit irgendjemandem zusammen sein. Mir fehlen Karl und Robert, wenngleich mir vollkommen klar ist, dass nicht beide als meine Ehemänner da sein könnten. Ich habe dieses Gefühl der Einsamkeit selbst dann, wenn Helene und Maximilian zu Besuch sind und am Morgen mit mir zusammen frühstücken. Auch Franz, Emma und deren Kinder können dieses Gefühl nicht vertreiben. Es geht mir nicht darum, dass viele oder eben keine weiteren Menschen bei mir wohnen. Mir fehlen die, mit denen ich eine besondere Verbindung im Leben hatte, mehr noch als die zu meinen Kindern. Es ist ebenso wie bei dir und Katharine, verstehst du?«

»Ich verstehe genau, was du meinst«, antwortete ihr Bruder, während seine Gedanken jedoch nicht zu seiner Ehefrau wanderten, sondern zu Karl, dem Mann, der ihm alles bedeutet hatte. Der Mann, der der Ehemann seiner Schwester – und die Liebe seines Lebens gewesen war.

»Komm, setzen wir uns«, forderte Therese erneut, worauf die Geschwister ins Wohnzimmer gingen und Platz nahmen, um ihr Gespräch dort fortzusetzen.

»Ich habe mit Georg gesprochen, und er hat mich in meinem Vorhaben bestärkt, wieder selbst die Leitung des Kaffeehauses zu übernehmen«, nahm Therese den Gesprächsfaden wieder auf.

Florentinus ergriff die kleine Kerze, die auf dem Tisch stand, und richtete den Docht. Gewiss hätte Therese diese sonst nicht wieder anzünden können, da der Docht vollkommen im Wachs untergegangen war.

»Ich glaube, Georg hat recht«, pflichtete Florentinus bei, der nach der Erwähnung Karls noch immer in Gedanken bei dem früheren Geliebten war. Er war seine große Liebe gewesen, obwohl Karl mit seiner Schwester verheiratet gewesen war. In diesem Jahr war Karls dreißigster Todestag gewesen, doch Florentinus hatte ihn immer noch genauso vor sich, wie er damals ausgesehen hatte: jung, akkurat, voller Tatkraft und so einzigartig, dass Florentinus sich sofort in ihn verliebt hatte. Seine Schwester Therese hatte es nie erfahren, niemals hatte sie auch nur den Schatten einer Ahnung gehabt, was ihren Bruder und ihren Ehemann damals verbunden hatte. Für die meisten Menschen wäre ihre Beziehung schmutzig gewesen, verwerflich, eine Schande und vor dem Gesetz war sie sogar eine Straftat. Für Florentinus jedoch war es die große Liebe gewesen, und auch nach drei Jahrzehnten hatte er manchmal das Gefühl, Karl wahrzunehmen und seine Anwesenheit zu spüren, obwohl er wusste, dass dies nur Einbildung sein konnte.

»Denkst du, dass ich ausgelacht werde?«

»Was?« Florentinus sah Therese an. »Entschuldige, was hast du gesagt?«

»Wenn ich wieder selbst serviere. Denkst du, dass man hinter meinem Rücken über mich reden wird?«

»Weshalb denn?«, stellte er die Gegenfrage.

»Na, eben genau deshalb, was du auch gleich gesagt hast. Ich bin schon sechzig.«

»Also, vorhin klang das bei dir noch ganz anders«, entgegnete Florentinus. »Da warst du *erst* sechzig, jetzt bist du *schon* sechzig. So unsicher kenne ich dich ja gar nicht.«

»Ich glaube, ich möchte mich einfach nicht lächerlich machen.«

»Ach, nun hör aber auf. Die selbstsichere Therese ist mir lieber. Du hast ja vollkommen recht. Ich bin vierundsechzig und leite die Fabrik. Und denk nur, wie lange Vater sich um die Geschäfte gekümmert hat.«

Therese überlegte kurz und schmunzelte. »Unsere Sicht auf die Dinge hat sich verändert«, stellte sie fest.

»Wieso?«

»Als Vater seinen Schlaganfall hatte, war er Ende fünfzig, Tino. Und von da an hast du übernommen.«

Florentinus rechnete kurz nach. »Verdammt, du hast wirklich recht. Er kam mir damals schon wie ein alter Mann vor.«

»Ja, aus unserer damaligen Sicht war er das wohl auch. Doch heute …« Sie ließ den Satz unvollendet.

»Ich weiß noch genau, dass ich nach dem Schlaganfall dachte, Vater würde es nicht schaffen. Wenn man bedenkt, dass er am Ende fast achtzig wurde.« Florentinus schüttelte den Kopf. »Auch wenn er nun schon neun Jahre tot ist, fehlt er mir immer noch.«

»Ja, mir auch. Wobei es die letzten Jahre bei euch schon sehr eng zuging, als er bei dir gewohnt hat.«

»Ja, das stimmt schon. Aber auch Katharine war sehr vertraut mit ihm. Ich weiß nicht, ob Vaters Tod sie oder mich mehr getroffen hat.«

Therese lächelte. »Er hat sie immer seine zweite Tochter genannt.«

»Ich hoffe, das hat dich nicht gekränkt?«, fragte Florentinus ein wenig besorgt.

»Ach, Unsinn, weshalb denn? Ich mochte deine Frau vom ersten Tag an. Katharine ist ein wunderbarer Mensch. Ich konnte Vater damals sehr gut verstehen. Und sie hat mir ja nichts weggenommen, sondern war eine Bereicherung, und zwar sowohl für dich als auch für Vater. Ich bedaure, dass ihr beide keine Kinder bekommen habt.«

»Es ist eben nicht jedem vorherbestimmt, Eltern zu sein, und ich glaube, wir sind auch so glücklich geworden.«

»Wann kommt sie denn heim?«

»In zwei Wochen erst. Wir haben gestern Abend zuletzt telefoniert.«

»Gestern Abend? Aber als ich angerufen habe, warst du doch gar nicht da.«

»Wir haben später telefoniert, als ich wieder zu Hause war. Sie ist nach ihren Auftritten meist nicht vor elf Uhr auf ihrem Zimmer.«

»Ein langer Abend. Und du? Wo warst du überhaupt?«

»Ich war spazieren«, gab er wahrheitsgemäß Auskunft. »Wie Hilde mir sagte, war ich gerade zur Tür raus, als du angerufen hast.«

Therese musterte ihn. »Tino, Hand aufs Herz. Du treibst dich doch nicht womöglich herum, wenn deine Frau nicht da ist?«

Florentinus legte den Kopf schräg und sah sie an. »Schwesterherz, das könnte ich als Beleidigung auffassen.«

Sofort entspannte sich ihre Haltung wieder. »Genau diese Reaktion wollte ich sehen. Gut, dann bin ich beruhigt. Man hört so manches, und nun ja … ich möchte nicht, dass du ein solcher Mistkerl bist wie andere Männer.«

»Was hört man denn bitte so?«, fragte Florentinus fast belustigt nach.

»Na, dass eben gestandene Männer im besten Alter irgendwelche Flausen in den Kopf kriegen und sich aufführen wie … wie … junge Böcke«, platzte es aus ihr heraus, worauf Florentinus lauthals loslachte.

»Ja, du lachst, aber gestern Nachmittag waren Traudl und Lisbeth hier.«

»Nur die beiden? Was ist mit Veronika? Ihr vier seid doch sonst immer unzertrennlich.«

»Ja, ganz recht. Doch Veronika traut sich offenbar kaum noch aus dem Haus, weil Johann so etwas wie seinen zweiten Frühling erlebt und sich mit einer Tänzerin eingelassen hat, wegen der er Veronika nach vierzig Jahren Ehe einfach sitzenlassen will.«

»Mhm«, machte Florentinus. »Johann hatte schon immer den Ruf, ein Schürzenjäger zu sein.«

»Ja, ich weiß. Und Veronika hat sich das viel zu lange bieten lassen. Mal war es ein Hausmädchen, mal eine Bedienung oder sogar eine von der Sorte, für die sich ihre Mütter schämen. Immer junge Dinger. Doch dieses Mal ist er zu weit gegangen. Die Tänzerin ist nämlich schwanger.«

Florentinus zuckte die Schultern. »Es war doch eigentlich zu erwarten, dass das irgendwann passiert, oder?«

»Wenn du mich fragst, ja. Doch Veronika wollte es immer nicht wahrhaben. Und nun leidet sie wie ein Hund. Ich möchte Johann am liebsten ohrfeigen, dass er seine Frau so schlecht behandelt. Ich dagegen hatte solches Glück mit meinen Ehemännern«, gab Therese nachdenklich von sich.

Florentinus fuhr sich kurz mit der Zunge über die Lippen.

»Na, jedenfalls möchte ich nicht, dass du wie einer dieser Kerle bist und Katharines Abwesenheit ausnutzt, um dich zu amüsieren.«

»Ich kann dir versichern, Schwesterherz, dass das nicht der Fall ist. Ich bin Katharine absolut treu und freue mich, wenn sie wieder da ist.«

»Und nun musst du noch weitere zwei Wochen warten, du Armer. Ich fand es immer ganz furchtbar, wenn Robert zusammen mit Franz nach Kamerun gereist ist und ich ihn monatelang entbehren musste. Deshalb kann ich dich nur allzu gut verstehen. Ist Katharine denn danach für länger zu Hause?«

»Genau weiß ich es nicht. Erst einmal ja, doch ihre Vorstellungen sind immer bis auf den letzten Platz belegt.

Sie hat aber dieses Mal weitere Zusatztermine abgelehnt, weil die letzten Wochen sie über die Maßen erschöpft haben. Sie sagte gestern Abend scherzhaft, dass sie nicht einmal mehr zu Weihnachten in der Kirche bereit sei, auch nur eine Zeile zu singen.«

Therese musste lachen. »Ich kann Katharine schon verstehen. Offen gesagt, wäre das kein Leben für mich. Immer unterwegs zu sein und meist weit weg von zu Hause.« Therese schüttelte den Kopf. »Nein, für so etwas wäre ich nicht gemacht.«

»Ich auch nicht«, stimmte Florentinus zu. »Doch für Katharine ist es ein wahr gewordener Traum. Sie wollte schon als kleines Mädchen Sängerin werden und auf den großen Bühnen stehen. Die Stelle in der Fabrik hat sie damals ja auch nur angenommen, um sich und ihren Vater über Wasser zu halten. So gesehen, haben sich ihre Wünsche erfüllt. Doch sie sagt selbst, dass sie einen hohen Preis dafür zahlen muss.«

»Inwiefern?«

»Das, was du eben ansprachst. Das ewige Reisen von Ort zu Ort, von Engagement zu Engagement, meist fern von Wien und auch von mir zu sein.« Er zuckte die Schultern. »Und vor allem die Stille nach dem Applaus.«

»Die Stille nach dem Applaus?«, fragte Therese.

»Ja. Wenn sie von der Bühne geht, wo sie eben noch frenetischen Beifall bekommen hat, und sich dann in ihr Hotelzimmer zurückzieht. Dort ist es völlig ruhig, niemand ist da. Sie ist ganz allein, der Beifall klingt noch nach, doch niemand interessiert sich mehr für sie.«

»Ich verstehe«, sagte Therese. »Was denkst du, wie lange sie ihren Beruf noch ausüben wird?«

Florentinus schmunzelte. »Da schließt sich dann wohl der Kreis unserer Unterhaltung«, stellte er fest. »Offen gesagt, haben Katharine und ich noch nie darüber gesprochen. Sie ist erfolgreicher denn je, erhält Angebot über Angebot. Ich glaube kaum, dass sie in absehbarer Zeit mit dem Singen aufhört.«

»Wäre es dir denn lieber, wenn sie es täte?«

Florentinus überlegte. »Ich mache mir darüber keine Gedanken. Katharine liebt das, was sie tut. Sie wurde auch schon für die neueste Operette von Walter Kollo, *Die Frau ohne Kuß,* am *Schillertheater* in Berlin angefragt. Die Uraufführung war vor gut zwei Monaten. Sie hätte das Engagement so gern angenommen, hatte sich jedoch bereits anderweitig verpflichtet. Ich denke, Katharine wird künftig noch genauer abwägen, welche Anfragen sie annimmt und welche nicht. Doch dass sie aufhört, kommt, denke ich, für sie vorerst nicht infrage.«

»Du bist ein sehr verständnisvoller Ehemann«, befand Therese.

»Wie hast du vorhin Karl genannt? Einen Freigeist, nicht wahr? Ich denke, die gleiche Beschreibung trifft auch auf Katharine zu. Wer wäre ich, sie einschränken zu wollen?«

Therese griff über den Tisch und legte ihre Hand auf seine. »Du bist ein guter Mensch, Tino.«

»Obwohl ich dir deinen Nachfolger stehle?«

»Obwohl du mir meinen Nachfolger stiehlst«, bekräftigte sie.

»Hast du es Franz schon gesagt? Ich meine, dass du selbst das Kaffeehaus weiterführen wirst?«, fragte Florentinus.

»Nein, noch nicht. Aber ich werde es ihm heute noch mitteilen. Ich glaube, er wird erleichtert sein. Ihm stand das schlechte Gewissen geradezu ins Gesicht geschrieben, als er vorbeikam, um mir zu eröffnen, dass dein Angebot noch gilt.«

»Ich kann nur sagen, dass ich sehr froh über seine Entscheidung bin. Im Laufe der Zeit habe ich insgesamt fünf mögliche Nachfolger eingearbeitet. Doch letztendlich waren alles Fehlschläge. Dem einen fehlte der Fleiß, dem nächsten die Ehrlichkeit, dann wieder war die Bereitschaft nicht da, mehr zu tun als ein Angestellter in Führungsposition. Ach, du kennst das ja selbst. Jemanden zu finden, auf den du dich wirklich verlassen kannst, ist wie nach der Nadel im Heuhaufen zu suchen.«

»Ich hoffe sehr, dass Franz seine Aufgabe gut machen wird. Er hätte es verdient, den Erfolg zu spüren.«

»Da habe ich gar keine Zweifel. Er ist ein kluger Mann, der um die Verpflichtung seiner Familie gegenüber weiß. Vor allem aber ist er loyal und ich kann ihm vertrauen. Er würde nicht versuchen, mich auszunutzen oder zu hintergehen. Und ein solcher Mensch ist reines Gold wert.«

»Wann soll er seine neue Stelle antreten?«

»So bald wie möglich. Ich würde vorschlagen, du sprichst mit deinem Sohn und ihr geht durch, was noch von ihm zu erledigen ist, damit die Übergabe auf dich reibungslos verläuft. Er braucht mich nur anzurufen und mir Bescheid zu geben, dann kann er von einem Tag auf den anderen kommen. Ich werde gleich morgen ein geeignetes Büro für ihn herrichten lassen.«

»Das ist nett von dir. Ich bin gespannt, was Emma von seinen Plänen hält.«

Florentinus war überrascht. »Ach, ihr habt noch gar nicht alle zusammen darüber gesprochen?«

Therese schüttelte den Kopf. »Nein. Am Tag nach meinem Geburtstag kam Franz zu mir und hat mir gesagt, dass das Kaffeehaus nicht mehr genug abwirft. Emma und die Kinder habe ich an meinem Geburtstag zuletzt gesehen, und wie du weißt, kam da das Thema gar nicht auf.«

»Ich verstehe.« Florentinus sah auf seine Uhr und stand dann auf.

»So, Schwesterherz, ich mache mich jetzt auf den Weg. Ich bin noch auf eine Partie Schach mit Hubertus verabredet.«

Therese erhob sich ebenfalls. »Danke, dass du so schnell vorbeigekommen bist. Grüße Hubertus bitte von mir.«

»Das mache ich.«

Die Geschwister verließen das Wohnzimmer, und Therese brachte Florentinus noch zur Tür. Dort umarmten die beiden sich und Therese gab dem Bruder einen Kuss auf die Wange.

»Ich bin froh, dich zu haben, weißt du das?«

»Ich bin auch froh, dich zu haben.« Er gab ihr auch einen Kuss auf die Wange, dann ging Florentinus hinaus und schlug den Weg zu seinem eigenen Haus ein, das nur zehn Gehminuten von Thereses Heim entfernt war. Florentinus ließ das Gespräch noch einmal Revue passieren. Wann immer das Thema auf Karl kam, spürte er Unruhe in sich aufkommen, ganz so, als hätte er Angst, dass das, was sie verbunden hatte, am Ende doch noch herauskam. Natürlich sagte ihm sein Verstand, dass dies ausgeschlossen war. Aber er brauchte dennoch ein wenig Zeit, um das mulmige Gefühl beiseitezuschieben. Florentinus musste an das denken, was Therese ihm über deren Freundin Veronika erzählt hatte, die von ihrem Mann nach Strich und Faden betrogen wurde. Nein, das würde er tatsächlich niemals tun. Auch wenn es nicht als Entschuldigung gelten mochte, so war er die Beziehung zu Karl damals aus Liebe eingegangen. Nun jedoch seine Ehefrau mit irgendwelchen Frauen oder auch Männern zu betrügen und damit zu demütigen, wäre ihm nicht in den Sinn gekommen. Er hatte sich damals versündigt, doch das würde ihm heute gewiss nicht wieder passieren.

Er war so in Gedanken, dass er fast an seinem eigenen Haus vorbeigelaufen wäre.

»Florentinus!«, hörte er jemanden seinen Namen rufen und drehte sich um. Hubertus Ganzberger eilte mit langen Schritten auf ihn zu, und die Männer schüttelten sich die Hände, als Hubertus ihn erreichte.

»Da bin ich ja gerade rechtzeitig gekommen«, stellte Florentinus fest und warf einen kurzen Blick auf seine Uhr. Er war länger bei Therese geblieben, als er es vorgehabt hatte.

»Mein Freund, ich hätte auch auf dich gewartet. Die Hilde hätte mich bestimmt nicht hier draußen stehen lassen, und ich hätte ja gewusst, weshalb du zu spät kommst.«

»Ach ja?«, fragte Florentinus überrascht. Schließlich konnte Hubertus doch nicht wissen, dass Florentinus bis eben bei Therese war.

»Natürlich. Weil du den Zeitpunkt, da du gegen mich im Schach verlierst, noch hinauszögern wolltest.« Hubertus lachte auf.

Florentinus hob die Augenbrauen. »Komm herein, mein Freund, und lass dich eines Besseren belehren. Es tut mir leid für dich, doch deine Niederlage ist unausweichlich.«

Wieder lachte Hubertus, nun noch lauter, und Florentinus stimmte ein. Er freute sich auf die nächsten Stunden. Und spätestens jetzt war auch das beklemmende Gefühl wegen seiner Gedanken an Karl verschwunden. Er schloss die Tür auf und ließ den Freund eintreten.

11. Kapitel

Hamburg, Sonntag, 7. September 1924

Wieder hier zu sein, ist so, als könnte ich alle Sorgen hinter mir lassen.
Frederike Steffensen

»Darf ich dir Gesellschaft leisten?« Frederike klopfte kurz gegen den Türrahmen am Wohnzimmer.

»Als ob du mich das fragen müsstest«, gab Georg zurück, der mit der Zeitung von gestern in seinem Lieblingssessel saß, diese nun sinken ließ und aufsah.

Frederike trat ein, zog sich den anderen Sessel neben den ihres Vaters und nahm darin Platz. Georg hatte seine Füße auf den passenden Hocker gelegt, und Frederike legte nun ihre daneben, wie sie es zu den Zeiten, als sie noch zusammen hier gelebt hatten, Hunderte Male getan hatte.

»Ganz wie früher«, stellte sie fest.

»Ja. Und ich kann dir gar nicht sagen, wie sehr ich mich freue, dass du hier bist. Seid ihr gut vorangekommen, du und Amala?«

»Wir haben eigentlich mehr Ideen gesammelt«, antwortete Frederike. »Sie will noch ein wenig am Textbuch arbeiten, wird aber danach auch herunterkommen.«

»Ich genieße es, dass ihr im Haus seid«, sagte Georg nachdenklich. »Und gestern Abend, mit euch beiden und dann auch noch Eduard dazu, hätte es nicht schöner sein können. Ich habe heute Nacht geschlafen wie ein Baby und fühlte mich richtig frisch und jung, als ich heute Morgen erwachte.«

Frederike wiegte den Kopf. »Also ehrlich gesagt, habe ich heute Morgen den Wein noch ganz schön gemerkt.«

»Ich war auch wirklich überrascht, wie viel du und Eduard vertragen habt. Und das meine ich nicht als Vorwurf.«

»Ich weiß gar nicht, wann ich zuletzt so viel Wein getrunken habe. Und gelacht«, fügte sie hinzu.

»Ja, es war einfach herrlich. Und ich glaube, Amala hat es auch gefallen.«

»Sie ist eine tolle junge Frau«, sagte Frederike fast schwärmerisch. Sie nahm sich das Kissen aus ihrem Rücken und legte es auf ihren Bauch. Das hatte sie schon als Kind immer gemacht, genauso wie sie nachts stets ein zusätzliches Kissen brauchte, das sie an sich drückte, um so einzuschlafen.

»Ja, das ist sie«, stimmte Georg zu.

»Sie hat wirklich viel von Luise.« Frederike fuhr sich kurz mit der Zunge über die Lippen. »Ich habe immer gehofft, Luise eines Tages wiederzusehen. Ich weiß noch, dass sie mir früher, als ich noch Kind war, immer zu ernst erschien und zu sehr…, wie soll ich sagen, … also zu wenig damenhaft.«

Georg lachte auf. »Ja, damenhaft war sie wirklich nicht. Ich dachte sogar, dass die Stellen an ihren Knien niemals wirklich abheilen würden, weil sie immer wieder irgendwo hinaufgeklettert, dann gestürzt ist und sich die Haut aufgeschürft hat.«

»Unglaublich, wenn ich bedenke, dass ich damals Martha lieber mochte als Luise«, wunderte sich Frederike. »Vor allem, wenn ich sehe, was aus Martha geworden ist.« Sie verdrehte die Augen.

»Martha ist eine geborene Egoistin«, urteilte Georg ohne jede Emotion in seiner Stimme. »Sie hat schon immer nur an sich gedacht.«

»Ich fürchte, es gab Zeiten, da war ich nicht anders.«

»Das stimmt. Doch das war bei dir nur eine Phase, während Martha schon so auf die Welt gekommen und bis heute so geblieben ist.« Georg sah seine Tochter liebevoll an. »Wir alle haben im Leben eine Entwicklung durchgemacht. Du weißt, dass ich bestimmt nicht auf alles stolz sein kann, was ich getan habe. Doch am Ende muss man sehen, dass man die Dinge klärt und zurechtrückt, ja, dass man der Mensch wird, der man selbst sein möchte.« Er lächelte. »Dein Großvater hat mir diesen Rat gegeben, als ich so achtzehn oder neunzehn Jahre alt war. Er sagte, ich sollte mich bemühen, zu dem Mann zu werden, vor dem ich selbst den größten Respekt hätte, würde ich ihm begegnen. Ich habe seine Worte damals nicht so richtig ernst genommen, weil ich noch ein Hitzkopf war und ja – auch über die Maßen oberflächlich. Erst als ich mir den Fehltritt mit Elisabeth geleistet habe und ich ganz am Boden war, da fiel mir dieser Satz meines Vaters wieder ein.« Er seufzte. »Mir wurde verziehen, sowohl von deiner Mutter als auch meinem Bruder. Und da habe ich mir geschworen, dass ich jeden einzelnen Tag so leben wollte, dass ich endlich zu dem Menschen würde, vor dem ich selbst den größten Respekt haben konnte. Und je höher der Anspruch an mich selbst wurde, desto mehr kam ich auch bei mir an.«

»Also bist du heute glücklich mit dem, wie dein Leben geworden ist?«

»Glücklich und dankbar, ja.« Er legte seine Hand auf ihre. »Nur manchmal ein bisschen einsam in diesem großen, leeren Haus. Umso mehr genieße ich, dass du und Amala jetzt da seid.«

»Ich bin auch froh, hier zu sein.« Frederike beugte sich zu ihm hinüber und schmiegte sich kurz an ihn, wie sie es als Kind immer getan hatte.

»Möchtest du mir erzählen, was dich bedrückt?«

»Wie kommst du denn darauf, dass mich etwas bedrückt?« Frederike setzte sich aufrecht hin und sah Georg forschend an.

»Ich bin dein Vater«, stellte er fest. »Du musst es mir nicht sagen. Doch wenn du willst, bin ich für dich da.«

Frederike überlegte kurz und drückte dann das Kissen auf ihrem Bauch noch fester an sich.

»Es gibt eigentlich keinen richtigen Grund«, begann sie dann. »Doch ich habe das Gefühl, dass ich einfach nicht mehr glücklich bin.«

»Verstehen du und Julius euch nicht mehr?«

Frederike schüttelte den Kopf. »Das würde ich so nicht sagen. Wir sind freundlich zueinander und betreiben, wenn du so willst, höfliche Konversation. Doch es ist …«, sie suchte nach Worten, »wir lachen einfach nicht mehr, weißt du?« Sie sah ihren Vater an. »Julius arbeitet so gut wie immer. Selbst am Wochenende geht er rüber in die Fabrik, auch wenn sonst keiner da ist. Er sagt, dass er nur dann all das von seinem Schreibtisch bekommt, was er in der Woche nicht schafft.«

»Das glaube ich ihm sofort. Es ist keine leichte Aufgabe, eine so große Fabrik zu führen.«

»Und das verstehe ich auch«, versicherte Frederike. »Wirklich, das tue ich. Doch es gibt einfach nichts anderes in unserem Leben. Mein Mann und ich gehen nur dann aus, wenn wir zu einer Gesellschaft eingeladen sind, bei der wir uns aus geschäftlichen Gründen sehen lassen müssen. Und auch dann dreht sich alles um die Fabrik.«

»Julius hat eben eine große Verantwortung.«

»Ja, natürlich. Doch ich dachte immer, dass es irgendwann besser würde. Als wir damals, vor über fünfundzwanzig Jahren, von hier fort und in den Schwarzwald gezogen sind, damit Julius die Geschäfte von Hubertus übernehmen konnte, war mir vollkommen klar, dass es nicht einfach werden würde. Hubertus' fortschreitende Vergesslichkeit und die Auseinandersetzungen mit Julius'

Onkel Gerhard hatten es wirklich in sich. Und es fiel uns alles andere als leicht, damals, als die Entscheidung gefallen war, dass Julius fortan die Leitung der Werkzeugfabrik übernehmen würde, die Söhne von seinem Onkel Gerhard, also Julius' Cousins, auszahlen zu müssen. Doch wir haben es geschafft, wie du weißt, auch dank deiner Unterstützung damals.« Sie seufzte erneut. »Julius und ich haben eisern zusammengehalten und ich habe es genossen, so viel zu schaffen und auch noch die Kinder großzuziehen. Es gab immer etwas zu tun, und manches Mal waren wir wochenlang so müde, dass ich das Gefühl hatte, kaum das Bett verlassen zu wollen. Doch wir haben uns zusammengerissen und alles gemeistert, nur um uns immer wieder zu sagen, dass auch ruhigere Zeiten kommen würden, die wir dann entsprechend genießen könnten.«

Georg lächelte wissend. »Ich kenne das Gefühl nur zu gut. Das hat wohl jeder Unternehmer schon einmal erlebt.«

Frederike nickte. »Doch die Kinder wurden groß, sind nun längst aus dem Haus und leben ihr eigenes Leben. Frieda wird nächstes Jahr ihren Hannes heiraten, und Auguste und Walter arbeiten bereits in der Fabrik mit. Doch Julius denkt noch immer, dass alles sofort zusammenbrechen wird, wenn er auch nur ein klein wenig kürzertreten würde.« Frederike seufzte. »Und ich sitze zu Hause und langweile mich.«

»Das Los einer Unternehmerfrau«, befand Georg.

»Mag sein. Doch weißt du, ich kann doch mehr als das. Vor allem aber …« Wieder machte sie eine Pause und zupfte nun imaginäre Fusseln von dem Kissen ab.

»Vor allem aber *was*?«, hakte Georg nach.

»Das, was ich zu Beginn sagte: Wir lachen nicht.« Sie sah ihren Vater aus traurigen Augen an. »Ich habe gestern Abend das erste Mal seit Wochen, vielleicht auch seit Monaten wieder gelacht, und es hat mir so unglaublich gutgetan.« Sie ergriff die Hand ihres Vaters. »Ich will nicht undankbar erscheinen, Vater, wirklich nicht. Ich habe ein sehr gutes Leben, und es fehlt mir eigentlich an nichts. Doch immer öfter frage ich mich, ob ich die nächsten Jahre tatsächlich einfach so weitermachen will.«

»Wäre deine Mutter jetzt hier, würde sie dir wahrscheinlich sagen, dass das nun einmal die Rolle einer Frau ist und du dich ruhig verhalten und fügen solltest.«

»Ja, das wären wahrscheinlich ihre Worte«, stimmte Frederike zu.

Georg sah sie an. »Ich habe ihn vorhin schon erwähnt, den größten Fehler, den ich in meinem Leben je gemacht habe.«

Frederike senkte den Blick und ließ seine Hand los. Sie dachte nicht gern an die Zeit zurück, als ihr Vater ein Verhältnis mit seiner Schwägerin gehabt hatte und dadurch die ganze Familie für eine Weile tief entzweit war.

»Ja, ich weiß. Doch keine Sorge, ich habe nicht vor, Julius zu betrügen oder gar zu verlassen.«

»Das denke ich auch nicht. Es geht nur um die Ausgangssituation, denn ich kann sehr gut nachvollziehen, wie du dich fühlst.« Er suchte ihren Blick. »Ich kann doch nach all den Jahren ganz offen mit dir darüber reden, oder?«

Frederike zögerte, dann nickte sie. »Ja, Vater, das kannst du.«

»Gut.« Georg lehnte sich in seinem Sessel zurück. »Es war nicht so, dass ich deine Mutter nicht mehr geliebt hätte. Sie hatte genau genommen nichts damit zu tun. Ich war etwa im gleichen Alter wie du jetzt, Frederike. Die schlimmste Krise im Kontor war bewältigt, alles ging wieder bergauf. Doch ich habe mich immer öfter gefragt, was genau meine Rolle bei all dem sei. Ich hatte das Gefühl, nicht wirklich gebraucht zu werden, Robert und Karl würden schon alles richten, was das Kontor anging. Und ihr Kinder wart groß geworden, das Leben war jeden Tag das gleiche.« Er sah seine Tochter an. »Das ist für eine Ehe eine gefährliche Phase, Frederike. Nicht dass ich dir zutrauen würde, dich ebenso scheußlich zu verhalten, wie ich es getan habe. Doch du solltest etwas unternehmen, damit du nicht Gefahr läufst, dich über kurz oder lang zu fragen, weshalb du noch in eurem Haus bleiben solltest, da Julius ohnehin nur arbeitet und die Kinder längst nicht mehr da sind.«

»Und wie stelle ich das an?«

»Frag dich, was dich glücklich macht in deinem Leben, und nimm dir ein Beispiel an deiner Cousine.«

»An Martha?« Sie sah ihn fragend an.

»Doch nicht an Martha!«, winkte Georg ab. »An Luise. Sie hat damals den Aufbruch gewagt und ist mit Hamza um die Welt gereist. Sie hat all dem hier den Rücken gekehrt, weil sie gespürt hat, dass sie ein anderes Leben wollte.«

»Du rätst mir fortzugehen?«

»Nein. Ich rate dir, dir klarzumachen, was du willst, und nicht darauf zu warten, dass Julius oder irgendjemand sonst erahnt, was dir fehlt, und sich sogleich zuständig sieht, etwas an deinem Leben zu verbessern.« Er legte die Zeitung, die er zusammengefaltet noch immer auf seinem Schoß liegen hatte, auf dem Fußboden ab, nahm Frederikes Hand in seine und lehnte sich bequem an. »Welches Leben möchtest du führen, Frederike? Ich habe es damals erst erkannt, als es zu spät war, nämlich als sich die gesamte Familie von mir abgewandt hatte und ich später von Glück reden konnte, dass mir verziehen wurde. Als ich da saß, in dieser schäbigen kleinen Bude, weil ich alles verloren hatte, sah ich die Bilder vor mir, wie wir hier als Familie am Tisch zusammengesessen hatten und gemeinsam aßen. Ich habe mir vorgestellt, was ihr alle wohl gerade macht und ob ihr lacht und euch des Lebens freut. Und da wurde mir klar, dass ich mir nichts sehnlicher wünschte, als wieder Teil davon zu sein, und ich schwor mir, dass ich, wenn ich nur die Gelegenheit bekäme, nie wieder zweifeln würde.«

»Willst du mir also sagen, ich muss erst alles verlieren, damit ich wieder glücklich werden kann?«

»Nein, du solltest dir bewusst machen, was du hast und wofür du dankbar bist, bevor du es durch ein falsches Denken womöglich gefährdest. Nimm dir ein bisschen Zeit für dich, genieße die Tage hier und denke darüber nach, was wirklich Bedeutung in deinem Leben hat.«

Frederike drückte das Kissen noch fester an sich. »Ich liebe Julius noch immer«, sagte sie ganz in Gedanken. »Ich mag seine ganze Art, seine Zuverlässigkeit und vor allem, dass ich weiß, dass die Familie für ihn über allem steht. Er ist ein guter Vater, das war er schon immer.«

»Ist er dir auch ein guter Ehemann?«

»Aber natürlich«, antwortete sie sofort, zog dann aber die Stirn in Falten. »Also, es war früher schon anders.« Sie räusperte sich. Es war ihr peinlich, derart persönliche Dinge mit ihrem Vater zu besprechen. »Aber das ist doch normal, oder?«

»Sicher. Es sei denn, es stört dich. Dann musst du es ändern.«

»Und wie?« Sie suchte seinen Blick.

»Der größte Fehler, den du machen kannst, besteht darin, die Situation einfach hinzunehmen. Womöglich ist Julius auch nicht mehr zufrieden, und du weißt es nur nicht.«

»Du denkst, er würde mich betrügen?«

»Aber nein. Das habe ich mit keinem Wort gesagt. Wie kommst du darauf?«

Frederike antwortete nicht.

»Ich verstehe«, sagte Georg. »Weil du selbst schon darüber nachgedacht hast, nicht wahr?«

»Ja und nein. Ich glaube nicht, dass er es täte. Doch ich merke auch, dass er mich nicht mehr so ansieht wie früher.«

»Natürlich nicht. Du bist ja auch nicht mehr dieselbe.«

»Also denkst du, dass er mich nicht mehr will?«

»Nein, das denke ich nicht. Und ich bitte dich, hör auf, etwas in meine Worte hineinzuinterpretieren, das ich gar nicht gesagt habe.«

»Bitte verzeih. Du hast vollkommen recht. Ich glaube, ich werde schon hysterisch.«

»Die Frederike, die ich kenne, hat immer viel gelacht. Und du sagtest doch vorhin selbst, dass dir das fehlt. Meinst du nicht, dass es Julius ebenso fehlen könnte?«

»Aber wir haben ja gar keine Gelegenheit, zusammen zu lachen, weil er immer nur mit seiner Arbeit beschäftigt ist.«

»Vielleicht wäre er das nicht, wenn du ihm einen Grund geben würdest, es *nicht* zu sein.«

Frederike kamen die Tränen. »Jetzt habe ich das Gefühl, selbst schuld zu sein.«

»Es gibt hier keine Schuld oder Nicht-Schuld«, widersprach Georg und behielt sein Lächeln bei, während er seiner Tochter eine Träne, die langsam über ihre Wange lief, fortwischte. »Es ist einfach nur das ganz normale Leben.« Er sah sie einen Augenblick lang an und wischte dann eine weitere Träne fort.

»Aber was soll ich denn jetzt tun?«

»Du hast doch gesagt, dass es dir gefällt, hier zu sein, nicht wahr?«

»Allerdings.«

»Gut. Dann ruf Julius an, und sag ihm, dass du noch für eine Weile bleibst. Es wäre für uns alle hier ein Gewinn, und du könntest dir ein wenig Zeit nehmen und ein wenig Abstand zum Schwarzwald bekommen und womöglich wieder ein wenig unbeschwerter werden.«

»Aber irgendwann muss ich zurück«, wandte Frederike ein. »Und dann ist alles wieder wie zuvor.«

»Irgendwann«, korrigierte Georg, »solltest du zurück *wollen* und nicht müssen. Am besten, wenn dein Mann dir so sehr fehlt, dass du es keine Sekunde länger hier aushältst.«

»Und was sage ich ihm als Begründung, warum ich hierbleiben will?«

»Na, ganz einfach: Amala. Du lernst nach vierundzwanzig Jahren endlich deine Nichte kennen und möchtest entsprechend Zeit mit ihr verbringen. Das ist doch naheliegend. Und es würde Amala vermutlich auch helfen, wenn sie nicht nur mich alten Kerl hierhätte, sondern ihre Tante, die sie unterstützt.«

»Du bist weit mehr als ein alter Kerl, Vater, und das weißt du.«

»Gerade im Moment würde ich dir absolut zustimmen«, sagte Georg zufrieden. »Seit Amala da ist, fühle ich mich um Jahre jünger. Und der Gedanke, Luises Tochter helfen zu können und ihr die Heimat ihrer Mutter näherzubringen, gefällt mir ausnehmend gut. Sie wird es hier nicht leicht haben, das ist mir in den letzten Tagen klar geworden.«

»Du meinst, wegen ihrer Hautfarbe?«

Georg nickte. »Wusstest du, dass schwarze Frauen weiß geschminkt werden, damit sie Theater- oder Filmrollen spielen können?«

»Nein.«

»Ich auch nicht. Ich war mir, als Amala es erwähnte, nicht einmal sicher, ob es wirklich stimmt. Doch inzwischen glaube ich es ihr. Du hättest gestern Martha erleben müssen, als sie Amala sah. Weißt du, was sie gesagt hat?«

»Nein.«

»Dass sie es sich ja hätte denken können, aber dennoch die Hoffnung gehabt hätte, dass Amala *ganz normal*«, er betonte die beiden letzten Worte, »aussehe.«

Frederike schlug die Hand vor den Mund. »Das hat sie nicht wirklich gesagt!«

»Doch, sie hat es genau so gesagt. Nun mag Martha wahrlich ein Mensch sein, über den man nur den Kopf schütteln kann. Aber ich habe die Befürchtung, dass es noch viele Bemerkungen wie diese oder eben ähnliche geben wird, die Amala sich anhören muss. Und da wäre es gut, wenn nicht nur ich, sondern auch du da wärst, um einem solch unakzeptablen Verhalten zu begegnen und Amala beizustehen.«

»Meinst du das wirklich so, oder sagst du es nur, weil du glaubst, dass es mir helfen könnte, mich Amalas anzunehmen?«

Georg sah seiner Tochter tief in die Augen. »Ich glaube, dass wir alle uns wechselseitig helfen können. Jeder von uns hat ein Päckchen zu tragen. Und es tut gut, wenn die Familie da ist, um uns dabei zu unterstützen.«

Frederike lächelte, beugte sich zu ihm herüber, gab ihm einen Kuss auf die Wange und stand auf. »Ich rufe jetzt Julius an und sage ihm, dass ich eine Weile hierbleiben werde.«

»Mach das.« George nickte ihr zu.

»Danke, Vater.« Frederike wollte soeben zum Telefon gehen, als es an der Haustür klopfte. »Ich geh schon«, sagte sie, verließ das Wohnzimmer und trat in den Flur. Bertha kam soeben mit einem Geschirrtuch in den Händen herbeigelaufen.

»Ich mache das schon, Bertha«, sagte Frederike, ging zur Tür und öffnete.

»Eduard, wie schön. Komm herein!«

»Gern, danke«, antwortete ihr Neffe. »Aber ich wollte nur rasch vorbeischauen, um mich zu verabschieden. Ich muss nach Berlin zurück.«

»Ach ja? Wolltest du nicht ein paar Tage in Hamburg bleiben?«

»Ja, eigentlich schon. Doch es gibt Probleme in Berlin, und ich muss noch heute abreisen.«

»Komm erst mal rein«, sagte Frederike und schloss hinter ihm die Eingangstür.

Georg war aus dem Wohnzimmer in den Flur getreten. »Eduard. Was höre ich da, du willst schon zurück? Ich dachte, wir essen dieser Tage noch einmal zusammen.«

»Das hätte ich wirklich gern gemacht. Vor allem nach gestern Abend. Es war einfach herrlich mit euch.« Er schüttelte den

Kopf. »Ich hätte dir nicht zugetraut, dass du so viel verträgst, Tante Frederike.«

»Tue ich auch nicht. Glaub mir, als ich heute Morgen aufstand, habe ich mindestens die letzten drei Gläser bereut.«

Eduard schmunzelte. »Ich würde wirklich gern bleiben, doch einer unserer Fahrer hatte einen Unfall, und zwanzig Kisten Schnaps sind kaputtgegangen. Ich fahre gleich noch hier im Lager vorbei und nehme so viel mit nach Berlin, wie ich kann. Der Bedarf ist dort größer als hier, und vor allem darf ich es mir nicht mit den Clubs verderben.«

»Ach du meine Güte!«, entfuhr es Frederike. »Ich hoffe, du holst den Verlust wieder rein?«

»Da mache ich mir keine Sorgen. Manchmal habe ich den Eindruck, dass ganz Berlin eine einzige Kneipe ist. Als Spirituosenhändler ist man dort auf der sicheren Seite.«

»Guten Tag, Eduard.« Amala war von den anderen unbemerkt am Treppenabsatz im oberen Stock aufgetaucht.

»Cousinchen«, begrüßte Eduard sie. »Ich habe es eben schon erzählt. Ich muss zurück nach Berlin. Hoffentlich bekommen wir bald wieder mal die Gelegenheit zu einem Treffen.«

Amala eilte die Treppe in den Flur hinunter. »Das hoffe ich auch. Ich hatte einen solchen Spaß gestern Abend«, sagte sie, unten angekommen.

»Das ging uns allen so«, pflichtete Frederike ihr bei. Dann wandte sie sich an Eduard: »Ich habe übrigens entschieden, tatsächlich für eine Weile zu bleiben. Wenn du also wieder nach Hamburg kommst, kann es gut sein, dass ich auch noch hier sein werde.«

»Ein Grund mehr«, stellte dieser fest. »Onkel Georg, ich habe die Elektriker beauftragt, drüben in der Villa einiges in Ordnung zu bringen, und der Dachdecker weiß ebenfalls Bescheid, dass sich einige Ziegel beim letzten Sturm gelöst haben. Könntest du vielleicht ein Auge darauf werfen, dass sie ihre Arbeit auch ordentlich erledigen und nicht nur eine Rechnung schicken?«

»Natürlich, Eduard. Du kannst dich darauf verlassen.«

»Danke.« Er tat einen Schritt nach vorn und umarmte Frederike zum Abschied. Dann tat er das Gleiche bei Georg. Kurz zögerte er, dann nahm er auch Amala in den Arm. »Es ist schön, eine Familie wie euch zu haben. Ich komme wieder nach Hamburg, sobald ich kann.«

»Fahr vorsichtig, Eduard«, sagte Georg. »Wir freuen uns, wenn du uns bald wieder besuchen kommst.«

Die drei traten noch vors Haus und winkten Eduard nach, als er in seinen Wagen stieg und sogleich ordentlich Gas gab. Nur wenige Augenblicke später sah man nur noch eine Staubwolke, und sie gingen zurück ins Haus.

»Ich rufe noch eben Julius an«, erklärte Frederike. »Bist du mit dem Textbuch vorangekommen?«, fragte sie Amala.

»Ja, ein wenig. Ich denke, ich weiß jetzt, wovon es handelt.« Sie sah von Frederike zu Georg. »Von einer jungen farbigen Frau, die ihre Familie in Deutschland besucht, dort ihre Verwandten kennenlernt und so einiges erlebt.«

Georg lachte auf. »Also, wenn das aufgeführt wird, will ich einen Platz in der ersten Reihe.«

»Ich ebenfalls«, verkündete Frederike fröhlich. »Ich werde es gleich Julius erzählen. Denn zu dem Anlass muss er endlich einmal wieder nach Hamburg kommen.« Frederike warf ihrem Vater einen vielsagenden Blick zu, der Dankbarkeit verriet. Dann ging sie zu dem Telefonapparat im Flur und wählte die Nummer, während Amala und Georg sich ins Wohnzimmer zurückzogen und dort die Tür schlossen, damit Frederike in Ruhe mit ihrem Mann sprechen konnte.

Frederike spürte, dass ihr das Gespräch mit ihrem Vater Kraft gegeben hatte. Vor allem aber, dass ihr diese Unterredung eine Leichtigkeit verliehen hatte, die sie schon seit Monaten nicht mehr empfunden hatte.

12. Kapitel

Wien, Sonntag, 7. September 1924

Mein Leben ist gut, so wie es ist. Keinesfalls will ich riskieren, dass es aus den Fugen gerät.

Helene Siegl

Helene legte den Telefonhörer auf und blieb noch einen Moment neben dem Apparat sitzen. Damit hatte sie nicht gerechnet, und sie wusste nicht wirklich, wie sie damit umgehen sollte. Ihre Mutter würde also selbst wieder das Kaffeehaus führen, da Franz in die Eisenwarenfabrik von Onkel Florentinus einsteigen würde. Donnerwetter!

Ihr war immer klar gewesen, dass ihre Mutter eine mutige, vor allem auch unangepasste Frau war. Sie hatte früher ihren Kopf durchgesetzt und sich nicht von ihren Eltern in eine arrangierte Ehe drängen lassen, sondern sich mit dem Kaffeehaus eine eigene Existenz aufgebaut und erst geheiratet, als sie sich in Helenes Vater verliebt hatte. Für eine Frau, die in den Sechzigerjahren des 19. Jahrhunderts geboren war, wirklich etwas Außergewöhnliches. Doch ging sie mit ihrem Vorhaben, in ihrem Alter noch einmal das Kaffeehaus zu leiten und ihre

Tage mit Arbeit zu füllen, nicht etwas zu weit? Helene wusste noch nicht so genau, was sie davon halten sollte.

Wie ihre Mutter ihr soeben verraten hatte, war Franz offenbar ebenso verblüfft gewesen. Doch wahrscheinlich war es ihrem Bruder ganz recht, denn so konnte er sein schlechtes Gewissen beruhigen, das er wegen des Kaffeehauses gehabt hatte. Aber was, wenn ihrer Mutter alles zu viel wurde und es dann am Ende doch dazu kam, dass sie das Kaffeehaus schließen müsste? Wäre sie dann nicht erst recht am Boden zerstört, weil das, was sie mit so viel Einsatz und Mühe aufgebaut hatte, für immer verloren war? Auf der anderen Seite wäre es wohl das Gleiche, wenn Franz das Geschäft jetzt aufgeben und verkaufen würde. Helene schüttelte den Kopf, als wollte sie so ihre Gedanken ordnen. Sie beschloss, sich nicht weiter verrückt zu machen. Ihre Mutter war alt genug, zu wissen, was sie tat. Wer war Helene denn, der Frau, die stets alles so gemacht hatte, wie sie wollte, und damit erfolgreich gewesen war, vorzuschreiben, was sie tun sollte? Nein. Schluss damit. Schließlich hatte sie sich jetzt auf etwas anderes zu konzentrieren. Denn das, was seit gestern in ihr vorging, konnte sie nicht so recht einsortieren.

Vor gut einer Woche war Bernhard Walldorfer bei ihr vorstellig geworden, weil er sich für ihre Wohnung im Nachbarhaus interessierte. Dort war erst letzten Monat die Familie Leitner, die dort mehr als drei Jahre gewohnt hatte, ausgezogen, weil man wieder Nachwuchs erwartete und die Wohnung mit einem weiteren Kind zu klein wurde.

Helene hatte nicht lange überlegen müssen, ob sie an Bernhard Walldorfer vermieten wollte. Sie kannte Bernhard schon eine ganze Weile, weil er früher ein Arbeitskollege ihres verstorbenen Mannes Emil gewesen war. Wie er ihr berichtete, lebte er schon eine Weile von seiner Frau getrennt in einem Hotel und wollte sich baldmöglich scheiden lassen. Sie kannte Bernhard zwar nur oberflächlich, doch sie wusste, dass er keine

Mühe haben würde, die Miete für die Wohnung zu bezahlen, und ganz gewiss auch niemand war, bei dem sie ansonsten mit Scherereien zu rechnen hatte. Doch seit gestern fragte sie sich, ob die Vermietung an ihn ein Fehler gewesen war.

Es war am frühen Nachmittag gewesen, als sie nach einem Treffen mit ihrer Freundin Isabel nach Hause gekommen und ganz zufällig Bernhard begegnet war, der gerade die Tür zum Nachbarhaus aufschloss. Als er Helene sah, zog er die Tür sogleich wieder zu, kam zu ihr und begann ein Gespräch, im Verlauf dessen er sie fragte, ob er sie für heute Abend zum Essen einladen dürfe, um sich dafür zu bedanken, dass sie ihm die Wohnung vermietet hätte. Helene hatte freundlich entgegnet, dass dies nicht nötig sei, doch Bernhard hatte nicht lockergelassen und erst Ruhe gegeben, als sie schließlich eingewilligt hatte.

Nun war es bereits zwei Stunden vor dem geplanten Treffen, und Helene überlegte sich fieberhaft eine Ausrede, um nur nicht dorthin gehen zu müssen. Wüsste Bernhard nicht so gut über Helene Bescheid, hätte sie behaupten können, wegen ihres Sohnes Maximilian keine Zeit zu haben. Doch der war schon seit gestern wieder im Internat, nachdem Helene und er aus Wien zurückgekehrt waren und er es scheinbar gar nicht hatte abwarten können, wieder von ihr dorthin gebracht zu werden. Es war schon ein Kreuz mit ihm.

Helene sah auf die Uhr – schon fast sechs. Wenn ihr nicht bald etwas einfiele, würde es gar zu unhöflich wirken, die Verabredung noch abzusagen. Was sollte sie denn bloß tun? Sie wollte nicht zu Bernhard in die Wohnung gehen. Niemals hätte sie sich darauf einlassen dürfen. Sie war jetzt zweiunddreißig Jahre alt und hatte sich niemals mit irgendeinem Mann außer ihrem Emil getroffen. Zumindest nicht allein. Mit Freundinnen, ja. Oder mal mit ihrem Bruder. Aber doch nicht mit einem Mann und auch noch in dessen Wohnung. Wäre es wenigstens ein Restaurantbesuch gewesen. Da hätte Helene jederzeit aufstehen und gehen können. Doch Bernhard hatte ihr gesagt, dass er sich mit einem selbst gekochten Essen bei ihr bedanken wolle. Dabei war das doch vollkommen unnötig. Er bezahlte seine Miete. Das reichte Helene aus. Mehr wollte sie nicht. Und überhaupt – ein Mann, der kochte? Davon hatte Helene noch nie gehört. In Restaurants kochten Männer, aber doch nicht für ihre Vermieterin zu Hause. Und was zog man überhaupt an, wenn ein Mann für einen kochte, nur weil er froh war, nicht mehr im Hotel hausen zu müssen?

Helene rieb sich die Hände, die ganz feucht vor Aufregung waren. Was könnte sie nur als Entschuldigung vorbringen? Sie stand auf und ging in die Küche. Dort setzte sie den Kessel, der noch zur Hälfte mit Wasser gefüllt war, auf den Herd und entzündete die Flamme. Dann nahm sie eine Tasse aus dem Schrank, füllte das Tee-Ei mit getrockneten Kamillenblüten und legte es in die Tasse. Sie lehnte sich an den Küchenschrank und überlegte sich weiter eine Ausrede, bis das Pfeifen des Kessels sie aus ihren Gedanken riss. Eilig hob sie ihn an und brühte den Tee auf. Sofort breitete sich der beruhigende Duft nach Kamille im ganzen Raum aus. Helene nahm die Tasse und setzte sich auf einen der Küchenstühle, stellte das Getränk vor sich auf den Tisch und stippte das Tee-Ei immer wieder gedankenverloren ins Wasser. Nach einer Weile beugte sie sich vor und berührte mit ihren Lippen den Rand der Tasse. Der Tee war noch viel zu heiß, um ihn trinken zu können. Sie blickte von der Tasse auf und zur Uhr hinüber. Schon Viertel nach sechs. Es wurde wirklich Zeit. Bestimmt würde er schon bald zu kochen beginnen. Nicht nur, dass er sich über sie ärgerte, wenn sie ihm so kurzfristig absagte. Er würde auch noch einiges wegwerfen müssen, weil er vermutlich nicht alles allein essen konnte, was er zubereitete. Wäre sie an seiner Stelle und würde so kurz vor einem verabredeten Treffen eine Absage erhalten, sie wäre enttäuscht und wütend. Gewiss hätte sie damit aber auch Bernhards Annäherungsversuch im Keim erstickt, denn er würde sie mit Sicherheit kein weiteres Mal zu sich einladen. Sie konnte nur hoffen, dass es ihr Verhältnis zu dem Mieter nicht auf Dauer beschädigen würde. Sie erhob sich, fest entschlossen, der Sache nun ein Ende zu bereiten, als sie in der Bewegung verharrte. Hatte Bernhard überhaupt einen Telefonanschluss? Die Leitners hatten einen Apparat gehabt, doch hatte Bernhard diesen Anschluss übernommen? Helene wurde heiß und kalt. Sie musste also nicht nur eine Ausrede finden, sondern auch noch persönlich hinübergehen und ihm bei der Lüge in die Augen sehen. Ihr wurde ganz schlecht.

Schwer ließ sie sich zurück auf ihren Stuhl fallen, hob die Tasse an und nippte daran. Das Getränk tat ihr gut. Sie hatte sich das Trinken von Kamillentee nach Emils Tod angewöhnt, weil sie seinerzeit kaum mehr hatte essen können und der Tee ihr geholfen hatte, ihren nervösen Magen zu beruhigen. Seither trank sie ihn, wenn sie aufgeregt war oder sich für ein paar Stunden von allem zurückziehen wollte. Schon der Geruch half ihr meist, ein wenig ruhiger zu werden. Und auch jetzt hatte sie das Gefühl, dass es ihr nach ein paar Schlucken besser ging.

Nachdenklich drehte sie die Tasse in ihren Händen, trank immer wieder ein wenig. Sie könnte sagen, dass es ihrer Mutter nicht gut ginge und sie lieber zu Hause bleiben wollte, sollte noch ein Anruf aus Wien kommen. Sofort verwarf Helene den Gedanken. Sie hatte das Gefühl, als würde sie damit ein mögliches Unglück ihre Mutter betreffend geradezu heraufbeschwören und fühlte sich augenblicklich schuldig. Nein, so etwas erfand man nicht. Und Maximilian? Sie könnte sagen, dass es Schwierigkeiten im Internat gab und sie noch heute dorthin fahren würde. Aber war das glaubwürdig? An einem Sonntagabend? Was sollten das für Schwierigkeiten sein? Ihr

Kopf begann zu schmerzen. Sie trank ihren Tee aus und ging ins Wohnzimmer, um sich dort einen Moment in den Sessel zu setzen. Kurz überlegte sie, sogleich zu Bernhard zu gehen und sich wegen ihrer Kopfschmerzen für den Abend zu entschuldigen. Doch das erschien ihr die schlechteste Ausrede, die es nur geben konnte, dabei war genau das wahr. Also setzte sie sich in ihren Lieblingssessel, den sie damals von Emil als Geschenk bekommen hatte, lehnte ihren Kopf an und schloss die Augen. Sie wollte sich kurz sammeln, um sich dann bei Bernhard für den Abend zu entschuldigen. Und wenn ihr eben keine Ausrede einfiel und er sie fortan nicht mehr leiden konnte, dann war es eben so. Sie war schließlich seine Vermieterin und er musste sie nicht mögen. Und wenn er deshalb wieder auszog, würde sie schon einen anderen Mieter finden. Immerhin war die Wohnung gut und die Miete weit erschwinglicher als bei anderen vergleichbaren Häusern. Über diesen Gedanken schlief sie ein und fuhr erschrocken hoch, als es an ihre Tür klopfte. Sie sprang auf und eilte, noch schlaftrunken, über den Flur, um zu öffnen.

»Guten Abend, Helene. Hast du mich vergessen?« Bernhard stand vor ihr und sah sie erwartungsvoll an.

»Um Himmels willen«, erwiderte sie und schlug erschrocken die Hand vor den Mund. »Wie spät ist es? Ich hatte Kopfschmerzen und wollte mich nur kurz ausruhen. Ich muss eingeschlafen sein.«

Bernhard lächelte sie an. »Es ist fast halb neun. Ich habe mir schon Sorgen gemacht. Geht es deinem Kopf jetzt besser?«

»Ja«, sagte sie wahrheitsgemäß, bereute es jedoch schon im selben Moment.

»Gut. Ich habe das Essen warm gestellt. Komm, und vergiss deine Schlüssel nicht.« Er hielt ihr die Hand entgegen.

»Aber ich muss furchtbar aussehen und bin doch auch gar nicht angezogen.«

»Du bist nicht angezogen?« Bernhard lachte auf. »Doch, du bist angezogen, glaub mir. Alles andere wäre mir auf jeden Fall gleich aufgefallen.«

»Aber ich …«

»Nun komm schon. Es wird dir schmecken. Zumindest, wenn wir uns beeilen und das Essen noch warm ist.« Er nickte ihr auffordernd zu.

Helene machte kurz einen Schritt zur Seite, um in den Spiegel zu sehen. Tatsächlich sah sie recht manierlich aus – dafür, dass sie geschlafen hatte. Morgens fand sie sich weit schlimmer. Sie strich kurz ihr Haar zurück, griff dann ihre Schlüssel und folgte Bernhard, der noch immer strahlte wie ein Honigkuchenpferd.

»Ich hatte mich eigentlich ein wenig hübsch machen wollen«, log sie, auch wenn sie gar nicht vorgehabt hatte, den Abend tatsächlich bei ihm zu verbringen.

»Du siehst hinreißend aus, das kannst du mir glauben. Und nun komm.« Ganz selbstverständlich nahm er ihre Hand, und gemeinsam gingen sie zum Nachbarhaus, in dem er die Wohnung im oberen Stockwerk gemietet hatte. Schon im Treppenhaus duftete es verführerisch.

»Was gibt es denn?«, fragte Helene und schnupperte.

»Das wirst du gleich herausfinden.« Er schloss die Tür auf und ließ sie vor sich eintreten. Helene war zuletzt in der Wohnung gewesen, nachdem die Leitners gerade ausgezogen waren. Zwar wusste sie, dass Bernhard renoviert hatte. Doch wie umfangreich die Arbeiten gewesen waren, hatte sie nicht geahnt.

»Das sieht hier ja völlig anders aus«, staunte sie.

»Keine Sorge. Sollte ich je wieder ausziehen, werde ich die Räume selbstverständlich wieder in den Zustand versetzen, den meine Vermieterin wünscht«

Helene lachte auf. »Ich glaube, deine Vermieterin kann sich glücklich schätzen. So hat die Wohnung wirklich gewonnen.«

»Man dankt, man dankt. Und nun herein mit dir, und nimm bitte am Esstisch Platz, damit ich auftragen kann.«

Helene sah sich noch kurz um, dann folgte sie der Aufforderung und ging in Richtung Wohnzimmer, wo Bernhard den vorderen Bereich mit einem ovalen Tisch aus Nussbaum für vier Personen und den hinteren mit einer gemütlichen Sitzecke in einem hellbraunen Leder eingerichtet hatte. Zwei Gedecke standen auf dem Tisch, in der Mitte brannte eine Kerze.

»Setz dich.«

»Auf welchen Platz?«

»Wohin du magst«, antwortete Bernhard und ging zur Kommode, die, passend zum Tisch, ebenfalls aus Nussbaum gefertigt war und auf der ein Grammofon stand. Er stieß den Plattenteller an und legte die Nadel auf. Sofort erklang Musik.

»Ich hoffe, du magst Jazz?«

»Ich höre so etwas nie.«

»Vielleicht gefällt es dir ja. Wenn nicht, mache ich es aus. Doch nun setz dich. Ich hole das Essen.«

»Kann ich etwas helfen?«

»Ja«, rief Bernhard ihr zu, der bereits auf dem Weg in die Küche war. »Wenn du möchtest, schenk uns den Wein ein.«

»Ist gut.« Helene griff nach der Flasche Rotwein und füllte beide Gläser bis zur Hälfte. Dann nahm sie Platz und sah sich erneut um. Die Einrichtung, die Bernhard gewählt hatte, war weit moderner als die der Leitners.

Bernhard kam mit zwei Tellern, die er auf seinen flachen Händen balancierte, herein und stellte zunächst Helenes, dann seinen eigenen ab.

»Kalbsmedaillons, begleitet von jungem Leipziger Allerlei, garniert mit frischen Morcheln«, kündigte er an und setzte sich dann Helene gegenüber. »Ich hoffe, dass das Kalbfleisch nicht zu trocken geworden ist.« Bernhard hob das Glas, und Helene tat es ihm gleich.

»Ich freue mich wirklich, dass du hier bist. Auf einen schönen Abend«, prostete er ihr zu, und Helene nahm einen Schluck.

»Hast du das wirklich selbst gekocht?«

Bernhard sah sie überrascht an. »Na sicher. Und nun guten Appetit.« Er griff sich Gabel und Messer und wartete, bis auch Helene ihr Besteck aufnahm. Dann aßen beide die ersten Bissen.

»Es ist nicht trocken geworden«, stellte Bernhard erfreut fest, als er ein Stück Fleisch heruntergeschluckt hatte.

»Nein, überhaupt nicht«, gab Helene ihm recht. »Es schmeckt wunderbar. Wo hast du denn so kochen gelernt?«

»In meiner Ehe«, bemerkte Bernhard und wiegte den Kopf. »Wenigstens ein Gutes, das diese Zeit hervorgebracht hat.«

Helene blickte auf ihren Teller. »Bitte entschuldige. Ich wollte nicht …« Sie brach ab.

»Aber um Himmels willen, es ist ja niemand gestorben«, erwiderte Bernhard. »Wenn es dir unangenehm ist, werde ich selbstverständlich nicht mehr davon sprechen. Doch mir macht es nichts aus, weißt du? Diese Zeit liegt hinter mir, und ich habe damit abgeschlossen. Und sobald die Scheidung durch ist, sind Christa und ich im wahrsten Sinne des Wortes geschiedene Leute. Für mich ist es in Ordnung so.«

»Dann trauerst du deiner Frau nicht nach?«

»Nein«, stieß Bernhard hervor und schüttelte heftig den Kopf. »Bitte verzeih, wenn das derart deutlich kam. Aber ich bin wirklich froh, dass es vorbei ist.«

»Wie lange warst du denn verheiratet?«

»Nun ja, vor dem Gesetz bin ich es noch. Doch wenn wir vom Zeitpunkt der Eheschließung und meinem Auszug aus unserem Haus ausgehen, dann drei Jahre.«

»Nur drei Jahre?«

»Ganz genau.«

»Ist es zu persönlich, wenn ich dich frage, warum ihr euch getrennt habt?«

»Durchaus nicht. Es ist auch sehr schnell erklärt. Von besagten drei Jahren war meine Ehefrau zwei mit einem anderen Mann liiert.«

Helene ließ das Besteck sinken. »Du scherzt!«

»Bedauerlicherweise nicht.« Er führte erneut die Gabel zum Mund, kaute kurz und schluckte, dann fuhr er fort: »Wir kannten uns schon lange, und ich habe Christa gegen den Willen meiner Eltern geheiratet. Oder besser, gegen den Willen meiner Mutter. Sie hat mir mal in einem stillen Moment gesagt, dass sie Christa für keinen ehrlichen Menschen hält. Doch ich glaubte es ja besser zu wissen.« Er zuckte die Schultern und nahm erneut einen Bissen.

»Du scheinst wirklich damit abgeschlossen zu haben.« Helene aß ebenfalls.

»Ja, allerdings. Mir tut es um das Geld leid, das Christa mich gekostet hat, doch das ist auch schon alles.«

»Was meinst du damit?«

»Nun ja, da sie noch immer meine Ehefrau ist, habe ich sie zu versorgen. Sie lebt mit dem Kerl, mit dem sie mich betrogen hat, in meinem Haus, und ich muss ihr auch noch monatlich Geld zukommen lassen, damit es ihr auch ja gut geht. Du glaubst nicht, wie ich mich darauf freue, wenn in sechs Wochen der Scheidungstermin gelaufen ist und ich zumindest hoffen kann, danach das Haus zu verkaufen. Mein Anwalt sagt, dass die Chancen gut für mich stehen. Ist das nicht die blanke Ironie?«

»Warum?«

»Als ich von dem Verhältnis erfahren habe, kam nach und nach heraus, dass so ziemlich jeder Zweite in unserem Freundes- und Bekanntenkreis von Christas Verhältnis gewusst hat. Und die, die es nicht wussten, haben es zumindest geahnt. Das hat mich damals am meisten verletzt, weißt du? Niemand hat mir auch nur einen Ton gesagt. Aber alle haben hinter meinem Rücken darüber gesprochen.«

»Das muss sehr demütigend für dich gewesen sein.«

Bernhard ließ die Gabel sinken und sagte nachdenklich: »Ja, das stimmt. Es war demütigend. Doch im Nachhinein ist es ein Glück für mich.«

»Inwiefern?«

»Dadurch, dass jeder es wusste, haben wir genug Zeugen, die bestätigen können, dass sie die Ehebrecherin ist. Sie ist schuld am Scheitern der Ehe, sodass ich zumindest in finanzieller Hinsicht mit einem blauen Auge davonkomme.«

Helene wusste nicht recht, was sie darauf antworten sollte. »Dann ist es ja gut für dich«, sagte sie deshalb nur.

Bernhard sah sie an. »Wie bitte konnte es passieren, dass wir uns, kaum dass wir hier sitzen, über meine desaströse Ehe unterhalten?«

Helene zuckte die Schultern. »Ich denke, weil ich dich fragte, weshalb du kochen kannst.«

»Ja, richtig. Nun gut, dann will ich dir das noch beantworten. Doch danach würde ich lieber über erfreulichere Themen sprechen, ja?«

»Von mir aus gern.« Helene lächelte etwas unsicher.

»Also, ich habe mir deshalb das Kochen beigebracht und gewisse Fähigkeiten erworben, weil meine Verflossene sich beharrlich geweigert hat, auch nur irgendetwas Essbares zuzubereiten. Sie zog es vor, sich in Restaurants ausführen zu lassen. Und da sie abends oft unterwegs war«, er beugte sich weiter vor, »wie ich heute weiß, nicht mit den Freundinnen, wie sie mir stets beteuerte«, er setzte sich wieder gerade hin, »habe ich irgendwann damit angefangen, mir selbst Essen zuzubereiten. Anfangs habe ich nur einfache Sachen gekocht und einige Mehlspeisen fabrizieren können. Doch ich habe gemerkt, dass es mir Freude machte, wenn ich von der Arbeit aus der Bank kam und dann am Herd ein wenig abschalten konnte. So habe ich irgendwann die alten Rezepte meiner Mutter nachgekocht und mich dann an dem versucht, was in den Restaurants serviert wurde. Und eines der Ergebnisse hast du nun auf deinem Teller.«

»Und das schmeckt wirklich ausgezeichnet.«

»Ich hoffe, du findest es nicht eigenartig, dass ich gern koche?«

»Aber woher denn! Ich finde es gut. Doch ich gebe zu, dass ich mich schon ein wenig gewundert habe, als du mich zum Essen eingeladen hast und selbst kochen wolltest.«

»Na ja, nun kennst du die verruchte Geschichte, die sich dahinter verbirgt.« Er aß wieder etwas. »Und du?«, nahm er dann das Gespräch wieder auf. »Kochst du?«

»Ja, natürlich. Ich meine, jede Frau kocht doch.« Sie sah ihn erschrocken an. »Oh, Verzeihung. Wie unpassend von mir. So habe ich es nicht gemeint.«

Er winkte nur ab. »Kein Problem.«

»Ich habe das Kochen auch von meiner Mutter gelernt«, sagte Helene nun, um nicht noch mal das Gespräch auf Bernhards gescheiterte Ehe kommen zu lassen. »Sie ist eine hervorragende Köchin, aber auch eine formidable Bäckerin, sie macht die besten Torten, die du dir vorstellen kannst. Sie hatte früher ein Kaffeehaus in Wien. Genau genommen, hat sie es noch. Also – wieder.«

Bernhard sah Helene fragend an.

»Sie hat das Kaffeehaus aufgebaut«, begann Helene zu erklären und erzählte dann den Werdegang mitsamt der Übernahme durch Franz und die nunmehr geplante erneute Führung durch Therese. »Ich hoffe, sie bereut ihre Entscheidung nicht«, endete Helene.

»Für mich klingt das, als wäre deine Mutter eine patente Frau.«

»Ja, das ist sie zweifellos. Sie ist ein unheimlich gradliniger Mensch, und man weiß immer, woran man bei ihr ist. Sie ist über die Maßen ehrlich, freundlich, will nie jemandem etwas Böses und zudem«, sie machte eine kurze Pause, »unglaublich starrsinnig. Wenn sie sich etwas in den Kopf setzt, dann kann man mit Engelszungen auf sie einreden, und es nützt doch nichts.«

»Hand aufs Herz: Bist du nicht genauso?«

Helene zögerte, dann musste sie schmunzeln. »Ich fürchte, du hast mich ertappt. Mein Onkel Florentinus sagt immer, dass ich genauso aussehe wie meine Mutter früher und den gleichen Sturkopf habe wie sie.«

Bernhard grinste breit. »Und da er deine Mutter und dich schon ein Leben lang kennt, wird er es wohl beurteilen können.«

Helene nickte. »Das kann ich wohl nicht leugnen.«

Bernhard hob das Glas und Helene tat es ihm gleich. »Ich trinke auf deine Mutter, und dass ihr all das gelingen möge, was sie sich in ihren Sturkopf gesetzt hat.«

Helene ließ ihr Glas gegen Bernhards klingen. »Darauf stoße ich mit dir an!« Sie stellten dann die Gläser wieder ab und aßen ihre Teller leer. Helene schmeckte es wirklich ausgezeichnet, und je länger die beiden plauderten, desto wohler fühlte sie sich. Zum Nachtisch hatte Bernhard ein Obstkompott vorbereitet, wozu er etwas Käse aufgeschnitten und einen Weißwein kalt gestellt hatte.

»Für mich aber bitte nur noch ganz wenig«, bat Helene, als Bernhard Weißweingläser auf den Tisch stellte und ihnen einschenkte.

»Wie die Dame wünschen.« Er goss nur jedem von ihnen zwei Fingerbreit ein, reichte dann ein Glas an Helene und nahm sich das andere. Wieder prosteten sie einander zu, bevor sie tranken.

Bernhard erzählte von seiner Arbeit in der Bank, und irgendwann kamen sie auf das Thema Autos zu sprechen, wo sie unterschiedlicher Meinung waren. Denn während Helene ihren Rochet-Schneider ganz wunderbar fand und ihn allenfalls für einen Mercedes Roadster von 1920 eintauschen würde, wie sie sagte, schwärmte Bernhard von seinem Austin V12, den er jedoch hatte verkaufen müssen, um neben dem Unterhalt für das Haus, in dem seine Noch-Ehefrau wohnte, auch die Miete für die Wohnung hier bezahlen zu können. Doch sobald es ihm möglich wäre, sein Haus nach der Scheidung zu verkaufen, käme kein anderes Auto als ein Austin für ihn infrage.

Die beiden lachten und unterhielten sich noch stundenlang, und entgegen ihrer Absicht trank Helene tatsächlich noch ein Glas Wein. So war es bereits nach dreiundzwanzig Uhr, als Helene sich von Bernhard verabschiedete, der, ganz Gentleman, darauf bestand, sie noch nach Hause zu bringen.

»Aber ich wohne doch nebenan«, wandte Helene ein wenig beschwipst ein.

»Und das ist auch gut so, weil ich gar nicht mehr weiter laufen kann«, gab Bernhard zurück, der noch einige Gläser mehr als Helene getrunken hatte.

So verließen sie schließlich seine Wohnung, und er brachte Helene hinüber. Vor der Tür zog sie ihren Schlüssel hervor und schloss auf.

»Vielen Dank, Bernhard. Es war ein wirklich schöner Abend.« Ihre Blicke trafen sich, und mit einem Mal wurde Bernhards Gesichtsausdruck ernst.

»Ich fand es auch wunderbar«, erwiderte er mit etwas rauer Stimme. »Es tat gut, zu lachen und mit einem ehrlichen Menschen zusammen zu sein.«

Helene sah ihn an, und kurz schlug ihr Herz schneller, weil er sich vorbeugte und sie glaubte, er wolle sie küssen. Doch dann schien er sich zu besinnen und richtete sich wieder auf.

»Ich hoffe wirklich, dass wir das wiederholen können«, sagte Bernhard.

Helene sah ihm tief in die Augen. »Das können und das werden wir. Und nächstes Mal koche ich für dich.«

»Sag mir einfach, wann ich herkommen darf.«

»Wie wäre es nächsten Freitag? Halb acht hier bei mir?«

»Fünf.« Bernhard verdrehte die Augen und sah zum Himmel hinauf. »Fünf Tage werde ich darben, um dann am sechsten Tag …«

»Nicht so laut«, lachte Helene und presste ihren Zeigefinger auf seinen Mund. »Du weckst ja die ganze Nachbarschaft.«

Bernhard spitzte die Lippen und gab ihr einen Kuss auf den Finger, worauf sie ihn eilig wegnahm.

»Freitagabend, neunzehn Uhr dreißig. Ich werde da sein, gnädige Frau.«

Wieder lachte Helene auf. »Und jetzt ab in deine eigene Wohnung.«

»Genau genommen, ist es deine Wohnung«, stellte er fest und kicherte dann. »Ist das nicht komisch? Du wohnst in deinem Haus, und ich wohne in deinem Haus. Wir wohnen also beide bei dir.«

Helene lachte und schüttelte den Kopf. »Los jetzt, geh. Geh rüber!«

Bernhard hob die Hand an die Stirn, als salutiere er. »Jawohl, gnädige Frau.« Er drehte sich um und sah dann über die Schulter nochmals zu ihr zurück. »Eine gute Nacht und herrliche Träume.«

»Dir auch. Und nun ab nach Hause.« Sie versetzte ihm einen spielerischen Schubs, und er ging etwas holprig die Stufen hinunter, blieb aber auf dem Gehsteig noch einmal stehen, um sich tief zu verbeugen. Dann lief er zum Nachbarhaus hinüber und schloss die Tür auf. Noch bevor er sie zugemacht hatte, begann er lauthals zu singen. Helene lachte abermals auf, dann schloss sie hinter sich ab. Einen Moment blieb sie mit dem Rücken an die Tür gelehnt stehen und lauschte dem Abend nach. Es war schön gewesen, einfach schön, Zeit mit Bernhard zu verbringen, zu lachen und sich zu unterhalten. Ohne das Licht einzuschalten, tänzelte sie die Stufen hinauf zu ihrer Wohnung und dort direkt in ihr Schlafzimmer. Sie schaltete die Nachttischleuchte ein. Ihr Blick fiel auf das gerahmte Bild von Emil, das auf dem Nachtschränkchen stand. Sie nahm es und setzte sich auf ihr Bett.

»Bitte sei mir nicht böse«, sagte sie und hauchte einen Kuss darauf, bevor sie es wieder abstellte. Dann zog sie sich aus und schlüpfte gleich ins Bett. Nur kurz lag sie noch wach und dachte über den Abend nach. Dann kam der Schlaf über sie, und das erste Mal seit langer Zeit wachte sie erst wieder auf, als es bereits Morgen war.

13. Kapitel

Hamburg, Dienstag, 16. September 1924

Ich bin vollkommen erschöpft und doch überglücklich. Womöglich beginnt so mein neues Leben.

Amala Hansen

Zehn Tage waren vergangen, seit Amala mit dem Schreiben des Textbuchs begonnen hatte, und gestern Nacht, oder besser gesagt, heute am frühen Morgen hatte sie das kleine Wörtchen *Ende* daruntergesetzt. Claire, eine befreundete Schriftstellerin, die sie in New York kennengelernt hatte, hatte ihr einmal erzählt, dass sie unter jede der Novellen, die sie verfasste, stets *The End* setzte, was für Claire immer ein fast magischer Moment war. Nun erst verstand Amala, was Claire damit gemeint hatte, war es doch eine solche Erleichterung gewesen, dass sie es wirklich geschafft und das Theaterstück fertiggestellt hatte. Und mehr noch: Sie war zufrieden mit dem Ergebnis, womöglich sogar ein wenig stolz darauf und konnte es nun nicht abwarten, das Skript zunächst ihrer Tante Frederike und ihrem Großonkel Georg und dann natürlich Anna Simon zu zeigen, auch wenn ihr ein wenig bang zumute war, wie deren Urteil ausfallen würde. Denn bisher hatte sie lediglich einige Stücke für Revuen mit vielen Gesangseinlagen geschrieben und nur ein einziges Theaterstück, das aber gänzlich anders angelegt gewesen war. Um das Stück für das *Ernst-Drucker-Theater* passend zu machen, hatte sie witzige Dialoge schreiben müssen, was ihr anfangs schwergefallen war. Das hatte sie ihrer Tante Frederike gesagt, der daraufhin die Idee kam, dass Georg, Frederike und Amala einmal eine der Vorstellungen des *Ernst-Drucker-Theaters* besuchen sollten, damit Amala herausfinden konnte, worauf es bei dem Stück, das sie zu liefern hatte, ankam.

Der Einfall hatte sich für Amala als wahres Geschenk herausgestellt, hatte sie doch zuvor, wie sie nun feststellte, in eine falsche Richtung gearbeitet. Danach fiel es ihr viel leichter, und sie hatte teilweise bis tief in die Nacht an etwas geschrieben, das Anna Simon ihrer Meinung nach gefallen könnte.

So war ein Stück entstanden, in dem es darum ging, dass eine gut betuchte Familie den Besuch der Enkeltochter aus Amerika erwartete. Aus diesem Grund wurde ein großes Fest gegeben und die feine Hamburger Gesellschaft geladen. Als nun die junge Frau früher als erwartet eintraf, wurde sie sogleich von der Haushälterin abgefangen, die schon auf die Serviererinnen gewartet hatte, sodass der Amerikanerin, die eigentlich der Ehrengast sein sollte, in Windeseile eine Dienstmädchenuniform übergestreift und sie in ihre Aufgaben eingewiesen wurde. Dabei sollte es dann neben der eigentlichen Verwechslung zu allerlei komischen Szenen kommen, da ja auch die Verwandtschaft keine Ahnung hatte, wie der Ehrengast aussah, und jeder Versuch der jungen Frau, zu erklären, wer sie eigentlich war, durch irgendeine unverhoffte Situation vereitelt wurde.

Wieder und wieder war Amala die Zeilen durchgegangen, hatte sich vorgestellt, wo das Publikum lachen und was als Nächstes geschehen sollte, sodass sich die Verwechslung erst ganz zum Schluss aufklärte und dann alle zusammen glücklich das Fest begingen. Ob das reichte? War das Stoff genug? Nach dem, was Amala in dem Theaterstück gesehen hatte, das sie zusammen mit Frederike und Georg besucht hatte, auf jeden Fall. Amala hatte die Dialoge eher witzlos und die zur Schau gestellte Komik ziemlich aufdringlich gefunden. Viel Handlung war nicht geboten worden, und eigentlich hatten die Besucher vor allem wegen der übertriebenen Mimik und der gespielten Empörung und vermeintlichen Überraschung der Darsteller gelacht. Amala fand es nicht wirklich unterhaltsam, aber vielleicht fehlte ihr, da sie nicht hier aufgewachsen war, diese Art von Humor, oder sie hatte einfach eine andere Vorstellung davon. Wie auch immer: Sie hoffte, dass es ihr gelungen war, ihr Stück in die geeignete Form zu bringen. Vor allem aber war sie jetzt todmüde, weil sie bis in die frühen Morgenstunden noch am Text gearbeitet hatte.

»Guten Morgen«, grüßte sie und lächelte kurz.

»Guten Morgen, Amala«, sagte Georg erfreut, stutzte jedoch, als er sie betrachtete. »Geht es dir nicht gut?«

»Guten Morgen«, flötete Frederike, die kurz nach Amala eintrat und sich nun setzte.

»Doch, alles in Ordnung«, sagte Amala zu Georg. »Ich bin nur müde.«

Frederike sah die Nichte an. »Du siehst wirklich nicht gut aus.«

»Ich bin fertig«, sagte Amala, ohne weiter darauf einzugehen.

»Fertig womit?«, fragte Georg, dann öffnete er den Mund. »Du meinst doch nicht: fertig mit dem Theaterstück?«

Amala nickte. »Doch, genau das. Ich habe bis heute früh daran gearbeitet, und nun ist es geschafft. Wenn ihr wollt, könnt ihr es sehr gern lesen. Ich würde mich freuen.«

»Gib es mir zuerst«, bat Frederike. »Ich lese schneller als du, Vater.«

»Du kannst es vor mir haben«, begann Georg zu verhandeln. »Doch wenn du die ersten zehn Seiten gelesen hast, musst du mir die sofort geben, damit ich auch anfangen kann.«

»Abgemacht«, stimmte Frederike zu und sah Amala an. »Du kannst wirklich stolz auf dich sein. Ich weiß ja nicht, wie lange jemand üblicherweise braucht, so ein Theaterstück zu schreiben. Doch ich glaube, du warst sehr schnell.«

Amala zuckte die Schultern. »Es war ganz eigenartig. Ich konnte irgendwie gar nicht mehr aufhören, als ich so richtig in Fahrt war.«

Frederike rieb sich die Hände. »Ich freue mich schon so, es zu lesen.«

»Aber seid bitte unbedingt ehrlich zu mir, ja? Ich möchte nicht, dass ihr nur sagt, es ist in Ordnung, weil ihr mich nicht kränken wollt.«

»Du bekommst ein aufrichtiges Urteil, versprochen«, sicherte Georg zu. »Wenn ich dir jedoch etwas empfehlen darf: Iss eine Kleinigkeit, dann gib uns das Stück, und leg dich wieder hin. Es nützt keinem etwas, wenn du vor Müdigkeit umkippst.«

»Ehrlich gesagt, möchte ich das wirklich gern. Und Hunger habe ich gar nicht.«

»Nur ein paar Bissen, damit du etwas im Magen hast«, bat Georg.

Amala nickte. »Ist gut«, stimmte sie zu. Es gefiel ihr, wie ihr Großonkel sich um sie sorgte. Überhaupt war er ihr in den noch nicht einmal zwei Wochen, die sie nun hier in Deutschland und bei der Familie war, so sehr ans Herz gewachsen, dass es ihr vorkam, als würde sie ihn schon ihr ganzes Leben lang kennen. Und für Frederike galt das Gleiche.

Bertha trug ihnen Frühstück auf, und obwohl sie um die Wirkung von Kaffee wusste und eigentlich gleich wieder schlafen wollte, trank Amala die Tasse leer, die die Haushälterin ihr ungefragt hingestellt hatte, weil Amala doch jeden Morgen eine Tasse Kaffee getrunken hatte, seit sie da war.

So war sie anfangs noch ein wenig aufgekratzt, als sie die schweren Vorhänge vor die Fenster zog, um das Licht auszusperren, damit sie noch ein wenig schlafen konnte. Kaum jedoch war sie auf die weiche Matratze gesunken, fiel sie schon in einen so tiefen, vollkommen zufriedenen Schlaf, dass sie vermutlich auch zwei oder drei weitere Tassen Kaffee nicht wach gehalten hätten. Als sie wieder erwachte, sah sie auf die Uhr und stellte erschrocken fest, dass es schon kurz nach zwei war.

Benommen setzte sie sich auf, verharrte einen Moment so und schleppte sich dann in das angrenzende Badezimmer. In den ersten Tagen hatte sie noch oft daran denken müssen, dass sie im Bett ihrer Mutter gelegen hatte und das Bad benutzte, das Luise Tag für Tag aufgesucht hatte. Inzwischen fühlte es sich für Amala vollkommen normal, ja sogar richtig an, ganz so, als hätte sie schon immer hierhergehört. Es war wirklich komisch: Als sie noch mit ihren Eltern zusammengelebt hatte, war stets sie diejenige gewesen, der das Umherreisen nicht das Geringste ausgemacht hatte, während ihr Bruder Robert erst dann glücklich schien, als sich die Eltern auf Hawaii niedergelassen hatten. Amala hatte dort nichts gehalten, und auch die Trennung von den Eltern hatte ihr weit weniger ausgemacht, als zu erwarten gewesen wäre, hatte sie doch stets ein sehr gutes Verhältnis zu den beiden gehabt und liebte sie von Herzen. Amala hatte immer geglaubt, dass das Leben mit festem Wohnsitz nichts für sie war und es ihr deshalb gleichgültig war, ob sie nun auf Hawaii, in New York oder anderswo auf der Welt lebte. Doch nun musste sie feststellen, dass sie sich hier in der Villa, in der ihre Familie schon seit Generationen lebte, so wohl wie noch nie zuvor an einem Ort fühlte. Vielleicht war es ja das, was die Amerikaner den *Spirit* nannten, ein Wort, für das Amala im Deutschen kein Pendant wusste. Für sie war es der *Spirit* dieses Hauses, der *Spirit* des Ortes und wohl auch der *Spirit* ihrer Mutter, die so viele Jahre hier verbracht hatte. Amala mochte es sich kaum eingestehen, aber hier in diesem Hause hatte sie das erste Mal in ihrem Leben ein Gefühl dafür, was der Begriff »Heimat« besagte.

Sie sah in den Spiegel, wusch sich das Gesicht, richtete ihr Haar und ging dann nach unten.

Im Esszimmer war niemand, was auch verwunderlich gewesen wäre um diese Zeit. Also ging Amala zunächst ins Wohnzimmer und dann weiter durch die geöffnete Terrassentür nach draußen. Es war wie schon die letzten Tage sonnig und warm, und sie beschattete mit der Hand ihre Augen, um besser sehen zu können.

»Da ist sie ja«, sagte Georg, als sie auf die Terrasse trat, und stand sofort auf. Auch Frederike, die auf der Gartenbank aus Rattan gesessen hatte, erhob sich.

»Ganz herzlichen Glückwunsch, liebe Amala, zu diesem wunderbaren Theaterstück, das du geschrieben hast.« Georg zog sie in seine Arme und drückte sie. Dann schob er sie ein wenig von sich, um ihr in die Augen zu sehen. »Ich hatte mir so gewünscht, dass du schreiben kannst, und es von Herzen gehofft. Doch dass du etwas derart Großartiges zu Papier bringen würdest, damit habe ich nicht gerechnet.«

Amala sah ihn überrascht an und wusste nicht, was sie erwidern sollte. Da trat auch schon Frederike zu ihr und nahm sie in den Arm.

»Mein Vater hat vollkommen recht. Wir hatten ja keine Ahnung! Du hast da etwas ganz Besonderes geschaffen. Wir sind ja so stolz auf dich.«

»Es gefällt euch also?«

»Komm, setz dich«, forderte Georg und nahm selbst wieder Platz, während Frederike zu ihrer Bank zurückging und mit der Hand auffordernd auf die freie Fläche neben sich klopfte.

»Komm zu mir«, bat sie, und Amala folgte der Einladung.

»*Gefallen* ist wirklich nicht der richtige Ausdruck dafür«, setzte nun Georg an. »Wir sind völlig begeistert, anders kann man es nicht sagen.«

Amala sah von Frederike zu Georg und wieder zurück. »Also glaubt ihr, dass es gut genug ist?«

»Das ist überhaupt keine Frage«, stellte Frederike fest. »Wenn die Simon es nicht nimmt, dann definitiv nicht, weil es nicht gut wäre. Es *ist* gut. Sehr gut sogar. Ich habe so herzlich gelacht, dass ich schon dachte, ich würde dich oben wecken.« Sie strahlte die Nichte an. »Du hast ein solches Talent, Amala.«

»Ich bin der gleichen Meinung wie Frederike und freue mich jetzt schon, wenn Anna Simon es zu lesen bekommt.«

Amala war zu verblüfft, um etwas erwidern zu können.

»Was ist denn?«, fragte Georg. »Du siehst aus, als hätten wir dir gesagt, wie schrecklich wir das Stück finden. Dabei ist doch genau das Gegenteil der Fall.«

»Ich kann es wohl gar nicht richtig glauben«, stieß Amala hervor. »Ich hätte nicht gedacht, dass ihr es wirklich so gut findet.« Sie sah abermals von Georg zu Frederike. »Ihr sagt das doch nicht nur so, oder?«

»Ich schwöre, dass ich es ernst meine.« Frederike hob feierlich die Hand. »Und stell dir doch nur vor, wir wären nicht ehrlich zu dir. Dann würdest du bei dieser Intendantin vorsprechen und gleich eine Absage bekommen.« Sie sah Amala an. »Ganz sicher würden wir nicht riskieren, dass man dich so verletzt.«

Erst jetzt wurde Amala klar, dass die beiden es tatsächlich ernst meinten. Ergriffen legte sie die Hand auf die Brust. »Ich danke euch sehr. Ich freue mich so. Ich …ich … ach, ich bin einfach überglücklich.«

»Das kannst du auch sein. Was meinst du: Willst du dich zurechtmachen, und wir fahren in die Stadt, damit du das Stück gleich bei Frau Simon abgeben kannst?«

Über diesen Vorschlag musste Amala nicht lange nachdenken. Sofort sprang sie auf. »Ich brauche nur zehn Minuten.«

»Du kannst dir auch mehr Zeit lassen«, hörte sie Georg noch rufen, als sie bereits nach oben rannte, um sich umzuziehen. Noch immer hallten die Worte Georgs und Frederikes in ihr nach. Sie waren ehrlich begeistert gewesen, das hatte Amala gespürt. Sie konnte ihr Glück kaum fassen.

Eilig öffnete sie den Schrank und nahm das blaue Kleid heraus, das ihre Augen so gut betonte. Sie zog es an, lief ins Bad und bändigte ihre Locken mit einem passenden Haarband. Dann legte sie ein wenig von dem Lippenstift auf, den ihre Mutter ihr zum Geburtstag geschenkt hatte. Er war, anders als die meisten Lippenstifte im Handel, zartrosa und nicht rot. Amala liebte diese Farbe. Das Rot, das andere Frauen auftrugen, war für ihre vollen Lippen einfach zu kräftig und wirkte leicht so, als wollte sie damit Männer auf sich aufmerksam machen. Und danach stand ihr derzeit wirklich nicht der Sinn. Dabei war es nicht so, dass sie noch nie verliebt gewesen wäre. Zwei Mal sogar. Und mit Jeffrey, einem Redakteur der *New York Post,* war sie fast ein Jahr liiert gewesen. Zum Bruch war es, so eigenartig das klang, nur deshalb gekommen, weil er ihr einen Heiratsantrag gemacht hatte. Denn zu einer Ehe fühlte Amala sich keinesfalls bereit. Oder besser: Sie war dafür ihrer Meinung nach vielleicht einfach nicht gemacht. Wer sagte denn auch, dass man nur dann glücklich werden konnte, wenn man heiratete und Kinder bekam? Sie wollte nicht in ein Vorstadthäuschen ziehen, um sich dort tagsüber um die Kinder zu kümmern, den Mann zu bekochen und sich mit irgendwelchen Frauen in der Nachbarschaft über die neuesten Rezepte zu unterhalten. Allein die Vorstellung war ihr ein Graus. Nein, sie wollte frei und unabhängig sein. Sie wollte ihr Leben genießen, auf der Bühne stehen, tanzen, singen und ja: Sie wollte bewundert werden, auch wenn das schlichte Rosa des Lippenstifts, den sie trug, vielleicht einen anderen Eindruck weckte. Doch sie unterschied nun einmal zwischen der Bühne und dem echten Leben. Auf der Bühne ging sie aus sich heraus, während sie im Privaten oft eher still und unauffällig war und der Empfehlung ihrer Mutter folgte: Es war für eine Frau besser, sich zurückzuhalten und die Dinge zu beobachten, bevor man seine Meinung darüber abgab. Denn nichts schadete mehr, als mitreden zu wollen und im Grunde keine Ahnung zu haben. Vielleicht liebte Amala auch deshalb das Theaterspielen, das Singen und Tanzen so sehr. Im Privaten hörte sie lieber zu, als zu reden, weil es womöglich klüger war. Doch wenn sie auf der Bühne stand, war sie ein ganz anderer Mensch. Hier konnte sie laut sein, mit ihren Reizen spielen, kokettieren und das ausleben, was sie sich privat nie getraut hätte.

Ein letzter Blick in den Spiegel verriet ihr, dass sie mit ihrem Aussehen zufrieden sein konnte. »Du schaffst das, Amala Hansen«, sagte sie laut zu ihrem Spiegelbild. Dann verließ sie das Bad und eilte wieder nach unten.

Frederike und Georg warteten bereits im Flur auf sie.

»Können wir?«, fragte Frederike.

»Ja, ich bin so weit«, gab Amala fröhlich zurück und eilte sofort zur Tür.

»Kann es sein, dass du etwas vergessen hast?«, fragte nun Georg seine Großnichte.

»Was denn?«

»Na, dein Manuskript.« Georg deutete zu dem halbhohen Flurschrank. »Es liegt dort drüben.«

Amala lachte auf, eilte zu dem Schränkchen, ergriff die Seiten und überprüfte noch kurz, ob sie vollständig waren.

Frederike war inzwischen vorausgegangen, um den Wagen zu starten, und Georg und Amala folgten ihr. Amala stieg hinten ein, Georg auf den Beifahrersitz. Dann legte Frederike bereits den ersten Gang ein und fuhr los.

Es dauerte kaum eine Viertelstunde, bis Frederike den Wagen direkt vor dem *Ernst-Drucker-Theater* zum Stehen brachte.

»Sollen wir dich begleiten, oder willst du allein hineingehen?«, fragte Georg.

Amala überlegte kurz. »Ich gehe lieber allein«, entschied sie, stieg auf Frederikes Seite aus, atmete noch einmal tief durch und zog dann entschlossen die Tür zum Theater auf. Wie schon bei ihrem letzten Besuch wurde gerade geprobt, und Anna Simon saß wieder in der dritten Reihe.

»Das ist doch nun wirklich nicht schwer«, schimpfte die Intendantin in diesem Augenblick. »Du nimmst den Regenschirm erst zur Hand, wenn er bereits gehen will«, rief sie der Schauspielerin zu. »Also noch mal.«

Amala trat etwas schüchtern an Anna Simon heran.

»Verzeihung. Guten Tag, Frau Simon. Ich bin Amala Hansen. Ich bringe Ihnen das Stück.«

»Ich weiß noch, wer Sie sind, junge Frau«, stellte Anna Simon geradezu belustigt fest und nahm den Papierstapel entgegen.

»Und das haben Sie in den paar Tagen geschrieben?«

Amala nickte. »Ich hoffe, es gefällt Ihnen. Ich habe auf der ersten Seite die Anschrift, unter der ich zu erreichen bin, notiert und ebenso den Telefonanschluss.« Sie presste kurz die Lippen zusammen. »Nur falls Sie sich melden wollen, sollte es Ihnen gefallen.«

»Vielen Dank, Fräulein Hansen. Ich melde mich auf jeden Fall bei Ihnen.« Anna Simon gab Amala die Hand. »Ich freue mich schon auf die Lektüre.«

»Das ist nett von Ihnen. Danke. Dann noch einen guten Tag.«

»Ihnen auch, Fräulein Hansen.« Anna Simon sah sofort wieder zur Bühne und folgte dem Geschehen. »Nein, nein, noch mal. Ab der Szene an der Tür. Und los.«

Amala blickte sich noch kurz um, als sie bereits auf dem Weg hinaus war. Anna Simon hielt den Papierstapel noch immer auf dem Schoß, was Amala irgendwie beruhigte. Auch wenn sie es zunächst gar nicht so empfunden hatte, steckte doch so viel Arbeit und Herzblut in diesen Blättern, und vor allem könnte das, was Anna Simon darüber dachte, ihr Leben verändern. Doch zu viele Hoffnungen wollte Amala sich nicht machen. Sie war nur eine von vielen, die Stücke schreiben und

Theater spielen konnten. Warum sollte man ausgerechnet ihr eine Chance geben? Sie seufzte, als sie die Tür öffnete und wieder hinaustrat. Onkel Georg war ausgestiegen und wartete mit Frederike neben dem Auto auf sie.

»Und?«, fragte er. »Was hat sie gesagt?«

Amala schluckte ihre Zweifel herunter. Georg und Frederike freuten sich so sehr und standen felsenfest hinter ihr. Keinesfalls wollte sie zulassen, den beiden die Freude zu verderben.

»Sie hat gesagt, dass sie es sich ansehen wird und sich dann auf jeden Fall meldet.«

»Perfekt!«, befand Georg. »Und heute Abend gehen wir zur Feier des Tages ins *Zur Erholung*«, sagte Georg.

»*Zur Erholung*?«, wiederholte Amala.

»Das ist ein Restaurant an der Alster, wo wir schon immer hingegangen sind, wenn es etwas zu feiern gab«, erklärte Frederike. »Es wird dir bestimmt gefallen.«

»Aber was haben wir denn zu feiern?«, fragte Amala. »Frau Simon hat es sich ja noch nicht mal ansehen können.«

»Doch das wird sie«, hielt Georg dagegen. »Und sie wird begeistert sein. Und ein bisschen vorab zu feiern, hat noch niemandem geschadet.«

Amala hatte zwar Bedenken, ob ihre Tante und ihr Großonkel die Sache womöglich positiver sahen, als sie es in Wirklichkeit war. Doch sie genoss es, die Aufbruchstimmung der beiden zu spüren, und tatsächlich hatte Onkel Georg ja recht: Ein bisschen vorab zu feiern, konnte tatsächlich nicht schaden. Und sie war dabei.

14. Kapitel

Wien, Dienstag, 16. September 1924

Der Gedanke, dass etwas Neues vor mir liegt, ließ die Sonne am heutigen Morgen heller für mich scheinen.

Franz Hansen

Man trat eine neue Stelle nie an einem Montag an. Offenbar kannte jeder außer ihm diese alte Weisheit, der zufolge wohl demjenigen, der an einem Montag eine neue Arbeit aufnahm, kein Glück in dieser Position beschert sein sollte. Franz hatte bis zu dem Tag, da klar war, dass er zum Fünfzehnten des Monats offiziell im Unternehmen seines Onkels anfangen sollte und dies nun einmal ein Montag war, noch nie etwas davon gehört. Doch für alle anderen schien es ganz selbstverständlich zu sein, dass er dann eben erst am Folgetag seinen neuen Arbeitsplatz in der *Loising Eisenwarenfabrik,* die 1830 von Otto Maximilian Loising, seinem Urgroßvater, gegründet worden war, einnehmen würde. Für Franz war es in Ordnung, wenngleich er gern schon früher begonnen hätte. Doch die letzten Tage hatten ihm viel gegeben, da bereits letzte Woche seine Mutter Therese wieder ins Kaffeehaus zurückgekehrt war, um einen reibungslosen Übergang von Franz auf sie selbst zu gewährleisten.

Was hatte es für einen Spaß gemacht, gemeinsam mit der Mutter die Gäste im Kaffeehaus zu bewirten. Die beiden hatten so viel gelacht und waren so gelöst gewesen wie schon seit langer Zeit nicht mehr, weil neue Aufgaben auf sie beide zukamen. Seiner Mutter war deutlich anzumerken, dass sie froh war, wieder im Kaffeehaus arbeiten zu können und die Zügel, die sie seinerzeit an ihren Sohn übergeben hatte, wieder selbst in die Hand zu nehmen. Und er selbst wusste, dass es nur noch die paar Tage wären, in denen er die Leitung des Kaffeehauses innehatte und dass er danach neuen, großen Herausforderungen gegenüberstehen würde. Dieses Loslassen des Alten und die freudige Erwartung des Neuen waren für seine Seele eine echte Wohltat, ein Aufbruch, den er schon längst hätte wagen sollen. Er hatte zwar nie etwas gegen die Arbeit im Kaffeehaus gehabt, und es war damals ja auch naheliegend gewesen, dass er dort die Leitung übernahm. Doch tatsächlich war da nie das Gefühl gewesen, dass es sein eigenes Lokal war, auch wenn sämtliche Papiere von seiner Mutter unterzeichnet worden waren und ihm offiziell alles gehörte.

Sein Vorschlag, dies nun rückgängig zu machen, war von seiner Mutter rundweg abgelehnt worden. Therese war der Auffassung, dass sie schließlich vor ihm das Zeitliche segnen würde und es dann nur unnötigen Papierkram gäbe, der ohnehin längst erledigt war. Es ging ihr ja nicht darum, ihren eigenen Namen in den amtlichen Dokumenten zu sehen, sie wollte lediglich das Kaffeehaus wieder führen. Natürlich würde der Gewinn komplett ihr zufließen, darauf hatte Franz bestanden. Doch seine Mutter war viel zu praktisch und uneitel, als dass sie auf eine förmliche Rückübertragung Wert gelegt hätte. Sie und Franz hatten eine Absprache getroffen, und fertig. Mehr gab es dazu nicht zu sagen.

Beim Gedanken an sie musste Franz lächeln. Er liebte sie nicht nur, weil sie seine Mutter war. Eine Frau wie Therese Hansen, der nichts im Leben geschenkt worden war und die sich alles stets selbst erarbeitet hatte, nötigte ihm Respekt und Anerkennung ab. Vor allem aber beneidete er sie um die Fähigkeit, die Dinge längst nicht so schwerzunehmen wie er selbst und stets etwas Gutes und Sinnvolles in dem zu sehen, was das Schicksal für sie bereithielt. Einzig, dass sie ihre beiden Ehemänner verloren hatte, war eine schmerzhafte Tatsache, mit der sie nur schwer umzugehen wusste. Doch während Franz oftmals Mühe hatte, sich die tiefe Trauer, die offenbar sein ständiger Begleiter war, während des Tages niederzuringen, versprühte seine Mutter nichts als Lebensfreude. Therese war einfach ein Mensch, der sich an jeder noch so unscheinbaren Blume erfreuen konnte, an einem Sonnenauf- oder -untergang, einem besonderen Duft oder guten Essen. Sie war eine Frohnatur, während Franz selbst sich oftmals in allzu trüben Gedanken wiederfand, die er nur schwer beiseitezuschieben vermochte. Nun jedoch, wo er an seinem Schreibtisch in dem neuen Büro Platz genommen hatte, das eigens für ihn eingerichtet worden war, spürte er eine Art Aufbruchstimmung und freute sich, dass etwas vollkommen Neues begann. Er wusste ja selbst nicht, warum er oft von einer Traurigkeit überfallen wurde und der Himmel für ihn grau in grau schien, während andere die Sonnenstrahlen durch die Wolken blitzen sahen. Früher war er anders gewesen, glücklich, aufgeschlossen und ja – mutig. Doch der Krieg hatte ihn verändert. Immer wieder sah er die schrecklichen Bilder in seinen Träumen, glaubte, spüren zu können, wie er getroffen wurde und wie die Männer seiner Einheit um ihn herum fielen. Den Gedanken, weshalb ihm das Glück vergönnt war, weiterzuleben, und so vielen anderen eben nicht und dass damit für ihn eine gewisse Schuld einherging – den konnte er einfach nicht verdrängen. Und so hatte er sich im

Lauf der Jahre fast daran gewöhnt, die Trauer über die Verluste und sein schlechtes Gewissen durch den Tag zu tragen, geplagt von Zweifeln und Ängsten und dem Gefühl, das, was er hatte, im Grunde doch gar nicht zu verdienen.

Franz zog das kleine Tintenfässchen, das auf seinem Schreibtisch stand, zu sich heran und griff nach dem danebenliegenden Füller. Alles sah ganz neu aus. Ob es wohl eigens für ihn angeschafft worden war? Onkel Florentinus war es zuzutrauen, war er doch überaus spendabel und stets bemüht, dass es allen um ihn herum gut ging, ganz gleich, was dies auch kosten mochte. Vielleicht hatte er auch nur noch nie Geldsorgen gehabt, obwohl Franz wusste, dass das Geschäft, in dem er sich befand, durchaus hart umkämpft war. Onkel Florentinus hatte vor vielen Jahren Verträge mit der Eisenbahngesellschaft geschlossen und war groß in das Herstellen von Bahnschienen eingestiegen. Das war, soweit Franz es bisher beurteilen konnte, zum Hauptgeschäft für die Eisenwarenfabrik geworden und damit eine sichere Einnahmequelle. Das Schienennetz wurde schließlich immer weiter ausgebaut, und jeder noch so kleine Ort erhielt nach und nach eine Anbindung, damit die Menschen es noch bequemer und einfacher hatten, von A nach B zu kommen.

Franz selbst gehörte nicht unbedingt zu denen, die oft mit dem Zug fuhren. Eigentlich war er nur früher mit dem Vater mit der Bahn zu den Anlegestellen der großen Dampfer gereist, um das Schiff nach Kamerun zu erreichen. Die Erinnerung daran brachte ihn zum Lächeln.

Es klopfte, und Franz setzte sich aufrecht hin.

»Ja, bitte.«

»Na, wie gefällt dir dein Büro?«

»Onkel Florentinus, guten Tag. Es ist ganz wunderbar. Aber es hätte doch gar nicht so groß und komfortabel sein müssen.«

Florentinus kam zum Schreibtisch herüber und nahm auf einem der Besucherstühle, die davorstanden, Platz.

»Na hör mal, du bist der zukünftige Chef. Zwar wird es, so Gott will, bis dahin noch ein paar Jahre dauern. Doch es ist wichtig, dass die Belegschaft dich schon jetzt als meinen Nachfolger wahrnimmt und du deiner Position entsprechend untergebracht bist.«

»Ich komme mir ein bisschen vor wie ein Hochstapler«, gestand Franz. »Immerhin habe ich noch nicht das Geringste geleistet und sitze doch hier in diesem feudalen Büro. Und das, obwohl ich vom eigentlichen Geschäft noch gar keine Ahnung habe.«

»Das kommt schon noch«, tat Florentinus die Bedenken des Neffen ab. »Obwohl es nun schon so lange her ist, kann ich mich noch genau an meinen ersten Tag erinnern. Ich war damals siebenundzwanzig, also noch sieben Jahre jünger als du jetzt, hatte mein Studium abgeschlossen und sollte direkt in die Firma meines Vaters und Großvaters einsteigen.« Florentinus schüttelte den Kopf. »Warum auch immer, aber es dachten wohl alle, da ich ja studiert hatte und meiner Familie das Unternehmen seit Generationen gehörte, würde durch meine Adern flüssiges Eisen statt Blut fließen. Die Erwartungen, die an mich gestellt wurden, waren groß.« Er beugte sich vor. »Ich möchte, dass du weißt, dass es für dich hier diesen Druck nicht gibt. Zwar bist du ein erwachsener Mann und hast bereits Erfahrung darin, ein Unternehmen zu führen. Doch ich weiß, dass es Zeit braucht, die ganzen Zusammenhänge der Herstellung, Lagerung, des Transports und Vertriebs zu verstehen und zu begreifen, welche Herausforderungen die Abläufe an das Unternehmen stellen. Vieles wird dir so fremd vorkommen, dass du womöglich das Gefühl haben wirst, niemals einen kompletten Überblick gewinnen zu können. Zumindest ging es mir damals so, aber glaub mir, du lernst es.«

»Darf ich ganz offen sein, Onkel Florentinus?«

»Aber selbstverständlich, Franz. So haben wir beide es doch immer gehandhabt, oder nicht?«

Franz nahm den Füller, drehte ihn und legte ihn dann wieder ab. »Was ist, wenn ich es nicht schaffe?«

»Du meinst, dich einzuarbeiten?«

»Genau! Was, wenn ich versage?«

»Du bist ein kluger junger Mann und dazu noch lernbereit und hast die richtige Einstellung. Ich sehe da keine Gefahr.«

»Nun, ich schon«, gestand Franz, nahm erneut den Füller und legte ihn zusammen mit dem Tintenfass wieder dorthin, wo er ihn vorhin vorgefunden hatte.

»Und weshalb?«

»Vielleicht bin ich eben doch nicht so klug, wie du zu denken scheinst. Immerhin ist es mir nicht gelungen, das Kaffeehaus so erfolgreich weiterzuführen, wie meine Mutter es getan hat.«

»Du kannst ein Kaffeehaus nicht mit einer Eisenwarenfabrik vergleichen«, stellte Florentinus klar.

»Eben das macht mir ja Sorge. Hier hängt viel mehr dran. In der Eisenwarenfabrik arbeiten über hundert Leute.«

»Einhundertvierunddreißig, um genau zu sein. Nein, seit heute einhundertfünfunddreißig«, stellte Florentinus lächelnd fest.

»Eben. Was, wenn ich alles verkehrt mache, du irgendwann an mich übergibst und dann all diese Menschen keine Anstellung mehr haben, weil ich es nicht geschafft habe, das Unternehmen erfolgreich zu führen?«

Florentinus musterte den Neffen einen Moment. »Das ist also deine Angst?«, fragte er und sah Franz tief in die Augen.

Der senkte den Blick und nickte. »Ich habe schon so oft in meinem Leben versagt«, gab er zögerlich seine Gedanken preis.

»Du hast versagt?« Florentinus sah ihn weiter forschend an, obwohl Franz noch immer nicht aufblickte. »Wann genau?«

»Na, immer, wenn es um etwas Wichtiges ging.«

»Lass mich mal nachdenken. Ich meine, ich war zwar nicht jeden Tag bei euch zu Hause, doch ich würde mal behaupten, als dein Onkel durchaus viel von dem mitbekommen zu haben, was deine Schwester und dich betraf. Ich kenne euch beide seit eurer Geburt, und weder Helene noch du haben je den Eindruck auf mich gemacht, versagt zu haben.« Er zählte an den Fingern ab. »In der Schule habt ihr stets nur gute oder sogar beste Leistungen gezeigt, und auch dein Studium hast du, soweit ich weiß, mit Bravour gemeistert, während Helene sich bekanntlich dagegen entschieden hat, obwohl eure Eltern es ermöglicht hätten. Du hast stets alles getan, was von dir verlangt wurde, und bist, zumindest soweit ich es beurteilen kann, deinen Weg gegangen. An welcher Stelle genau hast du versagt? Und jetzt komm mir bitte nicht damit, dass das Kaffeehaus nicht mehr den Gewinn abwirft wie zu früheren Zeiten. Du weißt sehr genau, dass man nicht so tun kann, als wäre alles noch wie zu der Zeit, als deine Mutter das Kaffeehaus gegründet hat. Die Welt hat sich schließlich verändert.«

Franz antwortete nicht.

»Du hast eine wunderbare Frau für dich gewinnen können, und ihr habt zwei entzückende gesunde Kinder, und nun trittst du einen Posten an, bei dem ich dir vollumfängliche Unterstützung zusichere und den ich dir bestimmt nicht angeboten hätte, gäbe es da von meiner Seite auch nur die geringsten Bedenken, dass du der Aufgabe nicht gewachsen bist. Sieh mich bitte an, Franz.«

Franz hob den Blick.

»Was ist es?«, fragte Florentinus eindringlich.

Franz zuckte die Schultern.

»Raus mit der Sprache. Du warst mal ein mutiger junger Mann, voller Zuversicht und gewiss mit eigenen Träumen. Was ist geschehen, dass du so verzagt bist?«

»Ich weiß es nicht.« Franz sah den Onkel an. »Wirklich nicht. Und gerade schäme ich mich, dass ich überhaupt solche Zweifel zulasse.«

»Es geht nicht darum, die Zweifel nicht zuzulassen«, erklärte Florentinus. »Die Frage ist doch vielmehr, woher sie kommen.«

»Ich würde dir die Wahrheit sagen, würde ich sie kennen«, erwiderte Franz. »Doch ich weiß es wirklich nicht. Und vorhin, als ich hier Platz nahm, war da ein Moment, in dem ich glaubte, die Zweifel hinter mir lassen zu können. Doch dann wurde ich mir der Verantwortung bewusst und nun würde ich am liebsten aufstehen und gehen, ohne je wieder zurückzukommen.«

Florentinus musterte ihn noch immer eindringlich. »Ich habe schon vor einer Weile bemerkt, dass du mit dir am Kämpfen bist. Doch ich habe es stets für eine Momentaufnahme gehalten. Liegt es an deiner Ehe? Stimmt etwas mit Emma und dir nicht?«

Franz schüttelte heftig den Kopf. »Nein, das ist es nicht. Emma ist eine wunderbare Frau und Mutter. Ich liebe sie. Sie und die Kleinen.«

»Und was ist es dann?«

Wieder zuckte Franz nur die Schultern.

»Weißt du, wann es angefangen hat? Ich meine, dass du das Gefühl hattest, nicht gut genug zu sein oder womöglich zu versagen?«

Franz schüttelte abermals den Kopf, versuchte sich jedoch zu erinnern. Dann flammte ganz plötzlich das Bild von Otto Sauer, seinem Freund, vor seinem geistigen Auge auf, und Franz zuckte merklich zusammen.

»Was ist?«, fragte Florentinus besorgt. »An was hast du eben gedacht?«

»Ach, an nichts«, tat Franz es ab. »Es war eine Erinnerung, doch die hat nichts damit zu tun.«

»Welche Erinnerung?«, drängte Florentinus weiter.

»Ich musste an Otto denken, Otto Sauer. Wir waren zusammen im Krieg. Er war mein Freund und starb damals bei der Überraschungsoffensive der Serben.«

»War das der Mann, von dem man nach seinem Tod glaubte, dass du es seist?«

»Nein. Das war Eberhard Giesler. Er starb in derselben Schlacht. Ihn kannte ich nur oberflächlich. Doch Otto war mein bester Freund und vier Jahre jünger als ich. Er war ein Hitzkopf und hatte wohl vor nichts und niemandem Angst. Ein Geschoss hat ihn mitten in den Leib getroffen. Er lebte noch einen Moment und starb schließlich in meinen Armen.« Franz presste sich Daumen und Zeigefinger gegen die Augenlider und massierte sie kurz. »Ich habe ihn nicht retten können.« Er sah seinen Onkel an. »Ich konnte nur zusehen, wie er starb, Onkel Florentinus. Uns wurde befohlen, weiter vorzurücken, und ich habe ihn einfach liegen lassen müssen. Dann wurde auch ich verwundet und geriet schließlich in Gefangenschaft. Es ist viele Jahre her. Doch ich sehe Otto noch heute vor mir, wie er mich aus angstgeweiteten Augen angesehen hat. Und ich konnte ihm nicht helfen.«

Florentinus rückte mit dem Stuhl näher und legte seine Hand auf die von Franz. »Du konntest gar nichts tun, Franz. Niemand hätte irgendetwas tun können.«

»Ich weiß.« Tränen standen in Franz' Augen. »Glaub mir, das weiß ich wirklich. Doch es hilft nichts. Ich glaube, damals fing es an. Seitdem habe ich immer wieder das Gefühl, dass alles, was ich tue, doch nichts bringt.«

Florentinus sah ihn eine Weile schweigend an.

»Wahrscheinlich denkst du jetzt, dass es ein Fehler war, mir diese Stelle anzubieten, nicht wahr? Glaub mir, ich kann es dir nicht verübeln. Und bestimmt lässt meine Mutter mich zurück ins Kaffeehaus, wenn ich …« Weiter kam er nicht, weil Florentinus die Hand hob und ihn so zum Schweigen brachte.

»Nein, das denke ich nicht. Ich denke vielmehr, dass du dringend Hilfe brauchst, um wieder der zu werden, der du einmal warst und ein normales Leben führen kannst.«

»Verachtest du mich nicht für so viel Schwäche?«

»Du siehst das als Schwäche an?«

»Natürlich. Wie sollte ich es sonst sehen?«

»Wenn ich eines in meinem Leben gelernt habe, dann ist es, dass wir am meisten mit dem zu kämpfen haben, was in uns vorgeht. Du brauchst Hilfe, und das offenbar schon seit Jahren.«

Franz sah ihn aus feuchten Augen an.

»Denkst du, dass es eine Hilfe für mich gibt?«

»Sei nur nicht so eitel, Franz. Glaubst du wirklich, dass es nur einen einzigen Mann gibt, der aus dem Krieg wiederkam und all das vergessen konnte, was er gesehen hatte? Natürlich gibt es Hilfe für dich. Ich werde mich gern darum kümmern, wenn du mich lässt.«

Franz zögerte. »Ich möchte nicht, dass Emma oder auch meine Mutter oder Schwester davon erfahren.«

»Das verspreche ich dir«, gelobte Florentinus. Er sah Karl in dem Mann vor sich, und einen Augenblick hatte er das Gefühl, dass er es schon seinem früheren Geliebten schuldig war, für das Seelenheil seines Sohnes zu sorgen. »Du kannst dich auf mich verlassen, Franz«, beteuerte er dann nochmals. »Du bist ab jetzt nicht mehr allein damit.«

Franz musste gegen die Tränen kämpfen, und Florentinus stand auf, damit die Situation nicht noch schwieriger für seinen Neffen wurde.

»Ich kümmere mich darum. Doch jetzt solltest du die Unterlagen dort durchsehen, die ich dir habe zusammenstellen lassen«, kündigte er in geschäftsmäßigem Tonfall an. »Es wird alles gut, Franz, sowohl in der Firma als auch mit dem, was dir im Kopf herumspukt. Hab ein wenig Vertrauen.« Florentinus beugte sich weiter vor. »Vertrauen in dich. Denn du bist der Einzige, der diese Aufgabe lösen kann.«

»Ich werde dich nicht enttäuschen, Onkel Florentinus.«

»Das weiß ich«, antwortete dieser und wandte sich bereits zur Tür. Dann drehte er sich noch mal um. »Mich wirst du gewiss nicht enttäuschen. Doch viel wichtiger ist, dass du mit dir ins Reine kommst. Ich gebe dir Bescheid, sobald ich etwas in Erfahrung gebracht habe.« Damit öffnete er die Tür und ging ohne ein weiteres Wort hinaus.

Franz blieb noch einen Moment sitzen, ohne die Papiere zur Hand zu nehmen. Wie hatte es zu dieser Offenlegung seiner Gedanken kommen können? Er wusste es selbst nicht. Doch er war glücklich, dass es nun geschehen war. Denn er fühlte sich nicht mehr allein mit seinen Sorgen und Ängsten. Und zwar zum ersten Mal seit vielen Jahren.

15. Kapitel

Hamburg, Dienstag, 16. September 1924

Ich spüre, dass ich auf der Suche bin. Doch tatsächlich weiß ich nicht, wonach.

Frederike Steffensen

»Du bist schon weit länger weg, als du es vorgehabt hast.« Julius' Stimme war eine gewisse Verärgerung anzuhören.

»Ja, und ich habe dir auch soeben erklärt, weshalb«, hielt Frederike dagegen. »Schließlich hat Amala etwas zu feiern, und ich muss auch gleich auflegen, damit ich mich noch zurechtmachen kann.«

»Was meinst du mit *zurechtmachen*?«

»Wir werden zur Feier des Tages ins Restaurant gehen, Julius.«

»Und wer ist wir?«

»Mein Vater, Amala und ich. Herrgott, Julius, was ist denn nur mit dir los?«

»Es gefällt mir einfach nicht, dass meine Frau, die nur mal eben in ihre alte Heimat fahren wollte, um nach vierundzwanzig

Jahren ihre Nichte kennenzulernen, nun offenbar den Weg nach Hause nicht findet.«

»Ich würde den Weg schon finden, Julius. Doch die Frage ist, was mich dort erwartet.«

»Wie meinst du denn das nun wieder?«

»Ach, ich bitte dich. Was soll ich denn dort, wenn du ohnehin viel mehr mit deiner Fabrik als mit mir verheiratet bist.«

»Was willst du damit sagen? Ich muss für unseren Lebensunterhalt sorgen, Frederike. Und ich wüsste wirklich nicht, was daran falsch sein sollte.«

»Es ist ja auch gar nichts falsch daran«, antwortete Frederike erschöpft.

»Gut. Dann pack endlich deine Koffer und komm nach Hause.«

»Ich komme, sobald es mir möglich ist.«

»Nun habe ich aber genug.« Julius' Stimme war anzuhören, dass er kurz davor war, die Fassung zu verlieren. Frederike hatte sich in den siebenundzwanzig Jahren, die sie inzwischen verheiratet waren, tatsächlich nicht oft mit ihrem Mann gestritten. Und dass er vor Wut rot angelaufen war, hatte sie nur ein paar Mal erlebt, und das nicht ihretwegen, sondern weil er sich über jemanden in der Fabrik so geärgert hatte, dass er kaum mehr an sich halten konnte. Nun jedoch hörte sie das Vibrieren in seiner Stimme und konnte sich lebhaft vorstellen, wie die Ader an seinem Hals pulsierte.

»Julius, sei so gut und beruhige dich. Ich sehe geradezu vor mir, wie dir die Zornesröte ins Gesicht steigt, und wir wissen beide, dass dir eine solche Aufregung nicht guttut.«

»Wenn du derart um meine Gesundheit besorgt bist, wäre es gut, dass du heimkämst und dich persönlich um mich kümmerst.«

Frederike seufzte und ließ sich auf die Sessellehne sinken.

»Ich denke nicht«, hörte sie sich dann zu ihrer eigenen Überraschung sagen, wobei ihrer Stimme eine gewisse Traurigkeit anzumerken war.

Einen Moment antwortete Julius nicht. Dann sagte er leise: »Wie meinst du das: *Du denkst nicht*?«

Frederike spürte, wie die Tränen in ihr aufstiegen. »Lass uns das ein andermal besprechen, Julius. Heute möchte ich fröhlich sein und mit meiner Nichte feiern, dass sie ihr Theaterstück fertiggeschrieben hat.«

»Nein, so geht das nicht«, widersprach Julius. »Du kannst nicht so etwas sagen und dann das Gespräch abbrechen.«

»Lass uns morgen reden, ja?«, bat Frederike.

»Das kann ich so nicht stehen lassen«, entgegnete Julius. »Was hast du gemeint? Es klang fast, als wüsstest du nicht, ob du überhaupt wieder nach Hause kämst.«

Frederike schluckte schwer. »Ich bin nicht mehr glücklich, Julius. Und das schon eine ganze Weile. Doch hier in Hamburg wurde es mir erst so richtig bewusst.«

»Aber …« Julius verstummte für einen Moment. »Aber was willst du denn damit sagen?«

»Ich liebe dich, Julius. Ich liebe dich aufrichtig und habe nie damit aufgehört. Doch …« Sie brach ab.

»Doch was?«, fragte er leise.

»Wann haben wir zuletzt miteinander gelacht? Wann haben wir uns zuletzt geliebt? Weißt du es noch? Ich nämlich nicht.«

»Nun hör aber auf, Frederike. Wir sind bald dreißig Jahre verheiratet. Da ist das ganz normal.«

»Mag sein«, gab sie ihm recht. »Doch ich will mehr als das, verstehst du?«

Eine Weile sagte keiner von beiden ein Wort.

»Gibt es einen anderen Mann?«, fragte dann Julius mit krächzender Stimme.

»Ich bitte dich!«, empörte sich Frederike. »Für wen hältst du mich? Ich fasse das als Beleidigung auf!«

»Aber was ist es denn dann? Was habe ich falsch gemacht?«

»Gar nichts, Julius. Du hast getan, was du konntest, und das weiß ich ganz genau. Es kam durch Luises Tod, weißt du? Seitdem habe ich viel nachgedacht. Unser Leben ist zu kurz, um es nur mit Arbeit zu verbringen. Die Werkzeugfabrik ist alles für dich, und das weiß ich. Ich will dir das auch nicht nehmen und dir weder einen Vorwurf daraus machen noch ein schlechtes Gewissen einreden.« Die Worte sprudelten nur so aus ihr heraus. »Doch ich möchte leben, und ich möchte lachen, Julius. Ich möchte nicht nur dastehen, in feine Seide gehüllt als die Frau an deiner Seite, die Hände deiner Geschäftspartner schütteln und deren hochnäsigen Frauen sagen, wie sehr ich ihre Gesellschaft zu schätzen weiß. Ich will, ich will …«

»Was willst du?«, fragte Julius.

Frederike schluckte schwer. »Ich will albern sein, Julius. Albern sein, wie wir es früher waren, bevor die Werkzeugfabrik wichtiger wurde als wir. Ich will mit dir lachen, will dich lieben und von dir geliebt werden. Und ich will, dass du mich so ansiehst, dass ich spüre, die Eine, die Einzige für dich zu sein. *Das* will ich.«

Wieder entstand eine Pause.

»Findest du nicht, dass wir etwas zu alt dafür sind?«

Frederike erhob sich von der Sessellehne. »Ja, du hast recht. Vermutlich bist du zu alt dafür. Und zu bedeutend. Und zu wichtig. Ich jedoch nicht. Ich bin noch immer Frederike. Und ich werde nicht mehr heimkommen. Leb wohl, Julius.« Damit hängte sie ein und starrte den Telefonapparat an. Sie konnte kaum glauben, was sie soeben gesagt hatte.

Kurz darauf klingelte das Telefon, doch Frederike stand nur davor und starrte weiter auf den Apparat. Bertha eilte herbei, hielt jedoch inne, als sie Frederike wie versteinert vor dem Telefon stehen sah.

»Darf ich?«, fragte sie dann, worauf Frederike nickte.

»Hier Villa Hansen, Bertha am Apparat«, meldete die Haushälterin sich nun und hörte kurz zu.

Dann sagte sie zu Frederike: »Es ist Ihr Gatte, Frau Steffensen.«

Frederike blickte die Haushälterin kurz an. Dann sagte sie so laut, dass man es am anderen Ende der Leitung hören musste: »Bitte richte ihm aus, dass ich unabkömmlich bin, Bertha. Danke schön.« Damit machte sie kehrt und ging die Stufen zu ihrem Zimmer hinauf, in dem sie schon ihre gesamte Kindheit und Jugend verbracht hatte und in dem sie derzeit schlief.

»Ich vermute, Sie haben es gehört, Herr Steffensen? Ihre Frau ist gerade … Hallo, Herr Steffensen, sind Sie noch am Apparat?« Frederike vernahm das Klicken, als Bertha den Telefonhörer wieder auf der Gabel ablegte, und atmete erleichtert auf, wenngleich sie der Gedanke an das, was sie soeben getan hatte, zittern ließ. Hatte sie wirklich gerade ihrem Ehemann, den sie schließlich liebte, mitgeteilt, dass sie ihn verlassen würde, ja sogar schon verlassen hatte? Oben angekommen, war sie in Versuchung, sich für einen Moment auf die Treppenstufen zu setzen, doch sie widerstand. Nein, sie würde sich jetzt nicht dazu hinreißen lassen, Schwäche zu zeigen. Weder vor sich selbst noch vor jemand anderem. Also holte sie tief Luft, ging in ihr Zimmer und dann auf direktem Weg ins Bad. Sie war jetzt zweiundfünfzig Jahre alt und damit zwei Jahre älter, als Luise gewesen war, als sie starb. Und sie fühlte sich jung. Zumindest jung genug, um etwas zu erleben, und definitiv zu jung, als dass ihr Leben bereits vorbei sein sollte. Denn so und nicht anders fühlte sich das, was sie die letzten Jahre gehabt hatte, an: als eine nicht enden wollende Aneinanderreihung von Momenten der Einsamkeit und der Langeweile. Und nein: So wollte sie auf keinen Fall weiterleben.

»Ich war seit einer kleinen Ewigkeit nicht mehr hier.« Frederike sah sich in dem Restaurant um, dessen Einrichtung früher vor allem aus dunklem Holz bestanden hatte und das nun in hellen Farben erstrahlte. »Es hat sich einiges verändert.«

»Na, zum Glück«, befand Georg. »Es war früher schon gewaltig in die Jahre gekommen. Nicht auszudenken, wenn sie es so gelassen hätten.«

»Es ist schön hier«, sagte nun Amala. »Wart ihr früher oft hier?«

»Immer dann, wenn es etwas zu feiern gab«, erinnerte sich Georg. »Es war so eine Art Ritual, beispielsweise bei Schulabschlüssen oder auch mal anlässlich eines Geburtstags. Wir waren immer gern hier.«

»Georg Hansen! Du bist es wirklich. Und ich dachte, dass mir meine Mathilda Unsinn erzählt.«

Ein Mann im Alter ihres Vaters trat an den Tisch. Frederike wusste sofort, wer er war. Das Restaurant hatte früher ihm gehört und wurde nun von seiner Tochter geführt.

»Heinrich!« Georg war aufgestanden. Die Männer reichten sich die Hände, umarmten sich dann aber spontan. »Gut siehst du aus.«

»Ebenso. Endlich verschlägt es dich mal wieder hierher.«

»Kennst du meine Tochter Frederike noch?«, fragte Georg und zeigte auf sie.

»Aber natürlich. Auch wenn du Hamburg untreu geworden bist, Frederike, bist du doch hier immer herzlich willkommen.«

»Vielen Dank, Herr Schomacker«, antwortete sie und schüttelte ihm ebenfalls die Hand.

»Und hier haben wir meine Großnichte Amala. Sie ist die Tochter von Luise. Erinnerst du dich?«

»Amala? Was für ein außergewöhnlich schöner Name.« Heinrich Schomacker gab Amala die Hand.

»Guten Abend«, sagte Amala und erwiderte seinen Händedruck.

»Die Tochter von Luise Hansen – wer hätte das gedacht. Wie geht es deiner Mutter? Sie war früher öfter in unserem Restaurant und hat hier so manchen Geschäftsabschluss unter Dach und Fach gebracht.«

Amala presste ihre Lippen zusammen.

»Luise ist vor ein paar Monaten verstorben«, antwortete Georg an ihrer Stelle, worauf Schomacker erschrocken die Hand vor den Mund schlug.

»O Gott, das kann doch nicht sein! Sie war doch noch so jung.« Er sah Amala an. »Ich bitte um Verzeihung, junge Frau.«

»Ist schon gut. Das konnten Sie ja nicht wissen«, antwortete Amala, die sichtlich um Fassung bemüht war.

»Na, dann werde ich mal wieder hochgehen. Ich wollte nur rasch Guten Abend sagen.« Er sah Georg an. »Wäre schön, wenn du einfach mal vorbeikämst, damit wir ein bisschen plaudern können. Eine gute Seite muss der Ruhestand ja haben.«

»Das mache ich, Heinrich. Hätte ich schon längst machen sollen.« Georg setzte sich wieder, während Schomacker sich nochmals verabschiedete und dann davoneilte.

»Ich hoffe, dass deine Stimmung jetzt nicht zu sehr getrübt ist«, sagte Georg zu Amala. Sie schüttelte den Kopf.

»Er konnte es ja wirklich nicht wissen, und auf mich machte Herr Schomacker einen sehr freundlichen Eindruck.«

»Das ist er auch. Heinrich ist ein herzensguter Mensch. Er und seine Frau haben sieben Kinder. Inzwischen sind natürlich alle erwachsen. Doch der Jüngste ist gerade mal so alt wie du.«

»Sieben?«, staunte Amala. »Ich dachte eigentlich, dass das im europäischen Kulturkreis nicht üblich ist.«

»Nun ja, jede Regel hat ihre Ausnahme.«

»Mein Vater hat mir mal erzählt, dass es bei den Duala in Kamerun völlig normal ist, dass Frauen ein halbes Dutzend oder mehr Kinder bekommen. Für mich wäre das nichts.« Amala schüttelte den Kopf.

»Möchtest du denn überhaupt einmal Kinder?«, fragte nun Frederike.

Amala zuckte die Schultern. »Ja, vielleicht. Ich meine, die meisten Frauen bekommen ja Kinder. Doch ganz sicher nicht in den nächsten Jahren. Erst einmal möchte ich Karriere machen.«

»Womit wir beim Anlass dieses Abends wären«, stellte Georg fest, als in diesem Augenblick die Getränke gebracht wurden. Georg hatte zur Feier des Tages Champagner bestellt, obwohl Amala ein wenig gezögert hatte. Offenbar war der Champagner in dem Theater, in dem sie vor ihrer Abreise nach Deutschland ein Engagement gehabt hatte, reichlich geflossen, und sie hatte festgestellt, ihn nicht so gut zu vertragen. Doch ein einziges Glas, so hatte sie gemeint, würde ihr bestimmt nichts anhaben können.

Georg wartete, bis Amala und Frederike sich ein Glas genommen hatten, dann erhob er seines. »Auf dich, Amala, und auf deinen vor dir liegenden Erfolg. Wir wünschen dir nur das Beste und dass sich all deine Träume erfüllen!«

»Auf dich!«, stimmte Frederike in den Trinkspruch ihres Vaters ein.

Alle tranken einen kleinen Schluck, dann kam auch schon die Kellnerin und nahm die Essenbestellung auf. Alle drei wollten Fisch, wobei Amala sich mehr auf das verließ, was Frederike und Georg ihr rieten. In Amerika hatte sie nur selten Fisch gegessen und auch keine besondere Leidenschaft dafür gehabt. Hier jedoch schmeckte er ihr ganz ausgezeichnet, wie sie Frederike und Georg sagte, und Frederike war überrascht, zu sehen, wie viel diese zarte Person tatsächlich verdrücken konnte.

Sie blieben über zwei Stunden, bevor sie sich auf den Heimweg machten. Frederike hatte nach dem Champagner keinen weiteren Alkohol getrunken, weil sie darauf bestanden hatte, mit dem eigenen Auto zu fahren. Es gab ihr ein Gefühl der Unabhängigkeit, und gerade nach dem Telefonat mit Julius war ihr klar geworden, dass sie künftig mehr Wert auf das legen wollte, was ihr wichtig war. Auch wenn es für Frauen unüblich war, selbst hinter dem Lenkrad zu sitzen, dann war sie eben eine Ausnahme. Wobei Helene, ihre Cousine aus Wien, die jetzt in München wohnte, die gleiche Leidenschaft für Autos hatte. Frederike mochte Helene sehr, was wohl auch daran lag, dass Frederike während ihrer Zeit in Wien gern und oft auf Helene und ihren Bruder Franz aufgepasst hatte. Inzwischen war Helene, die zwanzig Jahre jünger war als Frederike, natürlich selbst eine erwachsene Frau. Doch wenn man sich alle Jahre einmal auf Familienfeiern getroffen hatte, waren es stets Frederike und Helene gewesen, die sich an eine Ecke des Tisches zurückgezogen und stundenlang miteinander geplaudert hatten. Auf eine bestimmte Weise waren sich die Frauen einfach sehr ähnlich, was eben besonders in der gemeinsamen Leidenschaft für Automobile gipfelte. Womöglich sollte Frederike ihre derzeitige Unternehmungslust nutzen und einfach mal zu Helene nach München fahren, um ein wenig Zeit mit ihr zu verbringen. Denn auch wenn sie zwanzig Jahre im Alter trennten, bemerkten sie dies kaum, und Frederike wusste genau, dass Helenes offene und herzliche Art genau das war, was sie einfach mal wieder brauchte. Allein der Gedanke, Helene zu besuchen, machte sie schon glücklich.

Zu Hause wünschten sich die drei noch eine gute Nacht und gingen dann gleich in ihre Zimmer. Gerade als Frederike die Zimmertür hinter sich geschlossen hatte, kam ihr ein Gedanke, sodass sie wieder auf den Flur trat und zum Schlafzimmer ihres Vaters ging. Leise klopfte sie an.

»Vater, ich bin es. Darf ich reinkommen?«

»Aber sicher«, hörte sie von drinnen seine Stimme und öffnete gleich die Tür. Ihr Vater war noch vollständig bekleidet und offenbar gerade im Begriff gewesen, in das an sein Schlafzimmer angrenzende Bad zu gehen.

»Alles in Ordnung?«, erkundigte sich Georg.

»Aber ja. Ich wollte dich nur fragen, ob ich mir vielleicht die gebundenen Briefe von Luise heute Abend mit nach drüben nehmen darf. Ich würde gern ein wenig darin lesen.«

»Ich habe selbst erst einen einzigen gelesen«, sagte Georg. »Aber ja, nimm sie dir gern mit. Es wäre aber schön, wenn ich sie bald wiederbekäme.«

»Aber natürlich.«

»Das Buch liegt dort auf meinem Nachttisch«, sagte Georg und deutete mit der Hand darauf.

»Danke.« Frederike ging die wenigen Schritte hinüber und nahm die gebundenen Briefe an sich. »Gute Nacht, Vater. Es war wirklich ein ganz besonders schöner Tag.«

»Das fand ich auch. Gute Nacht, Frederike. Ich wünsche dir schöne Träume.«

Frederike kehrte zurück in ihr Zimmer. Dort suchte sie auch noch kurz das Bad auf, zog dann ihr Nachthemd an und ging mit den Briefen ins Bett. Sofort nahm sie sich den ersten Brief vor und las, was Luise über die Zeit, als sie und Hamza Hamburg verlassen hatten, und über den Aufenthalt in 's-Gravenhage in den Niederlanden schrieb. Sie blätterte um und las weiter:

Le Havre, den 15. Mai 1897
Ihr Lieben!
Mit etwas gemischten Gefühlen sind Hamza und ich von 's-Gravenhage aus an der niederländischen

und belgischen Küste entlang durch den Ärmelkanal nach Frankreich weitergesegelt. Frankreich ist nach Großbritannien ja die zweitgrößte Kolonialmacht der Welt und hat ganz besonders in Afrika viele große Gebiete erobert. So ist der größte Teil West- und Zentralafrikas mittlerweile französisches Herrschaftsgebiet. Wir hatten deshalb – aber auch weil die Franzosen den Deutschen nach dem verlorenen Deutsch-Französischen Krieg sehr kritisch gegenüberstehen – einige Bedenken, wie sich die französischen Küstenbewohner uns gegenüber verhalten würden.

Aber glücklicherweise gab es nur kleinere Probleme, wenn zum Beispiel ältere Männer in den Häfen zunächst etwas irritiert schauten. Ich glaube, sie hatten wohl noch nie eine junge weiße Frau mit einem Afrikaner an ihrer Seite gesehen. Wir sind ihnen aber immer fröhlich und freundlich begegnet und konnten so jede Skepsis schnell beseitigen.

Nun aber erst einmal zurück zu unserer Segelroute: Von 's-Gravenhage aus sind wir nach Zeebrugge im belgischen Westflandern gesegelt. Dabei legten wir ungefähr sechzig Seemeilen zurück. Das war schon eine recht lange und anstrengende Segelstrecke. Deshalb war es auch kein Wunder, dass wir abends nach unserer Ankunft im Hafen und der Anmeldung beim Hafenmeister nur noch eine Kleinigkeit gegessen haben und dann sehr früh schlafen gegangen sind. Am nächsten Tag sind wir dann nur gute sechsunddreißig Seemeilen nach Dunkerque in

Frankreich weitergefahren. Diese Entfernung war für uns viel besser zu meistern.

Denn auch wenn wir uns ja auf unsere große Reise gut vorbereitet hatten und uns Käpt'n Rönnau viele Kniffe und vor allem das Navigieren beigebracht hat, ist es aber doch etwas anderes, auf der Nordsee oder im Ärmelkanal zu segeln als auf der uns wohlvertrauten Elbe. Und da wir uns Nachtfahrten noch nicht zutrauen, war es eine Wohltat, schon nach gut sieben Stunden in den Hafen von Dunkerque einzulaufen. Dort konnten wir uns dann ein bisschen länger ausruhen und auch ein paar Schritte durch die Hafenanlagen gehen. Dunkerque gilt als der drittgrößte Hafen Frankreichs, ist aber nicht so sehenswert wie der Hamburger Hafen.

Also sind wir am nächsten Morgen nach Calais weitergereist und von dort aus weiter über Boulogne-sur-Mer nach Dieppe an der sogenannten Alabasterküste. Und tatsächlich sehen die teils über hundert Meter hohen Kreidefelsen, die steil ins Meer abfallen, wie Alabaster aus. Wie man uns sagte, ist Dieppe das renommierteste Seebad Frankreichs. Der Ort ist auch hübsch anzusehen. Allerdings können sich dort nur wohlhabendere Menschen die Sommerfrische leisten. Daher sind wir nach zwei Tagen abgereist und nach Le Havre gefahren, wo wir gestern angekommen sind.

Hier wollen wir uns die Stadt ansehen und uns dann weiter an der Küste entlang, an der Bretagne vorbei, in den Golf von Biskaya begeben.

Hamza und ich vermissen Euch sehr, freuen uns aber auf unsere weitere Reise!
In Liebe
Eure Luise

Frederike klappte den Deckel der Briefsammlung zu und drückte das Buch kurz an sich. Luise. Wie sehr ihr die Cousine doch fehlte! Frederike überlegte, noch weiterzulesen, entschied sich dann aber dagegen. Sie wollte sich morgen mit Amala in der Stadt nach Kleidern umsehen. Zwar hatte Amala im Grunde genug Sachen mitgenommen, doch Frederike wollte ihr gern einfach etwas kaufen und mit ihr bummeln gehen, so wie früher mit ihrer Tochter. Ja, sie vermisste diese Zeiten. Umso mehr genoss sie es, nun mit Amala zusammen sein zu können.

Sie legte das Buch auf den Nachttisch und schaltete die kleine Lampe aus. Dann griff sie sich das zweite Kissen, drückte es an sich und drehte sich auf die Seite. Nur kurz dachte sie noch an das Telefonat mit Julius, schob den Gedanken dann aber beiseite. Vielleicht war sie zu weit gegangen, wahrscheinlich sogar, doch sie konnte es jetzt nicht mehr ändern. Außerdem – sie wollte es auch gar nicht ändern. Sie dachte an Luise und stellte sich all das vor, was sie beschrieben hatte. Über diesen Gedanken schlief sie ein und wachte erst wieder auf, als bereits die Sonne durch die schmalen Ritzen ihrer Fensterläden schien.

16. Kapitel

Berlin, Dienstag, 16. September 1924

Was soll ich nur tun? Mir muss dringend etwas einfallen, sonst bin ich am Ende.

Eduard Ahrendsen

Die Turmglocke der Kaiser-Wilhelm-Gedächtniskirche am Breitscheidplatz schlug elf Mal. Eduard lag mit hinter dem Kopf verschränkten Armen in seinem Bett und grübelte. Solange er nun schon in Berlin war, er konnte sich nicht erinnern, je so früh im Bett gewesen zu sein. Doch heute war er zu erschöpft, um noch in die Clubs zu gehen und zu feiern. Denn die Sorgen um sein Geschäft schlugen ihm aufs Gemüt.

Der Unfall, den sein Fahrer mit dem Pritschenwagen gehabt hatte, kam ihn teuer zu stehen. Nicht nur, dass die gesamten Spirituosenflaschen kaputtgegangen waren und er dafür schon tief in die Tasche greifen musste. Vor allem aber war sein Daimler-Lastwagen, der ihm immer treue Dienste geleistet hatte, ein Totalschaden, den ihm niemand ersetzen würde.

Er hatte Fritz, der wie so oft schon betrunken gewesen war, als er den Pritschenwagen steuerte, sofort vor die Tür gesetzt.

Doch da dieser Tunichtgut keinen Pfennig besaß, würde Eduard von ihm auch nichts bekommen, auch wenn er es am liebsten aus ihm herausgeprügelt hätte. Nun jedoch musste er zusehen, dass er eiligst all das Geld hereinbekam, das ihm diverse Kneipiers schuldeten und außerdem möglichst viel aus seinem Bestand verkaufen, um einen neuen Pritschenwagen erwerben zu können. Doch selbst wenn er genug Geld zusammenbekam, wonach es im Moment überhaupt noch nicht aussah, würde der Kauf nicht einfach werden, weil es solche Lastkraftwagen nicht an der nächsten Ecke zu kaufen gab und die Bestelllisten, wie Eduard in den letzten Tagen immer wieder gehört hatte, lang waren. Vor allem aber musste er erst genug Geld für die Anzahlung zusammenbekommen, wofür er wiederum reichlich Spirituosen verkaufen musste, die er ohne Pritschenwagen aber nur mit großem Aufwand transportieren konnte. In seinen eigenen Wagen bekam er mit viel Glück sechs Kisten gestapelt. So oft, wie er damit fahren musste, um seine Auslieferungen erledigen zu können, machte er kaum noch Gewinn. Was sollte er also tun?

Er hatte schon überlegt, den Pritschenwagen, der in Hamburg genutzt wurde, von dort zu holen und die Auslieferungen dort auf ein Minimum zu beschränken, da die Umsätze in Berlin weit höher waren. Andererseits würde er dann den Angestellten im Hamburger Hauptsitz die Möglichkeit nehmen, ihren Geschäften nachzugehen und womöglich die dortigen Abnehmer verärgern, wenn auf die Warenlieferungen aus dem Hause Ahrendsen kein Verlass mehr war. Nein, er musste so schnell wie möglich einen neuen Pritschenwagen erwerben, ganz gleich, wie er das Geld dafür zusammenbekam und was er anstellen musste, um bei dem Händler vorgezogen zu werden. Doch wie? Er ging im Kopf seinen Lagerbestand durch. Morgen würde die monatliche Lieferung aus England ankommen, die Eduard auch dringend brauchte, um wenigstens einen Teil dessen zu ersetzen, was dieser Saufkopf Fritz zerstört hatte. Doch auch diese Lieferung würde er direkt bezahlen müssen, ohne dass er das Geld dafür hatte. Vorhin war er deshalb bei vier der Kneipiers vorstellig geworden, die ihm noch Geld schuldeten. Vor allem Herbert Kleber, den alle nur Atze nannten und der seine Kneipe in der Torstraße hatte, schuldete ihm so viel, dass Eduard damit schon fast die Hälfte der bei dem Unfall zerstörten Spirituosen hätte ersetzen können. Doch sosehr Eduard vorhin auch gedrängt hatte, war Atze nicht weiter darauf eingegangen. Die Situation war eskaliert, und Eduard hatte dem Kneipier gedroht, ihn nicht mehr zu beliefern, wenn er die fällige Kohle nicht rausrückte. Darauf hatte Atze, ein stämmiger Kerl, dessen schiefer Nase anzusehen war, dass er Streitereien auch gern mal mit den Fäusten klärte, nur gelacht und Eduard gesagt, dass er dann eben woanders bestellen würde. Damit war das Gespräch für Atze offenbar beendet gewesen, und er hatte Eduard einfach stehen lassen. So war Eduard unverrichteter Dinge wieder abgezogen, denn es war Atze deutlich anzumerken gewesen, dass es höchstens auf eine Prügelei hinausgelaufen wäre, bei der Eduard mit Sicherheit den Kürzeren gezogen hätte. Danach war er noch zu den drei anderen Kneipiers gegangen, die ihm etwas schuldeten. Einzig Manfred Niedermeier hatte einen Teil dessen, was er bei Eduard noch nicht bezahlt hatte, ausgeglichen. Doch das war nur ein Tropfen auf den heißen Stein, während die beiden anderen genau wie Atze gar nichts herausgerückt hatten.

Eduard wusste nicht, wann er sich zuletzt so hilflos gefühlt hatte. Die Geschäfte mit den Engländern liefen erst seit ein paar Wochen, sodass diese ihm bestimmt nicht entgegenkommen, sondern ihre Waren einfach wieder mitnehmen würden, wenn Eduard nicht zahlen konnte. Und dann hätte er kaum noch Ware, die er ausliefern konnte. Andererseits – ausliefern, womit? Ihm kam das Angebot Gerd Noltes in den Sinn, der ihm Hilfe zugesagt hatte, sollte Eduard Schwierigkeiten haben, sein Geld einzutreiben. Sollte er wirklich in Erwägung ziehen, darauf einzugehen? Schließlich hatte Constantin von Plesow, der Mann, für den

Nolte arbeitete, einen gewissen Ruf. Von Plesow war Chef eines Ringvereins, was nichts anderes war als ein Zusammenschluss von Gangstern, die die Stadt unter sich aufgeteilt hatten. Nach außen hin war dieser von Plesow ein Geschäftsmann, der neben dem *Varieté Astor* auch ein gleichnamiges Hotel besaß, in dem nur die feinsten Leute abstiegen. Wobei *fein* in diesem Fall eine Sache der Auslegung war, da es dort schon genügte, über entsprechende finanzielle Mittel zu verfügen, um der gehobenen Gesellschaft anzugehören, ganz gleich, womit man sein Geld verdiente. Doch genau das schien in den Kreisen eines von Plesow praktisch ohne Limit vorhanden zu sein, ganz so, als hätte er eine nie versiegende Geldquelle, aus der die Scheine nur so sprudelten.

War es klug, sich mit solchen Leuten einzulassen? Eduard hatte gewiss keine moralischen Bedenken. Nein, so etwas war ihm fremd. Ihm war im Grunde gleichgültig, wie und womit jemand sein Geld verdiente. Doch er hatte die Befürchtung, dass er, einmal zu tief in solche Kreise verstrickt, dort womöglich nicht mehr herauskäme und immer tiefer in etwas hineingezogen wurde, das ihm nicht behagte. Er wollte schließlich einfach nur seine Spirituosen ausliefern und sich ein gutes Leben damit finanzieren. Und natürlich musste er seine Mutter versorgen, die ihn nie vergessen ließ, dass ihre Ansprüche durchaus gehoben waren. Bei dem Gedanken an Martha schloss Eduard kurz die Augen. Er hatte die Zeit in Hamburg letzte Woche sehr genossen, das erste Mal seit Langem. Er mochte seine Cousine Amala, und wie immer war es eine Freude gewesen, mit seiner Tante Frederike und Großonkel Georg zusammen zu sein. Doch seine Mutter? Nein, die hätte er tatsächlich nicht gebraucht.

Er bedauerte, dass er wegen des Unfalls so eilig hatte abreisen müssen, und hoffte, dass er die Situation bald klären und dann erneut nach Hamburg reisen könnte, um Amala ein bisschen besser kennenzulernen. Tante Frederike würde dann vermutlich schon wieder im Schwarzwald sein. Wahrscheinlich war sie bereits dorthin zurückgekehrt, mutmaßte Eduard. Doch es war nun einmal nicht zu ändern.

Er drehte sich auf die Seite, wollte Schlaf finden. Schließlich musste er morgen in der Früh ausgeschlafen sein, wollte er eine Lösung für sein Problem finden. Oder besser seine *Probleme,* immerhin gab es gleich mehrere Baustellen, um die er sich zu kümmern hatte. Dabei fiel ihm prompt die Baustelle in der Hamburger Familien-Villa ein. Der Dachdecker, der die losen Ziegel wieder angebracht hatte, hatte ihn angerufen und mitgeteilt, dass ein Teil des Holzes, das das Dach trug, morsch sei. Welche Kosten genau hier auf Eduard zukamen, hatte er noch nicht zu sagen gewusst. Nur dass es bei der Größe des Hauses gewiss nicht billig werden würde. Eduard hatte den Reparaturen zugestimmt, jedoch einen Kostenvoranschlag verlangt, bevor der Handwerker mit der Arbeit anfing. Von dem Elektriker hatte Eduard noch nichts gehört und hoffte deshalb, dass es nur ein kleines Problem gab und die Rechnung dafür überschaubar ausfallen würde. Doch wissen konnte er es nicht. Und von Arthur Heltmann, seinem Geschäftsführer in Hamburg, hatte Eduard gerade gestern telefonisch die Nachricht erhalten, dass es Beschwerden über den Schnaps der Familie Weber gegeben habe, mit der Eduard schon seit Jahren zusammenarbeitete. Es stand der Verdacht im Raum, dass die Webers Spirituosen gestreckt hätten, was für einen Händler mit dem Ruf des *Spirituosenhandels Ahrendsen* ein Tabu war. Eduard hatte Arthur angewiesen, der Sache auf den Grund zu gehen und keine Flaschen der Webers mehr zu verkaufen, bis alles geklärt war und sich die Anschuldigungen bestenfalls als haltlos herausgestellt hätten. Doch Eduard fürchtete, dass wirklich etwas Wahres daran sein könnte, wusste er doch, dass die Webers schon seit Jahren immer mehr abgebaut hatten und seit dem Tode des Vaters die Geschäfte kaum noch in strukturierten Bahnen hielten. Er hoffte wirklich, dass es nicht dazu kommen musste, die

Zusammenarbeit mit ihnen aufzugeben. Noch weniger wollte er jedoch, dass sein eigener guter Name litt, sodass er handeln musste, sollten sich die Vorwürfe als wahr herausstellen.

Er drehte sich von der Seite wieder auf den Rücken und verschränkte erneut die Arme hinter dem Kopf. Durch das geöffnete Fenster drangen die Stimmen von Menschen herauf, die auf den Straßen Berlins unterwegs waren. Er hörte mehrere Männer laut lachen, dann ein Klirren. Entweder war eine Flasche oder eine Glasscheibe zu Bruch gegangen. Eduard vermutete Ersteres. Eine Glasscheibe hätte vermutlich anders geklungen. Er atmete geräuschvoll aus. Die Turmglocke schlug erneut, dieses Mal zählte er zwölf Schläge. Eduard blieb noch einen Moment liegen, lauschte den Stimmen, schloss wieder die Augen. Sofort war das Gedankenkarussell wieder in Gang. Was, wenn die Engländer die Ware wieder mitnahmen? Er öffnete die Augen wieder, richtete sich auf und setzte sich auf die Bettkante. Dann stand er auf, ging zu dem Stuhl, auf dem er seine Kleidung abgelegt hatte, zog sich an und fuhr sich kurz mit den Händen durch die Haare. Er nahm sich seine Schlüssel, verließ die Wohnung und schlug den Weg zum Varieté ein – in der Hoffnung, dort Gerd Nolte anzutreffen und kurz mit ihm sprechen zu können.

Es dauerte nicht lange, bis er den Eingang des *Astor* erreichte. Sein Blick fiel auf das Werbeschild vor dem Varieté, das von kleinen Lämpchen rundum beleuchtet war und den Auftritt einer Tanztruppe anpries. Eduard öffnete die Tür und schob den dicken Vorhang beiseite, der als Windfang, aber auch als Sichtschutz diente.

Im Innern war es so verqualmt, dass Eduard kurz husten musste, bis er sich an den Rauch gewöhnt hatte. Die Band spielte laute Dixie-Musik, und der Trompeter quälte sein Instrument regelrecht zu immer schrilleren Tönen. Von den Tänzerinnen, die draußen angepriesen wurden, war im Moment nichts zu sehen. Einzig die Band auf der Bühne heizte den Besuchern ordentlich ein. Eduard ging zum Tresen und stellte mit Genugtuung fest, dass ein Großteil der Flaschen, die dahinter aufgebaut waren, aus seinem Lager stammten.

»'N Abend«, grüßte er den Mann hinter dem Tresen, dessen Namen er nicht kannte, obwohl er auch schon einige Male die Lieferungen angenommen hatte. »Ist Gerd Nolte da?«

Der Mann sah sich um und zeigte dann mit dem Kinn auf den Bereich, wo eine Treppe nach oben führte. »Da hinten«, sagte er nur.

»Danke.«

Eduard bahnte sich seinen Weg durch die Menge. Der Alkohol floss in Strömen, die Menschen tanzten und lachten, und in den Sitzecken vergnügten sich junge Frauen, die im Varieté arbeiteten, mit betuchten Herren, deren bessere Hälften zu Hause auf sie warteten.

»'N Abend, Gerd«, sagte Eduard, als er auf Nolte zutrat.

»Eduard Ahrendsen, welch seltener Gast. Schön, dich zu sehen.«

»Können wir irgendwo in Ruhe reden?«, bat Eduard.

»Stimmt was nicht?« Gerd sah ihn fragend an. »Ruhe haben wir hier nirgendwo. Aber wir können nach hinten gehen«, bot er an und machte direkt kehrt, woraufhin Eduard ihm folgte. Im Gang, der zum Küchenbereich und auch Richtung Keller führte, blieb Nolte stehen und drehte sich um. »Also, Eduard, wo drückt der Schuh?«

»Wir haben uns doch letztens darüber unterhalten, dass mir noch einige Leute Geld schulden, und du sagtest, ich könnte mich an dich wenden, wenn ich es nicht reinbekomme.«

»Ganz recht. Du hast es dir also überlegt?«

»Ja, denn ich brauche es dringend. Einer meiner Fahrer hatte einen Unfall, und mein Pritschenwagen ist nur noch Schrott. Ich muss einen neuen anschaffen und benötige jetzt das Geld, das mir die Kneipiers schulden.«

»Kein Problem«, meinte Nolte. »Wir kümmern uns darum.«

»Und was kostet mich das?«

»Hab ich dir doch schon gesagt, das ist ein Gefallen unter Freunden, das kostet nichts.«

»Ich will dir und von Plesow aber nichts schuldig bleiben.«

Gerd Nolte musterte ihn kurz. »Ich glaube, ich weiß, worauf du hinauswillst«, stellte er fest und grinste schief. »Constantins Ruf ist schlechter, als es der Wahrheit entspricht. Wenn es nicht zur Gewohnheit wird, dass wir das Geld für dich eintreiben, genügt es, wenn du weiter faire Preise beim Schnaps machst. Hast du eine Liste mit den Leuten, die dir was schulden, und wie viel?«

Eduard griff in seine Innentasche und zog den Zettel hervor, den er nun schon seit Tagen mit sich herumtrug und den er eigentlich selbst hatte abarbeiten wollen. Einzig bei Manfred Niedermeier hatte er die Summe um die vorhin getätigte Zahlung korrigiert.

»Den nicht«, sagte Eduard und zeigte auf die Zeile, in der die Verbindlichkeiten Manfred Niedermeiers standen. »Der hat mir vorhin was bezahlt.«

»Das ist ja eine hübsche Stange Geld, die die Kerle dir schulden«, bemerkte Nolte.

»Bei den dreien war ich gerade vorhin, doch sie haben sich einfach geweigert. Bei den anderen habe ich in letzter Zeit immer mal wieder nachgefragt. Fehlanzeige«, sagte Eduard.

»Ich will mich nicht in deine Geschäfte einmischen, Ede, aber für mich sieht es danach aus, dass die dich nicht ernst nehmen.«

Eduard nickte. »Ich fürchte, damit hast du recht.«

»Es nützt keinem, zu nett zu sein, weißt du das? Du hast geliefert, und sie haben zu zahlen. Da gibt es nichts zu diskutieren. Und du solltest diese Kerle künftig nicht mehr anschreiben lassen.«

»Ich habe bisher das Geld nicht so dringend gebraucht und hatte die Devise: leben und leben lassen.«

»Tja. Doch nun, wo du in dieser Klemme steckst, lassen sie dich eiskalt ausbluten. Glaub mir, ich spreche da aus Erfahrung. Es gibt solche Männer wie Constantin, die trotz allem, was ihnen so vorgeworfen wird, tatsächlich eine ehrliche Haut sind. Nicht, dass seine Geschäfte immer …«, er suchte nach dem richtigen Wort, »gesetzeskonform sind«, ergänzte er dann. »Doch wer mit Constantin Geschäfte macht, kann sich zu hundert Prozent darauf verlassen, dass er die Abmachungen einhält. Wenn du sein Wort hast, hast du sein Wort. Da gibt es nichts zu rütteln.«

»Wäre gut für mich, wenn alle meine Kunden so wären«, erwiderte Eduard niedergeschlagen. »Auf jeden Fall danke, dass deine Leute sich darum kümmern«, sagte er dann.

»Kein Problem.«

»Wann, glaubst du, höre ich etwas?«

Gerd Nolte blickte auf die Uhr.

»Hast du noch ein bisschen Zeit? Heute ist nicht übermäßig viel los«, stellte Nolte fest, was Eduard überraschte, denn das Varieté platzte nach seinem Dafürhalten aus allen Nähten. »Ich könnte unsere Männer sofort losschicken. Dann kannst du dein Geld später gleich mit nach Hause nehmen.«

»Ist das dein Ernst?«

»Klar.« Nolte zuckte die Schultern. »Wozu warten? Du kannst an den Tresen gehen und in der Zwischenzeit was trinken. Geht aufs Haus. Gleich beginnt die Show, und die Mädchen, die tanzen, sind recht nett anzusehen.«

»Danke«, sagte Eduard erleichtert, der fast nicht glauben konnte, so vorbehaltlos Unterstützung zu erhalten. »Und sag mal, weißt du, wo ich so schnell wie möglich einen Pritschenwagen herbekomme?«

»Wie schnell brauchst du ihn?«

»Am besten vorgestern. Und er darf nicht zu teuer sein.«

Gerd sah ihn an. »Ich mach mal ein paar Anrufe. Wir sehen uns ja nachher noch, dann gebe ich dir Bescheid.« Nolte bedeutete Eduard, wieder zurück ins Lokal zu gehen, blieb dann aber noch mal stehen.

»Ede, eines noch.«

»Ja?«

»Wie ich dir sagte, die Sache hier ist ein Freundschaftsdienst, und du bist zu nichts verpflichtet. Aber wenn du mich fragst, denkst du zu klein.«

»Was meinst du damit?«, fragte Eduard.

»Nur weil dein Fahrer einen Unfall hatte und dein Pritschenwagen hin ist, darf das nicht dazu führen, dass du nicht mehr weiterweißt. Du hast doch eine Filiale in Hamburg, richtig?«

»Ja. Genau genommen ist das der Hauptsitz. Die Filiale ist hier.«

»Wenn du irgendwann mal daran interessiert bist, mehr als nur Taschengeld zu verdienen, dann wüsste ich da was.«

»Ach ja? Ich bin ganz Ohr.«

»Deine Spirituosen sind ja schön und gut, und die Leute saufen hier genug, dass wir reichlich davon brauchen. Doch das richtige Geld macht man heute mit anderen Sachen.«

»Und womit?«

»Auf den Punkt gebracht: Weiber und Koks.«

»Ich wüsste nicht, wo ich da …«, begann Eduard und runzelte die Stirn.

»Du sollst nichts davon besorgen«, stellte Nolte klar. »Und die Weiber bekommen wir auch so. Die finden ganz allein ihren Weg zu uns. Nee, ich rede vom Koks. Nichts Großes. Aber wenn sowieso deine Lieferungen aus Hamburg kommen oder du etwas dorthin schickst, könnte man das miteinander verbinden. Du würdest gut daran verdienen. Dann wären die Einnahmen deines Ladens bald eher als Zubrot anzusehen.«

»Ich weiß nicht«, zögerte Eduard. »Und wenn ich Nein sage?«, fragte er dann ganz direkt.

»Dann macht es ein anderer. Es gibt genug Leute dafür.« Nolte legte Eduard freundschaftlich den Arm um die Schultern. »Ich habe dir doch gesagt, dass das hier so nicht läuft. Ich schicke jetzt die Jungs los, und du genehmigst dir ein Bier oder zwei. Wenn das andere nichts für dich ist, brauchst du nicht weiter darüber nachzudenken. So was ist nicht jedermanns Sache, und ich kann verstehen, wenn du es nicht willst. Das ändert überhaupt nichts daran, dass wir auch weiterhin Geschäfte miteinander machen.«

»Wirklich nicht?«

»Also, für einen, der sein Geld nicht eintreibt und offenbar ziemlich gutgläubig ist, bist du jetzt ganz schön misstrauisch. Nein, Mann. Wirklich nicht. Du kannst mir glauben, dass es genug Leute gibt, die gern solche Geschäfte machen. Du machst andere, na und? Du bist ein netter Kerl, Ede, und ehrlich obendrein. Vergiss einfach meinen Vorschlag, ja? Ich wollte nur helfen und zwei Fliegen mit einer Klappe schlagen.«

»Ich hab mein Leben lang noch nichts Illegales gemacht«, sagte Eduard und sah Nolte direkt in die Augen.

»Dann solltest du auch jetzt nicht damit anfangen«, stellte dieser freundlich fest, und sein Blick verriet Eduard, dass es ehrlich gemeint war.

»Und nun komm, damit ich die Jungs losschicken kann. Sonst haben die Kneipen, die dir das Geld schulden, schon geschlossen, bevor sie dort ankommen.«

Zusammen gingen sie wieder ins Lokal, wo Gerd Eduard noch zum Tresen begleitete und dort mitteilte, dass alles, was dieser bestellte, aufs Haus ginge. Dann verabschiedete er sich, und Eduard sah, wie er kurz darauf mit einigen seiner Leute sprach. Danach verlor er Gerd aus den Augen, weil er von den Tänzerinnen abgelenkt wurde, die nun die Bühne betraten. Alle waren obenherum nackt und hatten lediglich Federboas um den Hals geschlungen. Die Gäste im Lokal jubelten. Unter Johlen und Pfiffen begannen die Tänzerinnen mit ihrer Show, und einmal musste einer von Constantins Leuten einschreiten, weil ein Betrunkener auf die Bühne sprang und eins der Mädchen zu packen versuchte. Ein Fausthieb genügte und er sank zu Boden, wo er reglos liegen blieb. Die Musik spielte weiter, während die Mädchen kurz zurückwichen. Dann hievte der Angestellte, der ihn niedergeschlagen hatte, sich den Betrunkenen über die Schulter und trug ihn einfach von der Bühne. Kurz sammelten die Mädchen sich, dann tanzten sie weiter und wurden von dem begeisterten Publikum angefeuert. Eduard reckte den Hals, um zu sehen, wohin der Mann, der offenbar noch immer nicht das Bewusstsein wiedererlangt hatte, gebracht wurde. Der große Kerl, der ihn sich über die Schulter geworfen hatte, trug ihn in die Richtung des Gangs, in dem eben noch Eduard und Gerd Nolte miteinander gesprochen hatten. Kurze Zeit später kam er ohne den Betrunkenen wieder zurück und nahm seinen Posten neben der Bühne ein. Kurz fragte sich Eduard, was aus dem Gast geworden und wohin dieser gebracht worden war.

»Na, spendierst du mir etwas?« Eine junge Frau, er schätzte sie auf höchstens fünfundzwanzig, hakte sich bei ihm unter. »Mein Name ist La Belle, das ist Französisch und bedeutet *die Schöne.*«

Eduard blickte etwas irritiert zum Barmann, der sogleich den Kopf schüttelte. »Deins geht aufs Haus, aber für sie musst du bezahlen. Und das ist weit teurer als dein Whiskey«, stellte er mit einem kehligen Lachen klar.

Eduard sah die junge Frau an. »Nein. Heute nicht.«

»Wie du willst. Doch du hast keine Ahnung, was dir entgeht.« Sie zog lasziv die Hand wieder aus seiner Armbeuge und entfernte sich. Eduard sah, wie sie nur ein Stück weiter erneut stehen blieb und einen anderen Mann ansprach.

»Da geht sie hin«, stellte er mit gespieltem Bedauern fest und kippte den Whiskey, den der Barmann soeben nachgeschenkt hatte, in einem Schluck.

»Noch einen?«, fragte der sogleich, worauf Eduard den Kopf schüttelte. »Nein danke. Wenn ich noch was will, sage ich Bescheid.« Er drehte sich um und sah wieder den Tänzerinnen zu, die die Beine in die Luft schwangen, jauchzten und dem Publikum ordentlich einheizten.

Er wusste nicht genau, wie lange er gewartet hatte. Seine Taschenuhr, die er von seinem Vater geerbt hatte, hatte er vorhin zu Hause liegen gelassen, sodass er keine Ahnung hatte, wie spät es inzwischen geworden war. Irgendwann hatte er den Barmann noch einmal nachschenken lassen und kurzzeitig überlegt, ob er sich eine Sitzgelegenheit suchen sollte. Doch die halbrunden und mit rotem Samt bezogenen Bänke, die wie kleine Logen aussahen, waren sämtlich mit offenbar sehr spendablen Herren belegt, um die sich mehrere junge Frauen scharten.

»Ede, kommst du mal?« Gerd Nolte war bis auf einen Meter an ihn herangetreten und machte nun eine Handbewegung, worauf Eduard sich in Bewegung setzte und ihm folgte. Nolte ging wieder fast genau zu der Stelle, an der sie vorhin miteinander gesprochen hatten, und blieb dort stehen.

»Hier«, sagte er und drückte Eduard ein dickes Bündel Scheine in die Hand. »Dein Geld. Und hier der Zettel. Unsere Leute haben alles gekriegt.«

»Alles?« Eduard konnte es fast nicht glauben. Eilig zählte er die Geldscheine durch. »Das ist sogar mehr, als ich zu bekommen hatte.«

»Zinsen, mein Lieber. Glaub mir, die werden es sich in Zukunft zweimal überlegen, ob sie dir pünktlich dein Geld geben. So wurde es am Ende doch recht teuer für sie.«

Eduard wäre Gerd am liebsten um den Hals gefallen, doch er hielt sich zurück.

»Danke, Gerd. Vielen, vielen Dank.«

»Das ist nicht der Rede wert. Und morgen früh um neun kommen zwei Leute zu dir mit Pritschenwagen. Such dir den besseren aus. Aber rechne zwanzig Prozent von dem Preis ab, den sie haben wollen. Sie lassen sich darauf ein, glaub mir.«

»Das kann ich nicht wiedergutmachen.«

»Es gibt nichts gutzumachen. Das sage ich dir jetzt zum letzten Mal.«

»Und was die andere Sache angeht«, sagte Eduard. »Ich denke darüber nach. Versprochen.«

»Wenn ich dir einen Rat geben darf, Ede, bleib lieber ehrlich. Ich hab selbst noch mal drüber nachgedacht und glaube, du bist für so was nicht gemacht.«

»Ich denke trotzdem drüber nach«, beharrte Eduard.

»Wie du meinst. Hauptsache, du bringst übermorgen pünktlich die neue Lieferung.«

»Versprochen. Du kannst dich auf mich verlassen.«

»Das weiß ich. Mach's gut und sieh zu, dass du mit dem Geld aus dem Laden hier verschwindest. Es mag ein ganzer Batzen sein, doch wenn du hier erst einmal festhängst, ist es ebenso schnell wieder weg.«

Sie schüttelten sich die Hände, dann ging Eduard und schlug den direkten Weg nach Hause ein. Als er wieder in seine Wohnung kam, war es bereits halb vier. Er legte die Scheine in den Kasten unter den Dielen, wo er immer sein Geld aufbewahrte, wenn er mehr davon zu Hause hatte. Dann zog er sich aus und ging ins Bett. Die Erleichterung, die er spürte, brachte ihn zum Lächeln. Und als die Turmuhr viermal schlug, war er bereits so fest eingeschlafen, dass er nichts mehr davon hörte.

17. Kapitel

Hamburg, Freitag, 19. September 1924

Jetzt, wo wieder so viel Leben im Haus ist, genieße ich die gelegentliche Ruhe.

Georg Hansen

Georg hatte es sich in seinem Sessel gemütlich gemacht und schlug soeben den *Hamburger Anzeiger* auf. Es war bereits nach siebzehn Uhr, und eigentlich hätten Amala und Frederike jeden Augenblick von ihrem Einkauf zurückkommen müssen. Doch solange sie noch nicht da waren, wollte er sich über das politische Geschehen auf dem Laufenden halten.

Der Aufmacher lautete: *Vorbereitung von Handelsverträgen.* Georg nahm noch einen Schluck von dem nur noch lauwarmen Kaffee, den Bertha ihm vorhin gebracht hatte, und begann zu lesen. In dem Artikel ging es um Vorbesprechungen über einen deutsch-englischen Handelsvertrag, die zurzeit in Berlin stattfanden. Außerdem sollten am ersten Oktober dieses Jahres auch in Paris Verhandlungen über einen deutsch-französischen Handelsvertrag geführt werden. Georg begrüßte dies, könnten doch mit solchen bilateralen Abkommen die für Deutschland schlechten Zolltarife verbessert werden.

Er blätterte weiter und las mit Interesse auf Seite zwei den Artikel mit der Überschrift: *Heraus mit den deutschen Schutzgebieten,* wonach in Berlin der *Vierte Deutsche Kolonial-Kongreß* tagte, der erste nach dem Krieg und gleichzeitig der erste ohne die Existenz deutscher Kolonien. Dort hieß es: *In einer Reihe von Vorträgen im großen Hörsaal der Berliner Universität gaben frühere Gouverneure, Forschungsreisende, Generale und Stabsärzte ein anschauliches Bild dessen, was Deutschland in seinen Schutzgebieten an Kulturarbeit geleistet hat und was es heute noch leisten könnte, wenn man ihm das wider alles Völkerrecht geraubte Gut zurückgäbe. Wir wollen wie alle diese verdienstvollen und nun zum größten Teil ihres Wirkungskreises beraubten Männer möglichst sachlich bleiben. Die koloniale Frage ist keine Parteifrage, sondern eine Existenzfrage des deutschen Volkes, und die deutsche Presse hat die Aufgabe, dies der immer noch feindlichen ententistischen Welt ins Gesicht zu sagen, auch wenn es dort ebenso übel vermerkt wird wie der Widerruf der Kriegsschuld.«* In diesem Stil ging es weiter. Der Autor verurteilte den Versailler Vertrag, durch den *uns unter nichtigem Vorwand* der blühende Kolonialbesitz weggenommen worden sei. Auch griff er England, Frankreich, Belgien und die anderen Kolonialmächte deutlich an und forderte in seinem Schlusssatz: *Gebt uns Deutschen unsere Schutzgebiete zurück, dann habt ihr das, wovon in London und Genf so viel geredet wurde: den Frieden und den Wiederaufbau.*

Georg ließ die Zeitung sinken und schüttelte den Kopf. Sosehr er es auch begrüßen würde, dass die Deutschen wieder Kolonialgebiete erhielten, so unrealistisch war dieser Wunsch jedoch. Denn Deutschland hatte als Verlierer des Weltkriegs alle Chancen, wieder Kolonialmacht zu werden, verspielt.

Er schlug die nächste Seite auf und überflog noch einige andere Artikel. Auf Seite drei las er, dass es am selben Vormittag gegen zehn Uhr in den Lagerhäusern der Hamburger Firma *Felix Salomon und Co.* in der Albertistraße 18 zu einem Großfeuer gekommen sei, das zunächst rasch um sich griff. Das Feuer sei wohl auf das Heißlaufen einer Entstaubungsmaschine für Lumpen zurückzuführen. Das rasche Eingreifen der Feuerwehr habe aber eine weitere Ausbreitung des Feuers verhindert. Gott sei Dank, dachte Georg, denn mit Bränden war nicht zu spaßen, schon gar nicht in Lagerhallen! Einmal hatte es damals im Kontor auch ein Feuer gegeben, das einigen Schaden im Teelager angerichtet hatte. Doch dank des beherzten Eingreifens der Lagerarbeiter war eine Ausbreitung verhindert worden, und es wurde auch niemand verletzt, sodass sie mit dem Schrecken davongekommen waren.

Georg faltete die Zeitung gerade wieder zusammen, als das Telefon klingelte. Er hörte eilige Schritte und dann Berthas Stimme, nachdem die Haushälterin den Hörer abgenommen hatte.

Georg stand auf und ging in den Flur.

»Nein, ich bedaure«, sagte Bertha in diesem Moment. »Sie ist leider nicht da.«

»Wer ist es denn, Bertha?«, fragte Georg.

Die Haushälterin bedeckte mit der Hand die Muschel. »Eine Frau Simon, die Ihre Großnichte zu sprechen wünscht.«

»Ich rede mit ihr«, meinte Georg und nahm ihr gleich den Hörer ab.

»Frau Simon? Hier spricht Georg Hansen. Guten Tag. Amala ist gerade nicht da. Kann ich ihr etwas ausrichten?«

»Guten Tag, Herr Hansen. Nun, ich rufe wegen ihres Stücks an.«

»Wunderbar«, sagte Georg. »Es ist außerordentlich gut, nicht wahr?«

»Nun ja, es ist gut, da gibt es keinen Zweifel. Doch aufführen werden wir es leider nicht können.«

»Ach nein? Und weshalb nicht?«

»Hm, die Geschichte ist schön, die Verwechslungen gut erdacht, bestimmt würde es einige Lacher geben.«

»Das war es doch, was Sie wollten, oder nicht?«

»Ja, doch das Problem ist, dass sich die Zuschauer eines Volkstheaters wie dem unseren nicht damit identifizieren können. Eine Handlung wie diese ist einfach zu weit hergeholt. Eine junge dunkelhäutige Frau, die ihre weitläufige Familie, die noch dazu reich ist, hier in Hamburg besuchen kommt. Das ist zu unwahrscheinlich, um es plausibel zu machen.«

Georg schmunzelte. »Nun, wie Sie wissen, entspricht das genau der Wahrheit.«

»Ja, das ist ja das Problem. So etwas würde sich nämlich sonst niemand ausdenken. Um eine solche Geschichte erzählen zu können, müsste man früher ansetzen. Das Publikum wird sich fragen, weshalb eine Schwarze hier in Hamburg eine weiße Familie hat. Wie konnte es dazu kommen?«

»Indem sich eine Frau aus bester Gesellschaft in einen schwarzen Mann verliebt hat. Ist das wirklich so abwegig?«

»Allerdings ist es das. Bitte verstehen Sie mich nicht falsch, Herr Hansen. Ich arbeite mit Künstlern aller Art, die auch nicht alle hier geboren sind. Doch ein solcher Tabubruch, wie er hier thematisiert wird, wird von den Zuschauern nicht akzeptiert werden.«

»Finden Sie nicht, dass die Kunst etwas mutiger sein müsste, Frau Simon? Immerhin ist sie doch dazu da, um Kulturen zu verbinden, oder nicht?«

»Da gebe ich Ihnen recht. Doch vor allem ist es meine Aufgabe, das Theater so zu führen, dass ich die Künstler auch bezahlen kann, die für mich arbeiten. Und wenn ein Stück keinen Gewinn erzielt, wird mir das nicht möglich sein, Kunst hin oder her.«

»Und wenn ich mich nun verpflichten würde, einen Teil dieser womöglich entfallenden Gewinne aufzufangen?«, fragte Georg, der keinesfalls zulassen wollte, dass man Amala derart enttäuschte.

»Wie soll ich das verstehen?«

»Nun, Sie sagten doch selbst, dass das Stück an sich gut ist. Und ich glaube zu hundert Prozent daran. Wenn ich nun in das Theaterstück investierte – sagen wir: in einer Höhe, die es Ihnen ermöglichen würde, nur auf minimale Besucherzahlen angewiesen zu sein –, würden Sie es sich dann noch einmal überlegen?«

Anna Simon zögerte. »Das wollen Sie wirklich tun?«

»Wie ich bereits sagte, ich glaube an das Talent meiner Großnichte und finde das Theaterstück weit besser als vieles, was ich schon auf Bühnen gesehen habe. Warum also nicht?«

»Sie würden ein hohes Risiko eingehen, Ihr Geld zu verlieren«, warnte die Intendantin.

»Zum einen«, erklärte Georg, »glaube ich das nicht, weil ich, wie gesagt, von dem Erfolg überzeugt bin. Und zum anderen würde ich natürlich auch erwarten, an möglichen Gewinnen beteiligt zu werden.«

»Das wäre selbstverständlich. An welche Höhe hatten Sie gedacht?«

»Nun, da ich mich eben erst spontan zu diesem Angebot entschlossen habe, müsste ich es erst kalkulieren. Doch ich denke, mit einer fünfprozentigen Gewinnbeteiligung könnte ich mich zufriedengeben.«

»Ich hatte mit mehr gerechnet.«

»Glauben Sie mir, es geht mir nicht ums Geld. Ich hätte nur noch eine Bedingung.«

»Und die wäre?«

»Amala darf nichts davon erfahren. Ich werde ihr lediglich sagen, dass Sie angerufen haben, und ihr ausrichten, dass Sie begeistert sind und sie zu einem Vorsprechen kommen soll. In Ordnung?«

»Ja, doch ich behalte mir vor, doch noch abzulehnen, wenn ich feststelle, dass ihr das Talent fehlt.«

»Selbstverständlich. In diesem Fall ist unsere kleine Vereinbarung hinfällig.«

»Und wenn ich mich also entschließen sollte, auf Ihr Angebot einzugehen, in welcher Höhe könnten Sie sich dann eine Beteiligung vorstellen?«

»Ich möchte Sie bitten, eine Kostenkalkulation aufzustellen und sie mir zukommen zu lassen. Ich werde mir das Ganze ansehen und mich dann telefonisch bei Ihnen melden.«

»Das machen wir so«, sicherte sie zu. »Wenn Sie sich jedoch aus irgendeinem Grund noch gegen die Investition entscheiden sollten, werde ich Amala am Ende absagen, ganz gleich, wie gut sie ist. Denn ich kann das Risiko nicht allein tragen.«

»Darüber bin ich mir vollkommen im Klaren. Doch ich glaube, was das Finanzielle betrifft, werden wir uns schon einig werden, Frau Simon.«

»Gut. Ich lasse Ihnen die schriftliche Kostenaufstellung zukommen und erwarte dann Ihren Anruf.«

»Einverstanden. Und was darf ich meiner Großnichte ausrichten, wann darf sie zum Vorsprechen kommen?«

»Wie wäre es mit morgen Nachmittag, sagen wir so gegen vier Uhr?«

»In Ordnung«, bestätigte Georg. »Und bitte, kein Wort über unsere kleine Absprache.«

»Versprochen«, willigte Anna Simon ein. »Ich werde die Kalkulation gleich fertig machen und Ihnen heute noch per Boten übersenden. Dann können wir morgen nach Amalas

Probeauftritt schon die Details klären, sollte mich ihr Schauspiel überzeugen.«

»Ich mag Geschäftsfrauen, liebe Frau Simon. Sie sind weit entschlossener als ihre männlichen Kollegen.«

»Ich fasse das als Kompliment auf, Herr Hansen. Vielen Dank und einen guten Tag.«

»Ihnen ebenfalls einen guten Tag, Frau Simon.« Georg hängte ein und blieb noch einen Moment neben dem Telefonapparat stehen. Er fühlte sich so jung und voller Tatendrang wie schon seit Ewigkeiten nicht mehr. Endlich war er wieder nützlich und wurde gebraucht. Wenn doch nur Vera hier wäre und erleben könnte, wie viel Schwung und Tatkraft, ja wie viel Leben Amala in die Villa zurückgebracht hatte. Er war sicher, es hätte ihr über die Maßen gefallen.

Georg wusste, dass seine Frau sich die letzten drei Jahre ihres Lebens einsam gefühlt hatte, und es hatte nichts gegeben, das er dagegen hatte tun können. Die Leere, die der Umzug von Frederike, Julius und den Kindern hinterlassen hatte, als Julius' Vater entschied, den Hamburger Standort wegen schlecht gehender Geschäfte zu schließen und die Familie in den Schwarzwald ging, um dort den Stammsitz der Werkzeugfabrik zu übernehmen, hatte niemand mehr füllen können. Als Vera sich dann im Herbst 1906 eine Lungenentzündung zuzog, hatte es nicht einmal drei Wochen gedauert, bis sie ihre Augen zur endgültigen Ruhe schloss. Georg hatte an ihrem Bett gesessen und ihre Hand gehalten, bis er spürte, dass das Leben aus ihrem Körper gewichen war. Dann war er aufgestanden und hatte Dr. Simonek, den Arzt der Familie, angerufen und ihn gebeten, zu kommen. Georg wusste noch genau, dass der Doktor damals sagte, Vera sei anzusehen, dass sie in Frieden zu Gott heimgekehrt sei. Und Georg hatte ihm beim Anblick Veras recht gegeben, lag doch ein sanftes Lächeln auf ihren Lippen, das Georg nach all der Zeit verriet, dass sie ihren Frieden gefunden hatte.

Damals war das ein tröstlicher Gedanke für ihn gewesen, ganz besonders, da Vera sich seit ihrer Erkrankung furchtbar mit immer wiederkehrenden Hustenanfällen geplagt hatte, bis sie schließlich aufgehört hatten und sie ruhig wurde. Achtzehn Jahre war das nun schon her. Achtzehn Jahre, in denen Georg nur mit der Haushälterin allein in der großen Villa lebte. Einzig die Tage nach Veras Tod war die ganze Familie aus dem Schwarzwald, aus Wien und natürlich auch Hamburg zusammengekommen, um Abschied von Vera zu nehmen und sie im Rahmen einer würdigen Zeremonie zu Grabe zu tragen. Robert war mit Therese und den Kindern noch volle drei Wochen geblieben, während Frederike und Julius mit ihren Kindern bereits nach vier Tagen wieder abgereist waren. Die langen Gespräche, die Georg und Robert in dieser Zeit geführt hatten, waren die intensivsten gewesen, an die Georg sich erinnern konnte, und er hatte die Stunden so sehr genossen, in denen Robert und er sich die Sessel vor dem großen Terrassenfenster zusammengestellt, Zigarren geraucht und etwas von dem teuren Cognac dazu getrunken hatten, während sie über das Leben und auch das Sterben philosophierten. Manchmal hatte Georg seinen Bruder nach dessen Tod, der sich dieses Jahr nun auch schon wieder zum zehnten Mal jährte, dort sitzen sehen, drüben im Sessel, mit einer Zigarre und dem Cognacschwenker in der Hand. Dann hatte er sich gefragt, ob er einfach langsam verrückt wurde oder ob ein Teil Roberts diese Welt, in der sie lebten, nie verlassen hatte. Zu gern hätte er auf diese Frage eine Antwort bekommen, und manchmal, wenn er über den Tod nachdachte, der in seinem Alter mit jedem Tag ein wenig näher kam, fühlte er eine Art Freude, dass er in nicht allzu ferner Zukunft eine Antwort auf diese Frage erhalten würde. Doch noch war es nicht so weit, und seit Amala im Hause war, hatte Georg auch immer weniger Lust, überhaupt darüber nachzudenken. Diese junge, wunderschöne Frau, die so unglaublich viel von ihrer Mutter hatte und deren Wesen wieder in die alte Villa hatte einziehen lassen, versprühte eine solche Lebenslust, dass Georg sich davon anstecken ließ. Er wollte soeben ins Wohnzimmer zurückgehen, als er vor dem Haus das Schlagen einer Autotür hörte.

So ging er zum Eingang und öffnete. Frederike und Amala waren vorgefahren und soeben aus Frederikes Auto gestiegen. Die beiden lachten und wirkten so glücklich, dass Georg den Moment am liebsten ganz fest in seinem Herzen verschließen wollte.

»Da seid ihr ja!«, rief er und sah auf die Kartons, die die beiden mit sich führten. »Gibt es in Hamburg überhaupt noch ein einziges Kaufhaus mit Waren, oder habt ihr alles aufgekauft?«, scherzte er.

»Hallo, Vater! Hamburgs Läden sind jetzt leer!«, vermeldete Frederike lachend. »Ach, es war einfach herrlich!«

Amalas Augen leuchteten vor Begeisterung. »New York ist um so vieles größer«, sagte sie und kam auf Georg zu. »Doch diese vielen kleinen Geschäfte, in denen man sich in aller Ruhe umsehen darf, sind einfach wunderbar.« Sie schenkte Frederike ein glückliches Lächeln. »Vielen Dank für den schönen Nachmittag, Tante Frederike.«

»Von Herzen gern geschehen«, gab diese zurück.

»Ich habe euch etwas zu erzählen«, kündigte Georg an und setzte eine ernste Miene auf.

»Ist etwas passiert?«, fragte Frederike ein wenig besorgt.

»Anna Simon hat angerufen«, erwiderte Georg, worauf Amala abrupt stehen blieb.

»Und? Was hat sie gesagt?«

Georg kostete den Moment aus, hatte aber Mühe, seiner Miene nichts anmerken zu lassen. »Es tut ihr leid, weißt du?«, sagte er dann.

Amala ließ den Kopf hängen. »Keine Sorge, ich bin nicht enttäuscht. Ich habe schon damit gerechnet.«

»Es tut ihr leid, dass sie das Theaterstück nicht einfach so aufführen kann, sondern sich erst noch von deinen Fähigkeiten auf der Bühne überzeugen muss.«

»Was?« Amala ließ vor Überraschung die Kartons fallen, die sie in den Händen gehalten hatte.

»Und deshalb sollst du morgen Nachmittag um vier Uhr ins Theater kommen und für dein eigenes Stück vorsprechen«, platzte Georg nun heraus, worauf Amala einen lauten Jubelschrei hören ließ.

Georg strahlte übers ganze Gesicht. »Ich gratuliere, Amala!«

Sie sah Frederike an, die eilig ihre Kartons abstellte und dann die Arme ausbreitete. Stürmisch fiel Amala ihr um den Hals, und die beiden hüpften vor Freude von einem Bein auf das andere. Dann lösten sie sich voneinander, und Amala rannte die Stufen zur Villa hinauf, um auch Georg in die Arme zu schließen. Einen Moment lang hielt er die Großnichte ganz fest, dann sagte er zu ihr: »Du kannst sehr, sehr stolz auf dich sein, Amala. Ich bin es jedenfalls.«

Amalas Augen füllten sich mit Tränen. Noch einmal jubelte sie laut auf.

Bertha, von dem Lärm alarmiert, trat aus dem Haus, worauf Amala auch die Haushälterin einfach umarmte und dabei auf und ab hüpfte.

Bertha ließ es geschehen, lachte auf, fragte aber dann: »Was ist denn der Grund für die Freude?«

»Amala hat ein Theaterstück geschrieben, und die Intendantin des *Ernst-Drucker-Theaters* möchte es gern aufführen«, verkündete Georg mit Stolz in der Stimme.

»Nein!«, staunte die Haushälterin. »Wirklich? Das ist ja ganz wunderbar.«

Amala strahlte, und Georg freute sich aufrichtig über die Reaktion seiner Haushälterin. War Bertha Amala gegenüber anfangs mit einer gewissen Skepsis begegnet, war sie schließlich mit jedem Tag freundlicher und zugänglicher geworden. Nun zweifelte er keinen Augenblick daran, dass ihre Freude wirklich echt war und sie Amala den Erfolg von ganzem Herzen gönnte.

»Nun können wir aber nicht schon wieder essen gehen, um das zu feiern«, bemerkte Frederike scherzhaft, die bemüht war, Amalas Kartons aufzuheben, was ihr, bepackt, wie sie war, alles andere als leichtfiel.

»Warten Sie«, sagte Bertha und eilte die Stufen hinunter, um Frederike zu helfen.

»Oh, bitte verzeih«, entschuldigte sich Amala nun. »Ich wollte sie nicht so achtlos fallenlassen. Ich habe mich nur so gefreut.«

»Angehende Schauspielerinnen machen das immer so«, erklärte Frederike und spitzte die Lippen. »Das ist allgemein bekannt.«

Amala lachte los, und auch Georg konnte sich ein Schmunzeln nicht verkneifen. Bertha und Frederike teilten sich die Kartons auf und trugen sie ins Haus, während Georg zusammen mit Amala hineinging, die noch immer das Lächeln nicht aus dem Gesicht bekam.

»Hat sie noch etwas gesagt?«, fragte Amala nun den Großonkel. »Ich meine, ob ihr etwas besonders gut gefallen hat oder welche Szenen ich umschreiben soll? Und hat sie gesagt, ob ich allein vorsprechen soll oder das Stück zusammen mit jemandem darstelle? Aber nein, es gibt ja bisher nur eine Ausfertigung. Und auswendig kann ich es ganz sicher noch nicht. Ich bräuchte also noch ein weiteres Textbuch. Und bis morgen kann keinesfalls eins gedruckt werden.«

Georg lachte auf. »Um auf deine erste Frage zu antworten, nein, sie hat sonst nichts gesagt. Und alles andere wird sie dir bestimmt morgen selbst mitteilen.«

Amala schlug die Hände vor den Mund. »Ich bin ja so aufgeregt, Onkel Georg.«

Frederike und Bertha kamen herein und stellten die Kartons ab.

»Werdet ihr mitkommen? Ich meine, morgen? Werdet ihr mich zum Vorsprechen begleiten?«

»Also, ich habe keine Zeit«, erwiderte Bertha, wohl wissend, dass die Frage nicht an sie gerichtet gewesen war. »Einer muss sich ja ums Haus kümmern.« Sie sah Amala an. »Aber ich werde Ihnen von hier aus die Daumen drücken, Fräulein Hansen. Das verspreche ich.«

Georg warf der Haushälterin einen dankbaren Blick zu.

»Danke schön, Bertha.« Amala strahlte sie an. »Dann kann ja nichts mehr schiefgehen.«

Die Haushälterin zwinkerte ihr zu, dann machte sie sich in Richtung Küche davon.

»Natürlich werden wir dich begleiten«, versprach Georg nun. »Nicht wahr, Frederike?«

»Selbstverständlich. Das werden wir uns bestimmt nicht entgehen lassen.«

Amala legte die Hand auf die Brust. Dann sah sie Frederike erschrocken an. »Was soll ich denn morgen überhaupt anziehen?«

Georg lachte auf. »Generationen von Hansen-Frauen und immer dieselbe Frage.« Er schüttelte den Kopf. »Es gibt Dinge, die sich wohl nie ändern werden.«

18. Kapitel

Wien, Sonnabend, 20. September 1924

Ich will mich allem Neuen stellen. Doch ich weiß nicht, ob ich es kann.

Franz Hansen

Es klopfte, und noch bevor Franz antworten konnte, wurde seine Bürotür geöffnet und sein Onkel Florentinus trat ein.

»Guten Tag, Franz.«

»Onkel Florentinus. Ich dachte, du wärst schon weg? Vor einer halben Stunde bin ich rübergegangen in dein Büro, und da sagte Fräulein Magner, dass du bereits gegangen seist.«

»Ich war auch weg«, klärte der Onkel auf. »Und zwar, weil ich jemanden abholen wollte. Ich möchte dir gern den Sohn meines Freundes Lorenz, Paul Reichert, vorstellen.« Florentinus drehte sich um, damit der junge Mann, der noch im Flur gewartet hatte, ihm folgte. »Paul, das ist mein Neffe Franz Hansen.«

Paul trat in das Büro und reichte Franz, der von seinem Schreibtischstuhl aufgestanden war, die Hand. »Freut mich«, sagte Paul.

»Mich ebenfalls.«

»Setzen wir uns doch«, bat Florentinus und deutete zu der im hinteren Bereich stehenden Sitzecke, wo ein Sofa mit zwei Sesseln davor stand.

»Möchtest du etwas trinken, Paul?«, fragte Florentinus. »Vielleicht ein Bier?«

»Gern«, sagte Paul.

Franz stand ein bisschen hilflos da, wusste er doch nicht, wer dieser Paul Reichert war und weshalb Florentinus ihn hierherbrachte. War er ein möglicher Kunde? Und sollte er, Franz, nicht derjenige sein, der etwas zu trinken anbot? Schließlich war es sein Büro, und er wollte nicht unhöflich erscheinen. Andererseits war Florentinus sein Chef, und während der Arbeitszeit Bier zu trinken, wäre Franz ganz sicher nicht in den Sinn gekommen.

»Ich kümmere mich um das Bier«, ergriff nun Franz die Initiative. »Was kann ich dir mitbringen, Onkel?«

»Auch ein Bier. Und für dich am besten auch. Dies hier ist kein geschäftliches Treffen«, erklärte Florentinus, was Franz nur noch mehr verunsicherte. Doch er löste sich aus seiner Starre und ging nach draußen ins Vorzimmer, wo Fräulein Pichler noch etwa eine Stunde lang ihren Dienst versehen würde.

»Wären Sie wohl so nett, drei Gläser Bier zu holen, Fräulein Pichler?«

»Aber natürlich, Herr Hansen. Sehr gern.« Sofort stand sie auf und eilte davon. Franz zögerte, machte dann aber kehrt und ging in sein Büro zurück, wo die Besucher sich bereits gesetzt hatten. Florentinus saß auf der Couch und Paul Reichert in einem der Sessel.

»Komm, Franz, setz dich. Und vor allem, entschuldige den Überfall.«

»Aber das macht doch nichts«, gab dieser zurück und nahm ebenfalls in einem Sessel Platz. »Doch tatsächlich wüsste ich gern, worum es geht.«

»Paul war ebenfalls im Krieg«, kam Florentinus sofort zu Sache. »Und da ich von seinem Vater, mit dem ich befreundet bin, wusste, dass er unter den gleichen Nachwirkungen zu leiden hat wie du, dachte ich, dass es eine gute Idee wäre, euch einander vorzustellen.«

Franz musterte Paul. Er musste so alt sein wie er selbst, womöglich war er sogar jünger. Paul war ein gepflegter Mann, der überaus selbstbewusst und souverän wirkte und damit ganz anders, als Franz selbst sich wahrnahm.

»Ihr Onkel sagte mir, Sie waren bei der Infanterie?«, begann Paul das Gespräch.

»Bitte, wollt ihr euch nicht duzen?«, unterbrach Florentinus sogleich. »Wir sind doch hier unter Freunden.«

Die anderen beiden nickten. Es klopfte, und Fräulein Pichler kam mit drei Gläsern Bier auf einem Tablett herein, das sie vor den Männern auf den Tisch stellte.

»Danke«, sagte Franz, worauf sie ihm freundlich zulächelte und dann wieder ging.

»Also dann: du«, sagte er dann, erhob sein Glas, und alle drei tranken. Florentinus lehnte sich gemütlich zurück, während Franz die Anspannung deutlich anzumerken war. »Bei der Infanterie also«, nahm Paul den Gesprächsfaden wieder auf. »Und? Hast du dafür eine spezielle Ausbildung erhalten?«

Franz gab einen verächtlichen Ton von sich. »Eine spezielle Ausbildung?«, wiederholte er. »Von wegen. Uns wurde gesagt, dass wir diejenigen seien, die voranzugehen hätten, weil wir alle uns durch unseren besonderen Mut auszeichneten.« Franz drehte nachdenklich das Glas in seinen Händen. »Als ob das überhaupt irgendjemand hätte beurteilen können. Womöglich mag ich der Einzige gewesen sein, den man keiner besonderen Prüfung unterzogen hat. Und vielleicht wurde sonst wirklich jeder auf seinen Mut hin geprüft. Doch was mich angeht…«, er trank einen Schluck, »ich war weder mutig noch für irgendeine

Aufgabe besonders geeignet. Ich hatte bis kurz vor Kriegsbeginn an der Wirtschaftsuniversität hier in Wien studiert und wollte danach, als sich abzeichnete, dass die Plantage in Kamerun aufgegeben werden musste und damit auch das Kontor vermutlich nicht weiterexistieren würde, das Kaffeehaus übernehmen. Mein Vater hatte damals noch die Hoffnung, dass es keinen Krieg geben würde und wir vor allem unsere Plantage in Kamerun nicht aufgeben müssten. Aber nun ja.« Er brach ab und trank noch einen Schluck. »Ich hatte bis zu dem Zeitpunkt, als ich eingezogen wurde, noch nie eine Waffe in der Hand gehabt. Ich gehörte immer zu denjenigen, die Streitereien schlichteten, weil ich nicht wollte, dass andere einander verletzten.« Franz sah Paul an. »Dass also ausgerechnet ich besonders geeignet gewesen sein soll, zur Infanterie zu gehen und Männern im Krieg Auge in Auge gegenüberzustehen, bezweifle ich doch sehr.«

»Ich war bei der Artillerie«, gab nun Paul Auskunft, »und bei mir war es ganz genau das Gleiche. Dass wir die Besten und Fähigsten seien, wurde uns gesagt. Und dass wir diejenigen sein müssten, die den Feind mit unseren Kanonen davon abhalten sollten, unser schönes Land zu überrennen. Manchmal frage ich mich, ob auch nur einer der Offiziere oder Generale eine Sekunde darüber nachgedacht hat, was aus uns werden würde, wenn wir diese Hölle überlebten.« Paul setzte sein Glas an, und auch Franz trank noch einen Schluck, während er Paul betrachtete. Mit nur wenigen Sätzen war es diesem gelungen, Franz' Vertrauen zu gewinnen. Ja, Franz fühlte eine gewisse Verbindung, weil das, was Paul soeben gesagt hatte, ebenso gut aus seinem Mund hätte kommen können.

»Hast du Albträume?«, fragte Franz nun ganz direkt.

»Na sicher«, gab Paul ganz selbstverständlich zu. »Ich glaube, die hat jeder, der damals dabei war. Zumindest ist mir niemand aus der Zeit bekannt, der *keine* Albträume hat.« Paul sah ihn an. »Ich weiß genau, was gerade in deinem Kopf vorgeht, Franz.«

»Ach ja? Was denn?«

»Zum einen fragst du dich schon lange, ob es nur dir so geht, zum anderen wunderst du dich, dass ich so selbstverständlich darüber spreche.«

»Das kommt in etwa hin.«

»Ich weiß es deshalb, weil es mir damals genauso erging.«

»Was meinst du mit *damals*?«

»Die Zeit vor zwei Jahren«, erzählte Paul. »Damals wollte ich meinem Leben ein Ende machen. Ich hing schon am Strick, doch mein Vater kam früher nach Hause, sodass er mich abgeschnitten und ins Krankenhaus gebracht hat. Und dann erst setzte meine Heilung ein.«

Franz antwortete nicht, sah Paul nur weiter an.

»Ich dachte bis dahin immer, dass das alles nur mir geschähe und dass alle anderen, die ich kannte, viel besser damit zurechtkämen. Schließlich wirkte jeder der früheren Kameraden nach außen hin ganz normal. Jeder lebte sein Leben, manche lernten ein nettes Fräulein kennen und heirateten. Andere wieder zogen es vor, am Abend durch die Salons und Bars zu ziehen und ein kleines Abenteuer zu erleben. Doch jeder von ihnen schien mir gut mit dem leben zu können, was er gesehen hatte. Nur ich eben nicht.«

»Genauso geht es mir«, gab Franz etwas zögerlich zu.

»Schon klar. Und weißt du, was der so gar nicht komische Witz an der Sache ist? Es geht weit mehr Männern von damals so wie uns als andersherum. Nur wusste ich das eben nicht und dachte deshalb, dass ich ein Versager sei.«

Bei dem Wort fuhr Franz zusammen. Das genau war es, was er seit Jahren von sich selbst dachte. Er war ein Versager, ein Schwächling, ein Mann, der es nicht wert war, dass man ihm vertraute, weil er es schließlich selbst nicht einmal tat.

»Kommt dir das bekannt vor?«, fragte Paul.

»Allerdings«, war alles, was Franz antwortete.

»Ich habe damals nur schemenhaft mitbekommen, wie sie mich ins Hospital gebracht haben. Da sind nur noch Bruchstücke. Immer wieder einmal taucht das Gesicht meines Vaters vor mir auf, dann wieder Bilder, die in rascher Abfolge erscheinen. Ich war sturzbetrunken, musst du wissen, weil ich mir Mut antrinken musste, um mir wirklich den Strick um den Hals zu legen.« Paul nahm einen Schluck Bier. »Ich weiß noch, als ich wieder zu mir kam, dass mein Vater neben meinem Bett saß und meine Hand hielt. Als er bemerkte, dass ich wach wurde, sagte er nur ein Wort: Warum?«

»Was hast du geantwortet?«

»Gar nichts. Ich habe geweint.«

Franz fühlte sich unwohl, dass Paul ihm gegenüber eine derartige Offenheit an den Tag legte.

»Hast du schon einmal geweint wegen all dem, was du erlebt hast?«, fragte nun Paul.

Franz zog die Stirn in Falten. »Nein. Und wozu auch? Außerdem bin ich ein Mann.«

»Bin ich in deinen Augen etwa kein Mann?«, erwiderte Paul nun fast amüsiert.

»Ich bitte um Entschuldigung. So habe ich das nicht gemeint.«

»Keine Sorge, ich nehme es dir nicht übel. Und ich sage auch nicht, dass ich die Antwort auf richtig oder falsch im Hinblick auf die damalige Zeit kenne«, führte er weiter aus. »Doch ich weiß, dass ich nicht mehr leben wollte, weil die Bilder in meinem Kopf mir wieder und wieder erschienen und ich die Schreie der Männer hörte, die verwundet worden waren und sich vor dem Tod ängstigten.« Paul suchte Franz' Blick. »Hörst du die Schreie auch noch immer, Franz?«

Franz schüttelte den Kopf. »Nein.«

»Dann hast du Glück.«

»Aber sagtest du nicht, dass du das hinter dir hast? Ich meine, wenn du das alles überwunden hast, weshalb hörst du dann noch immer die Stimmen?«

»Weil sie nie mehr verschwinden werden, Franz. Die Stimmen sind ein Teil von mir geworden, und auch wenn ich sie nicht hören will, so sind sie doch da. Ich kann sie nicht mehr loswerden, nie mehr, doch ich habe gelernt, damit zu leben. Und seit ich die Angst losgelassen habe, dass die Stimmen wieder und wieder rufen und mich die Bilder bis in meine Träume verfolgen, sind die Stimmen leiser und die Bilder weit weniger schrecklich.«

»Wie meinst du das: seit du die Angst losgelassen hast?«

»Ich meine, dass ich vorher solche Angst vor den Bildern und den Stimmen hatte, dass mich allein das geradezu in den Wahnsinn getrieben hat.«

»Bei mir ist es anders«, sagte nun Franz. »Auch ich sehe das alles im Traum wieder und wieder vor mir, doch vor allem komme ich nicht darüber hinweg, dass mein bester Freund in meinen Armen starb. Er war noch jünger als ich und eigentlich hätte ich vorangehen sollen. Doch das bin ich nicht. Und dann wurde er getroffen.« Franz presste die Hand vor die Augen. »Er ist tot, und ich bin am Leben. Und das bringt mich fast um den Verstand.«

Florentinus hatte das Gespräch der Männer schweigend verfolgt. Nun sagte er: »Warum hast du uns das nie erzählt, Franz? Ich meine, in den vergangenen Jahren?«

Franz sah zu seinem Onkel hinüber. »Weil ihr nichts damit zu tun hattet. Es war meine Entscheidung, im Schützengraben Deckung zu suchen, statt vorzupreschen, wie es uns befohlen worden war.«

»Der Befehl kam aber nicht von dir, oder?«, fragte Paul.

»Nein, natürlich nicht.«

»Weshalb gibst du dir dann die Schuld am Tod deines Freundes?«

»Ich sage ja nicht, dass ich schuld bin«, widersprach Franz, spürte aber selbst, dass er nicht meinte, was er sagte.

»Nein?« Paul sah ihn prüfend an.

Franz antwortete nicht, starrte nur vor sich hin und drehte nachdenklich sein Glas in den Händen. Eine bedrückende Stille entstand.

»Was kann ich tun, damit es aufhört?«, fragte Franz schließlich, ohne Paul anzusehen.

»Als Erstes musst du aufhören, dich für irgendetwas, was damals geschehen ist, ganz gleich, was es sein mag, verantwortlich zu fühlen. Richte den Blick nach vorn. Du hast eine Familie, nicht wahr?«

»Eine Frau und zwei Kinder«, gab Franz Auskunft.

»Also hast du etwas, wofür es sich zu leben lohnt. Vor allem aber darfst du nicht den Fehler machen, dass du dadurch, dass du die Vergangenheit nicht loslässt, die Gegenwart verpasst. Denn weißt du, was dann geschieht?«

»Nein. Was?«

»Alles wird vergehen. Du verpasst die Zeit, in der deine Kinder aufwachsen. Und dann geschieht das Schlimmste.«

Franz blickte auf. »Was? Was ist das Schlimmste?«

»Du siehst erneut zurück und begreifst, welch schrecklichen Fehler du gemacht hast, indem du alles versäumt hast, was wichtig ist im Leben, weil du nicht loslassen wolltest, was du nicht mehr ändern konntest.« Paul rutschte in seinem Sessel weiter nach vorn und beugte sich näher zu Franz. »Ich kann es dir gar nicht eindringlich genug raten, hör auf meine Worte. Denn wenn du es nicht tust, verlierst du alles.«

Wieder entstand eine Pause.

»Ich muss loslassen«, sagte Franz dann, und es klang, als wollte er sich selbst davon überzeugen.

»Ja, genau. Und vielleicht hilft dir noch etwas«, fuhr Paul fort. »Als ich im Krankenhaus lag und mir zwangsweise, da mein Hals wegen des Stricks eine Weile zum Heilen brauchte, die Zeit nehmen musste, meine Gedanken zu ordnen, habe ich für mich eine Entscheidung getroffen.«

»Welche?«

»Zu leben. Ich wollte sterben, doch das war mir versagt geblieben. Nenn es ein Geschenk Gottes oder wie du willst, dass ich noch eine Chance bekommen habe. Und da wurde mir klar, dass ich nicht einfach nur weitermachen wollte und konnte. Ich war bis dahin wegen meiner Lethargie beruflich nicht besonders vorangekommen. Jeder Tag erschien mir, durch die dunklen Wolken, die seit diesem verdammten Krieg über mir schwebten, wie der andere. Ich wechselte oft meine Arbeit. Dann jedoch, als ich neuen Lebensmut fasste, hat sich alles verändert. Ich habe mich hochgearbeitet und wurde immer erfolgreicher. Und das gab mir das Selbstvertrauen, weiterzumachen und immer noch besser zu werden.« Paul deutete auf Florentinus. »Dein Onkel hat mir gesagt, dass du hier gerade deine neue Stelle angetreten hast. Du sollst eines Tages die Firma übernehmen, nicht wahr?«

»Das ist richtig«, bestätigte Franz.

»Dann rate ich dir dringend, ergreife diese Gelegenheit, denn sie wird nicht wiederkommen. Nicht einmal dieser Tag hier wird wiederkommen, die Nacht, die hinter dir liegt, ist ein für alle Mal vorbei. Mach dir das bewusst, Franz.«

»Ich soll also einfach meine Gedanken ändern, und dann wird alles gut?«

Paul schüttelte den Kopf. »Ich wünschte, es wäre so einfach. Du hast hier und heute einen Anfang gemacht, doch es liegt ein langer Weg vor dir. Wenn du bereit bist, ihn zu gehen, werde ich dir helfen, wenn du es möchtest.«

»Wie lange hat es bei dir gedauert?«

Paul lächelte freudlos. »Es dauert immer noch an. Ich arbeite Tag für Tag daran, wenn ich spüre, dass es sein muss. Doch inzwischen gibt es immer längere Zeitabschnitte, in denen ich gar nicht mehr zurückblicke. Vor allem aber habe ich keine Angst mehr vor der Angst. Denn das ist es, was zumindest mich am meisten daran gehindert hat, zu leben.«

»Die Angst vor der Angst«, wiederholte Franz. Er hatte das Gefühl, dass es etwas in ihm auslöste. »Die Angst vor der Angst«, sagte er dann noch mal, diesmal noch nachdenklicher. Er sah erst Paul, dann Florentinus an. »Das beschreibt es tatsächlich«, erkannte er nun. »Am meisten fürchte ich mich davor, dass die stillen Momente kommen, die Erinnerungen an das, was war, die Augen, wie Otto mich anblickte, als er in meinen Armen starb. Ich habe Angst davor, dass diese Ängste erneut Besitz von mir ergreifen und lauere geradezu darauf, bis es wieder so weit ist.«

»Genauso habe ich es früher auch empfunden. Inzwischen betrachte ich die Angst nicht mehr als meinen Feind«, erklärte Paul. »Ganz im Gegenteil. Wenn die Angst kommt, ist sie für mich das Signal, dass meine Seele schreit. Ich habe Furchtbares erlebt, jeder von uns hat damals Furchtbares erlebt. Und die Angst sagt mir, dass ich es nicht ignorieren darf. Die Angst ist mir zum Freund geworden, um meine Seele davor zu bewahren, was aus dem Vergessen entstehen kann. Ich lasse die Zeit hinter mir, ich lasse das Sterben hinter mir, ich lasse den Krieg hinter mir. Doch meine Angst behalte ich, damit sie mich beschützt und auf mich achtgibt.«

Franz spürte einen Kloß in seinem Hals. Zu gern hätte er seinen Tränen freien Lauf gelassen, doch er wollte nicht weinen. Nicht hier und jetzt, nicht vor Florentinus und auch nicht vor Paul, ganz gleich, wie vertrauensvoll sie miteinander sprachen.

»Wenn du möchtest, helfe ich dir«, wiederholte Paul sein Angebot. »Dein Onkel weiß, wie du mich erreichen kannst.

Doch nun muss ich gehen.« Er stand auf, und auch Florentinus und Franz erhoben sich. »Denn ich bin mit einer zauberhaften Frau verabredet, die mich jeden Tag glücklich macht und die ich vor über einem Jahr geheiratet habe.« Er streckte Franz die Hand entgegen. »Alles Gute, Kamerad. Und vergiss nicht: Du bist nicht allein.«

»Auf Wiedersehen, Paul. Und danke. Danke für alles.«

Florentinus und Paul schüttelten sich ebenfalls zum Abschied die Hand, dann begleitete Florentinus den Gast noch zur Tür, während Franz sich schwer in seinen Sessel fallen ließ.

Florentinus schloss die Tür, kam zurück und setzte sich.

»Wie geht es dir jetzt?«

»Ich bin aufgewühlt, würde ich sagen. Und durcheinander.«

»Das ist verständlich«, meinte Florentinus. »Was hältst du davon, wenn du für heute Feierabend machst und nach Hause gehst?«

Franz hörte die Worte, brauchte aber einen Moment, um darauf reagieren zu können. »Ja«, sagte er dann, »wahrscheinlich hast du recht. Ich sollte nach Hause gehen.«

Florentinus stand erneut auf und wartete, bis auch Franz sich erhob. »Geh, Franz. Geh nach Hause zu deiner Familie. Und nimm dir ein bisschen Zeit, um über das, was Paul gesagt hat, nachzudenken.«

»Das werde ich.« Franz sah seinen Onkel an. »Ich danke dir, Onkel Florentinus. Und ich verspreche dir, mein Bestes zu geben.«

»Das weiß ich doch.« Florentinus umarmte den Neffen. »Und nun geh.«

Franz nahm sein Jackett, das über der Lehne seines Bürostuhls hing, grüßte noch einmal und ging dann hinaus. Er verabschiedete sich von Fräulein Pichler, durchquerte die Gänge der Eisenwarenfabrik und verließ schließlich das Firmengelände. Er schlenderte einfach durch die Straßen Wiens, ohne Ziel und ohne wirklich zu wissen, wohin seine Füße ihn trugen. Rechts floss die Wien, er bog ab und spazierte durch den Park. In Gedanken war er noch immer bei dem Gespräch mit Paul, dessen Worte in ihm nachklangen. Menschen begegneten ihm, ohne dass er in deren Gesichter sah. Alles zog an ihm vorbei. Er ging immer weiter, die Bilder von Otto tauchten wieder vor ihm auf. Kurz erschrak er, doch dann merkte er, dass sich etwas verändert hatte. Sein Gefühl war ein anderes geworden. Dort, wo zuvor noch Angst gewesen war, spürte er, nun loslassen zu wollen. Das Bild von Otto veränderte sich. Franz glaubte wahrzunehmen, dass dieser die Augen schloss. »Verzeih mir«, flüsterte er leise, während er weiter mechanisch einen Fuß vor den anderen setzte. Und dann, ohne es zu wollen, liefen ihm die Tränen über die Wangen. Für ihn war es nichts weniger als eine vollkommene Befreiung.

19. Kapitel

Hamburg, Sonnabend, 20. September 1924

Ich wage kaum darauf zu hoffen. Und doch glaube ich daran.
Amala Hansen

Obwohl die Sonne schien und es über zwanzig Grad warm war, fror Amala so sehr, dass sie zitterte. Immer wieder rieb sie über ihre Arme und presste die Hände aneinander, um sie zu wärmen. Sie hätte sich eine Jacke überziehen sollen.

»Du hast ja eine richtige Gänsehaut«, bemerkte Frederike, die soeben den Wagen vor dem *Ernst-Drucker-Theater* zum Stehen gebracht hatte, ausgestiegen war und nun Amalas Arm berührte. »Das wird, glaub mir. Ganz ruhig.«

»Mir ist nur so kalt«, stellte Amala fest.

»Das ist die Aufregung«, bemerkte Georg. »Aber sobald du auf der Bühne stehst und die ersten Zeilen gesprochen hast, wird alles von dir abfallen. Du wirst schon sehen.«

»Hoffentlich behaltet ihr recht«, sagte Amala und schluckte schwer. Sie sah an dem Theatergebäude hinauf, das in diesem Moment schrecklich einschüchternd auf sie wirkte. Direkt neben dem Gebäude saß ein Mann, offenbar ein Kriegsversehrter, der seine Uniformmütze umgedreht neben sich auf den Bordstein gelegt hatte und um ein paar Münzen bat, als die drei das Theater betreten wollten.

Georg zückte sogleich sein Portemonnaie, legte jedoch keine Münzen in die Uniformmütze, sondern reichte ihm einen Schein.

»Vielen Dank für Ihren Einsatz, mein Freund. Unser Land ist Ihnen etwas schuldig.«

»Danke, mein Herr«, antwortete der Mann, der Georg nun ansah.

»Ich bedauere Ihren Verlust aufrichtig«, sagte Georg. »Ich wünsche Ihnen alles Gute.«

Der Versehrte nickte und steckte den Schein ein. Dann betraten Amala, Frederike und Georg das Theater. Es war fünf vor vier, und im Gegensatz zu den letzten Malen, als sie hier gewesen waren, gab es nur eine Art Notbeleuchtung, während das Licht auf der Bühne ausgeschaltet war.

»Hallo?«, rief Amala. »Ist jemand hier?«

»Ich komme gleich«, hörten sie nun die Stimme Anna Simons. Zu sehen war sie jedoch nicht.

Die drei blieben in der Nähe des Eingangs stehen, bis Anna Simon aus dem Dunkel der Bühne trat und sie heranwinkte.

»Kommen Sie bitte!«, rief sie ihnen zu, dann verschwand sie wieder und kurz darauf wurde das Licht im Saal eingeschaltet.

Amala, Frederike und Georg gingen in Richtung Bühne.

»Guten Tag«, sagte nun Anna Simon und kam auf die drei zu. Sie reichte jedem von ihnen die Hand, und Frederike und sie stellten sich einander vor. Dann wandte sie sich Amala zu. »Und? Aufgeregt?«

»Ich sollte es wohl nicht zugeben, schließlich ist es nicht mein erstes Vorsprechen, aber ja, schrecklich aufgeregt sogar.«

»Das ist völlig in Ordnung.« Die Intendantin lächelte gutmütig. »Das geht jedem so und wird mein Urteil nicht beeinflussen. Ich hoffe, es ist in Ordnung, wenn ich dich von nun an mit deinem Vornamen anspreche? Das mache ich mit all unseren Darstellern so.«

»Selbstverständlich.«

»Gut. Gustav, der die Szene mit dir spielen wird, muss auch jeden Augenblick kommen.«

»Danke.«

Genau in diesem Moment ging die Tür auf, und ein junger Mann, ein paar Jahre älter als Amala, betrat das Theater und kam direkt zu ihnen herunter.

»Darf ich vorstellen? Gustav Wencke, Amala Hansen, Georg Hansen und Frederike …«, sie zögerte, »verzeihen Sie, jetzt habe ich Ihren Nachnamen vergessen.«

»Frederike Steffensen. Aber eine geborene Hansen«, half Frederike ihr auf die Sprünge.

»Also zusammengefasst alles Hansens«, scherzte Anna Simon.

»Guten Tag«, sagte Gustav Wencke und begrüßte alle mit Handschlag.

»Also gut.« Anna Simon klatschte in die Hände. »Geht ihr zwei schon mal auf die Bühne, und Sie können sich gern dort vorn in eine der ersten Reihen setzen«, wies sie jedem seinen Platz zu und stieg dann selbst die Stufen zur Bühne hinauf. Sie ging zu den Lichtschaltern, zog den für das Saallicht herunter und drückte zwei, die für die Beleuchtung auf der Bühne sorgten, nach oben.

»Dann wollen wir mal.« Sie nahm Amalas Manuskript, das sie auf einem Stuhl auf der Bühne abgelegt hatte, und winkte Gustav herbei. »Ich habe den Einstieg in die Szene markiert«, sagte sie dann. »Die Textstellen, die ich angestrichen habe.« Sie blätterte einige Seiten um, während Gustav sich ebenfalls über die Seiten beugte. »Bis dorthin«, zeigte sie ihm.

»In Ordnung.«

Dann sah sie Amala an. »Wir spielen die Szene, wo du in die Küche geführt und dort von dem Haushofmeister in Empfang genommen wirst«, erklärte sie.

»Und mein Text?«, fragte Amala.

»Gustav liest ab und gibt dir die Stichwörter. Da es dein eigenes Manuskript ist, weißt du, wie die Szene darzustellen ist. Improvisiere. Ich will sehen, ob du spielen, nicht ob du lesen kannst.« Damit drehte sich Anna Simon um und verließ die Bühne.

Amalas Herz schlug wie wild. Krampfhaft versuchte sie sich an den Text zu erinnern, den sie geschrieben hatte, doch ihr wollte nicht ein einziges Wort wieder einfallen. Claire, die junge Amerikanerin, die sie darstellte, wurde in der Szene von der Haushälterin, die sie vor der Villa abgefangen hatte, in die Küche gebracht, ohne dass diese ihr zuhörte. Daran erinnerte Amala sich natürlich. Doch nicht an den genauen Wortlaut. Ihr Blick fiel auf Georg, der zusammen mit Frederike und Anna Simon in der ersten Reihe saß. Kurz sahen sie sich an, dann nickte er fast unmerklich. Und es war, als sagte er ihr mit diesem einen Blick, dass sie es schaffen würde. Amala hob den Kopf, dann ging sie an den Rand der Bühne, sah Gustav an, trat auf ihn zu und sagte: »Guten Tag, mein Name ist …

»Unwichtig!«, gab dieser in harschem Ton zurück, während er weiter auf das Manuskript in seinen Händen sah. »Wichtig ist allerdings, dass Sie keine Schürze tragen. Muss man sich denn hier um alles selber kümmern?« Gustav tat, als greife er nach etwas, und hielt Amala den imaginären Stoff hin. »Hier, ziehen Sie das über. Aber rasch. Und wo sind die anderen Servierkräfte?«

Amala starrte auf die imaginäre Schürze in ihren Händen, ohne sie anzuziehen, und sah sich dann suchend um. »Ich weiß es nicht, ich wollte eigentlich nur …«

»Ja, Sie wollten nicht wie die anderen zu spät kommen. Gut gemacht, Kindchen. Aber jetzt ist keine Zeit mehr. Die Gedecke sind so weit vorbereitet, doch eben erhielten wir die Nachricht, dass das Reederpaar Agathe und Luitpold Eschweiler keinesfalls nebeneinandersitzen darf. Eine Streitigkeit, ich weiß auch nicht genau.« Gustav verdrehte die Augen. »Diese Neureichen sind einfach eine Plage.« Gustav hielt ihr das Manuskript hin und stellte sich so an ihre Seite, dass sie zusammen darauf blicken konnten. »Sie sind doch bestimmt eine kluge junge Frau. Hier ist der Sitzplan. Was denken Sie, wie könnten wir umdisponieren?«

Amala sah ihn kurz an, ganz so, als wollte sie etwas entgegnen. Dann folgte sie seiner Aufforderung, betrachtete den vermeintlichen Sitzplan und fuhr mit dem Finger über das Skript. »Vielleicht hier? Dann würde Frau Eschweiler neben Herrn Mindermann Platz nehmen und Herr Eschweiler bei den Vierings.«

»Na, Sie sind ja lustig«, erwiderte nun Gustav und trat einen Schritt zurück. »Als ob Sie nicht wüssten, dass Frau Viering dazu neigt, sich an betuchte ältere Herren zu halten. Sie und Herr Eschweiler nebeneinander – da wäre ja schon der nächste Skandal im Anmarsch«, sagte Gustav in tadelndem Ton und sah dann zu Anna Simon. »Die Haushälterin betritt die Küche und schimpft, dass Claire noch immer keine Schürze trägt. Sie nimmt die Schürze und streift sie ihr einfach über, dann verlässt sie zeternd wieder die Bühne.«

Amala sah an sich herab, als ob sie nicht fassen könnte, dass ihr die Schürze einfach angezogen worden war, hob die Arme und rief laut: »Das ist ja der reine Irrsinn hier! Ich möchte doch einfach nur den Hausherrn begrüßen!«

»Der Hausherr empfängt das Personal nicht persönlich, Kindchen.« Gustav trat hinter sie, als wollte er die Bänder an ihrem Rücken zur Schleife binden. »Am besten stellen Sie die

Tischkarten um, wie Sie es für das Beste halten. Aber bitte keine Skandale auslösen, hören Sie?«, sagte Gustav und wedelte mahnend mit dem Zeigefinger. »Der Haushofmeister schiebt Claire von der Bühne und redet dabei weiter auf sie ein, sodass sie nicht zu Wort kommt. Abgang Claire und Haushofmeister«, las Gustav nun vor.

»Danke!«, rief Anna Simon. »Nun bitte die Szene, in der Claire während der Feier, als der Hausherr seine Rede hält und seine Enkelin entschuldigt, die offenbar das Schiff verpasst hat, vortritt und die Sache aufklärt. Gustav, du stellst dich am besten hier vorne hin. Nimm dir einen Stuhl, von dem du aufstehst und deine Rede beginnst. Sprich in Richtung Publikum«, wies die Intendantin ihn an, worauf er nickte. »Und du, Amala, betrittst langsam die Bühne, den Blick auf Gustav gerichtet und Schritt für Schritt näher kommend.«

»In Ordnung«, sagte Amala und ging über die Bühne zum Vorhang, sodass sie vom Publikumssaal nicht mehr zu sehen war.

»Und: bitte!«, rief Anna Simon.

Gustav positionierte seinen Stuhl und setzte sich. Dann stand er auf, räusperte sich laut vernehmlich und las ab: »Liebe Freunde. Was für ein wunderbarer Abend und welch schöner Anlass, aus dem wir heute hier zusammengekommen sind.«

Anna Simon klatschte, ganz so, als wollte sie damit die fehlende restliche Besetzung darstellen, die an dieser Stelle applaudieren sollte.

»Doch bedauerlicherweise«, er senkte den Blick, »ist meine geliebte Enkelin Claire heute nicht wie versprochen nach Hamburg heimgekehrt.«

Amala betrat die Bühne, den Blick starr auf Gustav gerichtet.

»Ist ihr womöglich etwas zugestoßen?« Gustav legte die Hand an die Brust. »Ist das Schiff, auf dem meine liebe Enkelin heimkehren wollte, am Ende gar gesunken? Gab es einen Menschenraub, wurde sie verschleppt?« Gustav stemmte die Hände in die Hüften. »Oder ist sie so wild, wie ihre Mutter es damals war, die mir manch schlaflose Nacht beschert hat?« Gustav fuchtelte mit dem Zeigefinger. »Wenn meine Enkelin Unfug getrieben haben sollte, dann … dann …«

»Aber ich bin ja hier.« Amala war gemessenen Schrittes immer näher gekommen und blieb nun seitlich vor Gustav stehen. »Ich bin hier, Großvater.«

»Sie scherzen wohl, junge Frau«, empörte sich Gustav und klatschte in die Hände. »Haushofmeister, was hat das zu bedeuten?« Wieder sah Gustav in Richtung Publikum. »Der Haushofmeister stürmt herbei und versucht Amala zu packen, die sich immer wieder entwindet.«

Amala sah sich erschrocken um, duckte sich weg, rannte zum Ende der Bühne, sprang auf das Sofa, tat, als wollte sie einem Gegenüber ausweichen.

»Fangt sie doch endlich ein!«, rief Gustav laut. »So eine Ungehörigkeit.«

»Ich bin es, Großvater, so glaub mir doch.« Wieder tat Amala, als wollte sie ausweichen, sprang nun vom Sofa und hielt mit einem Mal inne, so als werde sie festgehalten. »Loslassen! Loslassen, sage ich. Ich bin Claire Dudenhöfer, die Tochter von Lieselotte Dudenhöfer.« Sie riss die Arme auseinander, als befreite sie sich aus dem Griff des Haushofmeisters, lief dann zu Gustav und klammerte sich an seine Oberarme. »Sieh mich an, Großvater. Sieh mich doch nur mal richtig an. Sieh nicht die dunkle Haut, sondern *mich*!«

Gustav, der einen Schritt zurückgewichen war, trat nun langsam wieder vor. »Deine Augen«, sagte er dann. »Es sind die Augen meiner Tochter Lieselotte.« Gustavs Blick schweifte über den Saal. »Mein Gott, du bist es wirklich. Meine Enkelin ist endlich heimgekehrt.«

Anna Simon klatschte zweimal in die Hände. »Gut, das genügt. Danke, Gustav. Amala, kommst du bitte herunter, damit wir uns kurz unterhalten können?«

»Ja, natürlich.« Amala war nicht sicher, ob sie ihre Sache gut oder schlecht gemacht hatte. Sie hatte einfach gespielt, ganz so, wie sie es gelernt hatte. Ob dies nun ankam und den Erwartungen Frau Simons entsprach, wusste sie nicht.

»Das ist wirklich ein schönes Stück«, lobte Gustav, als sie zusammen die Stufen hinuntergingen. »Endlich mal was anderes.«

»Danke.«

Gustav verabschiedete sich und ging, während Amala sich zu Anna Simon stellte. Sie wagte nicht zu fragen, ob und wie es der Intendantin gefallen hatte.

»Ich muss schon sagen, du hast wirklich Talent«, hob die Simon an. »Das Stück ist ein Risiko, ohne Zweifel, doch ich werde es aufführen, und zwar mit dir in der Hauptrolle.«

Amala stand nur da, unfähig zu reagieren. »Wirklich? Obwohl ich kaum Text wiedergegeben habe?«, fragte sie dann mit großen Augen und schluckte.

»Aber ja. Genau deshalb habe ich diese Szenen ja ausgesucht. Auch während du nicht gesprochen und nur auf Gustav reagiert hast, habe ich dich beobachtet. Du warst ganz und gar in deiner Rolle und hast sie wirklich gelebt, nicht nur gespielt. Es hat mir gefallen.«

»Danke!«, sagte Amala glücklich und sah kurz zu Frederike und Georg, denen die Freude über diesen Erfolg ins Gesicht geschrieben stand.

»Unser aktuelles Stück läuft aus, und ich erwäge, deines vorzuziehen. Ich werde das intern besprechen. Du erhältst in den nächsten Tagen zwei Verträge, zum einen für das Manuskript und zum anderen für deine Rolle. Melde dich bei mir, wenn du Fragen hast. In Ordnung?«

»Ja, absolut in Ordnung.« Amala nickte heftig.

»Gut.« Anna Simon streckte ihr die Hand entgegen. »Dann meinen Glückwunsch. Du hast in sehr kurzer Zeit schon viel erreicht. Du kannst stolz auf dich sein.«

Amala ergriff die Hand. »Danke! Tausend Dank für alles. Ich werde Sie ganz bestimmt nicht enttäuschen.«

»Davon bin ich überzeugt.«

Amala sah zu Frederike und fiel ihr regelrecht um den Hals. Dann umarmte sie Georg.

Sie verabschiedeten sich von Anna Simon und verließen das Theater. Draußen schmiegte Amala sich an ihren Großonkel.

»Ist das nicht alles wundervoll?«

»Ja, Amala, das ist es. Und du hast es dir verdient.«

»Ich bin noch immer so aufgeregt. Wenn ich das meiner Mutter …« Sie brach ab. »Nein, natürlich nicht. Bitte verzeiht.«

Georg sah sie an. »Ich kann auch nicht glauben, dass sie nicht mehr da ist. Sie wäre heute sehr stolz auf dich, Amala.«

Amala konnte nicht verhindern, dass ihr die Tränen in die Augen stiegen.

Frederike trat an sie heran und nahm sie in den Arm. »Irgendwie glaube ich, dass Luise bei uns ist. Nicht auf die Art, die wir kennen, aber doch irgendwie.« Sie schob Amala ein Stück von sich und suchte ihren Blick. »Es gibt Dinge zwischen Himmel und Erde, die können wir weder verstehen noch erklären, Amala. Vertrau einfach auf dein Gefühl. Deine Mutter ist hier bei uns. Ich fühle es.«

Amala lächelte etwas gequält. »Ja, das ist sie«, sagte sie dann, obwohl sie keineswegs davon überzeugt war. Doch sie wollte die Trauer um ihre verstorbene Mutter in diesem Moment nicht zulassen. Sie wollte jetzt glücklich sein und sich an dem Erfolg erfreuen, die Hauptrolle in dem von ihr selbst verfassten Theaterstück spielen zu dürfen. Das war in diesem Augenblick das Einzige, was zählte.

»Kommt«, sagte Georg. »Heute ist kein Tag zum Unglücklichsein. Fahren wir nach Hause.«

»Onkel Georg«, wandte sich Amala nun an ihn, »ich hätte eine Bitte.«

»Ja?«

»Wir waren doch, als ich in Hamburg angekommen war, beim Telegrafenamt.« Sie sah zwischen Georg und Frederike hin und her. »Könnten wir da wohl eben noch mal vorbeifahren? Ich habe Geld dabei.« Sie lächelte. »Ich habe es vorhin eingesteckt, weil ich dachte, nein, weil ich hoffte, dass es klappen würde. Und nun würde ich meinem Vater und meinem Bruder gern telegrafieren. Wäre das möglich?«

»Das ist eine wunderbare Idee, Amala. Doch bitte mach mir die Freude und lass mich das Telegramm bezahlen. Solange du hier in Hamburg bist, solltest du dein Geld zusammenhalten.«

Frederike nickte Amala fast unmerklich zu, als wollte sie ihr bedeuten, Georg nicht zu enttäuschen.

»Danke, Onkel Georg«, sagte Amala nun und schüttelte den Kopf. »Ihr seid so nett zu mir. Vielen Dank für alles.«

»Es kommt von Herzen«, antwortete Georg.

Amala warf ihm einen dankbaren Blick zu, dann stiegen alle in Frederikes Auto. Amala war selig. Hatte sie zuvor noch Zweifel gehabt, ob sie längere Zeit in Deutschland bleiben sollte, war diese Frage nun beantwortet. Und sie freute sich auf alles, denn die Möglichkeit, als Schauspielerin zu arbeiten, verhieß das Leben, das sie immer hatte führen wollen. Sie konnte ihr Glück kaum fassen.

20. Kapitel

Wien, Sonntag, 21. September 1924

Es ist nichts weniger als eine vollkommene Freude.
Therese Hansen

Einfach herrlich! Therese wusste nicht, wie lange schon sie sich nicht mehr so gut gefühlt hatte.

Seit sie vor einer Woche wieder selbst das Kaffeehaus übernommen hatte, war alles völlig verändert. *Sie* war völlig verändert. In den ersten Tagen, seit klar war, dass Franz aussteigen und sie wieder die Stelle der Geschäftsführerin einnehmen würde, war ihr Sohn noch da gewesen, um für eine reibungslose Übergabe zu sorgen. Doch das hätte es für Therese gar nicht gebraucht. Sie beherrschte die Vorgänge und Abläufe aus dem Effeff. Alles war ihr vollkommen vertraut und fühlte sich richtig an. Es war, als würde sie nach Hause kommen. Und das machte sie nicht nur glücklich, sondern gab ihr darüber hinaus das Gefühl, um Jahre jünger zu sein. Selbst ihre Haare trug sie wieder so wie früher. Hatte sie diese sonst in den letzten zehn Jahren, bis auf die wenigen Locken, die sich einfach nicht bändigen ließen, stets streng zum Dutt zurückgebunden, so fasste sie ihre Haare nun wieder nur locker mit einem Band zusammen, was ihre Gesichtszüge weicher wirken ließ. Sie fragte sich sogar, weshalb sie je aufgehört hatte, ihr Haar auf diese Art zu tragen, und stattdessen gegen ihre Locken gekämpft hatte, um sie einigermaßen gezähmt zu bekommen.

Sie lächelte glücklich, als sie nun zwei Gedecke an den Fensterplatz hinten in der Ecke brachte, wo ein Mann und eine Frau saßen, die sie noch nie im Kaffeehaus gesehen hatte.

»So, bitte sehr. Zweimal Kaffee und dazu unsere Haustorte«, sagte Therese. »Lassen Sie es sich schmecken.«

»Vielen Dank. Ach bitte, darf ich Sie etwas fragen?«, bat die Frau, die jünger als ihre eigene Tochter war.

»Aber gewiss. Wie kann ich Ihnen helfen?« Therese lächelte sie an.

»Sind Sie selbst die Inhaberin dieses Kaffeehauses? Ich meine, die frühere?«

»Ich bin die frühere und auch die jetzige«, gab Therese Auskunft. »Für eine Weile hat mein Sohn mir ausgeholfen. Doch er hat nun eine andere Stelle. Weshalb wollen Sie das wissen?«

Die beiden jungen Leute tauschten einen Blick.

»Ach, wissen Sie, mein Großvater war, wenn ich das so sagen darf, wohl etwas verliebt in Sie.«

»Wie bitte?« Therese lachte. »Wer war denn Ihr Großvater?«

»Emil Loibelsberger.«

»Nein.« Therese legte die Hand auf den Mund. »Der Herr Loibelsberger! Ach, ist das aber lange her.« Sie wollte sich erkundigen, wie es ihm ging, doch dann besann sie sich. Emil Loibelsberger war vor dreißig Jahren schon ein recht betagter Herr gewesen. »Ich denke nicht, dass er noch lebt, oder?«

»Nein, schon lange nicht mehr.«

»Er war ein sehr netter Herr. Wissen Sie, mein Mann ist früh verstorben. Doch da ich arbeiten musste, hat Ihr Großvater stets angeboten, sich um meinen Franz zu kümmern, als dieser noch klein war. Dann hat er ihm Geschichten aus aller Welt erzählt. Und offen gesagt, ich glaube die meisten davon waren erfunden.« Therese wurde bei der Erinnerung an Emil Loibelsberger warm ums Herz.

»Uns hat er auch immer Geschichten erzählt, als wir klein waren. Doch wir haben ihn nicht so oft gesehen, weil er hier in Wien lebte und wir in Deutschland, in Kassel, um genau zu sein.«

»Ach, deshalb. Ich hatte damals den Eindruck, dass er gar keine Familie hätte.« Therese legte den Kopf schräg. »Und wie kommen Sie darauf, dass er für mich geschwärmt hat?«

»Meine Mutter hat mir das erzählt. Er hat so oft zu ihr gesagt, wir sollten ihn in Wien besuchen. Und dann würde er uns in das beste Kaffeehaus der Stadt führen, das Therese Hansen gehörte. Und jetzt, wo wir das Wochenende hier verbringen, wollte ich unbedingt in dieses Kaffeehaus kommen. Als Ihre Serviererin Sie eben mit dem Vornamen ansprach, dachte ich mir, ich frage Sie einfach.«

»Ich finde es ganz zauberhaft, dass Sie gekommen sind. Ich habe Ihren Großvater wirklich sehr gern gehabt.« Therese deutete auf die Torte. »Sie sind natürlich heute meine Gäste. Die Familie unseres Herrn Loibelsberger hierzuhaben, ist für mich eine besondere Freude. Und nun lassen Sie es sich schmecken.«

»Vielen Dank«, sagten die beiden wie aus einem Mund, und Therese verließ lächelnd den Tisch. Emil Loibelsberger – wie lange war das nun her? Sie hatte ihn zuletzt gesehen, bevor sie damals mit Robert nach Kamerun gegangen war. Therese versuchte sich zu erinnern, ob sie ihn später noch einmal gesehen hatte, als sie zurück waren und sie die Arbeit im Kaffeehaus wieder aufgenommen hatte. Es wollte ihr partout nicht einfallen.

»Hallo? Ich möchte zahlen!«, rief nun der Gast an Tisch vier und hob den Arm, um auf sich aufmerksam zu machen. Therese nickte ihm zu als Zeichen, es bemerkt zu haben, und beeilte sich dann, die Geldtasche zu holen. Als sie mit dem Kassieren fertig war, sah sie sich um. Es war etwa die Hälfte der Tische belegt. Für einen Sonntag viel zu wenig. Wenn sie das mit früher verglich, wo die Leute teilweise vorn im Eingangsbereich gestanden und gewartet hatten, bis wieder etwas frei wurde! Sie blickte auf die Wände, an denen noch immer dieselbe Tapete hing wie vor vielen Jahren. Wann hatten sie zuletzt renoviert? Robert hatte einige Reparaturen vorgenommen und auch hie und da mal etwas erneuert, doch wann genau das gewesen war, wusste Therese nicht mehr zu sagen. Und wenn man bedachte, dass ihr Ehemann im Dezember bereits zehn Jahre tot war, wurde offensichtlich, dass es eine Weile her sein musste. Therese fand nicht, dass das Interieur alt oder gar schäbig wirkte, doch sie kam nicht umhin sich zu fragen, ob die alten Tapeten und die abgenutzte Einrichtung womöglich etwas mit dem Wegbleiben der Gäste zu tun hatte. Warum eigentlich hatte Franz nicht in Erwägung gezogen, etwas im Kaffeehaus zu verändern? Schließlich war er ein junger Mann mit einem ganz eigenen Stil, wenngleich Therese nicht sagen konnte, welcher genau das gewesen wäre. Er hatte sie nie darauf angesprochen, etwas renovieren zu wollen, und irgendwie war sie selbst dadurch, dass es nun einmal seine Aufgabe geworden war, auch nicht darauf gekommen. War es womöglich an der Zeit? Eine Renovierung würde gewiss ziemlich viel Geld kosten. Und die Zeiten waren insgesamt schlecht. Seit der anhaltenden Inflation nach dem Krieg hatte die österreichische Krone erheblich an Wert verloren. Im Dezember sollte das Währungsumstellungsgesetz in Österreich verabschiedet und die österreichische Krone durch die neue Währung, den Schilling, ersetzt werden. Viele im Land hofften, dass der Verfall des Geldes damit zumindest gebremst werden konnte. Therese wusste noch nicht genau, was sie davon halten sollte. Auch wenn sie verstand, weshalb es nötig wurde, wollte sie dennoch keine Veränderung. Vor allem aber wusste sie nicht, was dann mit ihrem nicht unerheblichen Vermögen aus dem seinerzeitigen Verkauf des Kontors würde. Sicher, man bekam jetzt viel zu wenig für sein Geld. Doch würde die Währungsumstellung am Ende dazu führen können, dass sie womöglich kein oder nur noch wenig Geld hatte? Sie löste ihren Blick von den Tapeten. Nein. Sie waren gut genug und verliehen dem Raum das typische Flair eines Wiener Kaffeehauses. Wenn erst die Währungsumstellung vollzogen wäre und Therese absehen könnte, was dies konkret für sie und ihre finanzielle Situation bedeutete, dann würde sie über eine Renovierung nachdenken. Doch bis dahin blieb alles, wie es war.

Um achtzehn Uhr sperrte Therese die Eingangstür des Kaffeehauses ab. Sie hatte Felicitas, der Serviererin, die dort beschäftigt war, bereits vor einer Stunde freigegeben, weil kaum noch Gäste gekommen waren und Therese diese mit Leichtigkeit allein bedienen konnte. Nun legte sie noch das Geld in die Geldtasche, die sie unter den Dielen im Fußboden ihres Büroraums aufbewahrte, schaltete überall das Licht aus, ging hinaus und schloss zweimal hinter sich ab. Dann machte sie sich auf den Heimweg.

Die Füße taten ihr weh, und trotzdem hatte sie dieses Lächeln auf den Lippen, weil sie von Herzen glücklich und zufrieden war. Sie ließ sich Zeit, nach Hause zu gehen. Schließlich wartete dort niemand auf sie, sodass sie keine Eile hatte. So war es bereits nach sieben Uhr, als sie die Tür zu ihrem Haus aufschloss. Noch bevor sie diese geöffnet hatte, hörte sie drinnen das Telefon klingeln. Nun beeilte sie sich, legte nur rasch ihren Schlüssel auf das Schränkchen und nahm den Telefonhörer ab.

»Hansen?«

»Therese, du bist da, Gott sei Dank. Sag, ist Franz vielleicht bei dir?«

»Emma? Aber nein, ich komme eben erst nach Hause. Wieso? Warum sollte er hier sein?«

»Ich dachte, er wäre vielleicht zu dir gegangen.«

Therese konnte die Sorge in der Stimme der Schwiegertochter hören.

»Emma, was ist geschehen?«

»Eigentlich nichts. Ich weiß nicht. Er ist verändert. Als er gestern aus der Fabrik kam, wirkte er ganz fremd. Anfangs dachte ich, er würde womöglich krank. Denn er ging gleich hinauf ins Schlafzimmer und hat sich hingelegt.«

»Die Arbeit ist für ihn noch neu, gewiss ist er davon erschöpft.«

»Ja, das dachte ich auch. Aber weißt du, er war so …« Sie suchte nach Worten.

»Wie?«

»Ich glaube, er hatte geweint, als er nach Hause kam.«

Thereses Puls beschleunigte sich. Ihr Sohn war nie einer von denen gewesen, der schnell in Tränen ausgebrochen war. Und seit er erwachsen und zum Mann geworden war, konnte Therese sich überhaupt nicht an auch nur eine Gelegenheit erinnern, da ihm die Tränen gekommen wären. Die Aussage ihrer Schwiegertochter beunruhigte sie.

»Hat er denn irgendetwas gesagt? Ich meine, war etwas in der Firma? Gibt es dort Schwierigkeiten?«

»Nein, nichts. Er war die Tage zuvor wie immer. Er mag seine neue Aufgabe und sagte nur, dass er noch viel lernen müsse. Doch er war bereit dazu.«

»Seit wann ist Franz weg?«

»Seit Stunden schon.«

»Und hat er denn nicht gesagt, wo er hinwollte?«

»Er wollte einen Spaziergang machen, um seine Gedanken zu ordnen, sagte er. Das war direkt nach dem Mittagessen. Ich ging natürlich davon aus, dass er zum Nachmittagskaffee wieder da wäre. Doch das war er nicht. Nicht einmal zum Abendbrot kam er heim.« Emma schluchzte auf. »Ich mache mir Sorgen, Therese. So war er noch nie.«

Therese lief es eiskalt den Rücken hinunter. Sie musste an Karl, ihren ersten Ehemann denken. Genau wie Franz war er ein fröhlicher, wenn auch introvertierter Mensch gewesen. Sie hatte ihm nicht angemerkt, dass er offenbar so große Sorgen gehabt hatte, dass er keinen anderen Ausweg sah, als sich das Leben zu nehmen. Er hatte sich damals von einer Brücke ganz in der Nähe gestürzt. Außer Robert und ihr selbst wusste niemand auf dieser Welt, dass es kein Unfall gewesen war. Nur sie beide, weil Karl ihnen Abschiedsbriefe hinterlassen hatte. Konnte es sein, dass Franz sich in einer ebenso verzweifelten Lage befand wie Karl damals? Hatte sie, Therese, erneut nicht bemerkt, dass ein geliebter Mensch litt, und musste sie nun fürchten, auch ihren Sohn zu verlieren? Eine Gänsehaut ließ ihren Körper erschauern.

»Therese, bist du noch dran?«

»Ja«, sagte sie und schluckte, »ich bin noch dran. Emma, ich werde jetzt meinen Bruder anrufen und ihn fragen, ob sich etwas ereignet hat. Hast du schon versucht, in der Fabrik anzurufen? Kann es sein, dass Franz einfach nur Arbeit hat liegen lassen, die er nun fertig macht?«

»Ich habe dort angerufen, doch es ist niemand rangegangen.«

»Und bei Florentinus?«

»Da habe ich es noch nicht versucht.«

»In Ordnung. Das werde ich jetzt machen. Und dann melde ich mich wieder bei dir.«

»Gut. Danke. Ich bleibe neben dem Telefon sitzen.«

»Ich rufe dich gleich zurück.« Damit hängte Therese ein und wählte sogleich die Nummer ihres Bruders. Nach dem zweiten Klingeln meldete sich seine Haushälterin.

»Hilde, hier spricht Therese Hansen. Ist mein Bruder zu Hause?«

»Ja, Frau Hansen, er ist hier. Einen Moment bitte. Ich hole ihn.« Therese hörte, wie sich Schritte entfernten. Kurz darauf meldete sich Florentinus.

»Guten Abend, Therese. Ist alles in Ordnung?«

»Nein, das ist es nicht. Sag mir, Tino, ist irgendetwas mit Franz? Oder ist er womöglich sogar bei dir?«, fragte sie gleich, weil ihr gerade erst dieser Einfall gekommen war.

»Nein, er ist nicht hier. Weshalb? Was ist geschehen?« Florentinus klang besorgt.

»Emma hat mich eben angerufen. Franz ist seit heute Mittag nicht mehr nach Hause gekommen. Sie sagte, dass er gestern … wie soll ich sagen, verstört wirkte, als er heimkam. Ist vielleicht etwas in der Arbeit vorgefallen? Hat er Schwierigkeiten?«

Florentinus zögerte.

»Tino, was ist los?« Thereses Stimme überschlug sich.

»Franz hat Probleme, doch das hat nichts mit der Arbeit zu tun. Er hat mit den Folgen des Kriegs zu kämpfen und kann nicht vergessen.«

»Noch immer?« Therese wusste, dass Franz Furchtbares durchgemacht hatte, und sie wusste auch, dass er sich sogar Roberts Tod vorgeworfen hatte, weil dieser, als die Nachricht kam, dass Franz gefallen war, den Herzinfarkt erlitten hatte. Doch Therese hatte dies, wann immer das Thema aufgekommen war, energisch als Unsinn abgetan. Nie hätte sie geglaubt, dass er noch immer damit zu kämpfen hatte.

»Ja. Er hat Albträume, die ihm schwer zu schaffen machen. Ich habe ihn gestern mit Paul Reichert, dem Sohn von Lorenz

Reichert zusammengebracht. Er war auch im Krieg und kann verstehen, was in Franz vorgeht.«

Therese schluckte schwer. »Glaubst du, dass Franz sich etwas antun würde, Tino?«

»Ich weiß es nicht. Ich dachte, dass ihm die Aussprache mit Paul Reichert gutgetan hätte. Er wirkte erleichtert, als wir uns gestern voneinander verabschiedeten.«

»Tino, ich habe Angst.« Therese kamen die Tränen. »Was, wenn er nun erst recht das Gefühl hat, nicht damit leben zu können?«

»Therese, ich lege jetzt auf und gehe ihn suchen«, entschied Florentinus.

»Ich rufe noch Emma zurück, dann mache ich mich auch auf den Weg. Auf Wiederhören.« Therese hängte ein und wählte sogleich Emmas Nummer. Diese war nach dem ersten Klingeln am Apparat.

»Ich habe mit meinem Bruder gesprochen«, sagte Therese. »Er weiß nicht, wo Franz sein kann. Aber er macht sich jetzt auf die Suche nach ihm, und ich werde ebenfalls losgehen.«

»Ich möchte auch etwas tun!«, rief Emma verzweifelt.

»Du musst zu Hause bei deinen Kindern bleiben«, mahnte Therese. »Sobald ich irgendetwas weiß, melde ich mich bei dir.«

»Aber hat denn dein Bruder gesagt, dass es Streit oder Ähnliches gab?«

Therese zögerte. »Nein, nichts dergleichen. Es war alles in bester Ordnung. Du musst dir also keine Sorgen machen. Ich hänge jetzt ein, Emma. Bis später.«

Therese legte den Hörer auf, griff nach ihren Schlüsseln und verließ das Haus. Sie rannte an der Wien entlang, rief wieder und wieder Franz' Namen. Menschen kamen ihr entgegen, die sie verwundert ansahen und teilweise auch stehen blieben. Doch Therese scherte sich nicht darum. Sie lief immer weiter, bis sie die Brücke erreichte, von der Karl sich damals in die Tiefe gestürzt hatte. Abrupt verharrte sie, als sie in der Mitte einen Mann stehen sah, der sich über das Geländer beugte und in die Tiefe starrte. Doch es war nicht Franz, sondern Florentinus. Er richtete sich wieder auf, und ihre Blicke trafen sich. Im Eilschritt kam Florentinus auf sie zu.

»Hier ist nichts«, sagte er nur, fasste dann ihre Hand, und sie machten kehrt.

»Wir gehen in den Park«, entschied Florentinus.

»Zum Denkmal«, sagte Therese. »Dort hat er als kleiner Junge gern gespielt.«

Während sie im Eilschritt den Weg entlangliefen, riefen sie abwechselnd immer wieder Franz' Namen. Außer ihnen war niemand mehr im Park, obwohl es noch nicht einmal dunkel war, lediglich ein bisschen dämmrig. Sie hasteten weiter und weiter, riefen immer wieder nach Franz. Dann blieb Florentinus plötzlich stehen und hielt auch Therese zurück. Sie sahen zu den Bäumen, die um das Denkmal herum in den Himmel ragten. Dort auf der Parkbank saß Franz und blickte starr geradeaus.

Therese und Florentinus gingen zu ihm.

»Franz«, sprach Florentinus ihn an und suchte seinen Blick. »Wir haben uns Sorgen um dich gemacht.«

Er reagierte nicht.

»Franz«, versuchte es nun Therese, setzte sich neben ihn und berührte sanft seinen Arm. »Franz, hörst du mich?«

Ein kleiner Ruck durchfuhr seinen Körper, und Therese zog erschrocken ihre Hand zurück. Langsam bewegte Franz seinen Kopf und sah sie an. »Mutter? Was machst du denn hier?« Er sah zu seinem Onkel, der direkt vor ihm stand, den er jedoch zuvor gar nicht wahrgenommen hatte.

»Mein Gott, Franz. Wir haben uns solche Sorgen um dich gemacht? Was tust du denn hier?«, fragte Therese und legte abermals ihre Hand auf den Arm ihres Sohnes.

»Ich war spazieren«, gab Franz Auskunft und blickte erneut zu seinem Onkel hinauf. »Und was macht ihr beide hier?«

»Wir haben dich gesucht, Franz«, sagte Florentinus.

»Weshalb?«

»Emma hat mich angerufen. Sie ist krank vor Sorge.«

»Aber ich sagte ihr doch, dass ich noch spazieren gehe.«

»Das war vor Stunden, Franz«, entgegnete Therese eindringlich.

Franz blickte sie an, als verstünde er nicht, was sie sagte. Dann fragte er seinen Onkel: »Wie spät ist es denn?«

»Gleich acht Uhr.«

Franz riss die Augen auf. »Das kann nicht sein.«

»Doch, Franz, es ist so«, versicherte Therese. »Hast du getrunken, dass du die Zeit so vergessen hast?«

»Nein.« Franz schüttelte den Kopf. »Nein«, wiederholte er dann. »Das habe ich nicht.«

Florentinus hielt ihm die Hand hin. »Komm, Franz, wir bringen dich nach Hause zu deiner Familie.«

Franz ergriff die Hand seines Onkels und stand auf. Therese erhob sich ebenfalls und hakte sich bei ihm unter. Dann schlugen sie den Weg zu Franz' Haus ein, das nicht weit von Thereses und Florentinus' Häusern entfernt lag. Auf dem Weg sagte keiner von ihnen auch nur ein Wort. Zu sehr hingen sie ihren Gedanken nach. Als sie Franz' Zuhause erreichten, zog er die Schlüssel hervor und schloss auf, worauf Therese und Florentinus ihm ins Innere folgten.

»Franz!« Emma kam auf ihren Ehemann zugelaufen und fiel ihm um den Hals. »Mein Gott, Franz, wo hast du nur gesteckt?«

»Es tut mir wirklich leid, Emma. Ich kann es dir nicht einmal erklären. Ich bin spazieren gegangen, habe mich dann im Park auf eine Bank gesetzt und nachgedacht. Und ich habe überhaupt nicht mitbekommen, wie die Zeit vergangen ist.«

»Du hast Stunden dort verbracht und es nicht bemerkt?«, fragte Emma zweifelnd. »Das kann doch nicht sein.«

»Es war wirklich viel Arbeit in den letzten Tagen«, sprang Florentinus dem Neffen zur Seite. »Ich kenne das auch, so in Gedanken zu sein, dass ich gar nicht merke, wie die Zeit verfliegt.« Er klopfte Franz auf den Rücken. »Nun ist ja alles wieder in Ordnung, und alle sind wohlbehalten dort, wo sie hingehören.«

»Ich danke euch beiden«, sagte nun Franz zu seiner Mutter und seinem Onkel. »Ohne euch würde ich vielleicht noch Stunden dort sitzen.«

Therese umarmte Franz, dann Emma. »Du solltest ein wenig schlafen, Franz. Wir gehen dann jetzt.«

»Gute Nacht. Und nochmals vielen Dank«, sagte Franz höflich und brachte die beiden noch zur Tür. Therese und Florentinus gingen hinaus und schlugen den Weg in Richtung ihrer eigenen Häuser ein. Nach nur wenigen Metern fragte Therese: »Was hast du auf der Brücke gemacht?«

»Was soll ich denn gemacht haben?«

»Du hast dort gestanden und hinuntergesehen, ganz so als hättest du die Befürchtung, dass Franz sich hinuntergestützt haben könnte.«

»Ich war einfach in Sorge.«

»Es ist die Brücke, wo Karl gestorben ist.«

»Ja, ich weiß.«

»Woher?«

»Wie meinst du das?«

Therese blieb stehen. »Wieso hast du hinuntergesehen? Du dachtest, dass Franz sich in den Tod gestürzt hätte. Weshalb von dieser Brücke?«

»Ich weiß, dass die Polizei damals ermittelt hat, weil sie den Verdacht hatte, Karl sei auf dieser Brücke vermutlich überfallen und hinuntergestoßen worden.«

Therese sah ihrem Bruder tief in die Augen. »Du lügst, Tino. Du schwafelst herum, wie du es immer tust, wenn du nicht aufrichtig bist. Das hast du schon immer so gemacht.«

»Ich weiß nicht, wovon du redest.«

Therese hielt den Blick weiterhin fest auf ihn gerichtet. »Ich sehe es dir an. Du weißt es, und ich will wissen, woher.«

»Ich weiß was?«

»Tino. Sag mir jetzt die Wahrheit! Sofort! Wusstest du, was Karl vorhatte?«

Florentinus sah sie an, dann veränderte sich sein Gesichtsausdruck. »Ich weiß nicht, was du mir vorwerfen willst, Therese. Du bist aufgebracht, weil du Angst um deinen Sohn hattest, und siehst jetzt Gespenster. Ich war auf dieser Brücke, weil ich fürchtete, dass Franz sich etwas antun könnte, das stimmt. Es ist die höchste Brücke in der Umgebung, und ich wusste nicht, in welchem Zustand sich Franz befand. Karl ist damals von dieser Brücke gestürzt oder gestoßen worden oder wie auch immer. Doch ich weiß nicht, was geschehen ist, denn ich war nicht dabei. Ist dann damit dein Verhör zu Ende?« Er war laut geworden.

Therese sah ihn kurz an, dann drückte sie sich an ihn und ließ sich in die Arme nehmen. »Es tut mir leid.« Sie schluchzte auf. »Ich weiß gar nicht, was ich damit sagen wollte. Ich habe es dir nie erzählt, ich habe es niemandem erzählt«, betonte sie, »doch damals, nach Karls Tod, bekam ich noch einen Brief von ihm. Einen Abschiedsbrief. Er hat sich umgebracht, Tino. Mein Mann hat sich von dieser Brücke gestürzt, und ich weiß bis heute nicht, warum. Und als ich dich vorhin da stehen sah, da dachte ich, du wüsstest den Grund dafür und könntest mir die Antwort geben. Ich war so in Sorge um Franz und habe nicht mehr klar denken können.«

»Schtscht«, machte Florentinus wie früher, wenn er seine kleine Schwester zu trösten versuchte. »Ist ja alles gut. Es ist ja nichts geschehen.« Eine Weile blieben die beiden so stehen. Florentinus zog sein Stofftaschentuch hervor und reichte es Therese, die ihre Tränen damit trocknete.

»Bitte sei mir nicht böse.«

»Das bin ich nicht. Und nun komm. Ich bringe dich nach Hause. Für heute gab es genug Aufregung.«

Zusammen schlenderten sie zurück, bis sie vor Thereses Haus standen. Dort verabschiedeten sie sich, und Florentinus wartete noch, bis Therese die Tür aufgeschlossen hatte.

»Gute Nacht«, sagte sie.

»Gute Nacht«, gab er zurück und ging dann davon.

Therese sah ihm noch eine Weile nach. Sie hatte ihm gesagt, dass ihr Mann Selbstmord begangen hatte, und er hatte weder nachgefragt noch sich überrascht gezeigt. Sie drehte sich um, trat ins Haus und schloss die Tür hinter sich. Ein eigenartiges Gefühl in Bezug auf ihren Bruder beschlich sie, was sie nicht recht zu greifen bekam. War es wirklich Argwohn?

21. Kapitel

Berlin, Montag, 22. September 1924

Ich weiß nicht, ob ich das Richtige tue. Ich weiß nur, dass ich es tun muss.

Eduard Ahrendsen

Es war mitten in der Nacht, als das Klingeln des Telefons Eduard aus dem Schlaf riss. Sein Herz raste, als er den Hörer abnahm.

»Ja?«

»Eduard? Hier ist Onkel Georg. Entschuldige die Störung um diese Zeit, doch das kann nicht bis morgen früh warten.«

»Onkel Georg? Was ist denn passiert?« Sofort sah Eduard das Bild seiner Mutter vor sich, wie er sie früher wieder und wieder aufgefunden hatte. Vollkommen betrunken und mehr tot als lebendig. War es das? Hatte sie sich dieses Mal eine Flasche zu viel hinter die Binde gekippt?

»Deine Villa. Das Dach ist eingestürzt.«

»Was? Das kann doch nicht sein.«

»Die Balken waren wohl viel morscher als angenommen«, erklärte Georg.

»So eine verdammte Scheiße«, fluchte Eduard laut.

»Nein, keine Sorge. Deiner Mutter ist nichts passiert«, sagte Georg, ohne dass Eduard danach gefragt hätte. »Sie steht hier neben mir und möchte dich sprechen.«

Eduard schüttelte den Kopf. Das hatte ihm gerade noch gefehlt.

»Eduard, hast du gehört, was geschehen ist?«, keifte seine Mutter in den Apparat. »Das Haus ist über mir zusammengebrochen! Es ist ein reines Wunder, dass ich noch am Leben bin. Ich verlange von dir, dass du dich sofort auf den Weg hierher machst und das in Ordnung bringen lässt.« Sie schluchzte auf. »Das kommt nur davon, dass du dich so schlecht um alles kümmerst. Wäre doch nur dein Vater noch am Leben! Ludwig hätte nicht zugelassen, dass ich derart zu leiden und in solch unzumutbaren Zuständen zu leben habe. Wäre ich doch nur als Mann geboren, dann könnte ich mich selbst um alles kümmern, statt dir ausgeliefert zu sein, wo du nur an dein Vergnügen denkst. Ich …«

»Mutter, gib mir noch mal Onkel Georg!«, ging Eduard einfach dazwischen.

»Du bist ein derart grausamer …«

»Mutter, jetzt sofort: Gib mir Onkel Georg, oder ich lege auf.«

Martha heulte auf. »Hier, Georg, mein Sohn möchte nicht mit mir sprechen.« Sie schrie noch lauter, als Georg sich bereits wieder meldete.

»Sie ist körperlich unversehrt«, sagte Georg ruhig.

»Wie schlimm ist es? Also: der Schaden.«

»Ich war nur kurz drüben, weil Martha hier anrief und vollkommen am Ende war. Sie ist jetzt erst mal hier bei uns und Lotte ebenfalls. Soweit ich es im Dunkeln erkennen konnte, ist der westliche Teil stark beschädigt. Wir können von Glück reden, dass es nicht regnet, sodass wenigstens nicht die Wände durchnässt werden.«

»Ich fahre nur noch in der Firma vorbei und lege Walter einen Zettel hin, damit er Bescheid weiß. Dann mache ich mich sofort auf den Weg zu euch.«

»In Ordnung. Wir werden noch versuchen, ein wenig Schlaf zu bekommen. Du wirst ja vor dem frühen Vormittag nicht hier sein können, und dann gehen wir gemeinsam rüber zu eurer Villa, in Ordnung?«

»Ja, so machen wir's. Und danke, dass du mir Bescheid gegeben hast, Onkel Georg.«

»Glaub mir, ich hätte es lieber erst morgen früh gemacht. Doch ich hatte keine Wahl.«

»Ich verstehe schon. Und es tut mir leid, dass du sie nun in deinem Haus ertragen musst.«

»Wir sind immer noch eine Familie, Eduard.«

»Bis später, Onkel Georg. Und nochmals vielen Dank.« Eduard hängte ein und schaltete erst jetzt das große Licht an. Er blinzelte mehrere Male, um seine Augen an die Helligkeit zu gewöhnen. Sein Blick fiel auf die Uhr: Es war Viertel vor drei. Wenn er sich beeilte, konnte er zwischen halb zehn und zehn in Hamburg sein. Er atmete tief durch, ging ins Badezimmer, ließ kaltes Wasser ins Waschbecken laufen, tauchte seine Hände ein und benetzte wieder und wieder das Gesicht. Dann trocknete er sich ab und sah einen Moment in den Spiegel. Seine Augen waren gerötet und hatten dunkle Ringe, die Haut wirkte fahl, und alle Glieder taten ihm weh. Seit er den neuen Pritschenwagen angeschafft und nach Fritz' Rauswurf einen Mitarbeiter weniger hatte, fuhr er noch häufiger als früher die Bestellungen selbst aus. Das viele Heben und Kistenschleppen forderte seinen Tribut. Fast jeden Abend schmerzte sein Rücken höllisch und hatte sich auch am nächsten Morgen noch nicht vollständig von der Plackerei erholt. Er war ständig übermüdet, dehnte immer wieder seinen Nacken, bis es knackte, um ein wenig den Schmerzen entgegenzuwirken, und hatte kaum mehr Lust, am

Abend noch irgendetwas anderes zu tun, als halb tot ins Bett zu fallen und zu schlafen. Von Spaß am Leben konnte weiß Gott keine Rede mehr sein. Dabei hatte alles eine lange Zeit so gut ausgesehen. Doch die wirtschaftliche Situation ging an keinem im Land vorbei. Dabei war sein Geschäft sogar noch eines, das man als krisensicher bezeichnen konnte. Die Menschen verzichteten auf vieles und schränkten sich an allen Ecken und Enden ein – nur nicht beim Schnaps. Je größer die Not war, desto mehr versuchten die Bürger, ihre Sorgen in Hochprozentigem zu ertränken. Doch dass insgesamt alles teurer geworden, das Geld hingegen jedoch fast nichts mehr wert war, bekam auch Eduard deutlich zu spüren. Und seine monatlichen Kosten waren hoch. Zum einen, weil er neben seinen Geschäften in Hamburg und Berlin auch noch die Spirituosenlager zu unterhalten hatte. Dann die Villa in Hamburg und die monatlichen Ausgaben für seine Mutter, die beträchtlich waren. Seine eigene, kleine Wohnung, auch wenn direkt im Herzen Berlins gelegen, machte nur einen geringen Teil der Kosten aus. Noch einmal sah Eduard in den Spiegel. Wie viel die Reparaturen am Dach wohl kosten mochten? Er hatte zwar mit Gerd Noltes Hilfe die Außenstände hereingeholt. Doch Fritz' Unfall und dessen Folgen hatten Eduard eine Stange Geld gekostet, das erst einmal wieder hereinverdient werden musste. Nun auch noch eine weitere hohe Summe für den Dachdecker aufzubringen, war ihm fast nicht möglich. Alle weiteren Kosten liefen schließlich weiter. Doch er konnte die Reparatur keinesfalls aufschieben. Zum einen, weil seine Mutter dann im wahrsten Sinn des Wortes kein Dach mehr über dem Kopf gehabt hätte, was ihn allerdings rein menschlich nicht wirklich interessierte. Doch die Villa würde ohne ein neues oder zumindest ausgebessertes Dach erhebliche weitere Schäden erleiden. Es war jetzt Ende September, schon bald würden in Hamburg die Herbststürme wüten. Dies in Kombination mit jeder Menge Regen würde dem alten Gemäuer vermutlich den Rest geben, wenn Eduard nicht sofort die Handwerker an die Arbeit schickte. Doch inzwischen schienen die immer weniger zu werden, sodass sie nicht nur Mondpreise machten, sondern man sich schon glücklich schätzen konnte, wenn überhaupt jemand kam. Und bei einem Schaden wie dem, den ihm sein Onkel beschrieben hatte, würde der Dachdecker bestimmt eine Anzahlung sehen wollen, damit er überhaupt anfing. Dabei hatte Eduard gerade erst den neuen, wenn auch gebrauchten Pritschenwagen bezahlt. Die Gedanken kreiselten in seinem Kopf. Noch wusste er nicht, wie er all das schaffen sollte. Zunächst einmal würde er sich die Kosten für die anfallenden Reparaturen nennen lassen und dann weitersehen. Er wusste, dass er sich auf seinen Großonkel Georg verlassen konnte. Dieser hätte ihn nie im Stich gelassen. Doch er wollte es eigentlich gar nicht so weit kommen lassen, ihn um Geld bitten zu müssen. In dieser außergewöhnlichen Situation wäre es vermutlich für Georg gar keine Überlegung wert gewesen, hatte doch jeder in seinem Geschäftsleben schon einmal Engpässe erlebt, und Georg als alter Kaufmann wusste nur zu gut darüber Bescheid. Doch auch dieses Geld würde zurückgezahlt werden müssen, und so viel Schnaps konnte Eduard kaum verkaufen, dass er diese Belastung noch zusätzlich hätte stemmen können.

Und wenn er die Villa einfach so belassen und in dem Zustand weit unter Wert verkaufen würde? Natürlich müsste er dann für seine Mutter eine neue Bleibe finden und sich für die nächsten Jahre ihr nicht enden wollendes Gezeter anhören, sie aus dem Haus, in dem sie schon Jahrzehnte lebte, vertrieben zu haben. Andererseits zeterte sie ohnehin den ganzen Tag. Da kam es darauf nun auch nicht mehr an. Doch der Gedanke, die Villa, in der schon sein Vater gelebt hatte und die immerhin auch einen gewissen Wohlstand repräsentierte, der zu dem Bild eines erfolgreichen Geschäftsmanns in der Hamburger

Gesellschaft einen nicht zu unterschätzenden Teil beitrug, zu verkaufen, ging ihm gehörig gegen den Strich. Nein, das konnte nicht die Lösung sein. Doch welche gab es dann? Er sah noch einmal in den Spiegel, dann stieß er sich vom Waschbecken ab, zog sich an, nahm die Unterlagen, die er für die Auslieferungen des nächsten Tages benötigte und die nun Walter würde erledigen müssen, an sich und verließ dann die Wohnung am Breitscheidplatz. Er ging zu seinem Wagen, den er nur ein Stück weiter die Straße hinunter geparkt hatte. Womöglich wäre er gezwungen, ihn wieder zu verkaufen und für eine Weile durch ein günstigeres Modell zu ersetzen. Bei dem Gedanken zog sich sein Magen zusammen. Er arbeitete und arbeitete und kam dennoch nicht auf einen grünen Zweig. Es war zum Verzweifeln.

Es war kurz nach halb zehn, als Eduard von der Straße abbog und sein Auto direkt auf die sonnengelbe Villa der Familie Hansen zu lenkte. Kaum hatte er den Motor abgeschaltet, wurde schon die Tür geöffnet, und Georg kam die Stufen heruntergeeilt, um ihn in Empfang zu nehmen.

»Gut, dass du da bist, mein Junge. Ich hatte Sorge, ob du sicher ankommen würdest.«

»Schön, dich zu sehen, Onkel Georg.« Die beiden umarmten sich kurz.

»Komm herein, und trink erst mal einen Kaffee oder Tee. Bertha wird dir ein Frühstück richten. Du hast doch bestimmt noch gar nichts gegessen.«

»Mir wäre es lieber, gleich hinüberzufahren«, sagte Eduard. »Je schneller ich mir ein Bild machen kann, desto besser.«

Georg sah ihn forschend an. »Du kannst ruhig reinkommen. Deine Mutter ist noch oben in ihrem alten Zimmer, um sich auszuruhen. Das alles hat sie ziemlich mitgenommen.«

Eduard hob nur die Augenbrauen, ersparte sich aber eine Bemerkung, dass seine Mutter sich stets von allem überlastet fühlte, was für andere Menschen ganz normal war. In diesem Fall war es natürlich verständlich, dass die Nacht nicht spurlos an ihr vorübergegangen war. Doch selbst jetzt konnte Eduard das Theater, das sie mit Sicherheit veranstalten würde, nur schwer ertragen.

»Unabhängig davon wäre es mir trotzdem lieber.«

»In Ordnung«, sagte Georg und blickte zurück. Bertha stand im Türrahmen und wartete, dass Eduard und Georg hereinkamen. Georg ging ein paar Schritte in Richtung Villa.

»Bertha, ich fahre mit meinem Großneffen hinüber zur Villa Ahrendsen, um den Schaden zu begutachten. Sag bitte meiner Tochter und meiner Großnichte Bescheid, dass ich kurz fort bin.«

»Jawohl, Herr Hansen«, antwortete sie und sah dann Eduard an. »Ich drücke Ihnen die Daumen, Herr Ahrendsen, dass es bei Tageslicht nicht so schlimm ist, wie befürchtet.«

»Danke, Bertha«, gab Eduard zurück. Dann stiegen Georg und er in seinen Wagen, und Eduard fuhr los.

»Hoffentlich behält Bertha recht«, sagte Eduard mehr zu sich selbst.

»Ich habe Dachdecker Fedderke bereits bestellt«, sagte Georg. »Er wird gegen Mittag kommen und sich das Malheur ansehen.«

»Wahrscheinlich reibt er sich die Hände. Schließlich werde ich die nächsten Jahre die Winterschuhe für seine Kinder bezahlen«, murrte Eduard.

»Fedderke ist ein ehrlicher Kerl. Ich kannte schon seinen Vater und auch seinen Großvater. Natürlich wird er Geld dafür nehmen, aber er wird dir einen vernünftigen Preis machen.«

Eduard nickte nur. Er wusste ja, dass Georg recht hatte. Doch zurzeit war ihm jede Ausgabe genau eine zu viel. Und dass Roland Fedderke nicht umsonst arbeiten würde, war klar.

Sie erreichten nun die Villa Ahrendsen, und Eduard blickte schon zum Dach hinauf, bevor er noch den Wagen zum Stehen brachte.

»Großer Gott!«, entfuhr es ihm.

Sie stiegen aus. Kurz sah Eduard seinen Onkel an, dann reckte er den Hals und richtete seinen Blick abermals auf das Dach. Langsam schritten sie um das Gebäude herum. Das Dach war auf der gesamten linken Seite eingestürzt, Dutzende Ziegel lagen zerschmettert auf dem Boden, gebrochene Dachlatten ragten schräg in den Himmel. Ab etwa der Mitte konnte man an den Latten noch immer die ursprüngliche Form erkennen, und etwa ein Drittel war nach rechts hinlaufend noch ganz. Als die Männer einmal das Haus umkreist hatten und schließlich das Auto wieder erreichten, lehnte Eduard sich mit dem Rücken dagegen, um ein wenig Luft zu holen.

»Meine Güte. Ich hatte nicht damit gerechnet, dass es *so* schlimm ist.«

»Ich hatte es befürchtet, doch wie gesagt, im Dunkeln war der Umfang des Schadens nicht zu erkennen«, sagte Georg bedauernd.

»Was, denkst du, wird das kosten?«, fragte Eduard kraftlos.

»Das kann ich wirklich nicht einschätzen.« Georg suchte den Blick seines Großneffen. »Doch ich kann dir helfen. Ich habe noch immer Geld auf der Bank und brauche ja selbst nicht viel. Und es kommt auch jeden Monat ein bisschen was aus dem Kontor herein«, sagte Georg.

»Ich danke dir, Onkel. Womöglich muss ich wirklich darauf zurückkommen. Ich scheine gerade vom Pech verfolgt zu sein. Erst der Unfall meines Fahrers und der kaputte Pritschenwagen, jetzt das Dach und wer weiß, was als Nächstes kommt.«

»Die Zeiten sind nicht einfach, Eduard. Aber du kannst dich auf mich verlassen.«

»Danke. Ich weiß das wirklich zu schätzen.« Eduard starrte auf das Dach, als könnte er kaum glauben, in welchem Zustand es war.

Ein Motorgeräusch war zu hören, und Eduard und Georg drehten sich fast gleichzeitig danach um. Der Lkw, auf dessen Plane in großen Buchstaben *Fedderke – Alles rund ums Dach* prangte, fuhr die Auffahrt herauf und hielt hinter Eduards Wagen an.

»Tag zusammen«, sagte Roland Fedderke, als er ausstieg und auf Georg und Eduard zuging. Sie begrüßten sich mit Handschlag.

»Guten Tag, Roland. Wolltest du nicht erst gegen Mittag kommen?«

»Bin auf dem Rückweg von 'ner Baustelle und wollte mir die Bescherung schon mal ansehen.« Der Dachdecker pfiff durch die Zähne. »Donnerwetter, das hat ja gescheppert.« Er ging auf die Villa zu. Georg und Eduard folgten.

»Ich hab's ja letztes Mal schon gesagt, die Dachlatten waren morsch, da haben die Holzwürmer ganze Arbeit geleistet.« Wieder pfiff er, und Eduard musste sich beherrschen, ihn nicht anzufahren.

Georg schien es zu merken, denn er legte dem Großneffen in einer beschwichtigenden Geste die Hand auf den Arm und bedeutete ihm mit einem Blick, ruhig zu bleiben.

»Haben Sie eine Leiter hier?«, fragte Fedderke Eduard, »damit ich mir das mal ein bisschen genauer anschauen kann?«

»Dort drüben bei dem Schuppen.« Eduard deutete mit dem ausgestreckten Arm in die Richtung, wo der Gärtner seine Geräte aufbewahrte. »Doch wir können auch reingehen und über die Dachluke rauf.«

»So, wie das aussieht, kann ich das keinem raten«, erwiderte Fedderke nur. »Da würden dir die Balken, die jetzt noch stehen, vermutlich auf den Kopf fallen. Bin gleich zurück«, meinte er dann und schlurfte los.

»Soll ich tragen helfen?«, rief Eduard ihm nach.

»Geht schon«, gab Fedderke nur zurück und verschwand dann aus ihrem Blickfeld. Kurz darauf kehrte er mit einer langen Leiter zurück, die er sogleich an die Dachrinne lehnte und hinaufkletterte.

»Wie ich mir dachte«, rief er nach unten. »Über die Innentreppe geht da nichts mehr. Ist zugeschüttet, und die Balken sind ineinander verkeilt.« Er blieb noch einen Moment oben stehen und besah sich den Schaden. Dann kam er die Leiter wieder herab.

»Wie lange wird es dauern, das zu reparieren?«, fragte Eduard.

»Wenn wir gleich anfangen, zwei Wochen mindestens, eher drei. Wir müssen ja erst mal das, was vom Dach noch übrig ist, abreißen, bevor wir mit dem Neuaufbau anfangen können.«

»Abreißen«, echote Eduard. »Aber kann denn nicht das stehen bleiben, was noch da ist?«

»Nee, das könn' Se vergessen. Das hält hinten und vorne nicht. Die alten Balken und die neuen würden keine stabile Konstruktion bilden. So leid es mir tut, Herr Ahrendsen, das muss alles runter und neu gemacht werden.«

Eduard schluckte schwer. »Wie viel?«, fragte er nur.

Fedderke sah nach oben. »Ein Dach dieser Größe … die Pfannen, Dachbalken, Schlackenwolle«, zählte er auf. »Das wird nicht billig.«

»Wie viel?«, wiederholte Eduard gereizt.

»Na, Sie werden schon mit acht- oder neuntausend Reichsmark rechnen müssen.«

»*Was?*« Eduard war fassungslos. »Sie wollen mich wohl auf den Arm nehmen, hoffe ich?«

»Was denken Sie denn, was so was heute kostet?«, hielt der Dachdecker dagegen. »Ist nicht mehr wie früher, wo wir das Holz aus der Nähe bekommen haben und die Ziegel aus der Brennerei von nebenan. Solche Dächer wie das, was Sie hier brauchen, werden ja kaum noch gebaut. Wer leistet sich schon heute noch eine Villa? Aber wenn Sie meinen, dass das zu viel ist, können Sie ja gern noch ein Angebot bei einem anderen Dachdecker einholen. Wenn Sie es dort günstiger bekommen, bitte sehr. Aber hoffentlich versteht der dann auch was von dem, was er da macht. Nicht dass wir uns in einem halben Jahr wieder hier treffen, weil gepfuscht wurde.«

Eduard spürte, wie ihm die Magensäure in die Kehle stieg. Diese Summe konnte er keinesfalls aufbringen.

»Mach uns eine Aufstellung und schick sie dann rüber«, sagte Georg nun zu Fedderke. »Dann werden wir uns das Ganze ansehen und dir Bescheid geben.«

»In Ordnung«, stimmte der Dachdecker zu. »Aber wartet nicht zu lange. Wenn es erst mal regnet und die Wände feucht werden, kann euch auch das ganze Gebäude zusammenkrachen.« Fedderke reichte erst Georg, dann Eduard die Hand. »Ich lass die Leiter liegen, falls ihr noch jemand anders da hochjagen wollt. Die Aufstellung kriegt ihr heute noch. Das Angebot steht bis Ende dieser Woche. Dann sage ich einen Auftrag bei einer anderen Baustelle zu und werde keine Zeit mehr dafür haben, nicht mal, wenn ihr noch Geld drauflegt.«

»Ist gut«, sagte Georg. »Danke, dass du so schnell gekommen bist, Roland.«

»Schon recht«, meinte der. »Wenn man so ein großes Haus hat, muss man mit solchen Reparaturen immer rechnen. Ist ja auch schon einen Tag älter«, ließ er noch vernehmen.

Eduard antwortete nicht. Wie gebannt starrte er auf die Villa. Was sollte er denn jetzt nur tun? Diese Summe konnte er keinesfalls aufbringen, ganz gleich, wie viel die Leute auch soffen.

Georg und Eduard blieben noch stehen, als Roland Fedderke erst zurücksetzte, um an Eduards Auto vorbeizurangieren, und dann fortfuhr. Eine Weile sagte keiner von beiden ein Wort.

»Eine ganz schöne Stange Geld«, brach dann Georg das Schweigen.

»Ich werde so viel nicht aufbringen können, Onkel Georg. Das kann ich einfach nicht schaffen.«

»Wie gesagt, ich helfe dir.«

»Du verstehst nicht.« Eduard wandte sich dem Großonkel zu. »Es reicht immer gerade mal so. Alle reden davon, dass es durch die Einführung der Reichsmark besser wird. Doch noch ist davon nichts zu spüren.«

»So etwas dauert seine Zeit«, meinte Georg.

»Mag sein. Doch genau die habe ich einfach nicht. Das Geschäft in Hamburg, die Filiale in Berlin, die Villa hier, meine Mutter. Die Kosten fressen mich auf. Selbst wenn du mir das Geld gibst, werde ich es dir nicht zurückzahlen können. Es reicht gerade, um die laufenden Kosten zu decken, doch es bleibt nichts mehr übrig. Das war früher anders, aber die Entwicklung geht schon eine Weile immer weiter nach unten.« Eduard war die Verzweiflung mit jedem Wort anzuhören. »Die Wohnung in Berlin, in der ich lebe, würdest du und der Rest der Familie als schäbig bezeichnen. Mich stört es nicht, dort zu hausen, doch etwas noch Günstigeres finde ich kaum.«

»Überlegst du, eine der Filialen zu schließen?«

»Wenn überhaupt, dann die hier in Hamburg. In Berlin sind die Abnahmemengen um einiges größer. Tatsächlich aber tragen sich beide. Nur die Kosten drum herum sind zu hoch.«

Georg überlegte. »Ich würde dir vorschlagen, das Dach zu bezahlen und dann zu versuchen, die Villa zu verkaufen. Aber da ist noch immer deine Mutter. Und bei allem guten Willen,

Eduard. Ich möchte Martha nicht aufnehmen und sie ständig um mich haben, auch wenn das egoistisch wirken mag. Doch ich würde gern meine letzten Lebensjahre in Frieden verbringen.«

Eduard schüttelte den Kopf. »Ganz ehrlich, Onkel Georg, das würde ich dir auch nicht zumuten wollen. Nein, ich muss eine andere Lösung finden.«

»Und was willst du wegen des Dachs unternehmen? Auch wenn Roland bestimmt auch sein Geschäft machen will, hat er letzten Endes doch recht. Wenn erst der Herbst kommt und mit ihm Regen und Sturm, dann wird nicht mehr viel von all dem übrig bleiben.«

»Das Dach muss gerichtet werden, das stimmt. Doch ich kann allenfalls tausend Reichsmark aufbringen. Mehr bekomme ich im Moment nicht zusammen.«

»Ich strecke dir den Rest vor, und dann überlegen wir in Ruhe, wie wir deine Kosten senken oder die Einnahmen erhöhen können«, entschied Georg und legte väterlich den Arm um Eduards Schultern. »Zwei Kaufleute wie wir – das wäre doch gelacht, wenn uns nicht die passende Lösung einfiele.«

»Ich bin unglaublich froh, dich zu haben. Danke.«

»Nichts zu danken. Und nun fahren wir erst einmal zu uns, und du isst etwas. In Ordnung?«

»In Ordnung.«

»Kopf hoch. Solche Zeiten kennt jeder, der ein Unternehmen führt. Glaub mir, es kommen auch wieder andere«, versuchte der Onkel ihm Mut zuzusprechen.

Eduard ersparte sich die Bemerkung, dass sein unternehmerischer Kampf gegen Windmühlenflügel nun schon entschieden zu lange anhielt. Gerd Nolte kam ihm in den Sinn und das, was er gesagt hatte. So abwegig, wie noch vor ein paar Tagen, fand er dessen Angebot inzwischen nicht mehr. Doch wollte er wirklich in krumme Geschäfte verwickelt werden? Noch wusste er darauf keine Antwort.

22. Kapitel

Wien, Freitag, 26. September 1924

Ich bin so glücklich wie schon seit Jahren nicht mehr.

Helene Siegl

Helene drehte die Vase zweimal herum, trat einen Schritt vom Tisch zurück und betrachtete sie. Nein, entschied sie dann. Die Blumen waren einfach zu hoch und zu buschig und würden sie stören, wenn sie Bernhard während des Essens gegenübersaß. Sie nahm das Gefäß, stellte es auf das Schränkchen beim Fenster und wählte stattdessen als Tischschmuck die Kerzen in der Bleischale. Ja, so war es besser. Kurz hielt sie inne, schnupperte und eilte dann in die Küche. Sie öffnete die Klappe ihres Gasbackofens, griff die Topflappen und zog die Bratreine mit dem Hähnchen so weit nach vorn, dass das ausgebratene Fett ihr entgegenschwappte. Gerade noch rechtzeitig konnte sie einen Schritt zurück machen und so verhindern, dass etwas davon auf ihren neuen Rock spritzte.

Sie nahm die kleine Soßenkelle, die sie auf der Ablage über dem Backofen bereitgelegt hatte, und schöpfte etwas von dem Fett ab, mit dem sie dann das Hähnchen begoss. Es roch einfach köstlich, und ihr Magen machte sich lautstark bemerkbar. Durch die ganze Arbeit, die sie hatte, war sie überhaupt nicht zum Essen gekommen und hatte dann vorhin, als Zeit dafür gewesen wäre, davon Abstand genommen, da es bis zur gemeinsamen Mahlzeit mit Bernhard nur noch etwas über eine Stunde Zeit war. Umso mehr freute sie sich nun, dass er jeden Moment kommen würde.

Helene schob das Hähnchen zurück in den Backofen und schloss ihn wieder. Dann sah sie auf die Uhr. Es war fast sieben. Eilig öffnete sie die Bänder ihrer Schürze, zog sie über den Kopf und faltete sie so zusammen, dass sie wieder in die Schublade passte. Sie trat vor den Spiegel im Flur, strich noch einmal die kleinen Strähnen nach hinten, die ihr jedoch sofort wieder ins Gesicht fielen. Dann ging sie ins Esszimmer, um noch einmal alles zu kontrollieren. Sie hatte nur die Stehlampe eingeschaltet, wie schon bei den letzten zwei Treffen, die Bernhard und sie hier gehabt hatten. Tatsächlich fand sie es jedes Mal ein wenig zu dunkel. Aber die Deckenlampe warf einfach ein zu helles, nüchternes Licht in den Raum, sodass sie diese lieber nicht einschalten wollte. Kurz überlegte sie, noch weitere Kerzen zu holen, doch sie verwarf den Gedanken. Es hätte womöglich einen Hauch zu romantisch wirken können, was sie unbedingt vermeiden wollte.

Denn obwohl Bernhard und sie inzwischen immerhin vier Mal zusammen zu Abend gegessen hatten, waren sie sich bisher nur freundschaftlich, nicht aber körperlich nähergekommen. Einerseits fand Helene es albern, dass sie überhaupt darüber nachdachte. Schließlich hatte sie seit Emils Tod keinerlei Gedanken mehr an einen Mann verschwendet und stets das Weite gesucht, wenn jemand ihr gar zu nett wurde und drohte, sie zu sehr zu bedrängen. Andererseits jedoch, und das war das Widersprüchliche, fand sie es wieder überhaupt nicht albern, sondern einfach nur schön, dass sie darüber nachdachte, war dies doch in all den Jahren, seit Emil nicht mehr war, nicht ein einziges Mal der Fall gewesen. Es fühlte sich also alles richtig und ebenso falsch an, und Helene war nicht in der Lage, ihre Gedanken zu ordnen. Wie auch? Sie hatte es bisher nicht gewagt, mit ihrer Freundin Isabel darüber zu sprechen und wusste selbst nicht einmal genau, warum. Doch tief in sich hatte sie das Gefühl, sich schämen zu müssen. Ob er nun tot war oder nicht – sie war mit Emil Siegl verheiratet. Sie hatte versprochen, ihn zu lieben und ihm treu zu sein. Und bisher war ihr dies auch nicht schwergefallen, hatte sie sich doch außer für Emil nie für einen Mann interessiert. Und es hatte einige gegeben, die ihr, als sie Witwe geworden war, den Hof gemacht hatten. Doch Helene hatte darüber im Grunde nur gelächelt und höflich die Distanz gewahrt. Und wenn sie sich doch einmal auf ein Gespräch eingelassen hatte, dessen Richtung für ihr Gegenüber festzustehen schien, wie zuletzt vor einem Jahr mit diesem Alois, hatte sie es meist schnell wieder bereut. Offenbar gab es bei den meisten Männern entweder die Aussicht, eine Beziehung miteinander einzugehen und eines Tages zu heiraten, oder aber man sah sich gleich nach der Nächsten um. Nicht gerade die Auswahl, die Helene sich vorstellte. Natürlich wusste sie, dass es nur normal gewesen wäre, sich erneut einen Mann zu suchen, schließlich war sie erst zweiunddreißig Jahre alt und zu dem Zeitpunkt, als sie Witwe geworden war, gerade mal siebenundzwanzig gewesen. Beileibe kein Alter, um den Rest des Lebens allein zu verbringen. Doch Helene hatte bei allen Anwärtern sehr schnell bemerkt, dass diese nichts für sie waren und sogar richtiggehend garstig wurden, wenn sie sie höflich, aber bestimmt zurückwies.

Mit Bernhard jedoch genoss sie die gemeinsame Zeit, liebte es, mit ihm zu scherzen und von Herzen zu lachen, und ja – auch, dass er ihr gegenüber eine gewisse Distanz wahrte, war ganz in ihrem Sinne. Andererseits jedoch hatte sie sich bei ihrem letzten Treffen dabei ertappt, dass sie sich fragte, ob er sich wohl mit einem Kuss von ihr verabschieden würde, obwohl sie selbst nicht sicher war, ob sie das wirklich wollte. Ach, sie wusste einfach nicht, was richtig oder falsch war, und auch nicht, wie es weitergehen würde. Doch sie spürte, dass sie wollte, dass es weiterginge. Alles andere würde die Zeit weisen.

Es war bereits kurz nach sieben, und Helene war überrascht, dass Bernhard noch nicht da war, hatte sie ihn doch als überaus pünktlichen Menschen kennengelernt, der es selbst nicht leiden konnte, wenn jemand zu spät kam. Kurz machte sich ein Anflug von Enttäuschung in ihr breit. War Bernhard am Ende doch nicht so, wie sie dachte, und kam, je besser sie sich kennenlernten, Stück für Stück etwas von ihm durch, das sie nicht mögen würde? Sie hoffte inständig, dass dem nicht so war. Andererseits fand sie es besser, dass es, wenn es schon sein musste, möglichst bald geschah, bevor sie sich weiter in ihn verlieben würde.

Bei diesem Gedanken hielt sie inne. Hatte sie sich gerade selbst eingestanden, dass sie im Begriff war, sich zu verlieben? Ihr Herz klopfte rascher und sie zuckte zusammen, als die Türglocke schellte. Helene warf abermals einen Blick in den Spiegel – die Haarsträhnen ließen sich einfach nicht bändigen –, eilte dann zur Tür und öffnete schwungvoll.

»Guten Abend«, sagte sie und strahlte Bernhard an.

»Guten Abend«, erwiderte dieser und reichte ihr eine Flasche Weißwein. »Wie versprochen, ein Grauburgunder.«

Helene sah ihn prüfend an. »Alles in Ordnung?«

Er lächelte sie an, doch es wirkte nicht echt. »Sicher, ja.«

»Na, komm erst mal herein«, sagte Helene, deren gute Laune merklich sank.

Sie schloss die Tür hinter Bernhard und sagte dann: »Setz dich gern schon an den Tisch. Ich habe einen Korkenzieher bereitgelegt.«

»In Ordnung. Dann öffne ich und schenke uns ein.«

»Danke schön. Ich hole das Essen.« Helene ging in die Küche und atmete kurz durch. Es war offensichtlich, dass Bernhard etwas auf dem Herzen hatte. Würde er ihr gleich eröffnen, dass er sich inzwischen langweilte und sie deshalb nicht mehr sehen wollte? War er deshalb auch leicht verspätet gekommen, weil er am liebsten den Abend nicht mehr mit ihr verbracht hätte und nur zu höflich war, sie im letzten Moment zu versetzen? Doch warum? Sie hielt sich wahrlich nicht für die Art von Frau, die den Männern nur so die Köpfe verdrehte. Und das wollte sie auch gar nicht. Hatte er sie anfangs nett gefunden und war ihrer nun überdrüssig, da er spürte, ihr Interesse geweckt zu haben? Bei dem Gedanken fühlte sie sich elend. Doch sie musste sich jetzt zusammenreißen. Wenn er ihr nach dem Essen mitteilte, dass sie sich besser nicht mehr wiedersehen sollten, würde sie die Fassung bewahren, sich für den netten Abend bedanken und ihn dann verabschieden. Keinesfalls würde sie ihn merken lassen, wie sehr sie es bedauerte. Sie schloss kurz die Augen, atmete durch.

»Alles in Ordnung? Kann ich dir noch etwas helfen?«

Helene zuckte zusammen, als Bernhard die Küche betrat. Sie hatte ihn überhaupt nicht kommen hören.

»Herrje, meine Klöße!«, entfuhr es ihr, als sie zum Herd hinübersah. Aus dem Topf qualmte es leicht. Offenbar war das Wasser verkocht und die Klöße nun angebrannt.

»Ich mache das«, sagte Bernhard, griff sich die Topflappen, nahm den Topf vom Feuer und hielt ihn unter fließendes Wasser. Es zischte und qualmte.

»Hast du ein Sieb?«

»Sicher.« Helene bückte sich, nahm es aus dem unteren Küchenschrank und reichte es Bernhard. »Die können wir bestimmt nur noch wegwerfen.«

Bernhard ließ die Klöße aus dem Topf in das Sieb fallen, schwenkte sie einige Male und sagte dann: »Gerade noch rechtzeitig.« Dann hielt er den Topf unter das Wasser, ließ ein wenig einlaufen und füllte dann die Klöße wieder ein.

»Was machst du da?«

»Ich werde das Wasser mit den Klößen darin noch für einen kurzen Moment wieder erwärmen. Dann ziehen sie die Flüssigkeit und werden genauso schmecken, wie du sie haben wolltest.«

»Hoffentlich.«

»Das ist nur passiert, weil ich zu spät dran bin. Bitte verzeih.«

»Ist nicht schlimm«, sagte Helene, obwohl sie es überhaupt nicht so meinte.

Bernhard wartete, bis das Wasser wieder zu köcheln begann, dann goss er die Klöße erneut ab und füllte sie in die bereitgestellte Schale um.

»Nimm sie gleich mit. Ich bringe den Rest«, sagte Helene, die sich niedergeschlagen fühlte. Hoffentlich konnte sie die Fassung bewahren, wenn nicht nur ihr Essen verkocht schmeckte, sondern sie obendrein auch noch abgewiesen wurde.

Bernhard ging mit den Klößen ins Esszimmer, Helene brachte das Hähnchen und das Rotkraut.

Bernhard zerteilte das Geflügel mühelos und tat jedem von ihnen etwas auf. Dann stießen sie höflich auf einen schönen Abend an und begannen zu essen. Eine Weile schwiegen sie, bis Bernhard sagte: »Es tut mir leid, Helene. Wirklich. Ich wollte nicht zu spät kommen.«

»Ich sagte doch schon, dass es nicht schlimm ist.«

»Dafür bist du dann aber erstaunlich still.«

»Du ebenfalls«, entgegnete sie und ließ ihr Besteck sinken. »Ich hatte gleich vorhin, als du vor der Tür standest, das Gefühl, dass etwas nicht stimmt.«

»Du kennst mich inzwischen ganz gut«, bemerkte er und trank einen Schluck. »Ich wollte es dir eigentlich nicht sagen, um uns nicht den Abend zu verderben. Doch da es ohnehin im Raum zu hängen scheint, können wir genauso gut darüber sprechen.«

»Ist etwas geschehen?« Helene suchte seinen Blick.

»Ich hatte vorhin Besuch. Deshalb habe ich mich auch verspätet. Meine zukünftige Geschiedene war da.« Bernhards Gesichtsausdruck war anzusehen, dass es kein Besuch gewesen war, über den er sich gefreut hatte.

»Und was wollte sie?«

Bernhard trank einen kräftigen Schluck. »Dir und mir wird ein Verhältnis unterstellt.«

Helene sah ihn überrascht an. »Dir und mir?« Sie bewegte ihren Zeigefinger zwischen ihnen hin und her.

»Ganz recht. Nicht, dass mich das stören würde.« Er hob die Hand. »Ich hoffe, dass ich dir mit dieser Bemerkung nicht zu nahe trete.«

»Nein, nein, schon gut«, wiegelte sie ab.

»Doch es geht dabei nicht einmal um das Hier und Jetzt. Christa ist wohl zu Ohren gekommen, dass es eine Frau gibt, mit der ich mich treffe.«

»Wie hat sie denn davon erfahren?«

»Ich weiß es nicht. Allerdings kann ich es mir zusammenreimen. Wir waren doch letzten Sonntag noch kurz spazieren, bevor wir gegessen haben.«

»Ja, aber da ist doch nichts dabei.«

»Nein, ganz sicher nicht. Es sei denn, man ist ein Mensch wie Christa und konstruiert daraus etwas, das es nicht ist. Ihr muss irgendjemand, der uns gesehen hat, davon erzählt haben. Und da ich meine neue Anschrift für das Gerichtsverfahren mitteilen musste, wird Christa diese über ihren Rechtsanwalt in

Erfahrung gebracht haben. So hat sie eins und eins zusammengezählt und drei dabei rausbekommen.«

»Aber muss uns das denn wirklich ärgern? Ich meine, soll sie doch denken, was sie will.«

»Jemand, der so ist wie du, ein ehrlicher Mensch, mag das so sehen. Christa weiß aber, dass ich früher mit Emil in der Bank zusammengearbeitet habe. Und nun wirft sie mir vor, dass du und ich schon viele Jahre ein Verhältnis miteinander hätten und damit die Schuld, dass die Ehe zerrüttet ist, bei mir liegt, weshalb sie gar nicht daran denkt, auf irgendwelche Zahlungen zu verzichten. Sie will das Haus behalten und einen monatlichen Unterhalt von mir haben, damit sie ihr Leben angemessen weiterführen kann.«

Helene sah ihn mit offenem Mund an. »Die spinnt wohl. Ich meine, uns das Verhältnis zu unterstellen und damit sogar anzudeuten, dass ich womöglich Emil betrogen hätte, ist ja wohl die Höhe. Diese *Dame*«, Helene betonte das Wort, »sollte nicht von ihrer eigenen Liederlichkeit auf andere schließen.« Helene griff ihr Glas und kippte den Weißwein verärgert in einem Zug.

Bernhard nickte verblüfft. »Donnerwetter, Frau Siegl, das nenne ich mal einen amtlichen Schluck.«

»Ist doch wahr«, empörte Helene sich weiter. »Ich will ja nichts sagen und kenne dich nicht lang genug, um beurteilen zu können, wie du dich in den Jahren eurer Ehe verhalten hast. Aber ich weiß genau, was für ein treuer Mensch *ich* bin und dass ich, bis wir vor Kurzem den ersten Abend miteinander verbracht haben, seit dem Tode meines Mannes mit niemandem auch nur gemeinsam gegessen habe. Wo kommen wir denn da hin, wenn so eine Dahergelaufene sich herausnehmen kann, mir etwas Derartiges zu unterstellen, während sie selbst diejenige ist, die sich derart gewöhnlich benimmt?«

»Du bist zauberhaft, wenn du wütend bist.«

»Ach, Unsinn. Ich bin nicht zauberhaft. Ich bin ärgerlich, und das nicht zu knapp.« Sie hielt ihm das Weinglas hin. »Sei so nett und schenk mir noch mal ein.« Sie wartete nicht, bis er das Glas genommen hatte, sondern stellte es ab, griff ihr Besteck und aß weiter. »Ich und ein Verhältnis! Nicht jeder führt sich so auf wie sie, genau genommen, tun das die Allerwenigsten. Und das ist auch gut so, weil dieses Verhalten einfach schäbig und schmutzig ist und … ach, was weiß ich.«

Bernhard schmunzelte, während er den Wein einschenkte und Helene dann das Glas zurückreichte.

»Weißt du, es gibt ja solche Ehen«, sagte sie nun. »Versteh mich nicht falsch, ich meine nicht, dass das Verhalten deiner Frau zu entschuldigen ist. Doch manchmal kann ich es sogar verstehen. Ich habe eine Freundin, weißt du, und die wird wirklich nicht gut von ihrem Mann behandelt. Also genau genommen, gehen beide nicht gut miteinander um, und ich glaube, es liegt daran, dass sie sich einfach nicht lieben. Und nun hat Isabel«, sie schlug die Hand vor den Mund, »den Namen hast du nicht gehört«, fügte sie erschrocken hinzu.

»In Ordnung. Ich weiß nicht, wie deine Freundin heißt«, gab er amüsiert zurück.

»Na, jedenfalls hat besagte Freundin einen sehr netten Mann kennengelernt, ohne dass sie darauf aus gewesen wäre. Und auch ihr Mann hat wohl Gefühle für eine andere Frau entwickelt. Zumindest denkt Isa…, also meine Freundin, das. Und ich kann wirklich nicht verstehen, warum die beiden dennoch an ihrer Ehe festhalten, obwohl sie nicht mal Kinder haben. Ich meine, dafür wurde doch das neue Scheidungsrecht gemacht. Man muss den anderen nicht hintergehen, sondern kann einen ehrlichen Schlussstrich ziehen und dem früheren Partner danach noch immer in die Augen sehen. So sollte es doch sein, oder nicht?«

»Sicher«, stimmte Bernhard belustigt zu.

»Wie kam ich jetzt überhaupt auf meine Freundin?«, fragte Helene, die den Faden verloren hatte.

»Offen gesagt, weiß ich das nicht so genau, weil du dich dermaßen über Christas Behauptung aufgeregt hast, dass ich dir zwar nicht mehr so genau zugehört, mich aber königlich darüber amüsiert habe, wie du dich ereifert hast.«

»Hast du mir gerade gestanden, mir nicht zuzuhören?« Sie starrte ihn mit offenem Mund an. »Das ist ja wohl die Höhe, Bernhard.«

Er sah sie an, dann griff er nach ihrer Hand. »Weißt du, warum ich dir nicht mehr zugehört habe?«, fragte er liebevoll.

Helene sah auf ihre Hand in seiner. Es fühlte sich gut, ja sogar richtig an. Und doch wurde ihr mulmig zumute.

»Nein, warum nicht?«

»Weil aus dieser herrlichen Empörung vor allem eines spricht: Du bist ein grundehrlicher Mensch, und ich spüre nicht nur, nein, ich weiß, dass ich dir vertrauen kann. Das, was mir mit Christa widerfahren ist, würde ich mit dir niemals erleben. Und ich glaube, auch deshalb habe ich mich in dich verliebt.« Er beugte sich vor und zog ihre Hand weiter zu sich heran. Dann hauchte er einen Kuss darauf, und Helene wurde heiß und kalt. Sie schluckte, wollte sich selbst zur Ordnung rufen. Es war nur ein Handkuss gewesen, und sie war eine erwachsene Frau. Wie konnte sie nur so … Ihr Gedankengang brach ab, als Bernhard nun aufstand und um den Tisch herumtrat. Sanft zog er sie von ihrem Stuhl hoch, nahm sie in seine Arme und küsste sie.

Helene spürte seine sanften Lippen, genoss es, sich an ihn zu schmiegen. Sie wusste nicht, wie lange sie so dastanden und sich küssten. Doch sie war atemlos, als ihre Lippen sich trennten.

»Ich weiß, wir treffen uns noch nicht lange«, sagte er mit rauer Stimme. »Doch sobald meine Ehe mit Christa der

Vergangenheit angehört, will ich dich zur Frau, Helene. Dich und sonst keine.«

Helene wusste nicht, ob das als Antrag gemeint sein sollte. Und irgendwie wusste sie ohnehin nicht, was sie sagen sollte. Also stellte sie sich auf die Zehenspitzen und küsste ihn abermals.

Er nahm ihr Gesicht in seine Hände, berührte mit seinem Mund wieder und wieder zärtlich ihre Lippen. Helene war schwindlig vor Glück. Wie sehr sie seine Liebkosungen doch genoss!

Statt sich wieder an den Tisch zu setzen, nahmen sie ihre Weingläser und gingen auf die Terrasse, wo sie sich auf die kleine Bank setzten, auf der Helene sonst so gern allein saß, wenn sie sich Zeit zum Lesen nahm, und kuschelten sich eng aneinander. Ganz leise sprachen sie miteinander, tranken Wein, lachten und genossen es einfach, zusammen zu sein. Es war schon nach Mitternacht, als Bernhard sich von Helene verabschiedete, um in seine Wohnung nach nebenan zu gehen. Sie gaben sich noch einen langen Kuss, dann ließ Helene Bernhard hinaus. Kaum hatte sie die Tür geschlossen, klopfte es. Sie lächelte und öffnete erneut.

»War das jetzt vorhin ein Ja?«, fragte er.

Sie schüttelte lachend den Kopf. »Ich kann dich nicht heiraten, weil du noch verheiratet bist.«

»Also folgere ich daraus: Sobald ich es nicht mehr bin, ist es ein Ja?«

Sie lächelte ihn an und nickte. »Sobald du nicht mehr verheiratet bist, möchte ich einen richtigen Antrag. Und erst dann wirst du meine Antwort bekommen.«

Bernhard beugte sich vor. »Damit kann ich leben.« Er trällerte laut eine undefinierbare Melodie, als er nach Hause ging, und Helene lachte noch, als sie die Tür schon geschlossen und den Riegel vorgeschoben hatte. Er war ein verrückter Kerl, und eigentlich kannte sie ihn kaum. Aber ja – sie liebte ihn. Das wurde ihr in diesem Moment klar.

23. Kapitel

Hamburg, Freitag, 26. September 1924

Ich weiß noch nicht, wie es weitergehen soll. Doch ich bin sicher, meinen weiteren Weg zu finden.

Frederike Steffensen

Frederike atmete tief durch, bevor sie an diesem Morgen das Esszimmer betrat. Sie war in den letzten Tagen immer mal wieder mit Martha aneinandergeraten und hatte das Gefühl, dass sie nicht mehr lange die Contenance bewahren könnte, bevor es zu einem handfesten Streit kam. War Martha früher schon überaus egoistisch gewesen, hatte sich dies mit den Jahren offenbar noch gewaltig verstärkt. Schlimmer war jedoch, dass Martha in jeder Hinsicht schlichtweg bösartig geworden war. Es gab nichts und niemanden, über den sie etwas Positives zu sagen wusste. Ganz im Gegenteil: Gewiss würde sie auch über jemanden, dessen einziges Streben es war, zu helfen und seinen Mitmenschen Gutes zu tun, noch eine herablassende Lästerei von sich geben. Frederike wusste nicht, was genau dazu geführt hatte, dass Martha so geworden war. Sie wusste nur, dass es gut war, wenn das Dach der Ahrendsen-Villa wieder eingedeckt war und Martha mitsamt ihrer Haushälterin dorthin zurückkehren konnte. Mit ihr war einfach kein Auskommen. Frederikes Mann Julius hatte dies schon vor einer Weile bemerkt und mochte Familienfeiern und Anlässe, zu denen alle zusammenkamen, vor allem deshalb nicht, weil er Martha nicht ausstehen konnte. Bisher war Frederike immer diejenige gewesen, die irgendwie versucht hatte, die Wogen zu glätten. Nun jedoch war auch sie an einem Punkt angelangt, wo eine einzige spitze Bemerkung der Cousine reichte, um das Fass zum Überlaufen zu bringen.

»Guten Morgen«, sagte Frederike beim Eintreten ins Esszimmer. Georg, Amala und Eduard saßen am Tisch, von Martha war nichts zu sehen. Eduard war gerade gestern Abend wieder aus Berlin gekommen und hatte die Nacht in der Hansen'schen Villa verbracht, weil er die Arbeiten am Dach seiner eigenen Villa kontrollieren wollte und auch noch Geschäftliches in seinem Spirituosenhandel hier in Hamburg zu erledigen hatte. Er würde noch bis morgen oder eventuell übermorgen bleiben und dann zurück nach Berlin reisen, sodass sie mindestens einen vollen Tag miteinander haben würden, worüber Frederike sich aufrichtig freute.

»Guten Morgen«, klang es ihr von den anderen entgegen. Sie berührte kurz Eduards Schulter, ging dann zu ihrem Vater, um ihm einen Kuss auf die Wange zu geben und danach zu ihrem eigenen Platz zu gehen. Als sie an Amalas Stuhl vorbeikam, beugte sie sich kurz zur Nichte herunter und gab dieser einen Kuss aufs Haar. Amala sah zu ihrer Tante hoch und lächelte. Frederike setzte sich in dem Moment, als Bertha mit dem Kaffee kam. Insgeheim hoffte Frederike, ihr Frühstück beendet zu haben, bevor Martha aus ihrem Schlafzimmer kam.

Da klopfte es an der Eingangstür, und Bertha entschuldigte sich, stellte den Kaffee ab und eilte davon.

»Ich bin gespannt, wie weit Fedderke und seine Leute bereits gekommen sind«, sagte Eduard.

»Sie haben doch erst vorgestern angefangen«, bemerkte Georg. »Allzu viel wird sich da noch nicht getan haben. So ein Dach wird nicht an einem Tag gebaut.«

»Leider nicht«, erwiderte Eduard etwas zerknirscht.

Bertha kam wieder herein. »Diese Unterlagen wurden für Sie abgegeben, Fräulein Hansen. Und diese hier sind für Sie, Herr Hansen.« Sie reichte einen Umschlag Amala und den anderen Georg.

»Das werden die Verträge sein!«, rief Amala begeistert, während Georg nur einen kurzen Blick auf den Umschlag warf, der an ihn adressiert war, aufstand und ihn in die oberste Schublade der Kommode legte.

»Mach schon auf«, forderte Frederike und wartete, bis Amala das Kuvert geöffnet und die Papiere herausgezogen hatte, während Georg sich wieder an den Tisch setzte. Frederike sah ihn kurz fragend an, doch ihr Vater reagierte nicht darauf.

»Und?«, fragte Frederike.

»Es sind die Verträge!«, jubelte Amala und überflog eilig die Zeilen.

»Herzlichen Glückwunsch!«, gratulierte Frederike. Die Freude über diesen weiteren Schritt war der Nichte anzusehen, und Frederike freute sich aufrichtig mit ihr. Es erinnerte sie ein wenig an die Zeit, als sie noch mit ihren Kindern in einem Haus gelebt hatte und mit ihnen durch alle Hochs und Tiefs der schulischen Ausbildung gegangen war. Gute Bewertungen und Zensuren wurden bejubelt, bei besonders schlechten hatte sie getröstet. Doch vor allem hatte sie alles im Leben ihrer Kinder mitbekommen, und nun fehlte es ihr, nicht mehr deren Alltag zu erleben und sich gemeinsam mit ihnen freuen zu können.

»Wie hoch ist das Honorar für das Stück?«, fragte Eduard.

»Darum geht es doch überhaupt nicht«, stellte Frederike fest. »Es ist schon ein unglaublicher Erfolg, dass das *Ernst-Drucker-Theater* das Stück einer *noch*«, sie betonte das letzte

Wort, »unbekannten Theaterautorin aufführt und ihr dann auch noch die Hauptrolle darin gibt. Das ist es, worauf es ankommt.«

»Ich will ja nur nicht, dass sich meine Cousine unter Wert verkauft«, verteidigte sich Eduard. »Vielleicht sollte ich ansonsten die Verhandlungen übernehmen«, scherzte er.

Amala blätterte Seite um Seite um. »Das sind aber viele Paragrafen«, stellte sie ein wenig eingeschüchtert fest.

»Das ist völlig normal«, beruhigte Georg sie. »Darf ich die Verträge mal sehen?«

»Aber ja, sehr gern.« Amala reichte sie an ihren Großonkel weiter, der sofort zu lesen begann. »Sie planen, das Stück noch vor Weihnachten aufzuführen«, berichtete er. »Du erhältst bei einer Aufführung des Stücks an drei Tagen in der Woche einhundertfünf Reichsmark auf den Monat gerechnet und für das Theaterstück selbst nochmals einmalig achtzig Reichsmark.«

»Wirklich?« Amala strahlte, doch dann wurde sie unsicher. »Ist das viel oder wenig? Ich kenne mich hier in Deutschland noch nicht mit so etwas aus.«

Frederike musste lachen.

»Es ist völlig in Ordnung«, sagte Georg. »Für das Manuskript hatte ich sogar mit weniger gerechnet.«

»Gut gemacht, Cousinchen!«, lobte nun Eduard.

»Danke schön.« Sie sah ihre Verwandten an. »Danke schön an euch alle. Es tut so gut, dass ihr euch alle für mich freut.«

»Eigentlich schade, dass es so schnell was geworden ist«, meinte nun Eduard. »Sonst hättest du wohl hier in Hamburg deine Zelte abbrechen müssen und wärst mit nach Berlin gekommen. Da ist viel mehr los, und es gibt Theater und Revuen an jeder Ecke. Ein heißes Pflaster, aber ich hätte schon auf dich aufgepasst. Wir hätten bestimmt viel Spaß dort gehabt.«

»Das fehlte gerade noch«, meinte Frederike. »Du weißt, ich habe dich von Herzen gern, Edu. Doch Amala bei dir in Berlin zu wissen, würde mich keine Nacht mehr durchschlafen lassen.« Sie lachte auf.

»He, he, ich bin ruhiger geworden, Tante Frederike, und ein ehrbarer Geschäftsmann.«

»Letzteres gestehe ich dir zu, doch du bist und bleibst ein Hitzkopf. Und wenn du mich fragst, ist Amala hier in Hamburg sehr gut aufgehoben.«

»Guten Morgen.« Martha hatte den Raum betreten, und sofort spannten sich alle Muskeln in Frederikes Körper an. Ja, sie merkte tatsächlich körperlich die Abneigung gegen ihre Cousine, mit der sie sich als junges Mädchen doch so gut verstanden hatte.

»Guten Morgen«, erwiderten die anderen.

Neben Eduard war eingedeckt, sodass Martha sich dorthin setzte. »Eigentlich habe ich die letzten Tage immer dort gesessen, wo du jetzt sitzt«, rügte sie ihren Sohn. »Doch ich will nicht kleinlich sein.«

Eduard verdrehte die Augen.

Bertha war Martha ins Esszimmer gefolgt. »Einen Kaffee oder lieber einen Tee?«, fragte sie Martha.

»Einen Tee. Doch wo steckt denn Lotte? Sie ist schließlich meine Haushälterin.«

»Sie macht einige Besorgungen«, entschuldigte sie Bertha. »Ich dachte, es wäre nicht schlimm, da ich ja hier …«

»Ob meine Haushälterin Besorgungen tätigen kann oder nicht, das entscheide ja wohl immer noch ich«, beschwerte sich Martha.

»Martha«, mahnte Georg nur und sah sie mit hochgezogenen Augenbrauen an, worauf sie ein sauertöpfisches Gesicht zog und sagte: »Also bitte den Tee, Bertha. Danke schön.«

»Sehr wohl, gnädige Frau.«

Frederike beobachtete die Szene zwischen ihrem Vater und ihrer Cousine genau. Nur ihren Namen zu nennen, hatte genügt, um Martha zur Räson zu bringen. Frederike hätte eine Wette darauf abgeschlossen, dass ihr Vater sich Martha zur Brust genommen hatte, als Frederike nicht dabei war. Denn sonst hätte Martha gewiss nicht so schnell klein beigegeben.

»Amala hat soeben ihre Verträge bekommen«, sagte Frederike nun zu Martha in dem Versuch, diese ins Gespräch einzubinden und so zu einer entspannteren Stimmung beizutragen.

»Die Verträge?«

»Ich habe es dir doch vor zwei Tagen erzählt. Amala hat ein Theaterstück geschrieben und wird selbst die Hauptrolle darin spielen«, erinnerte Frederike.

»Ach ja, richtig.« Martha sah kurz zu Georg. Offenbar lag ihr schon wieder eine spitze Bemerkung auf der Zunge. Doch sie schluckte sie hinunter.

»Dann meinen Glückwunsch, Amala. Und viel Erfolg.«

»Danke, Tante Martha.«

Wieder klopfte es an der Eingangstür, und zwar recht fordernd.

»Ich gehe schon«, sagte Eduard, doch da hörte man bereits schnelle Schritte und das Öffnen der Tür, sodass Eduard unverrichteter Dinge wieder Platz nahm. Eine Männerstimme war zu hören und dann Bertha, die jemanden hereinbat. Kurz darauf erschien sie im Türrahmen und wollte offenbar einen Gast ankündigen, als auch schon Julius, Frederikes Ehemann, ins Esszimmer stürmte.

»Guten Morgen zusammen!«

»Julius? Was machst du denn hier?« Frederike hätte sich fast an ihrem Kaffee verschluckt. Sie sah ihn mit großen Augen an. Würde er gleich ein Donnerwetter loslassen? Sie wäre am liebsten in ein Mauseloch gekrochen. Allein die Vorstellung, dass er sie vor allen beschimpfen würde und ausgerechnet Martha am Tisch saß, die eine solche Szene mehr als genießen würde, ließ ihr Herz schneller schlagen.

Julius legte den Kopf schief und erwiderte ihren Blick, als wollte er ihr zu verstehen geben, dass sich diese Frage wohl von selbst beantwortete. Doch er sagte nichts.

»Julius, wie schön.« Georg war aufgestanden, ging auf seinen Schwiegersohn zu und umarmte ihn. »Es freut mich sehr, dass du gekommen bist.«

»Georg! Gut siehst du aus.« Julius, der genauso groß wie Georg war, sah den alten Herrn freundlich an.

»Ich habe keine Zeit mehr zum Altern, seit es hier so turbulent zugeht«, antwortete Georg.

»Darf ich ein weiteres Gedeck bringen?«, fragte Bertha.

»Wenn es euch nichts ausmacht?«, sagte Julius und ging dann zu Martha und Eduard, um beide mit Handschlag zu begrüßen.

Bertha eilte zum Geschirrschrank und griff dann nach Tellern und Tassen, die sie am Tisch neben Frederikes Platz eindeckte.

»Und diese junge Dame hier kennst du noch nicht«, sagte nun Georg zu Julius und führte ihn zu Amalas Stuhl. »Julius, das ist meine Großnichte Amala. Amala, das ist Julius Steffensen, der Mann deiner Tante Frederike und somit dein Onkel.«

Amala stand auf. »Guten Tag.« Sie reichten sich die Hände.

»Guten Tag, Amala. Es ist mir eine Freude.«

Amala setzte sich wieder, und auch Georg nahm Platz, während Julius nun zu Frederike ging.

»Guten Morgen, Frederike.«

Frederike stand auf und umarmte ihn kurz. »Guten Morgen, Julius«, brachte sie hervor und setzte sich gleich wieder.

»Was ist denn zwischen euch los?«, fragte Martha neugierig. »Es scheint ja so, als hättet ihr Streit.«

Frederike wollte gerade etwas erwidern, da sagte Julius: »Wenn dem so wäre, glaubst du wirklich, dass ich die ganze Nacht durchgefahren wäre, um meiner Frau beim Frühstück

Gesellschaft zu leisten, Martha?« Julius sah Martha herausfordernd an.

Frederike schmunzelte, während Julius neben ihr Platz nahm. Sie wusste, dass ihr Mann Martha noch nie hatte leiden können. Er hatte sogar einen Spitznamen für sie: Den *Unfrieden* hatte er sie stets genannt, wenn Frederike und er über ihre Cousine gesprochen hatten. Julius hatte seiner Frau irgendwann einmal gesagt, dass Martha eine geradezu einzigartige Fähigkeit habe, nämlich die, dass vollkommene Harmonie herrschen konnte und sie nur für wenige Minuten im Raum sein musste, bis plötzlich Streit ausbrach. Und das nicht einmal nur mit Martha selbst, sondern auch zwischen allen anderen, einfach weil *der Unfrieden* die Luft mit ihrer Boshaftigkeit geradezu vergiftete. Früher hatte Frederike es gar nicht als so schlimm wahrgenommen. In der kurzen Zeit hier hatte sie jedoch festgestellt, dass ihr Mann vollkommen recht hatte: Martha war *der Unfrieden*, und Frederike fand dies tatsächlich fast unerträglich.

Sie sah ihren Mann von der Seite an. »Die Überraschung ist dir wirklich geglückt«, sagte sie und versuchte in seinem Blick zu lesen, wie sie, nachdem Frederike sich geweigert hatte, nach Hause zurückzukehren, zueinander standen. Julius blickte ihr tief in die Augen, dann sagte er: »Ich hätte es einfach keinen weiteren Tag ohne dich ausgehalten.«

Frederike spürte, wie ein Gefühl tiefer Verbundenheit in ihr aufstieg. Sie legte ihre Hand unter dem Tisch auf seinen Oberschenkel und drückte ihn kurz. Julius legte seine Hand auf ihre und umfasste sie. Dann zog er sie an die Lippen und gab ihr einen Kuss darauf. »Du hast mir gefehlt«, flüsterte er, und es lag so viel Liebe in seinem Blick, dass Frederike ihn am liebsten sofort umarmt und geküsst hätte. Doch hier bei Tisch riss sie sich zusammen.

»Du mir auch«, gab sie liebevoll zurück.

»Wann bist du denn losgefahren?«, begehrte nun Georg zu erfahren.

»Gestern Abend um zehn«, gab Julius Auskunft.

»Du Armer. Du musst ja vollkommen erschöpft sein«, sagte Frederike und berührte kurz seinen Arm.

»Sagen wir mal so, ich freue mich auf den Kaffee. Aber ich wäre auch noch länger gefahren, um die Frau wiederzusehen, die ich über alles liebe.«

Frederike lehnte sich kurz an seinen Arm. Ihr Herz schlug einen Purzelbaum nach dem anderen, und sie fühlte sich, als hätte sie sich gerade erst in ihren Mann verliebt, dabei begingen sie am 20. November dieses Jahres bereits ihren achtundzwanzigsten Hochzeitstag!

»Ich will ja eure Wiedersehensfreude nicht trüben, aber wenn ihr euch so sehr nacheinander gesehnt habt, finde ich es doch eigenartig, dass Frederike offenbar den Weg nach Hause nicht gefunden hat«, bemerkte Martha mit gespitzten Lippen und warf Frederike einen boshaften Blick zu, worauf Georg einen Zischlaut ausstieß.

»Doch, Martha, du willst unsere Wiedersehensfreude trüben«, entgegnete Julius ruhig. »Aber das wirst du nicht schaffen, glaub mir.« Er lächelte sie an, worauf Martha rot anlief.

Frederike konnte sich ein kurzes Lachen nicht verkneifen.

»Also, Amala«, wandte sich Julius nun an seine Nichte, »erzähl doch mal, wie gefällt es dir denn hier in Deutschland? Es muss doch eine große Umstellung für dich sein, oder?«

»Ja, das ist es. Doch ich bin froh, hergekommen zu sein. Alle hier sind so nett zu mir.«

»Stell dir vor«, sagte nun Frederike zu ihrem Mann. »Amala hat ein Stück für das Theater geschrieben und darin auch gleich die Hauptrolle erhalten. Gerade wurden ihr die Verträge zugestellt.«

»Wirklich? Ich bin beeindruckt. Meinen Glückwunsch«, gratulierte Julius.

Bertha betrat mit einer frisch aufgebrühten Kanne Kaffee den Raum, der sofort sein köstliches Aroma verbreitete.

»Bertha, du bist meine Rettung«, sagte Julius und hielt ihr sogleich die Tasse entgegen.

Die Haushälterin schmunzelte und schenkte ihm ein. »Möchten Sie vielleicht eine Eierspeise, Herr Steffensen?«, fragte Bertha.

»Nein danke. Ich esse etwas Brot mit Wurst. Hauptsache, du lässt den Nachschub an Kaffee nicht versiegen.«

»Aber bestimmt nicht, Herr Steffensen. Ich lasse die Kanne hier stehen. Und wenn Sie leer ist, fülle ich sie sogleich wieder nach.«

»Bertha, du verstehst mich«, scherzte Julius, worauf die Haushälterin etwas verschämt wirkte. Sie wandte sich um und sah nun Martha an. »Ich wollte noch Bescheid geben, dass Lotte zurück ist, gnädige Frau.«

»Gut«, sagte Georg, bevor Martha antworten konnte. »So langsam sind wir hier ja doch so viele, dass du gar nicht mehr allein die ganze Arbeit stemmen kannst, Bertha.«

»Ach, ich habe große Freude daran, für Sie alle zu sorgen«, versicherte Bertha. »Und wenn ich mir die Bemerkung erlauben darf, Fräulein Amala, auch meinen herzlichen Glückwunsch. Ich habe ja mitbekommen, dass Sie nun eine Theaterschauspielerin sind.«

»Vielen Dank, Bertha.«

Die Haushälterin nickte, stellte den Kaffee ab und verließ das Esszimmer.

Durch Julius' Anwesenheit wurden die Gespräche noch einmal deutlich aufgelockert, während Martha von Minute zu Minute griesgrämiger dreinblickte. Frederike konnte über die Cousine wirklich nur den Kopf schütteln. Je harmonischer es wurde, desto weniger wohl schien Martha sich zu fühlen. Diese Frau war Frederike ein Rätsel.

Als die Runde sich schließlich auflöste, erklärten Eduard und Georg, gleich noch zur Villa Ahrendsen rüberfahren zu wollen, um den Fortschritt der Dacharbeiten zu begutachten. Julius lehnte das Angebot, gern mitkommen zu können, dankend ab, weil er lieber ein wenig Zeit mit seiner Frau verbringen wollte, was jeder am Tisch nur allzu gut verstehen konnte. Georg riet ihm überdies, dass er sich bis zum Mittagessen am besten auch noch ein wenig hinlegen sollte.

Amala wollte sich die Verträge, denen eine Abschrift des Manuskripts angehängt war, noch einmal in Ruhe durchlesen und danach sofort mit dem Auswendiglernen ihrer Rolle beginnen.

Was Martha vorhatte, schien keinen zu interessieren, sodass sie sich einfach auf den Weg in ihr Zimmer machte und dabei irgendetwas vor sich hin schimpfte, während Frederike Julius den kleinen Koffer abgenommen hatte und er selbst den größeren die Treppe hinauftrug.

»Wie lange wirst du bleiben?«, fragte Frederike ein wenig bang, als sie die Stufen hinaufgingen.

»Mindestens über das Wochenende. Ich habe in der Firma alles mit Alexander Ziegler besprochen. Er kümmert sich um alles, bis ich zurückkomme.« Julius sah sie an. »Und das wird erst der Fall sein, wenn wir so viel gelacht haben, dass du unbedingt wieder mit nach Hause willst.«

Nun konnte Frederike nicht mehr verhindern, dass ihr vor Rührung die Tränen kam. Sie sah ihn glücklich von der Seite an. Ja – sie hatte den besten Ehemann der Welt.

24. Kapitel

Hamburg, Sonnabend, 29. November 1924

Vor fast drei Monaten ist Amala in mein Leben getreten. Und es war seither die glücklichste Zeit, die ich seit vielen Jahren erlebt habe.

Georg Hansen

Georg war so nervös, als müsste er gleich selbst auf die Bühne treten und vor dem ausverkauften Saal spielen.

»Ich bin so aufgeregt«, flüsterte Frederike ihm zu, die zusammen mit Julius extra gestern aus dem Schwarzwald angereist war, um bei der Premiere des Stücks dabei zu sein. Eduard hatte auch kommen wollen, doch er hatte gestern angerufen und mitgeteilt, es leider nicht schaffen zu können. Georg bedauerte es, doch er hatte auch Verständnis. Eduard hatte wirklich rund um die Uhr zu arbeiten, um die fast zehntausend Reichsmark, die das Dach am Ende gekostet hatte, wieder hereinzuverdienen. Georg zog den Hut vor seinem Großneffen, hatte dieser Georg doch, bereits wenige Tage nachdem die Arbeiten an seiner Villa begonnen hatten, mitgeteilt, dass er nun doch in der Lage sein würde, die Mittel dafür selbst aufzubringen. Zwar war er Georg die Antwort schuldig geblieben, auf welche Art er dies bewerkstelligt hatte, doch das ging ihn ja auch nichts an. Er bewunderte Eduard für dessen Entschlossenheit, wenngleich er ihm versicherte, dass er ihm trotzdem jederzeit finanziell aushelfen würde, sollte er seine Meinung noch ändern. Aber tatsächlich hatte Eduard alle Rechnungen beglichen, ohne die Hilfe des Onkels anzunehmen.

Georg wusste, dass sein Großneffe nun häufiger als früher von Berlin nach Hamburg fuhr und wieder zurück. Ob er womöglich neue Kunden aufgetan hatte, die dies notwendig machten, hatte Eduard nicht gesagt, sondern nur, dass seine Geschäfte besser denn je laufen würden.

Georg hatte auch Martha gefragt, ob sie bei der Premiere von Amalas Stück dabei sein wollte, doch sie hatte sogleich abgelehnt und noch irgendeine abfällige Bemerkung losgelassen. Georg hatte gar nicht weiter hingehört. Seit Martha im September fast zwei Wochen bei ihm gelebt hatte, war Georg endgültig deutlich geworden, dass er so wenig wie nur möglich mit seiner Nichte zu tun haben wollte. Er konnte nicht einmal ansatzweise verstehen, wie sie zu einem so boshaften und unzufriedenen Menschen hatte werden können, schrieb aber dem Übermaß an Alkohol eine Mitschuld zu. Zwar war auch ihre Mutter Elisabeth stets latent unzufrieden gewesen, doch sie hatte dies auf eine vollkommen andere Art ausgelebt. Elisabeth war über Leichen gegangen, um zu bekommen, was sie wollte, während Martha stets nur über ihr elendes Dasein jammerte und nicht bereit war, auch nur einen Handschlag zu rühren, um etwas daran zu ändern. Und stets waren bei Martha alle anderen schuld an dem, was geschah. Nur sie selbst nie.

Das Saallicht erlosch, während die Bühne nun hell erleuchtet wurde. Die Gespräche im Zuschauerraum verstummten, der schwere rote Vorhang ging auf und gab den Blick auf das Bühnenbild frei, das eine Küche darstellte. Eine Frau mit

Schürze, die Georg tatsächlich ein wenig an Bertha erinnerte, betrat die Bühne, ging in eiligen Schritten zu einem Schrank, holte einen Topf und stellte ihn zu zwei weiteren auf den Herd. Sie nahm den Deckel eines großen Topfs ab und fächerte sich den Duft in die Nase.

»Hühnersuppe!«, schwärmte sie. »Die Herrschaften haben aber auch ein Glück. Ich könnte ja …« Sie sah sich um, griff dann einen Löffel, tunkte ihn ein und wollte ihn gerade zum Mund führen, als ein livrierter Diener mit weißen Handschuhen, der den Haushofmeister darstellte, in der Küche erschien und sich laut räusperte. Die Frau mit der Schürze ließ vor Schreck den Löffel in die Suppe fallen, worauf das Publikum das erste Mal lachte.

»Ich muss doch sehr bitten! Die Suppe ist für die Gesellschaft bestimmt.«

»Na, ich werd' sie doch abschmecken dürfen!«, gab die Frau zurück und stemmte die Hände in die Hüften. »Oder wollen Sie den vornehmen Herrschaften eine olle fade Brühe servieren?«

»Ach, das sind doch nur Ausreden.« Er fuchtelte mit dem Zeigefinger vor ihrem Gesicht. »Ich weiß doch, dass Sie …«

»Der Wagen mit den Bediensteten ist vorgefahren«, meldete nun ein junger Mann, der auf die Bühne stürmte und sofort wieder verschwand.

»Na, dem Himmel sei Dank!«, rief die Haushälterin. »Das wurde aber auch Zeit.« Sie lief von der Bühne, indessen trat der Haushofmeister nun an den Suppentopf und schnupperte ebenfalls daran. Er nahm sich soeben einen Löffel aus der Schublade, als die Haushälterin mit Amala, die sie vor sich herschob, die Bühne betrat. »So, Kindchen, nun aber rasch. Es ist noch so viel zu tun und …« Sie sah auf. »Sie wollten doch wohl nicht soeben von der Suppe naschen?« Wieder stemmte sie die Hände in die Hüften und sah den Ertappten strafend an. »Die ist für die Herrschaften, nicht fürs Personal!«, wies sie nun ihrerseits den Haushofmeister zurecht.

Das Publikum lachte.

»So ein Unsinn, das würde ich nie tun.«

Amala ging auf ihn zu. »Guten Tag, mein Name ist …«

»Unwichtig!«, rief der Mann aus. »Wichtig ist allerdings, dass Sie keine Schürze anhaben. Muss man sich denn hier um alles selber kümmern?« Er packte Amala am Arm und zog sie zu den Haken an der rechten Seite, griff sich eine der Schürzen und hielt sie Amala hin. »Hier, ziehen Sie das über. Aber rasch. Und wo sind die anderen Servierkräfte?«

Amala blickte auf die Schürze in ihren Händen, ohne sie anzuziehen, und sah sich dann suchend um. »Ich weiß es nicht, ich wollte nur …«

»Ja, Sie wollten nicht wie die anderen zu spät kommen. Gut gemacht, Kindchen.« Er klopfte ihr anerkennend auf die Schulter. »Aber jetzt ist keine Zeit mehr. Die Gedecke sind so weit vorbereitet, doch eben erhielten wir die Nachricht, dass das Reederpaar Agathe und Luitpold Eschweiler keinesfalls nebeneinandersitzen darf.« Er schüttelte den Kopf und verdrehte die Augen. »Eine Streitigkeit, ich weiß auch nicht genau. Diese Neureichen sind einfach eine Plage.« Er ging zu dem Tisch, der ganz vorn auf der Bühne stand, und entrollte das Papier, das darauf lag. Dann winkte er Amala heran, die vortrat und zusammen mit ihm auf den Plan sah. »Sie sind doch bestimmt eine kluge junge Frau. Hier ist der Sitzplan. Was denken Sie, wie könnten wir umdisponieren?«

Amala sah ihn kurz an und blickte sich dann erneut um, ganz so, als wäre sie nicht sicher, dass er mit ihr sprach. Da jedoch niemand außer ihr in der Nähe war, fuhr sie suchend mit dem Finger über den Plan. »Vielleicht hier?«, schlug sie vor. »Dann würde Frau Eschweiler neben Herrn Mindermann Platz nehmen und Herr Eschweiler bei den Vierings.«

Er stellte sich aufrecht hin und starrte sie an, dann wedelte er mit dem Zeigefinger vor ihrem Gesicht. »Na, Sie sind ja lustig.« Er ging ein paar Schritte, stellte sich an den Rand der Bühne, zum Publikum gewandt, hob in einer hilflosen Geste die Hände zum Himmel und sagte: »Als ob Sie nicht wie jeder in Hamburg wüssten, dass Frau Viering dazu neigt, sich an betuchte ältere Herren zu halten. Sie und Herr Eschweiler nebeneinander …« Er legte sich den Handrücken auf die Stirn und schloss kurz die Augen, dann sah er Amala wieder an. »Da wäre ja dann schon der nächste Skandal im Anmarsch.«

Die Haushälterin betrat erneut die Bühne. »Was ist denn hier los? Sie haben ja noch immer keine Schürze an. Und wo sind die anderen Servierkräfte?« Sie trat vor Amala. »Ich habe es Ihrem Chef gesagt, Kindchen. Noch einmal so ein Ärger wie beim letzten Mal, und wir werden uns in Zukunft anderweitig nach Aushilfskräften umschauen. Nun müssen Sie eben für die anderen mitackern. Das ist nicht mein Problem.« Sie nahm Amala in einer rüden Bewegung die Schürze aus der Hand und streifte sie ihr über den Kopf. »Damit lasse ich Ihren Chef nicht durchkommen. Und nun beeilen Sie sich. Sie werden schließlich nicht fürs Rumstehen bezahlt. Die Tische sind noch nicht vollständig eingedeckt.«

»Und wir müssen noch die Eschweilers umsetzen«, erinnerte der Haushofmeister.

»Das hätte längst erledigt sein können«, schimpfte die Haushälterin zurück.

Amala bewegte sich, den Blick auf die Streitenden gerichtet, langsam in Richtung Bühnenrand, als wollte sie sich davonschleichen.

»Kindchen, kommen Sie sofort zurück!«, rief der Haushofmeister, sodass Amala abrupt stehen blieb und sich nicht mehr rührte. Das Publikum lachte erneut.

»Sie ist wunderbar, findest du nicht?«, raunte Georg seiner Tochter zu.

Frederike nickte glücklich und sah sogleich wieder nach vorn, während Georg sich kurz umdrehte und den Blick über den Saal schweifen ließ. Er sah nur fröhliche Gesichter, es schien den Menschen also zu gefallen. Er lehnte sich wieder bequem zurück, um das Stück weiter zu genießen. Die Darstellung war so gelungen, dass er alles um sich herum vergaß und ganz und gar in das Stück eintauchte. Als der erste Akt vorbei war und der Vorhang fiel, applaudierte Georg fast noch lauter als das übrige Publikum.

Es folgten zwei weitere Akte, und als sich die Verwechslung am Ende auflöste und der letzte Vorhang fiel, standen die Leute sogar auf, um den Darstellern minutenlang zu applaudieren.

Wieder und wieder kamen die Schauspieler auf die Bühne, erst zusammen als Gruppe, dann einzeln. Amala erschien erst ganz zum Schluss, und Georg bekam eine Gänsehaut, als der begeisterte Applaus aufbrandete. Amala verbeugte sich glücklich, und als sich ihr und Georgs Blick trafen, konnte er sehen, wie ergriffen sie war. Dann reihte sie sich ein, noch einmal trat die sich an den Händen haltende Schauspieltruppe nach vorn, verbeugte sich tief und verließ dann winkend und lachend die Bühne, worauf auch die Zuschauer sich von ihren Plätzen erhoben und munter plaudernd aus dem Theater schlenderten. Georg, Frederike und Julius warteten im Foyer, um Amala nachher mit nach Hause zu nehmen.

Anna Simon trat an die drei heran, und Georg schüttelte ihr die Hand. »Meinen Glückwunsch, Frau Simon. Ich denke, wir können von einem großen Erfolg sprechen.«

Die Miene der Intendantin war freundlich, doch wenn Georg es richtig deutete, lag auch so etwas wie Beunruhigung darin.

»Dem Publikum hat es gefallen, doch wir werden sehen …«

»Wie meinen Sie das?«

»August Liebeknecht, der berühmte Theaterkritiker, ist bereits nach dem ersten Vorhang gegangen. Er saß dort vorn. Ich habe gesehen, wie er den Saal verlassen hat und nicht wiedergekommen ist.«

»Und was hat das zu bedeuten?«, fragte Georg.

»Womöglich gar nichts. Doch seine Kritiken werden von vielen Menschen gelesen. Es ist wie im alten Rom. Wenn er den Daumen hebt, geht es weiter. Und wenn nicht … Nun ja, wir kennen alle die Geschichte.«

»Meinen Sie nicht, dass Sie sich zu große Sorgen machen?«, fragte Georg. »Das Publikum war doch geradezu außer sich vor Begeisterung.«

»Das stimmt. Doch glauben Sie mir: Es wäre nicht das erste Mal, dass Liebeknecht ein Stück verreißt und wir die Folgen zu spüren bekommen.«

»Also, ich habe nur zufriedene Gesichter gesehen«, brachte sich nun Julius ein. »Und Amala war wunderbar, finden Sie nicht?«

»Ja, das war sie. Sie hat wirklich Talent«, stimmte Anna Simon zu. »Sie hat das, was wirklich gute Schauspieler brauchen. Sie arbeitet mit ihrer Mimik und Gestik und kann auch dann alles ausdrücken, wenn sie nichts sagt. Das ist eine Gabe.«

In diesem Moment kam Amala durch den Seiteneingang und eilte auf die kleine Gruppe zu. Frederike breitete die Arme aus, und Amala fiel ihr um den Hals. »Du warst wunderbar!«, sagte Frederike und drückte die Nichte fest an sich.

Amala strahlte über das ganze Gesicht und ließ sich dann auch von Julius und Georg gratulieren.

»Gut gemacht, Amala«, lobte nun auch Anna Simon, und Amala war überglücklich.

Sie unterhielten sich noch kurz miteinander, dann verabschiedeten sie sich, und die Familie fuhr zurück zur Villa

Hansen, wo bereits ein Blumenstrauß für Amala abgegeben worden war.

»Und schon hast du einen Verehrer«, sagte Georg, als Bertha den Strauß an Amala übergab. Diese suchte nach einer Karte und las dann laut vor:

»*Der neue Stern am Theaterhimmel! Lass dich feiern, Cousinchen! Dein Eduard*«

Amala drückte den Strauß an sich. »Ich bin ja so glücklich.« Sie schluckte, und Georg nahm sie noch einmal in den Arm. »Das kannst du auch sein. Wir sind alle sehr stolz auf dich.«

Zusammen gingen sie ins Wohnzimmer, und Bertha wurde hinzugerufen, damit man ihr alles erzählen konnte: Wie das Stück aufgeführt worden war, wie oft das Publikum gelacht hatte, und Georg wiederholte auch das, was Anna Simon über Amalas Darstellung gesagt hatte.

»Wirklich? Das hat sie gesagt?« Amala strahlte ihren Großonkel an.

»Mit genau diesen Worten«, bekräftigte er.

Es wurde ein heiterer, ausgelassener Abend, und es war bereits nach Mitternacht, bis sie endlich alle schlafen gingen.

Am darauffolgenden Morgen schlief man in der Villa weit länger als sonst. Auch beim Frühstück war die Stimmung ausgelassen, und Frederike und Julius fuhren erst am Nachmittag zurück nach Hause in den Schwarzwald, obwohl sie dadurch erst spät am Abend dort eintreffen würden.

Als alle abgereist waren und nur noch Georg, Amala und Bertha im Hause waren, war Georg für die Ruhe, die nach der ganzen Aufregung Einzug hielt, äußerst dankbar. Am späten Nachmittag unternahmen er und Amala noch einen Spaziergang. Es war kalt geworden, und in den letzten Tagen hatte fast durchgehend Hamburger Schietwetter, wie es Georgs Vater immer genannt hatte, geherrscht. An diesem Nachmittag jedoch waren endlich einmal wieder die Wolken aufgerissen, und obwohl es schon recht kalt war, gingen Georg und Amala fast zwei Stunden lang spazieren. Nachdem sie dann zu Abend gegessen hatten, dauerte es nicht mehr lange, bis sie einander gute Nacht sagten und schlafen gingen. Und es war schön, zu spüren, wie eng sie einander inzwischen verbunden waren.

Für den Montag hatte Georg sich extra die Tageszeitung kommen lassen, in der August Liebeknecht, der Theaterkritiker, von dem Anna Simon gesprochen hatte, seine Rezension schrieb. Kaum war die Zeitung geliefert worden, zog Georg sich damit ins Wohnzimmer zurück. Er schlug sie auf und überflog die Seiten, bis er fand, wonach er gesucht hatte.

Dann las er die fett gedruckte Überschrift.

Darf Theater das? – Oder: Das närrische Treiben, das sich Kunst nennt

Von August Liebeknecht.

Wer wagt, gewinnt, lautet ein deutsches Sprichwort. Dass dies nun nicht immer der Fall ist, hat die Intendantin des Ernst-Drucker-Theaters, Anna Simon, gezeigt, indem sie mit ihrer Aufführung von Die amerikanische Verwandte *einen gewaltigen Reinfall auf die Bühne gebracht hat. Aus welchem Grund auch immer hat Simon eine hellhäutige junge Frau dunkel geschminkt, um sie als waschechte Afro-Amerikanerin mit deutschen Wurzeln darzustellen. Nicht nur, dass sie wohl besser beraten gewesen wäre, dann wenigstens eine Frau mit dunklen Augen dafür zu wählen, da die blauen Augen der Hauptdarstellerin wahrscheinlich noch bis in Reihe zwanzig erkennbar waren. Nein, die Darstellerin der Claire hatte auch noch in einem aufgesetzten amerikanischen Akzent zu sprechen, der der eigentlichen Komik in geradezu grotesker Weise entgegensprach.*

Die junge Hauptdarstellerin Amala Hansen, die aus der traditionsreichen Familie des Kontors Hansen stammt, hatte wohl keine Wahl, als sich den Vorgaben der Intendantin zu beugen, was bedauerlich ist, verfügt sie doch über schauspielerisches Potenzial. Jedoch vermag auch dies nicht darüber hinwegzutäuschen, dass Anna Simon ihr Publikum wohl für über die Maßen einfältig hält, mit derart einfachen Mitteln die kulturellen Unterschiede zwischen Amerikanern und Europäern aufzeigen *zu wollen. Nein, liebe Frau Simon, es gehört schon ein wenig mehr dazu als eine dunkle Hautfarbe, um die eigentlich nette Geschichte glaubhaft an das Publikum zu vermitteln. Vor allem aber wäre es gar nicht notwendig gewesen. Wir leben in einer aufgeklärten Welt. Nicht jeder Farbige würde von der gehobenen Hamburger Bürgerschaft automatisch als Dienstbote angesehen. Ein zweifelhaftes Denken, was das Ernst-Drucker-Theater da zur Schau gestellt hat. Und so endet mein Eindruck, wie er begonnen hat, mit einem Sprichwort: Schuster, bleib bei deinen Leisten.*

Georg ließ die Zeitung sinken. Er war sprachlos und wütend zugleich. Was bildete dieser Schreiberling sich eigentlich ein? Er zerknüllte die Zeitung und warf sie in die Ecke. Dann stand er auf und ging zum Telefonapparat. Er würde jetzt in der Redaktion dieser Zeitung anrufen und diesem Möchtegern-Kritiker mal ordentlich die Meinung sagen.

Georg wollte gerade den Hörer abheben, als das Telefon läutete.

»Georg Hansen?«, meldete er sich und konnte seine Verärgerung nicht ganz verbergen.

»Hier spricht Anna Simon, guten Tag, Herr Hansen.«

»Guten Tag, Frau Simon. Ich habe gerade die Zeitung gelesen«, sagte Georg sofort.

»Oh, gut. Sie wissen es also schon. Das ist der Grund, warum ich anrufe.«

»Ich werde diesen Kerl verklagen«, schimpfte Georg. »Was fällt diesem Wurm eigentlich ein?«

»Natürlich steht es Ihnen frei, das zu tun. Doch ich fürchte, es wird überhaupt nichts nützen«, gab die Intendantin zu bedenken. »Gedruckt ist gedruckt, und selbst ein Widerruf oder eine Richtigstellung können daran nichts mehr ändern.«

»Was soll meine Großnichte denn tun? Sich auf der Bühne einen Eimer Wasser über den Kopf gießen und sich einseifen, damit jeder sehen kann, dass ihre Hautfarbe echt ist?«

»Es ist meine Schuld«, sagte Anna Simon mit Bedauern in der Stimme. »Ich hätte es wissen müssen.«

»Nein!«, widersprach Georg. »Dass jemand einen derartigen Unsinn denkt, der dann auch noch in der Zeitung abgedruckt wird, konnte niemand ahnen. Es muss eine Gegendarstellung geben, darauf werde ich bestehen.«

»Wie dem auch sei«, seufzte Frau Simon. »Ich fürchte, wir werden das Theaterstück absetzen müssen. Nach dieser Kritik werden höchstens noch ein paar Neugierige kommen. Doch das füllt mir nicht den Saal.«

»Was? Aber das können Sie doch nicht machen!«

»Ich habe gar keine andere Wahl, Herr Hansen. Sie bekommen Ihr Geld natürlich zurück. Schließlich ist es meine Entscheidung, das Stück abzusetzen.«

»Es geht mir nicht um das Geld«, schnauzte Georg nun. »Meine Großnichte hat ihre Sache verdammt gut gemacht. Sie ist eine hervorragende Schauspielerin und hat es nicht verdient, derart mit Schmutz beworfen zu werden.«

»Da gebe ich Ihnen recht. Doch leider ändert es nicht das Geringste.« Die Intendantin seufzte wieder, diesmal leise. »Würden Sie Amala bitte ausrichten, dass sie ihre Gage für den vollen Monat erhalten wird und auch das Honorar für das Stück. Doch von einer weiteren Zusammenarbeit möchte ich Abstand nehmen.«

»Das ist nicht gerecht«, beharrte Georg, und die Enttäuschung war ihm anzuhören.

»Nein, das ist es nicht«, stimmte Anna Simon zu. »Alles Gute, Herr Hansen, für Sie und für Amala.« Dann legte sie auf.

Georg hängte ebenfalls ein und blieb noch einen Moment neben dem Apparat stehen. Dann hörte er das Knarzen der Treppe und sah Amala, die sich über das Geländer lehnte und ihn aus traurigen Augen ansah.

»Was ist denn geschehen?«, fragte sie.

»Es tut mir so leid, Amala. Der Zeitungskritiker glaubt, dass du nur dunkel geschminkt warst, und hat dein Stück verrissen.« Er deutete zum Wohnzimmer hinüber. »Ich habe es gerade gelesen. Und das eben am Telefon war Anna Simon. Sie wird das Stück nicht mehr weiter aufführen.«

»Ich habe einen Teil des Telefonats mitgehört. Zumindest genug, dass ich es mir zusammenreimen konnte«, sagte Amala leise, kam die Stufen herunter und ließ sich von ihrem Onkel in den Arm nehmen, während ihr die Tränen über die Wangen liefen.

»Es tut mir so leid, Amala«, sagte Georg und hielt sie tröstend fest. Eine Weile blieben sie so stehen, dann löste sich Amala aus der Umarmung, ging ins Wohnzimmer, nahm die zusammengeknüllte Zeitung und las den Artikel.

Georgs Wut war noch immer nicht verraucht. Und als er sah, wie bitterlich seine Nichte nun weinte, nahm er den Telefonhörer erneut zur Hand und ließ sich mit der Zeitung verbinden.

»Georg Hansen hier. Ich möchte gern Ihren Herausgeber sprechen.«

»In welcher Angelegenheit, wenn ich fragen darf?«, entgegnete der junge Mann, mit dem er sprach, höflich.

»Sie dürfen fragen. In einer Angelegenheit von Rufmord und um die Höhe der Schadensersatzzahlung zu besprechen, damit ich Ihre Zeitung nicht in Grund und Boden verklage«, gab Georg giftig zurück.

»Einen Moment bitte.«

»Michael Christen hier«, meldete sich dann eine Stimme. »Mit wem spreche ich?«

»Mein Name ist Hansen, Georg Hansen.«

»Ihr Name sagt mir etwas, Herr Hansen. Sie hatten früher das Kaffeekontor, nicht wahr?« Es klang freundlich.

»Allerdings hatte ich das. Doch das ist gerade völlig unerheblich. Einzig wichtig ist, dass Sie und ich uns vor Gericht sehen werden und ich meine erheblichen finanziellen Mittel einsetzen werde, um Sie und Ihr Schandblatt zu verklagen.«

»Bei allem Respekt, Herr Hansen, ich weiß überhaupt nicht, wovon Sie reden. Weshalb bitte wollen Sie mich verklagen?«

»Haben Sie heute Morgen schon Ihre eigene Zeitung gelesen?«, fragte Georg bissig und hatte Mühe, seine Wut nicht in Form von Beleidigungen herauszubrüllen.

»Ja, natürlich. Ich lese immer alles, bevor es gedruckt wird.«

»Und doch scheint bei Ihnen nichts zu klingeln. Nun, dann helfe ich Ihnen auf die Sprünge. Meine Großnichte ist Amala Hansen, die junge Schauspielerin, die von Ihrem vermeintlichen Theaterexperten auf eine Art und Weise bloßgestellt wurde, dass Sie sich wirklich warm anziehen müssen.«

»Ach, das meinen Sie.«

»Ja, das meine ich«, zischte Georg.

»Nun, das ist eine persönliche Meinungswiedergabe. Und wenn ich mich recht erinnere, greift er ja nicht Ihre Großnichte an, sondern die Intendantin.«

»Und genau das stimmt nicht, Herr Christen. Ihr Mitarbeiter, oder wie man diesen Kerl auch bezeichnen will, behauptet in der Kritik, dass meine Nichte schwarz geschminkt worden sei und mit einem aufgesetzten amerikanischen Akzent gesprochen habe.«

»Und?«

»Sie *ist* Amerikanerin, Sie Vollidiot, und sie *ist* schwarz!«

Am anderen Ende der Leitung herrschte Schweigen. Dann: »Ihre Großnichte ist schwarz?«

»Ja!«, spie Georg. »Allerdings.«

»Oh.«

Wieder gab es einen Moment der Stille.

»Sie müssen zugeben, dass die Annahme naheliegend war, dass Ihre Großnichte für das Stück …« Weiter kam er nicht.

»Was auch immer Sie und dieser sogenannte Kritiker in Ihren Erbsengehirnen als naheliegend betrachten, hat nichts, aber auch gar nichts mit der Realität zu tun. Sie hören von meinem Anwalt!«. Damit knallte Georg den Hörer auf.

Amala kam mit der zerknüllten Zeitung in der Hand wieder in den Flur. Bertha, die durch Georgs Gebrüll alarmiert ebenfalls herbeigeeilt war, sah Amala an.

»Ach, Fräulein Hansen, ich habe es gehört.« Sie deutete auf die Zeitung. »Das ist eine solche Gemeinheit, was da über Sie behauptet wird.«

»Und was passiert jetzt?«, fragte Amala.

»Ich werde eine Richtigstellung der Zeitung verlangen und darüber hinaus eine Entschuldigung.« Georg sah Amala stirnrunzelnd an. Ein Gedanke bahnte sich seinen Weg.

»Aber mein Engagement habe ich trotzdem verloren«, sagte Amala. »Und bestimmt wird mir niemand mehr in Hamburg eine zweite Chance geben.«

»Abwarten«, meinte Georg. »Weißt du nämlich, welcher Gedanke mir gerade kommt?«

»Nein.« Amala sah aus wie ein Häufchen Elend.

»Was ist das Wichtigste für eine Schauspielerin, die Erfolg haben will?«

»In einem Stück spielen zu dürfen?«, antwortete Amala.

»Sicher, doch noch wichtiger ist, auf sich aufmerksam zu machen. Und je länger ich darüber nachdenke, desto klarer wird mir, dass dieser dämliche Kerl von einem Theaterkritiker dir einen riesigen Gefallen getan hat.«

»Wie bitte?«

Georg grinste. »Überleg doch mal. Ich werde ihm meinen Anwalt auf den Hals hetzen, und glaub mir, der hat den Ruf, ein harter Hund zu sein. Wenn diese Pressefritzen nicht wollen, dass du sie als Mitglied der Familie Hansen in Grund und Boden verklagst, wofür mein Anwalt sorgen würde, werden sie ganz schnell einlenken.«

»Ich verstehe noch immer nicht«, sagte Amala.

Georg machte einen Schritt auf sie zu. »Du vertraust mir doch, nicht wahr?«

»Ja, natürlich.«

»Gut. Dann lass mich am besten einfach machen.«

Amala sah ihn an, dann nickte sie. »Ich habe keine Ahnung, was du vorhast. Aber irgendetwas in deinem Blick verrät mir, dass es das Richtige ist.

George nickte. »Worauf du dich verlassen kannst.«

Epilog

Zehn Tage waren vergangen, seit der letzte Artikel der Serie um Amala Hansen in der Zeitung erschienen war. Angefangen hatte es mit einer offiziellen Entschuldigung der Zeitung und einem großen Foto, auf dem der Theaterkritiker August Liebeknecht und Amala sich die Hände reichten. Darunter wurde dann zeilenreich dargestellt, dass Liebeknecht, als er davon erfahren hatte, dass Amala tatsächlich die war, als die sie sich dargestellt hatte, umgehend das Gespräch mit ihr gesucht hatte, um sich zu entschuldigen, und dabei auf eine aufgeschlossene, hochbegabte junge Frau getroffen war, der seiner Ansicht nach eine große Karriere bevorstand. Auf diesen Artikel folgte eine zweiwöchige Artikelserie, in der Amala über ihre Zeit in New York berichtete, über Orte, an denen sie gelebt hatte, und welche Schauspielerinnen ihre Vorbilder waren. Dazu gab es immer wieder Fotos von Amala, sodass vermutlich jeder Hamburger inzwischen ihr Gesicht kannte.

»Der Wagen ist vorgefahren«, meldete nun Bertha und ging zur Tür. Amala und Georg, die im Wohnzimmer auf den Gast gewartet hatten, erhoben sich und gingen in den Flur.

»Bitte treten Sie doch ein«, sagte Bertha und knickste.

Der Gast betrat die Villa. »Guten Tag. Jean-Paul Gerber«, stellte er sich vor und reichte Amala die Hand. »Jean-Paul vonseiten meiner französischen Mutter, Gerber vonseiten meines deutschen Vaters. Sie sind nicht die Einzige mit interessanten Eltern.«

»Amala Hansen, und das ist mein Onkel Georg.«

Die Männer begrüßten sich.

»Bitte, Herr Gerber, lassen Sie uns doch Platz nehmen«, sagte Georg und deutete zum Esszimmer. »Wir sind gespannt, was Sie uns anzubieten haben.«

»Nun«, meinte Gerber, »ich glaube, Sie sehr für unser Theaterhaus interessieren zu können.«

Die drei setzten sich.

»Für das Vertragliche ist mein Onkel zuständig, und ich bin verantwortlich für das, was auf der Bühne geboten wird«, erklärte Amala.

»So haben wir Hansens das immer gehalten«, stellte Georg fest. »Die Fähigkeiten aufteilen und die Kräfte bündeln. Unser Erfolgsrezept, wenn man so will.«

Er zwinkerte Amala kurz zu, dann wandten sie sich dem Theaterbesitzer zu, um zu hören, was er ihnen Schönes zu bieten hatte.

Nachwort

Liebe Leserinnen, liebe Leser!

Ich bin nach dem Ende der Hansen-Saga um Luise Hansen, die starke, mutige und kluge Kontorfrau aus Hamburg, sehr häufig darauf angesprochen worden, ob es nicht doch noch weitergeht. Irgendwie konnten und wollten Sie, liebe Leserinnen und Leser, sich nicht trennen. Und wissen Sie was: Ich auch nicht! Also haben mein Verlag und ich uns entschieden, mit »Die Kinder der Hansens« der nächsten Generation die Tür zu öffnen, allen voran Amala Hansen.

Ich fand es sehr spannend, diese junge, frische Figur zu wählen, die Sie, liebe Leserinnen und Leser, in die Theaterkultur der 20er-Jahre führt. Anders als ihre Mutter, die Ungerechtigkeiten bezüglich ihres Geschlechts erdulden musste, hat Amala mokkafarbene Haut und ist damit immer wieder Rassismus ausgesetzt. Neben Alltagsrassismus wie Amalas Gefühl, dass sie in Hamburg ständig angestarrt wird, ist dieser auch im Theater vorherrschend. Gerade in den 20er-Jahren hatten es schwarze Schauspielerinnen nicht leicht, ins Theater- oder gar Filmgeschäft einzusteigen. Im aufstrebenden Hollywood bekamen sie kaum Rollen und wenn, dann nur als dicke Hausfrauen oder in ähnlichen Klischeerollen. Deutlich erfolgreicher waren hier Hispanics, die Filme mehr mitprägen konnten, wenn auch sie meist stereotype Rollen einnehmen mussten (»The Greaser«, »The Latin Lover«, »The Dark Seductress«).

Amala sieht sich solchen Vorurteilen ebenfalls ausgesetzt, doch sie verfolgt weiter ihren Traum, auf der Bühne zu stehen. Sie hat bereits an der Juilliard School studiert. Diese wurde 1905 gegründet und gilt heute als eine der renommiertesten Einrichtungen der Welt. Da es ihren Eltern nicht an Geld mangelt, kann sie sich das Privileg dieser Ausbildung leisten.

Luise dankt direkt am Anfang dem »Sugar King« Claus Spreckels, ein Zuckerfabrikant aus den USA, der Luise und Hamza im Gegenzug für Hamzas Hilfe bei den Bewässerungssystemen relativ autonom auf Hawaii leben lässt. Dieser Teil ist natürlich frei erfunden, Claus Spreckels gab es jedoch wirklich und er hatte tatsächlich Farmen auf Hawaii.

In Deutschland angekommen, lernt Amala Anna Simon kennen, die tatsächlich ab 1924, als ihr Mann starb, Intendantin des Ernst-Drucker-Theaters (später St. Pauli Theaters) in Hamburg war, das Siegfried Simon 1921 gekauft hatte.

Amala selbst kann ihr Glück kaum fassen, als Anna Simon ihr die Möglichkeit gibt, ein eigenes Stück zu schreiben, bei dem sie die Hauptrolle spielt. Amala schreibt so schnell sie kann. Hierbei habe ich mir erlaubt, meine eigenen Schreiberfahrungen einzubauen. Der Schreibprozess ist wirklich sehr kräftezehrend, besonders in den letzten Zügen arbeitet man wie ein Wahnsinniger. Dennoch gibt es kein besseres Gefühl, als gedanklich die vier magischen Buchstaben (»ENDE«) unter das Manuskript zu setzen und es abzugeben. Auch die Nervosität, bevor man das Feedback von Erstlesern und Verlag bekommt, ist kaum auszuhalten. Man beginnt sich zu fragen, ob man auch wirklich alles reingebracht hat, was einem wichtig ist, und ob man etwas anders hätte beschreiben sollen, ob es spannend und unterhaltend genug ist und so weiter. In diesem Buch steckt also noch einmal mehr persönliche Erfahrung als in anderen Projekten.

Der Artikel »Heraus mit den deutschen Schutzgebieten«, den Georg in der Zeitung liest, ist tatsächlich genau so abgedruckt worden und zeigt sehr gut den Zeitgeist nach dem verlorenen Ersten Weltkrieg. Es gab diverse Diskussionen und Forderungen, die verlorenen Gebiete zurückzuholen und damit weiterhin dem Bild einer Kolonialmacht gerecht zu werden. Viele empfanden die Reparationsforderungen der Siegermächte als derart hoch, dass sie fürchteten, Deutschland würde daran zugrunde gehen.

Im stürmischen Berlin hat Eduard Probleme, für die Spirituosen, die er liefert, bezahlt zu werden. Da er Geldprobleme hat, schließt er einen Pakt mit Gerd Nolte, einem Repräsentanten der Ringvereine, die zu der Zeit die Unterwelt Berlins beherrschen. Die Ringvereine sind tatsächlich belegt. Ursprünglich ging es hier um die Solidarität von Strafgefangenen untereinander, es entwickelte sich jedoch ein kriminelles Netzwerk mehrerer Vereine, die viele Straftaten begangen und sich vor allem gegenseitig Alibis verschafften, was es für die Behörden schwer machte, ihrer habhaft zu werden. Sie wurden 1934 von den Nationalsozialisten verboten.

Ein letztes, sehr ernstes Thema, ist die Entwicklung von Franz Hansen, der in der Hansen-Saga noch ein lebhafter, lustiger Junge war. Franz hat eines der schwersten Schicksale von allen Figuren hinnehmen müssen. Er war im Ersten Weltkrieg Teil des Serbienfeldzuges, bei dem Österreich-Ungarn auf starken Widerstand stieß, jedoch kurz Belgrad einnehmen konnte, ehe eine überraschende serbische Gegenoffensive zum verlustreichen Rückzug führte. Hierbei geriet Franz in Gefangenschaft und erfuhr, als er aus der Gefangenschaft heraus Briefe schreiben durfte, dass ein Fehler gemacht worden war, Franz als im Krieg gefallen galt und Robert die Nachricht nicht verkraftet hatte. Noch heute leidet Franz hierunter, macht sich selbst Vorwürfe, neigt zu Depressionen. Er gehört zu der Vielzahl an Zurückgekehrten, die an posttraumatischer Belastungsstörung und Kriegsneurosen leiden. Gerade nach dem Ersten Weltkrieg gab es die sogenannten „Kriegszitterer“ als spezifische Form von PTBS, bei dem die Betroffenen unkontrolliert zitterten und teilweise nicht mehr essen konnten oder wollten, sich nicht auf den Beinen halten konnten und zumeist bis zum Ende ihres Lebens stark pflegebedürftig waren.

»Schritt ins Licht« ist der Auftakt der Reihe und ich hoffe, dass ich Sie, liebe Leserinnen und Leser, unterhalten konnte! Sie können mir glauben: Es ist erst der Anfang! Und eine Frage, die mir bei allen Romanreihen immer wieder gestellt wird, nämlich, wie viele Bände es am Ende werden, kann ich gleich jetzt beantworten: Wir werden sehen!

Ganz herzlich

Ihre und Eure Ellin Carsta

Danksagung

Ich mache es nicht oft, dass ich Danksagungen für meine Bücher schreibe, einfach deshalb, weil die Menschen, denen ich meinen Dank aussprechen möchte, schon seit Jahren die gleichen sind und ich mich insoweit wiederhole. Doch dieses Mal, zu Beginn meiner neuen Reihe, möchte ich es tun. Denn auch wenn diejenigen, die mir wichtig sind, es genau wissen, ist es dennoch richtig, ihnen das auch mal zu sagen.

Mein erster Dank gilt meiner wunderbaren Freundin und Agentin Lianne Kolf. Als wir uns vor über zehn Jahren kennenlernten, war es für mich eine Auszeichnung, in deiner Agentur aufgenommen zu werden. Inzwischen mag ich dich als Freundin, Beraterin und Strategin nicht mehr missen und danke dir für alles, was du für mich getan hast und immer wieder tust. Ein einziges, nämlich mein erstes Buch, ist noch ohne dich entstanden. Inzwischen sind es über vierzig. Uns beiden werden zusammen die Ideen niemals ausgehen und ich liebe es, mit dir gemeinsam Stoffe zu entwickeln und unserer Fantasie freien Lauf zu lassen, um daraus etwas Wunderbares entstehen zu lassen. Genau wie unsere Freundschaft. Ich umarme dich, Liebes!

Mein weiterer Dank geht an die wunderbare Tatjana Seel, die zusammen mit Bettina Brecheisen, der ich hier ebenso danke, eigentlich „nur“ für die Abrechnungen der Agentur zuständig ist. Du, liebe Tatjana, bist für mich ein absoluter Fels in der Brandung, klug und eloquent und mit einer unglaublichen Ruhe ausgestattet, die ich einfach nur herrlich finde. Für mich bist du die „Anführerin“ des Teams der Verlagsagentur Kolf, zu dem neben der schon genannten Bettina eben auch Simone, Ella, Renate und natürlich Isabel gehören. Ihr seid mein Fangnetz, mein doppelter Boden, mein großer weicher Kissenstapel, in den ich mich fallen lassen kann, weil ich fürs Bällebad schlicht zu alt bin.

Und – ich habe sie eben schon erwähnt – ein dickes Dankeschön an meine wunderbare Freundin und Filmagentin Isabel Schickinger. Eine Verabschiedung am Telefon mit einem schlichten »Hab dich lieb« ersetzt nur, dass wir uns auf die Entfernung hin nicht drücken können. Denn genau das würde ich nur allzu gern tun. Liebes, du bist wunderbar! Und ich weiß nicht mal, ob ich es hier so frei ausplaudern darf, aber ich mache es trotzdem: Mit deiner Begeisterung hast du geradezu spielend die Filmrechte für die Hansen-Saga verkauft und ich freue mich schon darauf, wenn meine Hansen-Familie über die Bildschirme flackert. Hoffentlich sitzen wir dann zusammen und sehen es uns an, gern mit Lianne und unseren Liebsten, ein Gläschen Wein oder auch Champagner in der Hand und dem Gefühl der Verbundenheit, das uns und unsere wunderbare Freundschaft ausmacht. Einen lieben Kuss an dich, meine Isa!

Mein weiterer Dank – und das ist ein wirklich großer – gilt meinem lieben Franz Edlmayr, dem Mann, der mich vor inzwischen über sieben Jahren in den Verlag geholt hat. Du warst mir vom ersten Moment an sympathisch, lieber Franz. Kein Wunder, denn ich kann mir nicht vorstellen, dass jemand das bei dir nicht so empfindet. Damals noch ein höfliches »Sie«, inzwischen sind wir gemeinsam durch die Jahre gegangen und haben intensiv das Leben des jeweils anderen geteilt. Und du weißt es, lieber Franz, ich habe dich von Herzen gern! Du bist mir wichtig, und zwar nicht nur, weil die Zusammenarbeit mit dir so herrlich unkompliziert und einfach ist. Ich mag deine Ideen, dein kluges Handeln, die Werte, die du ausstrahlst, vor allem aber, dass du für mich der Inbegriff eines »Buchmenschen« bist. Du liebst und lebst Buchstoffe, und genau das macht dich auch für den Verlag so wertvoll. Dass du ganz nebenher einer der besten Menschen bist, steht auf einem anderen Blatt. Vielen Dank für alles, was du über die Jahre für mich getan hast, lieber Franz! Genau so soll es bitte immer weitergehen.

Nachdem nun endlich ein Mann dabei war, kehre ich bereits wieder zu den wichtigen Frauen meines Lebens zurück und damit zu dir, liebe Silvie Kuttny-Walser, die du mich nun auch schon über so viele Jahre wunderbar textlich begleitest. Auch du bist mir zur Freundin geworden, und da ich so gern über starke Frauen schreibe, ist es eine riesige Hilfe, dich an meiner Seite zu wissen. Denn so muss ich nicht lange suchen, wenn ich eine starke, kluge und wunderbare Frau beschreiben möchte. Deine wunderbare Art, hier und da einen kleinen Anstupser zu geben, der meinen Text ganz fein in eine bestimmte Richtung bringt, ist unvergleichlich. Oder, wie ich es dir schon einmal sagte, danke ich dir dafür, dass du mir, wenn mir die Worte fehlen, einfach welche von deinen gibst. Wie Freundinnen das eben so machen. Vielen Dank, liebste Silvie – für einfach alles!

Mein weiterer Dank geht an eine – wie sollte es anders sein – absolut tolle Frau, mit der ich nun auch schon eine ganze Weile zusammenarbeite. Die Rede ist von Diana Schaumlöffel, meiner Lektorin, die wie keine zweite meine Hansens, Falkenbachs und alle Figuren rundherum kennt, als wären es gemeinsame Freunde. Du, liebe Diana, verstehst es, immer das Beste aus meinen Texten herauszuholen, ohne dass ich das Gefühl habe, du würdest ihnen deinen eigenen Stempel aufdrücken. Du bist feinfühlig, bringst die Dinge auf den Punkt. Und wenn alles fertig ist, habe ich das Gefühl, dass doch eigentlich gar nichts geändert wurde, weil es doch genau meine Sprache ist. Aber ich weiß es eben besser. Und deshalb danke für dein sanftes, aber bestimmtes Eingreifen.

Zu guter Letzt und für mich am wichtigsten, der Dank an meine Familie, für eure immerwährende Unterstützung. Ihr seid die Erstleser, die großen Kritiker, die Förderer und Forderer. Ihr seid für mich da, immer und in jedem Augenblick. Ihr wisst, dass ihr alles für mich seid, und gebt mir das Gefühl, ich sei ebenso alles für euch. Deshalb: Ohne euch geht nichts, mit euch einfach alles. DANKE!